10|18
12, avenue d'Italie - PARIS XIIIe

LE LIVRE DE LA JAMAÏQUE

PAR

RUSSELL BANKS

Traduit de l'américain
par Pierre FURLAN

10|18

« Domaine étranger »
dirigé par Jean-Claude Zylberstein

ACTES SUD

Si vous désirez être régulièrement tenu au courant
de nos publications, écrivez-nous :
Éditions 10/18
c/o 10 Mailing (titre n° 2405)
35, rue du Sergent Bauchat
75012 Paris

Tous les personnages de ce roman, y compris les narrateurs, sont imaginaires ; toute ressemblance avec une personne vivante ou morte est pure coïncidence.

Titre original :
The Book of Jamaica

ISBN 2-264-01925-5

Pour Lea, Caerthan, Maïa et Danis Banks,
sœurs de sœurs

« Le rôle que joue la causalité dans notre culture correspond au rôle que joue l'analogie chez les Méso-Américains. La causalité est ouverte, se déroule en successions, et elle est plus ou moins infinie : une cause produit un effet qui en engendre un autre.

« L'analogie — ou la correspondance —, au contraire, est fermée et cyclique : les phénomènes apparaissent et se répètent comme dans un jeu de miroirs. Chaque image se transforme, se fond avec son opposée, se dégage, forme une nouvelle image et finit par revenir à son point de départ. Le rythme, ici, est l'agent du changement.

« Les expressions clés du changement, comme en poésie, sont la métamorphose et le masque. »

Octavio PAZ,
Le Rire et la Pénitence

« J'ai cru posséder le bonheur
Vêtu de soie, buvant du vin.
Et puis me voici face à moi,
Cherchant des yeux, et soudain,
J'ai changé — oui c'est vrai —
Je suis un mendiant tout neuf.
J'ai changé —
Je suis un mendiant tout neuf. »

Mendiant tout neuf

LE CAPITAINE BLOOD

« Ils étaient noirs. Ils parlaient un anglais superbe. Qui étaient-ils ?
"Quel est cet endroit ?" ai-je demandé.
"La Jamaïque. C'est Kingston."
"La Jamaïque ?" C'était donc cela. »

Errol FLYNN,
Mes très mauvaises manières

1

Cette partie de mon histoire commence un soir du début de janvier 1976 à Anchovy, Jamaïque, un village de campagne accroché au flanc des collines de Saint James Parish, à dix-huit kilomètres environ au sud-ouest de Montego Bay. A cette époque, j'allais résider en Jamaïque pendant quelques mois, sous le prétexte d'étudier les conditions de vie et les coutumes des Marrons, un peuple à l'état de vestige descendant directement d'esclaves ayant échappé à leurs maîtres espagnols, puis anglais, au cours des XVIIe et XVIIIe siècles, et qui par la suite, à partir de leurs enclaves inaccessibles dans la montagne, avaient mené avec succès une guérilla de cent ans contre les Britanniques. Lorsque je ne poursuivais pas activement mes recherches sur la vie quotidienne de ce peuple, j'avais assez de loisirs et d'envie pour me plonger dans la vie de tous les jours des Jamaïquains plus ordinaires qui m'entouraient. Je buvais et je fumais de la ganja avec eux, je jouais aux dominos, je me lançais dans des discussions politiques, etc. Il s'est ensuivi que j'ai noué plusieurs amitiés sincères avec un certain nombre de voisins.

Mon lien amical le plus fort, cependant, s'est établi avec un homme du nom de Terry Musgrave qui n'était ni un Jamaïquain ordinaire, ni un de mes voisins. Il avait environ trente-cinq ans, comme moi, et c'était un

Marron. Bien que pendant ces quelques mois il ait passé plus de la moitié de son temps dans ma maison d'Anchovy, il vivait dans le village marron de Nyamkopong, situé à une soixantaine de kilomètres d'ici, c'est-à-dire à trois heures de voiture.

Terron était petit de taille, on pouvait même dire minuscule, mais il était extrêmement musclé, et bien qu'il donnât l'impression d'avoir été empaqueté à l'intérieur de son corps sous une pression énorme — paraissant ainsi toujours sur le point d'exploser dans quelque action furieuse et chaotique —, il se déplaçait lentement et gracieusement, avec une précision pleine de retenue et de mesure. Sa peau était brun foncé, presque moka, et son visage, sous l'influence des gènes et de son caractère, avait été sculpté à l'image de celui d'un monarque nigérien. Comme il était religieux et appartenait à la secte des rastafaris, il portait la barbe et coiffait ses cheveux en longues mèches emmêlées et léonines, dites *dreadlocks* ou boucles de terreur. De profil, il ressemblait en effet à un lion mâle et sombre, et c'était ce qu'il voulait.

Mais le plus grand talent de Terron, ce qu'il avait de plus remarquablement beau, c'était sa voix et le langage qu'elle véhiculait. Il possédait une voix de baryton, profonde et sonore, qui sortait tout droit de sa poitrine, et le mélange exotique d'anglais jamaïquain, de patois paysan et de néologismes rastafari qui, dans toute autre bouche, aurait déjà constitué un poème, devenait un chant dans la sienne, un chant d'acajou et d'oiseau en vol qui s'étire et roule sourdement. Comparée à la sienne, ma voix faisait l'effet d'un roulis désordonné de bidons, elle était métallique, vide, instable, et mon langage aussi plat et aussi inintéressant qu'un tuyau de tôle. La comparaison me fermait toujours la bouche, et mon silence poussait généralement Terron à « s'avancer dans la parole », pour reprendre son expression. Il me parlait de son enfance à Port Antonio, où étaient chargés les cargos bananiers de l'United Fruit, de sa jeunesse dans les ghettos de Kingston, où des familles entières et nombreuses vivaient dans des emballages de réfrigérateurs et des voitures japonaises abandonnées, des années qu'il avait passées dans les ruelles de Montego Bay, où il avait servi d'intermédiaire entre les planteurs de ganja et les dealers de la baie. Puis, au cours des sept dernières années, il avait vécu avec ses « ancêtres », les Marrons de Nyamkopong où il s'était fait lui-même planteur de ganja. Il m'a aussi parlé de sa religion et de l'événement de sa conversion, au cours de laquelle il en était venu à « connaître je », ainsi que des changements merveilleux qu'elle avait opérés sur ses vies extérieure et intérieure, les unissant pour en faire un seul et saint instrument. Et en cela elle était comparable à la conversion d'un gnostique chrétien des premiers temps. Il m'a aussi décrit ses vues politiques, et il s'agissait bien de vues, car, comme tous les vrais rastafaris, c'était un visionnaire qui croyait aux prophéties, en particulier à celles de Marcus Garvey et du livre de l'Apocalypse dans la Bible. Nous éprouvions tous les deux la même méfiance à l'égard du gouvernement jamaïquain du moment, une bande d'ambitieux des deux sexes, corrompus et incompétents, pour la plupart éduqués en Angleterre où ils avaient appris à désirer le pouvoir et la richesse de la classe possédante en même temps qu'à user de la rhétorique socialiste pour les masses déshéritées. Mais, alors que Terron prenait chaque manifestation d'incompétence et de corruption chez eux comme un présage heureux de l'embrasement à venir, je n'y voyais qu'un nouvel épisode déprimant de l'histoire du Nouveau Monde. Le mal confirmait et renforçait, chez Terron, sa foi dans le bien ; chez moi, il ne faisait que confirmer et renforcer mon pessimisme.

Les différences entre nous, me semble-t-il, étaient si radicales et si totales, le vocabulaire et la syntaxe de nos vies étaient si incompréhensibles l'un pour l'autre, que ce qui aurait dû habituellement nous repousser en venait à nous attirer et à nous unir de telle façon que nous étions comme des aimants soudés ensemble, pôle opposé contre pôle opposé. Par conséquent, ou du moins l'ai-je cru, chacun de nous prenait la façon qu'avait l'autre de décrire la réalité comme ne révélant nulle autre réalité que celle du narrateur lui-même. J'ai estimé que nous regardions à l'intérieur l'un de l'autre, mais jamais, à travers l'autre, le monde au-delà. Quasiment comme des amants, chacun se servait de l'autre pour ne découvrir que soi-même. Nous étions des surfaces totalement opaques, m'a-t-il semblé, mais avec l'opacité de miroirs. Lorsque nous étions assis le soir sur ma terrasse, regardant le soleil tomber derrière les collines d'un vert luxuriant, fumant de la ganja et parlant de nos croyances, je ne percevais que Terron Musgrave et rien du monde d'où avaient surgi ses convictions. Et je pense qu'il s'est agi d'une décision délibérée de ma part, d'une volonté de ne pas traduire ses paroles, de ne pas faire de recherche à son sujet, pour ainsi dire, mais de m'abandonner simplement à la contemplation de sa voix et de son langage, à sa profonde sincérité, à l'authenticité de son chagrin et de sa magnanimité, et à l'optimisme de son esprit. Je le considérais comme un phénomène et non comme une source d'informations, aussi n'ai-je rien appris de lui en ce qui concerne les Marrons, le rastafarisme, la vie paysanne jamaïquaine, le commerce de la ganja, ni même la géographie de l'île. C'étaient des sujets qu'il possédait trop intimement, sans y penser, pour qu'il les porte à ma connaissance avant que je sois d'abord obligé de le traduire, que je sois forcé de me mettre dans un rôle de chercheur. Puis une nuit, très tard, Terron m'a révélé ce qu'il savait d'Errol Flynn. Il avait longuement été question de son activité de pêcheur, au temps de son adolescence à Port Antonio, et Terron m'avait décrit avec lyrisme les barracudas qu'il avait harponnés, les morceaux de corail noir qu'il avait ramenés de plus de douze mètres de fond, les homards aussi grands que des chèvres qu'il avait vendus au yacht-club, lorsque je m'aperçus soudain qu'il était en train de raconter comment il avait découvert les restes d'un corps humain. Un matin, de bonne heure, pagayant seul sur son canoë, il avait quitté la plage des pêcheurs, sur le côté oriental du golfe de Port Antonio, pour rejoindre le Blue Hole, une lagune naturelle d'une profondeur de soixante mètres où on trouve de l'eau claire pour plonger et un petit restaurant fréquenté de temps à autre par un ou deux touristes désireux d'acheter du homard frais pour leur déjeuner.

Lorsqu'il eut dépassé les rochers et les bancs de récifs de Folly Point, à quelques centaines de mètres de la côte, la brise cessa un instant, de sorte que l'eau se rigidifia et s'éclaircit comme une vitre, et il jeta un coup d'œil douze mètres plus bas, jusqu'au fond gris et criblé de trous. Il aperçut alors un innommable monstre brun à la bouche blanche, une anguille bizarre et béante qui le regardait depuis sa grotte, une jambe humaine coupée de son tronc. La brise revint soudain, ridant la surface de l'eau et effaçant la vision que Terron avait eue du fond. Il n'osait pas formuler ce qu'il avait aperçu. Ce n'est que plus tard qu'il en fut capable, lorsqu'il parvint au Blue Hole et vit sur la plage une demi-douzaine de garçons, des compagnons de plongée, qui se tenaient, mal à l'aise, autour d'une jambe humaine enflée, luisante d'eau, marron foncé, presque noire depuis le pied jusqu'à la cuisse où elle se transformait en bouche béante et livide aux lèvres charnues.

Un meurtre avait été commis. Suivi d'un démembrement atroce, car, en moins d'une semaine, on trouva, battus par les ressacs et prisonniers des falaises rocailleuses entre Folly Point et le Blue Hole, d'abord un bras, puis un deuxième suivi d'un tronc de femme, et enfin, roulée par les vagues près de la plage de Boston Bay, la tête. Le torse avait révélé le sexe de la victime, et la tête montrait qu'il s'agissait d'une personne jeune, mais il n'avait pas été possible d'aller plus loin dans l'identification à cause des meurtrissures provoquées par la mer, par les rochers, et par le travail des charognards.

Quelques jours plus tard, au moment où on mettait

dans une caisse en bois les six morceaux du cadavre qui devaient être conservés dans le congélateur du sous-sol de l'hôtel-restaurant de Frenchman's Cove — c'était le seul endroit de Port Antonio, à l'époque, où la police pouvait entreposer ces macabres indices —, l'un des agents les plus futés de la maréchaussée fit remarquer que les membres et la tête avaient été disjoints du thorax avec une précision exceptionnelle, comme par un unique coup de machette à la manière dont un boucher expérimenté coupe les pattes et la tête d'une chèvre qu'il vient d'abattre. C'était là un fait nouveau bien singulier. Et, selon Terron, ce fut la cause directe de l'arrestation du boucher De Vries et de sa condamnation, aussi expéditive que son exécution par pendaison à Kingston.

L'histoire ne s'arrêtait cependant pas là. Celle de Terron, je veux dire. Car, m'a-t-il dit, le boucher De Vries était innocent. La victime dépecée était bien sa femme. C'était là un fait que les policiers avaient facilement établi. Ils s'étaient simplement enquis de toutes les épouses et petites amies des bouchers de la ville. Lorsque seule la femme de De Vries manqua à l'appel, on demanda à ce dernier où elle était, et il mentit. Il leur raconta qu'elle était allée à Kingston rendre visite à de la famille et qu'elle rentrerait sous peu. Mais pourquoi, que se passait-il, avait-elle donc fait quelque chose ? Non, rien, ils voulaient seulement s'entretenir avec elle d'une procédure en cours, aussi demandaient-ils à De Vries de les avertir dès qu'elle rentrerait de Kingston. Les policiers ont attendu, ils avaient tout leur temps, le corps était dans le congélateur du restaurant de Frenchman's Cove, et trois semaines plus tard, la femme de De Vries n'ayant toujours pas refait surface, ils sont simplement revenus lui demander à nouveau où elle se trouvait.

Cette fois, pourtant, il n'a pas menti. Il n'a rien dit. C'était comme s'il avait été frappé de mutisme. Le seul son qu'il parvenait à émettre était une sorte de croassement qui lui sortait du fond de la gorge, comme le cri d'un corbeau ou d'un de ces urubus de la Jamaïque qu'on appelle les John Crow et qui tracent jour après jour de longues boucles paresseuses dans le ciel pur des Caraïbes, planant sans fin en cercles concentriques au-dessus d'un point minuscule de mort soudaine dans l'épaisse végétation verte en bas.

Le boucher De Vries, tout au long de son procès et jusqu'à son exécution, a gardé le silence. Sauf lorsqu'on lui ordonnait de parler : auquel cas il déglutissait, faisait de grands efforts, se contorsionnait et poussait le cri d'oiseau dont Terron a dit qu'il était le fruit de l'œuvre d'Errol Flynn. Car Flynn et son ami le médecin américain Menotti, a déclaré Terron, avaient rendu le boucher muet pour qu'il ne puisse pas témoigner contre eux. L'assassin, en effet, n'était pas De Vries, mais Dario Menotti, le fils encore adolescent du médecin blanc, un garçon de dix-huit ou dix-neuf ans qui s'apprêtait à quitter l'île et son père pour aller faire des études et devenir à son tour médecin. Le père Menotti, un veuf, résident de longue date de Port Antonio et compagnon de beuverie d'Errol Flynn, était un homme qui frappait par ses manières délicates et son sourire précis. Il aimait son fils et n'aurait pas voulu voir une brillante carrière médicale brisée avant même qu'elle ait eu l'occasion de démarrer.

Voici ce qui s'était passé. Tard un soir de février, après le cognac et les cigares Royal Jamaican qu'ils avaient fumés chez Flynn, dans le domaine qu'il possédait à l'est de Port Antonio, les deux hommes d'âge mûr et l'adolescent — tous trois légèrement éméchés et euphoriques — s'étaient mis en tête que cette nuit-là serait celle où le garçon serait initié à la vie médicale qui l'attendait. Si tu dois sauver des vies, déclara Flynn, et si tu ne veux pas qu'il ne s'agisse que d'une compétence technique, d'un acte mécanique absurde et indifférent, tu dois d'abord apprendre ce que c'est que détruire une vie. Chaque chose recèle son contraire, leur dit-il, tandis que le docteur approuvait sagement de la tête. Le garçon ne comprenait pas ce que cela signifiait, mais il faisait confiance à son père et trouvait Flynn héroïque. Les deux hommes avaient été près de lui lorsqu'il avait goûté son premier plaisir en s'accouplant à une femme, les deux hommes lui avaient fait savourer l'intense expansion de la ganja et de la cocaïne, et c'étaient encore eux qui l'avaient instruit dans les plaisirs du pari sur les combats violents entre coqs, entre chiens, ou entre des femmes munies de couteaux et des hommes désarmés. Par l'entremise de son père et d'Errol Flynn, l'adolescent avait appris à se connaître surtout par rapport à son environnement, un contexte de paysannerie noire où il était le seigneur blanc du château.

Voyant De Vries passer sous sa fenêtre, sur le point de rentrer chez lui en ville, Flynn beugla et gesticula pour le faire entrer dans son immense salon carrelé. Flynn élevait des bœufs de race Red Poll dans les milliers d'acres de collines et de bord de mer déboisé qu'il possédait, et il lui arrivait de demander aux bouchers de la ville de venir tous ensemble exercer leur art sur ses troupeaux à coups de machette. Tel avait été le cas ce jour-là, et De Vries était le dernier des bouchers à repartir. Il pénétra timidement dans la salle, le chapeau à la main, pieds nus, avec des pantalons maculés de sang, roulés presque jusqu'aux genoux, et un maillot de corps déguenillé. Il avait peur. Flynn, lorsqu'il était ivre, pouvait se montrer violent et dire des choses étranges, embarrassantes ou blessantes. De Vries s'aperçut que le docteur était avec Flynn. Le docteur. Pour des Jamaïquains de l'intérieur, et dans des lieux aussi isolés que Port Antonio, ce titre signifiait médecin sorcier, maître de vaudou, c'est-à-dire *obeah*. Flynn était un être mauvais ; et, grâce à sa richesse, il était puissant. Mais le docteur, par son savoir, était encore plus puissant que Flynn. Quant aux deux ensemble, ils étaient dangereux.

Les Blancs étaient ivres, ils faisaient tournoyer leurs cigares, ils gesticulaient et parlaient fort, dans cette langue insipide et difficile qui était la leur, désignant le garçon qui était assis, calme et sérieux près de la cheminée, jusqu'à ce qu'enfin De Vries comprenne que ce que voulaient les hommes, c'était une femme pour le garçon, une fille des rues. Ils lui donneraient de l'argent pour leur en amener une, et ils la paieraient bien elle aussi. Ah, maintenant De Vries comprenait de quoi il retournait. Le garçon allait devenir un homme. Bien, il leur rendrait service avec plaisir, certes, et tout heureux, tout soulagé en pensant à l'argent, il fit une révérence et quitta la pièce. Puis il dévala la colline depuis la grande maison jusqu'à la grange basse où ses chevaux décharnés étaient attelés à son fourgon à viande. Oui, il allait bien leur amener une femme, mais ce ne serait pas une pute du port, une de ces filles marron clair au joli visage qui lui dirait merci pour sa peine et garderait pour elle tout ce qu'elle pourrait mendier, gagner ou voler auprès de ces Blancs. Non, il irait chercher sa femme : elle aussi avait un joli minois, elle était café au lait, et encore mince, comme les Blancs les aiment. Puis, au matin, il lui prendrait tout ce que les autres lui auraient donné. Il recevrait de l'argent pour leur avoir procuré une femme, et il aurait également l'argent de la femme. Il s'achèterait un nouveau cheval.

Quelques heures plus tard, De Vries remit son épouse — elle s'appelait Waila comme celle de Noé — à Flynn, au docteur, et au fils de ce dernier. Flynn donna l'ordre à De Vries d'attendre au pied de la colline avec son fourgon. Il le paierait plus tard, quand ils en auraient fini avec la femme. Ce qui rendit De Vries perplexe. Il avait pensé qu'on lui donnerait sa commission et qu'on le renverrait. Et que la fille se débrouille pour rentrer au port.

Mais le boucher obéit et descendit lentement l'allée de gravier jusqu'au hangar à fourgons près du portail. Il était très tard, presque minuit, le ciel était couvert et sans lune. Il fuma une cigarette, parla un moment à ses chevaux osseux, puis grimpa à l'arrière de son fourgon. Se recroquevillant dans un coin sur un tas de sacs en grosse toile, il s'endormit.

Vers l'aube, lorsque l'horizon argenté traça une ligne de soudure entre le ciel et la mer, De Vries fut réveillé par la main d'un homme, celle de Flynn qui lui secouait brutalement l'épaule. Il se frotta les yeux, s'assit, se souvint d'où il était et de ce qu'il y faisait. Flynn lui grommela quelque chose, lui dit de le suivre jusqu'à la maison, tourna les talons et disparut dans la nuit sinistre. Le boucher se mit aussitôt en route, et, courant pieds nus sur le gravier, parvint à l'entrée de derrière au moment où Flynn, qui avait réussi à le devancer, ouvrait la porte de l'intérieur. De Vries pouvait apercevoir le docteur assis dans un fauteuil massif à côté de la cheminée. Près de lui, son fils, le visage crayeux, fixait intensément le feu.

Flynn ordonna à De Vries de le suivre, et, marchant à grandes enjambées devant lui, franchit des portes et des couloirs sombres. Arrivé dans la cuisine, une vaste et haute salle, Flynn alluma un plafonnier et le boucher aperçut sa femme nue, allongée sur une longue table au centre de la pièce. Au-dessus d'elle, une rangée de casseroles, de marmites et de poêles qui pendaient au bout de leur manche comme autant de petites carcasses. Bien qu'elle ne présentât pas de blessure pouvant indiquer comment elle avait péri, le boucher savait qu'elle était morte et que le docteur, son fils et Errol Flynn l'avaient tuée. En cet instant, De Vries la trouva très belle. Il y avait longtemps qu'elle ne lui avait pas paru belle.

Ce fut toute l'affliction dont le boucher fut capable ; sa terreur ne lui permettait pas davantage. Flynn lui ordonna simplement de se débarrasser du corps et de revenir plus tard dans la matinée chercher sa paie. Jette-la dans la mer, à Folly Point ou ailleurs, et fais en sorte que personne ne puisse la reconnaître, lui précisa Flynn avant de le laisser seul avec sa femme.

Aussitôt De Vries s'empara d'elle, la fit basculer sur son épaule, ouvrit une porte qui donnait directement sur l'extérieur, et, tandis que le soleil embrasait le ciel et lui baignait le visage de lumière et de chaleur, il dévala la colline jusqu'à son fourgon où il enveloppa le cadavre dans de la grosse toile, le tassa dans un angle — celui-là même où il avait dormi — et se mit en route pour Folly Point.

Lors de son procès, De Vries émit des croassements et des cris rauques à chaque fois qu'on lui demanda de déposer ou de préciser ses faits et gestes. Errol Flynn se trouvait alors en Espagne, et le fils du médecin dans le Massachusetts. Le docteur, lui, assista chaque jour au procès, assis au premier rang, calme, silencieux et bien net dans son costume de lin blanc, souriant gracieusement quand il apercevait une de ses connaissances, et, plus tard, bavardant familièrement avec les avocats dans le couloir ou lançant de légères tapes sur les volumineuses épaules des policiers. Mais, quoi qu'il parût faire par ailleurs, il ne lâchait jamais De Vries des yeux, planant en cercles au-dessus de lui comme un urubu qui se laisse soulever par des courants ascendants et attend que l'odeur de la mort monte jusqu'à lui.

2

Au mois de février 1976, j'ai déménagé de ma maison d'Anchovy et je suis rentré aux États-Unis où j'ai repris mes activités habituelles. En avril, cependant, j'ai dû revenir à la Jamaïque dans l'espoir de répondre à certaines questions qui ne m'étaient apparues qu'à distance et qui concernaient les Marrons. A l'aéroport de Montego Bay, où Terron m'attendait, j'ai loué une voiture, une Toyota jaune cabossée, et nous sommes partis tous les deux vers l'intérieur, pour le village marron de Nyamkopong où j'allais passer dix jours chez quelqu'un qui était à la fois mon ami et le sage du village : un homme âgé qui étincelait d'intelligence et d'énergie et qui servait d'historien pour son peuple, d'humoriste et de magicien, de conservateur de la langue et des rites. Terron était mon guide et mon compagnon, mon paratonnerre dans cet orage, car, pour moi, il s'agissait bien d'une tempête.

Après mes dix jours à Nyamkopong, je devais me rendre à l'extrémité orientale de l'île pour visiter les trois établissements marrons qui s'y trouvent encore, Gordon Hall, Charles Town et Moore Town. Je me déplacerais de l'un à l'autre de ces minuscules villages isolés dans la montagne selon mon envie et selon les circonstances. Je dormirais à l'arrière de ma Toyota jaune, ou dans des huttes, ou sous le comptoir de ces boutiques-auberges qu'on trouve au croisement des routes, je ferais parler les chefs et les vieillards, j'observerais leurs coutumes, j'enregistrerais leurs paroles, j'apprendrais le nom qu'ils donnent aux choses qui les entourent, j'essaierais de comprendre comment ils se voient. Terron, évidemment, m'accompagnait dans ce voyage, et bien que ce contexte de lieux, de gens et d'événements spirituels fût également nouveau pour lui, il me protégeait et me facilitait l'accès à ce monde. Il était noir et j'étais blanc ; il était jamaïquain et moi étranger ; c'était un rastafari tandis que j'étais un sceptique qui posait des questions ; c'était un Marron et je descendais directement de leurs ennemis ; il parlait avec facilité alors que je ne pouvais m'exprimer sans avoir d'abord traduit mes pensées en mots. Pourtant, bien que je dépende de lui, de son intelligence et de sa bonne volonté, j'avais en lui une entière confiance, et de ce fait, les gens au milieu desquels j'évoluais — qui, d'habitude, étaient hostiles et réservés envers tout inconnu noir, blanc, jamaïquain ou étranger — paraissaient aussi me faire confiance. La tempête continua donc à faire rage.

En voyageant le long de la côte, entre Gordon Hall (blotti dans les vertèbres des Blue Mountains, qui s'élèvent à près de deux mille cinq cents mètres et innervent l'extrémité orientale de l'île) et Moore Town (un village qui semble être fixé sur une paroi de falaises calcaires comme s'il y avait été collé), Terron et moi avons fait une halte de quelques jours à Port Antonio. Terron, qui avait passé là son enfance et son adolescence, n'y était pas revenu depuis. Il souhaitait rendre visite à un de ses frères qui y résidait toujours, et retrouver quelques-unes de ses chambres et de ses rues d'enfance. Après enquête dans les bars le long du quai, nous avons appris que le jeune frère de Terron, qui s'appelait Holmes, logeait avec un homme du nom d'Evan Smith, chez ce dernier, à la périphérie de la ville.

Je me suis senti totalement épuisé en arrivant à la maison de Smith. J'avais tellement dû me concentrer, au cours des trois semaines précédentes, que chaque soir me trouvait trop fatigué pour que je sois entièrement reposé le lendemain matin ; ce qui produisait une sorte d'entropie. Je me vidais. Ce même matin, à l'ombre d'un superbe arbre à pain de Gordon Hall, un vieillard aux rides qui lui sillonnaient le visage comme des serpents tandis qu'il parlait, et qui tenait dans ses mains des paniers aussi finement tressés que s'ils étaient faits de lumière, m'avait révélé la manière dont les Africains — c'est ainsi qu'il désignait son peuple et lui-même — étaient venus à la Jamaïque. Son récit avait pris la forme d'un test. D'abord une question : Comment les Africains sont-ils arrivés en Jamaïque ? puis ma réponse : Je ne sais pas — seule réponse valable —, suivie de sa propre réponse : Ils sont arrivés par les airs. Puis une autre question : Où ont-ils atterri ? A nouveau ma réponse : Je ne sais pas — seule réponse valable —, et la sienne : Sur un arbre. Quelle sorte d'arbre ? Je ne sais pas. Un acajou à pommes ; et pourquoi cet arbre-là ? Je ne sais pas. Parce qu'ils avaient faim en arrivant ; et comment s'appelait alors cet endroit ? Je ne sais pas. Cajouville ; et qui se trouvait là pour les accueillir ? Je ne sais pas. Nonny la reine guerrière et son frère Cudjoe ; et qui étaient ses autres frères ? Je ne sais pas. Nyamkopong, Johnny, Quao et Cuffee étaient les quatre frères ; et pourquoi existe-t-il quatre villages marrons ? Je ne sais pas. Parce qu'il y avait quatre frères, chacun gouvernant un village. Et cela s'est poursuivi pendant des heures jusqu'à ce qu'à la fin je craque et je me retrouve en train de pleurer. Les hommes présents dans la pièce, c'est-à-dire le vieillard qui racontait l'histoire, mon ami Terron et deux jeunes gens du village m'ont alors tendu la main, m'ont touché et m'ont souri en me regardant dans les yeux.

A présent, après un souper de pois blancs, de riz et d'ailes de poulet cuisinés par Holmes, j'étais assis en face de Smith, à sa table branlante recouverte de

Formica, avec entre nous une bouteille de rhum blanc extra-fort. Holmes et Terron étaient sortis, vraisemblablement pour rendre visite à d'anciennes amies, des cousins, des tantes et des oncles. Comme j'étais épuisé et que Smith m'avait favorablement impressionné, j'avais préféré ne pas les suivre. Smith avait la soixantaine, c'était un homme au visage large et souriant, à la barbe taillée comme une bêche et parsemée de blanc, à la voix rauque et pressée. Un homme intelligent, un des responsables du marché aux puces de Port Antonio, mais aussi un excentrique qui vivait seul — si l'on exceptait Holmes qui, contre pension, lui faisait le ménage et la cuisine. Smith avait construit sa case de deux pièces au sommet d'une des falaises qui se dressent comme des genoux décharnés à l'ouest de Port Antonio. Il l'avait évidemment bâtie avec l'aide de Holmes, peu après que sa femme était allée vivre aux États-Unis, dans le Bronx, avec ses deux filles et les petits-enfants. Il aurait pu les rejoindre, a-t-il déclaré, mais il avait choisi de rester à Port Antonio. C'était là son excentricité principale. Il l'expliquait en faisant remarquer que les filles de sa femme n'étaient pas de lui, bien qu'il les ait élevées comme un père, et qu'ici, à Port Antonio, il était entouré de nombreux amis. J'ai supposé que l'épouse de cet homme affable était probablement une femme avec beaucoup de volonté et d'exigences, et que peut-être il avait une maîtresse ici à Port Antonio.

De cette falaise, mon regard franchissait la fenêtre ouverte, dépourvue de rideaux, et descendait jusqu'au port, suivant la courbe qu'il trace de Folly Point jusqu'à Bryan's Bay, avec, au milieu, Navy Island qui garde le port comme un énorme chien assoupi. Les phares des voitures qui sillonnaient la douzaine de rues dessinaient une carte de la ville, et les lumières fixes des cargos bananiers, des yachts et des bateaux de pêche privés signalaient les eaux profondes du port. Des balises lumineuses, de part et d'autre de Navy Island, s'éclairaient comme des révélations soudaines, leur emplacement, oublié dès que la lumière s'éteignait, réapparaissant quelques secondes plus tard comme pour la première fois. C'était une soirée chaude et parfumée, l'odeur du feu de bois et des fleurs de cassier se mêlant à la brise marine, tandis que montait parfois de la route, bien au-dessous de moi, le coup de klaxon d'une voiture, ou bien, de la brousse obscure derrière la case, le bruit d'un transistor déversant du reggae, les pleurs d'un enfant, une femme criant à son fils aîné de venir porter de l'eau alors que celui-ci essayait de dévaler le sentier rocailleux pour gagner la route, et, de là, rejoindre la vie nocturne du port, les bars, les bordels, les arrière-salles de jeux enfumées et cachées, s'il ne s'arrêtait un moment chez quelqu'un dans une cour en terre battue où, accroupi dans l'obscurité, il ferait circuler un joint de ganja.

Comme je contemplais le port, mes pensées sont naturellement allées vers Errol Flynn dont le bateau était ancré dans ces ténèbres ; et j'avais appris ce même après-midi, dans une conversation avec Holmes, qu'il avait été jadis propriétaire de toute cette île, Navy Island. Il l'avait gagnée dans une partie de poker au Princess, un bar-bordel sur le quai. J'ai donc demandé à Smith s'il avait connu Errol Flynn pendant les années quarante et cinquante, à l'époque où Flynn avait fait de Port Antonio sa résidence principale. Converser avec Smith n'était pas comme parler avec Terron, car Smith se chargeait de traduire pour moi alors que Terron ne voulait pas ou ne pouvait pas le faire. Terron s'exprimait en images — pas en paraboles ni en allégories, symboles ou métaphores, mais en images — et la traduction en détruisait le sens. Smith, en revanche, acceptait différentes règles pour ce même jeu, ce qui signifiait, bien sûr, qu'il véhiculait une autre sorte d'information. Terron utilisait le langage à la façon des anciens Marrons, de manière à communiquer les abstractions avec la force d'assauts physiques, violemment, irrésistiblement. Smith savait mieux fournir des données. C'était une sorte d'Occidental, ce que n'étaient ni Terron ni les anciens Marrons. Dans mon état de fatigue, j'étais heureux de cette différence, et c'est la raison pour laquelle je me suis risqué à une conversation sur Errol Flynn.

Oui, il l'avait connu. Pas personnellement, certes, seuls quelques Noirs connaissaient Flynn personnellement : ceux qui travaillaient pour lui, dans son ranch ou sur son bateau, et un bon nombre de femmes, bien qu'on ne soit pas obligé d'appeler ça « le connaître personnellement ». Errol Flynn était un homme mauvais, a déclaré Smith d'une voix rauque en se versant un pouce de rhum et en remontant le mien au même niveau. Un homme mauvais. Pas comme la plupart, pourtant, qui sont mauvais parce qu'ils ont souffert ou parce que quelque chose ne va pas bien dans leur tête. Errol Flynn était mauvais sans aucune raison de l'être. Il y a des hommes qui trichent et volent, qui couchent avec la femme des autres, maltraitent des enfants et parfois tuent un autre homme, et pourtant on peut toujours les comprendre d'une certaine façon. Il existe toujours une explication. Cela n'en fait pas des êtres bons, évidemment, mais cela montre pourquoi ils sont mauvais. Chez Flynn, cependant, il en allait autrement. Il n'y avait jamais eu d'explication à ses actes. Il n'était même pas fou.

Smith s'est mis à me raconter comment Flynn était entré en possession de Navy Island, et ce qu'il y avait fait ensuite, comment les gens, sur les quais du port la nuit, regardaient avec horreur par-dessus les huit cents mètres d'eau les lumières sautillantes et les corps qui dansaient sur la plage en face d'eux. A mesure qu'il racontait, un sourire s'étalait lentement sur son large visage, presque comme s'il admirait Flynn. Aussi l'ai-je interrogé sur De Vries et la mort de sa femme : Smith était-il au courant de cette histoire, du moins en ce qui concernait Flynn ? Oh, bien sûr, tout le monde la connaissait, mais elle ne présentait pas grand intérêt. Ce qui passionnait Smith, c'étaient les formes particulières de débauche qui avaient eu lieu à Navy Island après que Flynn eut gagné l'île dans une partie de poker au

Princess. Tout le monde était sur le quai à regarder, répéta-t-il, et de temps à autre des gamins, des garçons, se glissaient en cachette dans l'eau pour gagner l'autre côté à la nage, mais jamais personne ne les revoyait, sauf quelques semaines plus tard lorsque leurs corps réapparaissaient, emmêlés dans les cordes des bouées de marquage du chenal, ou échoués sur les rochers du cap près de Titchfield. Le rapport officiel certifiait toujours qu'ils s'étaient noyés en nageant vers Navy Island, ce qui était plausible, a affirmé tranquillement Smith, parce que le courant est fort par endroits, surtout au moment des marées. A présent, Navy Island appartient à de grosses huiles de Miami et de Las Vegas, m'a-t-il dit. Flynn la leur a vendue avant de mourir.

Je ne le croyais pas. Je voulais qu'il me parle d'Errol Flynn, du Dr Menotti et de son fils Dario, de De Vries le boucher et de Waila, sa femme morte. Les choses s'étaient-elles passées comme Terron me l'avait raconté ? ai-je demandé avant de lui relater brièvement ce que j'avais compris du récit de Terron.

Non, bien sûr que non, s'est-il exclamé en riant. Pas mal de gens à Port Antonio croient cette histoire parce que pour la plupart d'entre eux un docteur est un sorcier, un *obeah*. Ces Jamaïquains sont des gens rétrogrades, a-t-il expliqué en versant encore un pouce de rhum dans nos verres, et il leur est beaucoup plus facile de rendre compte des événements par la magie, le vaudou et l'*obeah* qu'en examinant les faits. Dans ce cas précis, les faits étaient les suivants : De Vries avait tué sa femme, puis on l'avait vu en train de se débarrasser du corps. Aussi, lorsqu'il mentit et raconta aux policiers qu'elle était allée à Kingston rendre visite à de la famille, ils l'arrêtèrent. Le témoin était un homme qui travaillait pour Flynn. Il avait aperçu De Vries de bonne heure un matin à Dolphin's Bay avec, au bord de la route, le fourgon et le vieux cheval qu'on connaissait bien. Puis il avait vu De Vries sur le rocher en train de dépecer quelque chose à coups de machette. Tout cela était sorti au procès et De Vries n'avait pas su dire un mot pour se défendre. Flynn, le Dr Menotti et son fils n'avaient rien à voir dans cette histoire, sauf qu'il se trouvait que le témoin travaillait pour Flynn, et c'était la raison pour laquelle il était passé si tôt sur la route longeant Dolphin's Bay. Et sauf que le Dr Menotti était propriétaire des terrains bordant les deux côtés de la route à Dolphin's Bay.

Par ailleurs, Smith ne s'intéressait pas le moins du monde au docteur ni à son fils, la seule chose digne d'attention pour lui en ce qui concernait Flynn étant ce qu'il manigançait sur la plage à Navy Island. Mais j'ai quand même remarqué que l'affaire De Vries ne le laissait pas indifférent parce qu'il avait jadis connu De Vries — depuis son enfance, a-t-il dit ; ils avaient à peu près le même âge — et De Vries avait toujours été un homme mauvais, violent, incontrôlé, dont tout le monde était d'accord pour dire depuis des années qu'il finirait par tuer quelqu'un. Puis, pour une quelconque raison, Smith s'est mis à me parler du cyclone de 1938. A cette époque, personne n'avait prévu l'arrivée de l'ouragan, sinon quelques heures avant qu'il ne frappe, lorsque soudain la pluie a ralenti avant de cesser et que l'air est devenu lourd. Les oiseaux ont commencé à voler en groupes vers l'intérieur tandis que la mer prenait une teinte argentée et se faisait aussi lisse que le ventre d'un poisson. Mais l'ouragan de 1938 avait frappé Port Antonio dans la soirée, de sorte que le seul avertissement fut l'arrêt soudain de la pluie qui tombait sans discontinuer depuis trois jours et trois nuits. Un avertissement que la plupart des gens interprétèrent complètement à l'envers, croyant qu'il annonçait seulement la fin tant désirée de la tempête. Ils ouvrirent donc leurs boutiques et leurs fenêtres, sortirent se promener dans les rues et se mirent à bavarder aux carrefours pour se changer les idées après être restés enfermés dans leurs maisons et leurs cabanes. Smith était alors un jeune homme, célibataire, et il était allé danser au Pavillon Marblehead, sur cette colline où s'élève aujourd'hui un hôtel avec une vue réputée sur les montagnes et sur la mer. A cette époque, c'était un dancing, et il était de coutume que les jeunes gens qui n'étaient pas mariés viennent y danser, s'y rencontrer, et repartent en couples qui se tenaient par la main. C'est à ce bal que Smith fit la connaissance de la femme qu'il devait épouser : elle était légèrement plus âgée que lui et avait deux filles toutes petites. Leur père s'était rendu aux États-Unis pour travailler dans les vergers, mais il n'avait pas respecté son contrat et n'était pas revenu. La femme était infirmière, elle était employée chez un médecin de Port Antonio, la solitude lui pesait et Smith lui plut. Il tomba amoureux d'elle, et après avoir dansé ensemble deux bonnes heures, ils commencèrent à faire à pied le chemin qui descendait de la colline à la ville, lorsque le cyclone s'abattit. Le vent se mit à souffler d'abord en rafales, puis de manière soutenue et de plus en plus furieusement. La pluie tomba d'abord en lames ondoyantes, puis, propulsée par le vent, elle leur fouetta le visage comme si elle sortait d'un canon. La tête courbée, ils avaient couru — le jeune homme et la jeune femme —, dévalant le long chemin escarpé jusqu'à la ville, puis longeant la rue jusqu'à la maison de la femme où sa sœur l'attendait avec les deux petites filles.

Smith était resté les trois jours suivants chez la jeune femme, dans une case de trois pièces nichée dans l'une de ces minuscules allées qui mènent directement du port à la brousse. Il avait passé son temps à réconforter la femme, sa sœur et ses enfants, reclouant des planches de bois et des plaques de tôle galvanisée à mesure que l'ouragan les arrachait, racontant des histoires, chantant des chansons, et les trois jours et trois nuits s'étaient déroulés dans une douce sécurité pendant que l'ouragan se déchaînait sur le port, sur toute l'île et finalement sur l'ensemble des Caraïbes et la côte du golfe du Mexique. Jusqu'à ce qu'il finisse par s'éloigner et se fraie lentement son chemin de dévastation vers le nord-est, dans l'Atlantique.

Le soleil s'éclaircit alors en une voûte de satin argenté

et la pluie cessa. Les oiseaux revinrent des collines derrière le port et filèrent affamés vers la mer. Des chiens aboyaient, des bébés pleuraient, des moteurs démarraient. La jeune femme prépara pour Smith un copieux petit déjeuner, et quand elle lui souhaita une bonne journée elle vit partir un homme heureux. Flânant dans la rue, sifflotant, saluant de la tête et bavardant avec tous les passants, il se dirigea vers la maison de sa mère qui se trouvait à quelques bâtiments de distance de l'endroit où habitait De Vries et où il tenait sa boucherie. En s'approchant de chez De Vries, il dut d'abord traverser un petit jardin clos de murs où le boucher faisait pousser des légumes en quantité suffisante pour sa famille, avec même un léger excédent qu'il vendait aux marchands ambulants. Smith franchit la clôture, un mince assemblage de bois de démolition et de vieilles tôles au rebut, puis un bruit retentit : Ouap ! comme si on battait un tapis. Ce qui lui parut étrange, battre un tapis juste après le passage de l'ouragan. Il entendit alors une voix masculine, dure et froide : *Salope !* A nouveau le claquement d'une forte gifle, et encore l'insulte : *Salope !*

Smith s'arrêta. L'air qu'il sifflait s'était éteint dans sa bouche et il eut de la peine pour la femme de De Vries. C'était une matinée radieuse, les gens étaient en vie, le cyclone était parti et les avait tous épargnés. Mais, par cette matinée radieuse, on battait une femme, songea tristement Smith. Une honte. Une sale honte. Une fois de plus une main écrasa la chair, une fois de plus l'insulte jaillit. Smith se fit tout petit et, dépassant le mur branlant, s'approcha de la maison elle-même. Par une fenêtre ouverte, il jeta un coup d'œil à l'intérieur et aperçut une femme qu'il connaissait. La femme de De Vries. Elle était jeune et jolie, me dit Smith, mince et marron de peau. Elle faisait cuire des blighias et du poisson salé — il se souvenait encore de l'odeur — et elle lui lança un sourire. Il lui rendit son sourire, souleva son chapeau — il possédait alors un chapeau brun de feutre mou qu'il aimerait bien avoir encore — et il s'éloigna rapidement en pensant à De Vries, essayant de comprendre quelle sorte d'homme c'était pour battre sa maîtresse à moins de six mètres de sa femme.

Je me suis levé de table et j'ai découvert que le rhum avait agi sur mon organisme sans que je m'en aperçoive, parce que j'ai eu du mal à trouver mon équilibre et j'ai failli tomber en avant sur la table. Avec la sensation d'être une tour branlante, j'ai fait quelques pas prudents à l'extérieur jusque dans les buissons où j'ai uriné en écartant les pieds. Et tandis que le liquide jaillissait de mon corps en éclaboussures sonores, je regardais la ville et le port en bas, avec les huit cents mètres d'eau noire qui séparent les quais de l'île qui avait appartenu à Errol Flynn, et les bouées lumineuses intermittentes où on avait trouvé les corps mutilés de garçons curieux. Sur ma droite, à cinq kilomètres environ et à la même hauteur que moi, je voyais les lumières de l'hôtel sur la colline. C'était là que se tenait en 1938 le dancing où Smith avait fait la connaissance de sa femme.

Smith avait raison : il est difficile d'imaginer quel genre d'homme on doit être pour battre sa petite amie à moins de six mètres de sa femme. Mais c'est un genre capable de tuer sa femme. Et une manière satisfaisante d'expliquer *pourquoi* il l'avait assassinée, selon Smith, consistait simplement à décrire De Vries comme quelqu'un qui pouvait taper sur sa maîtresse dans le jardin pendant que sa femme préparait le petit déjeuner à côté. On n'a pas besoin d'un motif, pour expliquer la violence ; il n'y en a pas. On a besoin d'une psychologie. Pour Smith, et désormais également pour moi, la psychologie de De Vries était plausible, tandis que celles du docteur, de son fils et de Flynn ne l'étaient pas.

J'ai reboutonné ma braguette, et je revenais en vacillant vers la maison lorsque je me suis soudain rendu compte que si la psychologie des Blancs risquait d'être une énigme pour Smith, elle ne l'était pas pour moi. Je les comprenais tout autant que Smith comprenait De Vries. C'était De Vries qui, pour moi — et aussi bien dans la version de Terron que dans celle de Smith —, avait constitué un mystère : un homme qui monnayait sa femme auprès d'un autre et puis, quand il s'avérait que le client l'avait abattue, emportait le cadavre, le dépeçait et jetait les morceaux dans la mer ; un homme qui, lorsqu'il était accusé de l'avoir lui-même assassinée, se repliait et devenait muet ; un homme qui finalement se laissait exécuter pour ce crime. Quant à l'histoire de Menotti en tant qu'*obeah*, je n'en faisais aucun cas. Après tout, je comprenais les Blancs. J'en étais un moi-même.

3

Mon travail chez les Marrons s'étant rapidement terminé, j'ai dû revenir encore aux États-Unis pour reprendre mes activités habituelles. A l'aéroport de Montego Bay, après avoir rendu la Toyota jaune devenue pratiquement inutilisable, j'ai pris gravement congé de Terron et de son frère Holmes qui avait voulu nous accompagner pendant le voyage de Port Antonio à Montego Bay, puis je me suis placé avec regret dans la queue des touristes américains sur le chemin du retour, tous brûlés par le soleil, tous exhibant de grands sourires et des chapeaux de paille. Je n'avais pas de coup de soleil pour justifier mon mois sous les tropiques, pas de chapeau à l'effigie d'un danseur de limbo se livrant à des contorsions impossibles, ni de sourire flottant sur mes lèvres en pensant à ce que les filles diraient lundi, au travail, quand j'entrerais au bureau avec nonchalance, somptueusement coloré.

En revanche, mon esprit était chargé d'images qui me mettaient mal à l'aise par ce qu'elles avaient de sombre et de conflictuel. Des représentations d'Errol Flynn tel que Terron le concevait : capitaine Blood, *obeah*, un prince des ténèbres au rire orgueilleux ; images du même Errol Flynn vu par Smith : un élégant mafioso, un riche et célèbre hobereau, peut-être un agent de la CIA ; enfin Errol Flynn tel qu'il m'apparaissait : un sybarite débauché, une vedette de cinéma vieillie et décadente. Mais c'était le conflit entre ces images, plutôt que leur nombre, qui me troublait. Car, si je considérais l'homme surtout en termes psychologiques, Smith l'évaluait en termes sociaux et Terron en termes mythiques. Ce qui provoquait en moi une quête irritée de certitude, une insécurité qui me mettait nettement mal à l'aise.

On ne pouvait pas résoudre ces contradictions en affirmant simplement que Flynn était tout cela à la fois, et qu'une image, comme un texte, fonctionne aux trois niveaux simultanément et identiquement. On aurait plutôt souhaité établir une priorité entre les trois, une hiérarchie, et il y avait déjà longtemps qu'en recherche on classait les perceptions selon l'hypothèse que le psychologique mène au social et à l'historique, lesquels à leur tour conduisent au mythique. Telle était la croyance de l'époque, la convention de l'analyse rationnelle à laquelle on était formé à se fier. Pour dire les choses simplement, on ne pouvait pas connaître Errol Flynn en tant que mafioso avant de l'avoir saisi comme débauché, et on ne pouvait pas le percevoir comme capitaine Blood avant d'avoir examiné son rôle de hobereau. La cause et l'effet. On présumait que sa psychologie engendrait son identité sociale, laquelle provoquait sa fonction mythique. Chaque stade était impossible s'il n'était étayé par le précédent. Certes, Flynn pouvait être perçu séparément à l'un ou l'autre de ces trois niveaux par différents individus, selon que leur conditionnement ou leur situation les prédisposait à le repérer à tel ou tel stade. Et le fait que Smith, Terron et moi-même ayons placé Flynn à des niveaux divers ne me déprimait pas. Ce qui me déprimait, c'était que pour Smith et Terron l'aspect social, ou l'aspect mythique, fût suffisant comme s'il ne possédait pas de déterminant externe. Pour Smith et Terron, il n'y avait pas de quête irritée de certitude. La perception en elle-même était à la fois adéquate et sûre. Ils avaient jeté un coup d'œil depuis la maison de leur système de perception et reçu chacun une image, Errol Flynn. Pour eux, cette vue avait la clarté et la certitude d'une vision. Pour moi, au contraire, la vue que j'avais depuis ma maison provoquait l'angoisse, la méfiance et la dépression.

Mais je ne percevais pas la nécessité de cette angoisse, ni de cette méfiance ni de cette dépression. Elles n'exprimaient pas la nature du monde, mais celle de ma formation. Je me suis alors résolu à neutraliser quelque peu les effets de cette éducation. Dès que j'aurais réussi, aux États-Unis, à organiser mes affaires d'une façon qui me permette de prendre un assez long congé, je retournerais à la Jamaïque. Je reviendrais et j'y vivrais au moins une année entière. Mon objectif, cette fois, serait de parvenir à une vision plutôt qu'à un point de vue. Et je savais, en montant dans l'avion pour New York, que pour ce faire je devrais peut-être commencer par détruire mon point de vue, tous mes points de vue.

Une bourse octroyée par une grande fondation privée m'a offert le luxe de revenir à la Jamaïque dès septembre. A nouveau je me suis établi dans la maison à flanc de colline d'Anchovy, et je me suis lancé dans ma recherche sur les Marrons. Je m'étais déjà familiarisé avec leur histoire, grâce à un ensemble d'écrits, tous situés, soit à la bibliothèque du Congrès à Washington, soit à l'Institut des Indes occidentales de Kingston. Ce que je voulais acquérir, à présent, ou ce que je croyais vouloir acquérir, c'était la compréhension de la manière dont les Marrons d'aujourd'hui ressentent leur monde. A cette époque de ma vie, comme la plupart des Américains, je croyais à la similitude essentielle entre les peuples, plus qu'à la différence. Je pensais pouvoir apprendre ce que signifiait être un Marron. Je ne pouvais pas percevoir de contradiction entre cette croyance et mon objectif de remplacer un point de vue par une vision.

Peu après mon arrivée à Anchovy, Terron a fait une apparition littéralement magique par une soirée obscure, émergeant d'un pas gracieux de l'épaisse végétation sur la corniche, puis, après avoir jeté un coup d'œil par-dessus le mur de la terrasse, chantant de sa voix de basson, « Yass, Rasta ! » Je ne lui avais pas dit quand j'arriverais ni où j'habiterais. Je lui avais seulement écrit au début de l'été pour lui annoncer que je retournerais à la Jamaïque courant septembre et que j'espérais qu'il voudrait bien une fois de plus « se mouvoir avec moi dans le pays », ce qui était sa façon de décrire son activité par rapport à la mienne. Il était donc là, prêt à se déplacer à nouveau dans l'île, après avoir traversé pendant soixante-dix kilomètres le pays Cockpit, pratiquement infranchissable avec ses fosses calcaires couvertes de jungle et ses cratères qui, vus du ciel, le font ressembler à s'y méprendre à la surface de la lune. Il y avait bien quelques routes étroites qui serpentaient sur les bords de la région, avec de grands et pesants autocars au toit lourdement chargé qui transportaient des passagers et des marchandises entre Montego Bay et les villages de l'intérieur. Mais ces voyages, surtout pour les Marrons désargentés, coûtaient cher, se faisaient difficilement et n'étaient jamais entrepris à la légère. L'apparition de Terron était donc d'autant plus surprenante. Il ne pouvait pas avoir su que je me trouverais ici, dans cette même maison sur la colline, assis sur ma terrasse en train de fumer un cigare Royal Jamaican et de contempler le ciel sur la mer des Caraïbes qui virait d'abord du bleu au rose, puis au pourpre, et enfin lorsque les nuages glissant du nord-ouest venaient effacer la lune et les étoiles, au noir. Lorsque je lui ai demandé comment il avait deviné que je serais là, il a souri, et en patois rapide, il a dit quelque chose au sujet d'un rêve. J'en ai conclu qu'il devait passer bien plus de temps que moi à éprouver les pouvoirs prophétiques de ses rêves.

Je n'entrerai pas à présent dans les détails concernant la façon dont j'ai passé les six mois suivants. Mon but, en effet, est de décrire la rencontre entre Errol Flynn et De Vries, une affaire de meurtre presque oubliée et qui, lorsque j'ai tenté de démêler ce qui s'était réellement passé, m'a conduit à des aperçus auxquels je ne m'attendais pas ou que je ne souhaitais pas particulièrement. Laissons donc ces six mois et supposons certains changements chez le narrateur. Accordons-lui une plus grande capacité à comprendre et à parler le patois jamaïquain, une tolérance accrue pour la flamme vive du rhum blanc, et davantage de respect pour les difficultés qu'on rencontre lorsqu'on veut comprendre quelqu'un d'une autre culture, d'une autre race, d'une autre géographie, d'une autre économie et d'une autre langue — et cela même alors que je me familiarisais tous les jours davantage avec les subtilités de cette culture, de cette race, de cette géographie, de cette économie et de cette langue. J'ai appris le nom des arbres, des fleurs et des aliments qui m'entouraient ; j'ai appris à jouer aux dominos avec autant de férocité qu'un Jamaïquain, et j'ai même appris à parler assez bien avec des Jamaïquaines pour qu'elles puissent oublier pendant de longs moments l'extraordinaire avantage financier que je représentais pour elles, et qu'il leur arrive brièvement d'arrêter de me raconter uniquement ce qu'elles croyaient que je voulais entendre. Ce qui ne veut pas dire que je comprenais alors ce qu'elles me disaient.

Fin mars, je me suis rendu seul à Port Antonio, situé à cent soixante kilomètres de là, à l'autre bout de l'île. Terron était resté à Nyamkopong pour pratiquer l'accouchement dc son cinquième enfant, mais j'avais prévu d'effectuer seul cette excursion de toute façon. J'avais acheté une voiture, un minibus Mazda d'occasion, et je lui avais déjà fait ingurgiter de force quelque quinze mille kilomètres de chemins ruraux revêtus de castine, ce qui m'avait forcé à abandonner mon fantasme capitaliste initial consistant à revendre la Mazda quatre mille dollars à mon départ, soit le prix que je l'avais payée.

J'ai garé le minibus bleu devant l'hôtel Montvin, à l'angle des rues George et Musgrave, sur Titchfield Hill, un goulet escarpé qui trace une courbe autour du port à l'extrémité ouest de la ville. C'était un endroit avec une douzaine de rues étroites, des vieilles maisons rongées par le temps, sans peinture, datant du siècle dernier, et les restes d'un hôtel qui semblait avoir été à moitié construit puis abandonné. Le Montvin était comme les maisons, dilapidé, mais tombé de très haut, de sorte qu'il lui restait assez de son opulence tropicale primitive, de sa surabondance et de l'amour colonial du détail pour le rendre encore confortable et intéressant à regarder. A la réception, j'ai reçu la clé n° 13 des mains d'un homme replet, chauve, marron de peau, qui m'a indiqué une chambre de taille modeste, mais propre et aérée à l'arrière du deuxième étage. L'hôtel donnait l'impression d'une pension. Les hôtes que j'ai vus m'ont paru être des résidents plutôt que des touristes : un Blanc qui s'est avéré être écossais, âgé d'une soixantaine d'années et invalide, de sorte qu'il se déplaçait à tout petits pas avec deux cannes, en tenant son journal fermement roulé et coincé entre son bras et son torse raide et penché ; deux Noirs au visage épais, vêtus de costumes tropicaux à manches courtes en synthétique bon marché — ce devaient être des voyageurs de commerce venus de Kingston ; et une femme âgée, très noire, dont les cheveux étaient noués dans un foulard de gaze couleur lavande. Tous, dans cet hôtel, y compris le réceptionniste grassouillet, les femmes de chambre, le jeune homme aux bras longs qui mettait le couvert dans la salle à manger, ainsi que les clients, paraissaient murés dans leurs pensées, se désintéressant complètement de ce qui se passait autour d'eux, même du fait qu'un Blanc — qui plus est, de toute évidence un étranger — se fasse enregistrer à la réception. Et cela m'a plu. C'était comme si je regardais un film aux détails très étudiés où je figurais un personnage secondaire, un film tourné dans les années trente, quelque part dans les Caraïbes, et conçu pour illustrer une vision socialiste de l'histoire en provoquant la mort de tous les protagonistes les uns après les autres jusqu'à ce que seuls les jeunes et innocents représentants de la classe laborieuse restent en vie. Je savais que je serais l'un des derniers à partir, non du fait de ma presque totale innocence, mais parce que j'étais le meilleur représentant du mal capitaliste. Me tuer trop tôt détruirait toute possibilité d'action dramatique, et même l'idéologie doit laisser une place au drame.

Au bar de l'hôtel, sorte de vestibule à la sortie de la salle à manger, j'ai pris une stout, une Dragon, et j'ai demandé à la serveuse, une fille élancée qui montrait un adorable écart entre ses deux incisives supérieures, comment me rendre au célèbre Blue Hole. J'ai remarqué, derrière moi et presque hors de mon champ de vision, le réceptionniste (on aurait dit le gérant, à présent, car il portait une cravate) qui s'efforçait de m'épier sans attirer mon attention. Sur ma fiche, j'avais marqué « écrivain » à l'endroit de la profession, et bien que je fusse de toute évidence américain, j'avais inscrit mon adresse à la Jamaïque. Peut-être était-ce là ce qui l'avait intrigué ou ce qui avait éveillé ses soupçons. Être écrivain, dans une société inquiète et politiquement très intense, c'est se rendre suspect. Quant à contredire la nationalité par le domicile, c'est pire. J'ai alors décidé d'inscrire désormais « professeur » comme métier et de ne donner que mon adresse aux États-Unis. Mieux valait passer pour un touriste et me diluer dans une généralité sans surprise que me singulariser. Je voulais des renseignements ; je voulais voir, me construire une vision ; je ne voulais pas devenir l'objet d'investigation de quelqu'un d'autre, être regardé, entrer dans une vision. Je mentirais donc. Que la vérité se charge d'elle-même, ai-je décidé. Jusqu'alors elle s'était assez bien débrouillée.

J'ai garé mon minibus dans le parking semé d'ornières près de la jetée, en face de Navy Island. Laissant le dock de l'United Fruit sur ma gauche, j'ai pénétré avec précaution dans le local de l'Association des pêcheurs à la ligne de la Jamaïque de l'Est, lieu qui passe pour le yacht-club de Port Antonio. Le bar donnait sur la mer de trois côtés, de sorte que les plaisanciers pouvaient s'amarrer au quai de faible hauteur et entrer directement dans le club pour prendre un verre. Il y avait trois ou quatre petits bateaux à voiles mal tenus et une absence évidente de clients au bar. Mais il était encore tôt, pas tout à fait dix heures du matin. Ce genre de marin aime les grasses matinées, me suis-je dit.

Le barman, un Noir dans la cinquantaine au corps enflé, avec des lèvres pourpres et des cercles autour des yeux comme ceux d'un raton laveur, était en train de balancer des bières dans les placards au-dessous du comptoir lorsque je me suis assis en commandant une Red Stripe bien froide. Il l'a ouverte d'un coup sec, l'a posée devant moi, et il a recommencé à remplir ses placards. Où est-ce que Flynn amarrait son bateau ? ai-je demandé.

Flynn ? Flynn ? De quoi qu'on cause ? Ah, Errol Flynn l'acteur de cinéma ! Juste là, a-t-il montré du doigt. Dans le courant, en fait un retour de courant dans le chenal entre Navy Island et la côte, juste au-dessous de Titchfield Hill. Il aimait avoir son bateau pas trop loin de l'hôtel Jamaica Reef, situé autrefois sur la colline à l'endroit où Titchfield Hill se découpe contre le ciel pour retomber une centaine de mètres plus bas en une plage abrupte. Il en restait les ruines de béton, les amoncellements et la piscine vide que j'avais remarqués ce matin avant de prendre une chambre au Montvin.

Le Jamaica Reef, eh ?

Ouais, en fait, du temps de Flynn, ça s'appelait le Vieux Titchfield, et son propriétaire était un copain de Flynn, le capitaine Ausley qui dirige actuellement Navy Island.

Navy Island ? Toute l'île ?

Ouais, en fait ce qui s'appelle l'hôtel Windjammer. Il est encore en construction. Mais on ne peut pas y aller.

Pourquoi ?

Ils ne sont pas encore prêts.

En revenant à travers la ville jusqu'au site du Jamaica Reef à présent démoli, j'ai pris à gauche sur la place et je suis passé devant le cinéma Delmar, remarquant qu'on y jouait actuellement un film tourné à Hong-Kong avec Bruce Lee comme vedette. Ça m'a semblé très significatif — mais pratiquement tout me paraissait alors très significatif. C'était ce que je voulais. Ma recherche perdait son élan, et par conséquent je retombais en moi-même. Du coup, la seule façon qui me permettait de continuer à justifier ma recherche consistait à attribuer un sens à tout ce qui me tombait sous les yeux. Je commençais à être malheureux.

Le Jamaica Reef n'était plus qu'une carcasse. Ce matin, j'avais cru que c'était un projet inachevé. Maintenant, je voyais qu'il s'agissait de vestiges triés dans ce qui avait constitué jadis un édifice luxueux et très élaboré. Des trous dans le sol semblables à des fondations de bunkers étaient en fait des piscines vides au fond jonché de tessons de bouteilles de bière et d'écailles de peinture marine amoncelés comme des feuilles mortes. Des colonnes qui m'avaient paru de style grec s'avéraient être les troncs de palmiers en ciment soutenant des toits de chaume disparus depuis longtemps, au-dessus de terrasses surplombant le bras de mer entre le port et le plein océan. De l'autre côté de ce bras, à cinq cents mètres à peine, se trouvait Navy Island. Et entre les deux flottaient trois bouées de balisage rouges. C'était là que d'après Smith on avait retrouvé le corps des trois garçons qui avaient tenté de traverser le chenal à la nage. Ou bien avaient-ils été pris pendant leur retour, alors qu'ils tentaient de rapatrier sur la grande île leur précieux savoir ? Qui le savait ? Et qui, à part leur famille, s'en souciait encore ? Entre les bouées et l'étroite bande de plage sablonneuse au-dessous de l'hôtel, le courant faiblissait, et c'était sans doute là qu'Errol Flynn mettait son bateau à l'ancre, quand il venait le soir en vedette pour manger et boire à l'hôtel avec son ami le capitaine Ausley.

L'histoire de De Vries prenait la tournure de n'être justement rien de plus qu'une histoire. Sous l'intensité placide du soleil de fin de matinée, entouré par les ruines d'un hôtel qui avait brûlé des années auparavant, je suis resté debout sur la plage à contempler les vaguelettes du courant qui séparait Titchfield Hill de cette Navy Island où l'on faisait surgir de la jungle un complexe hôtelier tout neuf. Lentement, les diverses histoires concernant Errol Flynn, le Dr Menotti et son fils, le meurtre de la femme du boucher De Vries, tout cela s'est fondu dans des commérages de quartier, dans de la superstition, en un amas informe de détails sans cohérence. Au lieu de tous ces détails, un nouvel ensemble m'apparaissait et, avec lui, une nouvelle anecdote, celle d'un Américain désœuvré qui voudrait que sa vie ordinaire lui apparaisse plus mystérieuse et plus fascinante.

J'étais déçu par ce qui me semblait être la vérité, et j'étais déçu par moi-même, car du coup c'était la réalité même qui me désappointait. J'ai avancé d'un air maussade sur le sable jusqu'au bord de l'eau, j'ai ôté mes chaussures, roulé le bas de mon pantalon, et j'ai traîné les pieds dans l'écume quelques mètres, laissant ma dépression s'abattre sur moi.

Plus tard, ayant décidé de me rendre quand même au Blue Hole, je suis revenu en pataugeant jusqu'à la route et je suis entré dans ma voiture. Le Blue Hole était l'endroit vers lequel Terron s'était dirigé dans son canot lorsqu'il avait vu la jambe de la femme de De Vries, et c'était là qu'on avait découvert l'autre jambe. C'était un lieu touristique, me suis-je rappelé, et j'étais un touriste. J'ai donc roulé pendant près de dix kilomètres sur la route côtière, le long de vastes domaines assoupis, entourés de palmiers et de pelouses soigneusement entretenues, avec des plates-bandes d'hibiscus et de poinsettias, j'ai suivi des panneaux et des flèches dessinées à la main, jusqu'à ce que je bifurque sur la gauche pour arriver dans une grande ouverture taillée dans les falaises et semblable à une grotte. C'était une lagune avec une sortie étroite vers la mer, et il y avait une plage où une demi-douzaine de canots de pêche creusés dans des troncs d'arbres avaient été ramenés sur le sable. Entre la plage et la lagune se trouvait un restaurant aux murs de bambou et au toit de chaume. J'ai garé mon minibus à l'ombre d'un acajou à pommes, et j'ai pénétré dans le restaurant d'un pas nonchalant. Il était désert, à part trois jeunes hommes en tenue blanche de serveur qui parlaient entre eux à une table.

Aucun d'entre eux n'avait entendu parler de De Vries. Mais, après que j'ai commandé un plat de riz et de cabri au curry et que nous nous sommes tranquillement entretenus de la lagune, un des garçons a crié au cuisinier de venir. Il s'agissait d'un homme d'une cinquantaine d'années, au visage renfrogné, de couleur foncée, petit de taille et légèrement voûté. Il est sorti de la cuisine en s'essuyant les mains sur un tablier taché, irrité par les serveurs qui, pour lui, n'étaient que des gamins, des adolescents insolents qui lui lançaient des piques sur ses relations — ou son manque de relations — féminines. Il saura bien qui est ce De Vries, m'ont assuré les garçons, et en effet il le savait, heureux d'avoir l'occasion de montrer à ces blancs-becs que l'âge aussi a ses avantages.

De Vries était un sale bonhomme. Le cuisinier a insisté là-dessus. Un sale bonhomme. Et non, Errol Flynn n'était pas du tout mêlé à cette affaire. Il y avait le Dr Menotti, mais il était impliqué uniquement parce qu'il était propriétaire de l'endroit où De Vries avait cherché à se débarrasser du cadavre, lequel n'était d'ailleurs pas dépecé mais seulement décapité. De Vries s'était fait surprendre alors qu'il essayait de forcer le corps dans un trou qui traverse la corniche crayeuse de Dolphin's Bay pour s'ouvrir sur la mer en dessous. Les vagues déferlant sur les falaises ont creusé d'immenses cavernes, en bas, et, depuis la corniche, on peut trouver ici et là des trous qui descendent sur huit ou dix mètres jusqu'à une caverne. De Vries essayait de faire passer le corps de sa femme dans un de ces trous, un matin, de façon qu'il soit emporté par le courant sans pouvoir revenir sur une des plages de sable un jour ou l'autre. Et ça aurait marché, m'a affirmé le cuisinier, s'il n'avait été vu par un gars de la ville qui se rendait à son travail chez Flynn. Errol Flynn, donc, *était* impliqué ! me suis-je exclamé. Bon, si on veut, a concédé le cuisinier. Mais le docteur l'était aussi un peu, parce qu'à cette époque il possédait tout le terrain bordant Dolphin's Bay, et pendant longtemps les gens ont cru qu'il avait tué la femme pour De Vries parce qu'il était médecin, voyez-vous, et ils peuvent faire ça. Faire quoi ? Tuer des gens. C'est ce qu'on a raconté, a-t-il précisé, c'est ce que les gens croyaient, à cette époque.

Les serveurs avaient cessé de faire des pas de danse au son du reggae diffusé par la radio, et ils étaient soudain devenus sérieux. Ils m'observaient. Je leur ai aussitôt dit que je m'intéressais moins au docteur et à De Vries qu'à Errol Flynn, et, comme soulagés, ils se sont mis à parler rapidement en patois, montrant du doigt, gesticulant et se balançant à nouveau en musique, cette jolie danse où le haut du corps ondule pendant que les pieds font de tout petits pas en glissant vers l'avant, puis vers l'arrière. Ils me parlaient de Mme Flynn, la veuve, et du domaine de Flynn, à quelques kilomètres à l'est de là.

Je me suis avancé au bord de la lagune. Il y avait un appontement où un bateau à fond transparent était attaché. Un des serveurs m'a proposé une sortie sur cette embarcation, pour que je puisse regarder les coraux et les bancs de poissons. J'ai fait non de la tête, et je lui ai demandé jusqu'à quelle profondeur on pouvait voir depuis le bateau. Peut-être jusqu'à dix mètres. Et la lagune, jusqu'où descend-elle ? Soixante mètres. Comment est le fond ? Vaseux. Qu'est-ce qu'on y trouve ? Des voitures volées, a-t-il répondu, sur quoi les trois garçons et le cuisinier se sont mis à rire et à s'envoyer des claques sur les mains en continuant leurs pas de reggae. Et le cuisinier, content de lui, a regagné la cuisine en dansant.

C'était un panneau peint par un professionnel, sur un poteau planté dans un champ, à onze kilomètres de Port Antonio et trois après le Blue Hole :

DOMAINE D'ERROL FLYNN
MEMBRE DE LA SOCIÉTÉ DES
ÉLEVEURS DE RED POLL DE LA JAMAÏQUE
FONDÉE EN 1952

Des troupeaux de vaches dessinaient des taches couleur de sang séché dans les champs vallonnés, vert pâle, semés d'herbe de Guinée et bordant la route sur un ou deux kilomètres. Puis, à Comfort, hameau d'une demi-douzaine de cases en stuc avec un poste de police, j'ai aperçu sur la droite un autre panneau plus petit : CHÂTEAU DE COMFORT DOMAINE D'ERROL FLYNN. Le terrain montait doucement jusqu'au sommet d'une colline, et là, sur la crête, face à la mer, s'étendait une maison façon ranch, basse, faite de pierre et de verre, avec plusieurs grands bâtiments extérieurs. Derrière la crête se profilaient les montagnes bleues aux pentes abruptes. Le ciel s'était couvert et l'air semblait chargé d'une attente pesante, immobile, humide, comme si je me trouvais soudain au centre d'un orage.

Quittant la route principale, je me suis engagé dans un sentier creusé d'ornières et bordé de chaque côté par un mur à hauteur d'homme, bien construit, du genre de ceux que Terron appelait des « murs d'esclavage », non parce qu'ils avaient servi à enclore des esclaves, mais parce qu'ils avaient été bâtis par des esclaves. Dans sa tête, tout ce qui avait été édifié par des esclaves les attachait à l'esclavage aussi sûrement que des menottes. Granges, églises, maisons, immeubles, bureaux de comptables, quais ou murs, peu importait le but déclaré : pour Terron, ces constructions servaient essentiellement à ligoter les Africains, c'était leur raison d'être. Leur cause première était l'asservissement.

Arrivé sur la crête, je me suis engagé dans une cour de stationnement près de la maison qui aurait parfaitement été à sa place en Californie du Sud, et je me suis garé. Je n'avais aucune idée de ce que j'allais dire à la personne qui me recevrait — une bonne, sans doute, car Mme Errol Flynn ne viendrait pas en personne pour un inconnu arrivant dans un vieux minibus bleu tout cabossé. Je me suis dit que je demanderais à voir Mme Flynn. Pas de problème. Mais qu'allais-je raconter à cette veuve ? Que je souhaitais lui poser quelques questions à propos d'une affaire d'homicide dont il était possible qu'elle n'eût jamais entendu parler ? Errol Flynn était-il capable de meurtre rituel ? Versait-il dans l'*obeah* ? Et le Dr Menotti ? Diriez-vous que feu votre mari avait une personnalité pathologique, ou simplement le qualifieriez-vous de décadent, voire de mauvais ou de pervers ? Était-il un libertin ? Était-il pour de vrai ? Je voulais me comporter comme ce vieux chef marron, je voulais lui raconter une histoire avec des questions.

Soudain, deux énormes bergers allemands ont déboulé de l'angle opposé de la maison en rugissant de toute leur gueule, jetant leur corps pesant contre les tôles de mon minibus. J'ai vite remonté les glaces, fixant des yeux les deux monstres qui tournaient autour de mon véhicule en le frappant de temps à autre de leur tête massive. J'ai patienté plusieurs minutes, m'attendant à voir la bonne surgir elle aussi du même coin, calmer les chiens et les éloigner. Mais aucune domestique n'est apparue, et, enfermé dans ce fourgon étouffant, je me suis senti de plus en plus mal à l'aise. Bon, comme vous voudrez. Adieu, veuve Flynn. Vous n'aurez donc pas la chance d'entendre mon histoire. A la place, vous et vos chiens êtes devenus des détails dans le récit que je ferai à quelqu'un d'autre.

J'ai repris l'allée en sens inverse et je suis revenu sur la route en direction de Port Antonio. Encore en sueur, je me suis arrêté à la première boutique, un petit débit de boissons ouvert du côté de la route et entouré par les terres de Flynn. En face, des centaines d'hectares vert pâle s'arrondissaient doucement jusqu'à la mer. J'ai acheté une Red Stripe fraîche à la grosse femme au visage lisse qui se tenait derrière le comptoir, et je l'ai éclusée bruyamment. Elle m'a souri, m'a dit que j'avais chaud, puis, très vite, nous avons parlé de Mme Flynn.

Elle tient cet endroit toute seule ?

C'est ce qu'elle dit, a répondu la femme en mettant l'accent sur « dit ». Elle n'aimait pas Mme Flynn, préférant sa fille Arnella, une « hippie », ce qui sans doute signifiait qu'Arnella avait des cheveux longs et raides, et qu'elle allait pieds nus la plupart du temps. Elle est en train de se bronzer à la plage Boston, m'a confié la femme, suggérant par un clin d'œil complice qu'en me dépêchant je pourrais l'y trouver tout de suite.

Ah, ai-je fait, me souvenant que c'était sur cette même plage Boston que, selon Terron, la tête de la femme de De Vries avait resurgi, roulée un matin par les vagues.

Debout au bar, j'ai contemplé la mer, buvant ma bière en me demandant ce que je cherchais. La vérité ? Je savais comment trouver la vérité légale, officielle, sur ce qui était arrivé à la femme de De Vries. C'était facile. Le maire de Port Antonio était un vieil ami d'Evan Smith, et, au mois d'avril précédent, Evan Smith en avait été assez fier pour me proposer de faire sa connaissance. Ce qui m'aurait donné un accès facile aux documents entreposés dans le grand hôtel de ville à la façade d'un rouge criard. Je pouvais aussi me procurer des articles de presse dans les archives du *Daily Gleaner* à Kingston. J'aurais alors en main la vérité officielle. Mais je savais déjà ce que ça donnerait : une histoire sur un boucher de village qui avait tué sa femme, qu'on avait surpris en train d'essayer de se débarrasser du cadavre, qui avait été reconnu coupable puis pendu pour son crime. Mais il me fallait davantage. L'histoire officielle ne m'apportait que des frustrations.

A l'instant même où j'étais envahi par cette pensée

— que je risquais fort d'être frustré —, la pluie s'est mise à tomber comme si elle devait emporter dans son flot les voiles de cette ambition qui, jusque-là, m'avait empêché de me satisfaire de ce que je savais. Résigné, je me suis installé pour regarder et écouter. Des plaques de pluie grise venaient de la mer, remontaient les champs et s'écrasaient sur le toit de tôle ondulée de la buvette avec un furieux roulement de tambour qui nous empêchait, la femme et moi, de poursuivre notre conversation, de sorte que nous nous sommes contentés de nous sourire pendant qu'elle décapsulait une Red Stripe — pour elle, celle-là — puis, à mon signal, encore une autre pour moi. Appuyé sur le comptoir, j'ai contemplé le torrent tandis qu'elle me caressait le bras d'un geste lent et égal. Puis j'ai posé ma bouteille de bière et, pendant un long moment, je lui ai tenu la main. Quand l'averse s'est faite moins forte j'ai dit au revoir et je suis sorti tête baissée.

La pluie tombait encore lorsque je suis arrivé à Port Antonio. En roulant dans des flaques vers l'hôtel, j'ai aperçu Evan Smith qui se pressait dans Main Street — entre le marché aux puces de Musgrave Square et le bureau des travaux publics — comme s'il était en retard pour son travail. Voyant ma voiture, il m'a fait signe et je me suis arrêté. Il est monté près de moi, acceptant avec plaisir d'attendre à mon côté la fin de la tempête et de rafraîchir notre amitié au Princess, un bar-bordel que nous pensions devoir être agréablement calme à cette heure de la journée. Smith m'a avoué qu'il détestait la pluie, qu'il se sentait comme un chat. Je me suis souvenu de son histoire, de la nuit où il avait connu sa femme, des trois premiers jours qu'il avait passés chez elle, et je me suis demandé s'il y avait là un lien, à part celui que je me forgeais dans ma tête. Le Princess consistait en une salle de bar claire et aérée avec une douzaine de petites tables. Des portes battantes s'ouvraient directement vers la rue, et, près du bar, d'autres portes semblables donnaient sur les niches où officiaient les prostituées. Une vieille femme voûtée s'occupait du bar. Entre les moments où elle nous servait et ceux où elle lavait les tables, elle criait après deux gamins tout maigres qui étaient censés l'aider mais qui s'obstinaient à étudier le répertoire du juke-box. Après avoir entendu la vieille glapir un bon moment, je me suis levé, j'ai mis quelques pièces dans la machine et j'ai dit aux garçons de sélectionner quelques chansons puis d'aller aider la vieille dame.

Smith m'a annoncé que depuis notre précédent entretien il avait appris qu'Errol Flynn n'avait pas gagné Navy Island au poker. Il l'avait achetée trois mille livres à un ami avocat qui gérait les biens d'une riche veuve des États-Unis. Et, quelques années plus tard, il en avait revendu la moitié pour trente-trois mille livres, a déclaré Smith avec une admiration évidente. D'après ce qu'il savait, Mme Flynn avait conservé la propriété de l'autre moitié jusqu'à ces derniers temps où elle s'était associée aux gens qui, depuis dix ans, construisaient l'hôtel Windjammer et les villas autour. Ce que Flynn avait gagné aux cartes, m'a affirmé Smith, c'était le domaine de Comfort, et il l'avait eu à l'issue d'une partie qui s'était déroulée ici même, au Princess. Ce soir-là, Flynn avait gagné seize cents livres ; le perdant, incapable de payer en argent, avait dû régler sa dette en signant un acte où il cédait cinq cents hectares de terre. C'était ainsi qu'agissaient les Anglais d'antan, a déclaré Smith dont la voix et le visage trahissaient l'admiration : ils jouaient des domaines, des esclaves, des chevaux et des femmes comme si ce n'était rien pour eux.

Je l'ai à nouveau interrogé sur Menotti pour savoir si le médecin vivait encore dans la région.

Non, bien sûr que non, a répondu Smith. Il a quitté Port Antonio et l'île juste après la condamnation de De Vries. Il n'a même pas attendu la pendaison, par crainte du scandale. Le scandale ? Quel scandale ? Oh, tu sais, toutes ces rumeurs et superstitions.

Ce soir-là, après avoir dîné à l'hôtel, je suis allé en

voiture à l'ouest de la ville jusqu'aux entrepôts de l'United Fruit et son embarcadère. Là, j'ai regardé comment on chargeait un bananier, le *Northern Isle*, un cargo rouillé, suintant et crachant, en partance pour Liverpool. Des équipes réparties autour de grandes tables empaquetaient des régimes de bananes vertes dans des cartons tandis qu'un contrôleur avec une cloche sur les genoux comptait les cartons du haut de son grand tabouret. Des lampes coniques pendaient du toit de tôle ondulée, très haut, et des chariots élévateurs jaunes sillonnaient la grande étendue du quai en enfourchant des palettes où s'empilaient les cartons de bananes qu'on entassait dans la cale réfrigérée du bateau. Là-haut, sur le pont, penchés par-dessus le bastingage pour contempler l'activité au-dessous d'eux, un petit groupe de marins blancs, un officier ou deux, et de loin en loin un passager en short et tee-shirt. Tout ce monde observait passivement la scène en bas comme s'il s'agissait d'un film. Moi-même, personnage de ce film, j'ai avancé d'un pas nonchalant au-delà de la table de travail. Tout près du bord du cargo, j'ai levé les yeux vers les Blancs, mes frères. L'espace d'une seconde, nos regards se sont croisés et je me sentais déjà sur le point de quitter la scène pour rejoindre les spectateurs lorsqu'un homme a surgi de l'obscurité à ma droite, se tenant debout près de moi. C'était Holmes, le jeune frère de Terron. Il avait vu ma voiture garée dehors, et il était venu me trouver sur l'embarcadère.

Son long visage chevalin se fendit d'un sourire avenant, et nous nous serrâmes la main. Contrairement à son frère, Holmes était grand de taille et d'un calme timide. Il parlait lentement et avec précision, employant des termes qu'il croyait devoir me convenir, des mots mesurés et exacts qui définissaient les choses en leur donnant des limites. Je savais que cette façon de s'exprimer lui venait non seulement du désir de se faire comprendre, mais aussi de celui de me mettre à l'aise, car je l'avais entendu parler avec son frère et leurs amis : or, avec eux, il ne connaissait pas de limites et se lançait toujours dans les grandes métaphores rasta. Il était rastafari, comme son frère, et portait tresses et barbe. D'une certaine façon, pourtant, il était plus orthodoxe et plus politique que Terron qui, même dans le contexte de l'aliénation rastafari du monde de Babylone, restait dans son isolement poétique comme s'il voyait et disait toutes choses pour la première fois de sa vie — ou de toute autre vie —, en somme comme s'il avait découvert lui-même la perspective rastafari.

Quittant l'embarcadère, nous sommes montés dans ma voiture et nous avons longé lentement la rue tandis que les prostituées nous sifflaient gentiment au passage. Une fois de plus je me suis mis à poser des questions sur Errol Flynn et De Vries et le Dr Menotti et son fils. La version de Holmes était identique à celle de son frère. Selon lui, Evan Smith avait peur de l'*obeah* parce qu'il était vieux et chrétien — telle était la raison pour laquelle il n'estimait pas Flynn ni Menotti coupables. Il ne voulait pas se rendre vulnérable aux pouvoirs de Menotti ni de Flynn ; car, même si le premier était à l'étranger et le deuxième mort, ils avaient encore le pouvoir de faire souffrir Smith.

Nous nous sommes arrêtés au Princess, où se bousculaient des putes, des ouvriers du coin et des traîne-savates. Holmes a fait savoir à la vieille dame que j'avais vue l'après-midi que nous désirions seulement boire, et après nous être attablés dans un angle nous avons commandé des bières. Que faire de cette histoire ? ai-je demandé à Holmes. Tu devrais te rendre à Navy Island, m'a-t-il répondu, et parler au capitaine Ausley. Et tu devrais rencontrer Mme Flynn, si c'est possible. Et tu devrais parler à celui qui a vu De Vries le matin où il taillait sa femme en pièces à Dolphin's Bay, et tu devrais y aller toi-même voir le trou par où il voulait jeter le corps à la mer.

Et puis tu devrais parler à cette femme ! s'est-il écrié en se retournant brusquement sur sa chaise pour saisir la main d'une jeune pute bien en chair qui se tenait au bar non loin de notre table. La tirant vers nous, il a dit voici Dorothée. Avec un grand sourire grimaçant elle a envoyé un coup de poing sur le bras de Holmes, puis ils ont chahuté quelques instants, se tirant les bras et les épaules et se fourrant mutuellement la figure dans le cou. Il a fini par la prendre sur ses genoux, lui a dit mon nom et lui a expliqué que j'étais le frère de son frère.

Il s'agissait d'une femme jeune, sans doute pas plus de vingt ans, avec de gros seins et une peau foncée, qui portait des jeans étroits et un tee-shirt décoré d'un palmier avec des disques de métal qui ondulaient sur sa poitrine. Ses cheveux étaient ramenés contre le crâne, elle avait de grands yeux expressifs et rieurs, des lèvres épaisses sans rouge, un nez large et épaté avec de grandes narines qui s'évasaient comme des ailes. Ses épaules et ses bras étaient aussi larges et aussi épais que ceux de Holmes, et régulièrement elle lui envoyait une claque sur la poitrine ou sur la cuisse.

La soirée s'étirait. Je me suis senti fatigué, lassé et légèrement éméché. Holmes et Dorothée s'adressaient de plus en plus exclusivement l'un à l'autre, et ce en patois si rapide que je ne pouvais plus suivre leur conversation. De temps à autre une des femmes venait à notre table. Holmes me jetait un regard pour savoir si elle m'intéressait, et dès qu'il voyait que non, il le disait à la femme qui partait ailleurs. Je lui étais reconnaissant de bien vouloir — et de pouvoir — jouer ce rôle d'intermédiaire, car, bien que j'eusse réussi à m'approcher de très près de son monde, bien que je fusse arrivé jusqu'à la ligne où son univers touchait au mien, je n'étais pas encore descendu du débarcadère sur la terre sèche. Je me suis souvenu des visages blancs des marins qui regardaient du haut du pont du *Northern Isle*, de la familiarité que j'y avais trouvée, de la facilité avec laquelle j'avais commencé à me laisser glisser dans leurs yeux. Errol Flynn, il est possible que vous ayez été fou, me suis-je dit, mais cette ligne vous était familière. Il a bien dû y avoir une nuit, ici, à Port

Antonio, où vous aussi avez mordu sur elle, où vous êtes descendu de la jetée entre la mer et le rivage, où vous avez flâné parmi les ombres de ces rues et cessé d'être celui que vous étiez. Qu'êtes-vous alors devenu ?

4

Holmes vint me retrouver à l'hôtel le lendemain matin. J'étais encore assis dans la salle à manger, pleine à craquer, non de convives, mais de hautes crédences bourrées de vases en cristal taillé, de gobelets, de couverts peints à la main, d'animaux en verre, de presse-papiers, de statuettes, et de tout un bric-à-brac décoratif qui semblait provenir des collections constituées au fil de leur vie par une demi-douzaine de petites vieilles de l'époque victorienne. Aux murs étaient accrochés de grands portraits en rotogravure de Martin Luther King, John Fitzgerald Kennedy, la reine Élisabeth II, ainsi que celui du Premier ministre jamaïquain Michael Manley, puis des photos plus petites de la famille du gérant, les enfants comme les adultes avec des visages ronds, bien en chair, vêtus de leurs plus beaux habits et posant très sérieusement devant une grande automobile dans une rue d'un district de la ville de New York. Le gérant était à son poste à côté de la porte, en train de lire le *Daily Gleaner* et de surveiller de près les clés qui pendaient au tableau à proximité de son bureau. Je lui ai rendu celle de la chambre 13, puis, en compagnie de Holmes, je suis sorti à grands pas en direction de ma voiture.

Quant au capitaine Ausley, m'a expliqué Holmes pendant que nous roulions dans Main Street vers le quai qui jouxtait le ministère des Travaux publics, c'était un de ses amis. Sinon il nous serait impossible de nous rendre sur l'île. A l'époque où ils avaient commencé à construire le Windjammer, Ausley avait initié Holmes et plusieurs autres jeunes gens du coin aux techniques de base de la mécanique et de la construction. Une fois formés, ils avaient tous été employés pendant plusieurs années sur l'île, ce qui leur avait donné la chance à la fois de travailler et d'apprendre un métier qu'ils pourraient ensuite utiliser ailleurs. Une bonne occasion aussi pour Ausley, me suis-je dit : une main-d'œuvre bon marché peut acquérir une qualification technique et rester peu coûteuse si c'est vous-même qui la formez.

Sur l'étroit embarcadère de planches, nous nous sommes assis, Holmes et moi, et nous avons fumé un joint de ganja en attendant la petite vedette du matin en provenance de Navy Island. Ausley faisait le voyage chaque jour pour prendre le courrier et s'occuper de choses et d'autres en ville, m'a dit Holmes. Peu de temps après, nous avons entendu le bateau démarrer, puis nous l'avons vu franchir les quelque six cents mètres qui le séparaient de la grande terre. C'était une embarcation découverte de cinq mètres de long, avec un vieux moteur intérieur qui battait contre la coque et une bâche à rayures bleues et blanches tendue en auvent contre le soleil. Un jeune Noir avec un petit visage, pieds et torse nus, tenait le moteur d'une main et la barre de l'autre. Debout à l'avant, comme George Washington pendant toute la traversée, se tenait celui qui me semblait devoir être le capitaine Ausley, l'ami d'Errol Flynn. C'était un homme trapu, dans la cinquantaine, lui aussi pieds et torse nus, les cheveux gris sable et taillés en brosse. Holmes m'a murmuré qu'il ne portait jamais de chemise, comme un Jamaïquain. Mais vois comme il a la peau rouge, ai-je répondu. Il a l'air de quelqu'un qui a ôté sa chemise pour la première fois il y a seulement quelques heures et qui a pris un méchant coup de soleil. Il est toujours de cette couleur, a confirmé Holmes. Rouge. Quand la vedette fut proche, je découvris que la poitrine écarlate d'Ausley était couverte d'une toison de poils gris parfaitement lisses, semblables à ceux d'un animal, chacun étant sagement couché contre le suivant et tous mesurant à peu près deux centimètres et demi. Je vis aussi qu'il était accompagné d'une femme ; elle était mince, habillée d'une robe jaune sans manches et de sandales à lacets, et elle gardait ses jambes soigneusement croisées à la hauteur des chevilles. La trentaine jeune, elle paraissait fatiguée et de mauvaise humeur. C'était le genre de femme qui devait ses succès de carrière — quels qu'ils soient — à sa bonne mine, et dont la carrière, par conséquent, avait atteint son apogée environ trois ans plus tôt.

Le capitaine sauta de l'avant de la vedette avant qu'elle eût touché le quai, puis, sans tenir compte de la femme, partit d'un bon pas vers le parc à voitures, nous dépassant, Holmes et moi, comme si nous étions un simple tourniquet. Holmes le héla, il pivota sur lui-même, cligna des yeux, reconnut le grand Noir et se mit à m'examiner. Se dirigeant lentement vers lui, Holmes entreprit à voix basse une conversation avec l'homme à la peau rouge qui n'arrêtait pas de lorgner vers moi avec suspicion. Ausley secoua la tête plusieurs fois pour dire non, mais Holmes continua à parler.

A la fin, l'homme blanc et massif me fit signe d'approcher. Vous êtes un genre de reporter ? voulut-il savoir. Absolument pas, je vous assure. Je suis plutôt un chercheur, un enseignant, ajoutai-je en souriant, puis je lui dis que l'île m'intéressait pour des raisons académiques et historiques, en espérant, tandis que je déblatérais, que je ne contredisais pas les renseignements qu'avait pu lui donner Holmes.

Nous avons un grand souci de sécurité, déclara Ausley. Si on laisse n'importe qui aller sur une île, elle cesse vite d'être une île, lança-t-il comme si c'était un adage. Ensuite il s'adressa uniquement à Holmes, ne s'occupant pas davantage de moi qu'auparavant de la femme, et il lui dit que nous pouvions partir tout de suite sur la vedette, mais que nous quitterions l'île dans une heure quand la vedette reviendrait le chercher.

Il semblait y avoir un crime au sujet duquel je menais une enquête, et, d'une certaine manière, ma visite à Navy Island faisait partie de mes investigations. Mais je ne savais pas ce que je cherchais. En traversant l'eau étale du port, l'excitation du mystère s'empara vite de moi. Il y avait bien un crime, mais lequel ? Ce monde était corrompu jusqu'au tréfonds, je le savais, et un crime originel était à la source de cette corruption, un crime connu de tous, des Blancs comme des Noirs, des Jamaïquains comme des étrangers. Malgré la beauté presque transcendante de cet endroit — les montagnes, la mer, la végétation d'un vert luxuriant, ce peuple passionné à la peau brillante —, le monde d'ici penchait d'un côté, il était déséquilibré, vacillant et précaire, et chaque chose était contaminée. C'était comme s'il existait une explication pour cette précarité, cette façon de donner de la bande, et que cette explication, bien que connue, ne fût jamais acceptée. C'était comme si cette beauté, généreuse et superbe, n'avait d'autre finalité que de cacher quelque honteux secret. Flynn faisait partie de ce secret avec le Dr Menotti et son fils, avec De Vries et sa femme. Mme Flynn et ses bergers allemands, ainsi que le fonctionnement de Navy Island, entraient également dans le secret. Le vieil Evan Smith était un des gardiens volontaires de l'énigme. Quant à Holmes et à Terron Musgrave, les frères rastafari, ils étaient tous au courant mais ne pouvaient pas me le révéler. Les Marrons eux aussi connaissaient le secret.

Incapable de le traduire, je devais donc le déceler par mes propres moyens. J'avais été innocent, mais à présent que je venais de flairer l'impossibilité de préserver son innocence dans ce monde, je me défaisais de la mienne à toute vitesse. Il n'était pas nécessaire de prendre part au crime, pour la perdre ; il suffisait d'en reconnaître l'existence. Soudain, je m'aperçus que l'innocence est un point de vue. Peut-être le seul moyen de dépasser les limites d'un point de vue était-il donc de perdre son innocence. Et n'était-ce pas ce que j'avais voulu réaliser en revenant ici, faire éclater les limites d'un point de vue donné ?

Dès lors les détails se mirent à converger plus vite vers mon intelligence. Navy Island m'apparut comme ni plus ni moins qu'une laverie pour blanchir l'argent de la mafia. On voyait partout l'évidence d'énormes mises de fond en argent américain sans aucune volonté manifeste ni organisée d'en obtenir un revenu en retour. Il ne s'agissait pas de commerce, mais de dépôts dans un coffre-fort. Une demi-douzaine de petites villas de deux chambres, au toit de chaume, avec un ameublement moderne et tout l'équipement, avaient été achevées. Elles étaient conservées en parfait état mais elles n'étaient pas louées. Un bar ainsi qu'un bâtiment abritant un restaurant s'avançaient au-dessus de l'eau en direction du port. Ils avaient été conçus pour recevoir un nombre restreint de clients dans un espace disproportionné par sa profusion de moquettes et de baies vitrées. On trouvait aussi plusieurs plages isolées, des sentiers et des jardins soigneusement entretenus, ainsi qu'une route qui faisait le tour de l'île et reliait toutes les petites villas. Une grande hutte préfabriquée, près de la jetée, était remplie de machines — un générateur d'électricité fonctionnant au fuel, des petites voitures de golf à divers stades de réparation —, et d'une demi-douzaine de manœuvres et de mécaniciens torse nu. Les véhicules de golf servaient apparemment à transporter les « invités » de leur villa au restaurant, lequel semblait abriter plusieurs salles de conférences au-dessus du bar-salon et des espaces de restauration. Et partout sur l'île on voyait des structures à demi construites ou des fondations abandonnées, des sentiers dégagés qu'on n'avait ni empierrés ni entretenus, des jetées et des môles qu'on avait commencés sans les mener à terme.

Je me suis assis à l'ombre de la hutte préfabriquée sur un baril de pétrole et, en posant des questions à un jeune homme au regard intelligent qui était en train de sortir le moteur d'une des voitures de golf, j'ai appris que l'architecte avait été expulsé de l'île parce que sa carte de travail n'était plus valable, que toute la station appartenait à un certain Casey — un Américain de Miami qui faisait une apparition tous les quatre ou cinq mois, restant une semaine ou deux, chaque fois avec une nouvelle petite amie et d'autres hommes d'affaires, eux aussi accompagnés de leur petite amie. Il m'a aussi dit que Mme Flynn était l'une des propriétaires, ce qui était une nécessité légale, de par la loi jamaïquaine. Et la raison pour laquelle toute construction était arrêtée, m'a affirmé le jeune homme, c'était que l'architecte avait quitté l'île. Ah bon, ai-je répondu.

Au moment où Holmes et moi-même nous apprêtions à remonter dans la vedette pour rentrer sur la grande terre, quatre gendarmes de forte carrure arrivèrent de Port Antonio dans un élégant bateau blanc de la police qui glissa rapidement jusqu'à l'embarcadère. Ils sortirent de fort bonne humeur et se mirent à suivre le sentier qui menait à un bosquet de cocotiers. Ils ont soif, m'expliqua Holmes tandis que le groupe plaisantait et se bousculait en chemin, tout à fait chez lui, ici, et assuré de pouvoir prendre ses aises. Ils détachèrent des noix sur une douzaine d'arbres, les ouvrirent pour boire, urinèrent par terre, asticotèrent et intimidèrent les ouvriers dans la hutte, avant de retourner à leur puissant bateau, resté attaché à la jetée avec son moteur en marche qui engouffrait patiemment de l'essence. Puis ils démarrèrent en trombe, dans de grands rires, faisant des projets pour le week-end. Ils portaient tous une combinaison bleue et, sur leur tête tondue à ras, un béret écossais aux couleurs vives. C'étaient des hommes à la peau foncée, athlétiques et bien nourris ; ils étaient passés à côté de nous — Holmes et moi — exactement de la même façon qu'Ausley un peu plus tôt lorsqu'il avait débarqué sur la grande terre.

Lorsque nous fûmes assis dans la vedette, en route vers le port, Holmes se pencha vers moi et me confia qu'environ six mois auparavant Mme Flynn avait eu recours à la police pour chasser une douzaine de familles de ses terres, des squatters, des familles sans abri et misérables qui avaient décidé de construire des cabanes sur un terrain en friche gagné aux cartes dans un bordel. On avait tiré sur un certain nombre de ces squatters, m'a dit Holmes, mais aucun n'avait été tué.

Le garçon qui conduisait la vedette pour Ausley s'appelait Rocco, et pendant le retour, Holmes m'a révélé de façon inattendue que c'était le fils de l'homme qui avait témoigné avoir vu De Vries essayer de se débarrasser du corps de sa femme. Rocco m'a souri lorsqu'il a entendu son nom, et il a fait bonjour de la tête, reconnaissant enfin notre présence à bord. Holmes lui a tendu le bout du joint que nous partagions, et le jeune homme l'a terminé, envoyant le mégot à l'eau d'une chiquenaude lorsque nous sommes arrivés à l'embarcadère où Ausley attendait d'être ramené sur l'île.

Ce n'était pas un cheval, ni un couple de chevaux, que De Vries avait possédé, mais deux vieilles mules, une marron et une grise qui s'appelaient Deke et Mitchell. Cela m'a été affirmé par un certain Jack, au Princess, dans la lumière d'un début d'après-midi. Et selon Jack — un homme de petite taille, malodorant et alcoolique, en fin de cinquantaine, qui portait des vêtements élégants mais déclassés, apparemment les restes de la garde-robe de quelqu'un pour qui il avait travaillé —, De Vries était en général un homme taciturne et sévère qui parlait davantage à ses mules qu'à quiconque.

Le témoin du crime de De Vries s'appelait Rocco, comme son fils, m'a dit Jack, et oui, il était exact que Rocco avait vu De Vries à Dolphin's Bay en train de fourrer le cadavre dans un trou qui donnait sur la mer en dessous. De Vries avait sectionné la tête pour la séparer du tronc, et il avait voulu enfoncer le corps dans un trou qui, se resserrant un peu plus bas, devenait trop étroit. Par conséquent les jambes dépassaient, et

De Vries s'escrimait dessus quand Rocco est passé par hasard sur cette route en se rendant à son travail dans le ranch d'Errol Flynn. Lorsque De Vries a aperçu Rocco, il l'a poursuivi avec sa machette, a dit Jack, mais à cette époque Rocco était jeune, il courait vite et il s'est échappé. Et si le corps a été dépecé, a expliqué Jack, c'était parce qu'il n'y avait pas d'autre façon de le sortir du trou après que De Vries l'eut coincé dedans. Alors ils ont mis les morceaux — sauf la tête qu'on n'a jamais retrouvée — dans le congélateur du Frenchman's Cove qui appartient à Mme Flynn. Les policiers se sont immédiatement rendus chez De Vries, bien sûr, à cause de ce que Rocco leur avait raconté, et ils lui ont demandé où se trouvait sa femme. Ils savaient que le cadavre était celui de sa femme ou de sa petite amie, mais sans la tête ni les membres, qui avaient été sectionnés, ils ne pouvaient pas dire laquelle c'était. De Vries a menti en répondant que sa femme était à Kingston, et, quelques semaines plus tard, lorsque les policiers sont revenus pour voir si elle était rentrée, elle n'était toujours pas là, et c'est alors que De Vries est devenu muet. Il n'a jamais plus prononcé le moindre mot. A cause du docteur, a ajouté Jack. L'ami d'Errol Flynn, le Dr Menotti. C'est lui qui possédait tout le terrain de Dolphin's Bay où on avait surpris De Vries en train d'enfoncer le corps de sa femme dans le trou. Sa maison était située de l'autre côté de la route en partant de la baie, une grande maison qu'il avait équipée comme une clinique mais qu'il n'utilisait jamais en tant que telle. A quoi lui servait-elle ? ai-je demandé.

A des avortements. Pour la plupart des Américaines blanches. Quelques filles du Canada et d'Angleterre, aussi. Il y faisait en plus un tas d'expériences, a ajouté Jack.

De quel genre ?

Obeah.

En sortant pour la deuxième fois du domaine des Flynn, j'ai revu Evan Smith qui parcourait Main Street à pied, avec la même vigueur et la même rapidité que précédemment. Mais comme cette fois il n'avait pas de pluie à fuir, j'en ai conclu que la précipitation devait être dans sa manière d'être, et que c'était un homme plus nerveux qu'il ne m'avait paru au premier abord. J'ai pu le conduire à sa destination, l'hôtel de ville, où apparemment il n'avait rien de plus à faire qu'un demi-tour pour descendre tout aussi rapidement la rue en sens inverse.

Smith m'a raconté que deux hommes du nom de Krucknik et Crandall ont été propriétaires de Navy Island après Errol Flynn, puis Krucknik est mort dans un accident d'avion à Miami, et Crandall a hérité de sa moitié. Plus tard, il s'est associé à un M. Illa, de Californie, qui débarque encore une ou deux fois par an pendant quelques jours. C'est un certain Rex Rand, a ajouté Smith, qui possède le domaine de l'hôtel Titchfield, tandis que le capitaine Ausley, qui gère à présent Navy Island, le dirigeait autrefois pour lui. M. Rand, comme Smith prenait soin de l'appeler, voulait reconstruire le Titchfield après l'incendie, mais il a lui aussi été tué dans un accident d'avion à Miami. M. Rand était en outre l'un des propriétaires de l'hôtel Biscayne Bay à Miami et un ami personnel de Richard Nixon. Smith, en revanche, n'avait jamais entendu parler de quelqu'un du nom de Casey.

Au château de Comfort, le domaine d'Errol Flynn, je fus à nouveau accueilli par la paire de bergers allemands, et cette fois une bonne — à mon étonnement elle était blanche — apparut derrière les molosses. C'était une femme âgée, mais solide et vive, et lorsque j'ai souhaité voir Mme Flynn et que j'ai dû avouer que je n'avais pas de rendez-vous, elle m'a répondu que Mme Flynn n'était pas à la maison. Elle m'a demandé où Mme Flynn pouvait me joindre, et, au moment où j'ai machinalement donné le nom et le numéro de téléphone de l'hôtel Montvin, il m'est apparu que je risquais d'être en train de commettre une dangereuse erreur. Je ne pouvais plus me balader entre ces vies comme une sorte de touriste béat sans me protéger.

J'étais dans un monde où les puissances du mal — l'*obeah*, la mafia, les policiers pourris qui vidaient les noix de coco des autres, les morts rituelles, les tribunaux irréguliers, la décadence, et une richesse aussi immense qu'exploitatrice — fonctionnaient toutes confortablement côte à côte comme des vendangeurs dans la même vigne. Être blanc ne signifiait pas forcément être mauvais, mais être blanc et apprendre à connaître Errol Flynn à la Jamaïque revenait à perdre son innocence. Et dès que cela se produisait, seul un imbécile ne commencerait pas à se protéger.

Non, non, ça ne colle pas, le Montvin, me suis-je mis à bredouiller devant la bonne. Ce soir je serai ailleurs, avec un ami, et je quitte Port Antonio pour Montego Bay demain matin, parce que je rentre aux États-Unis.

Elle a hoché la tête. J'ai dit que je téléphonerais plus tard à Mme Flynn, j'ai violemment enclenché une vitesse et j'ai dévalé la colline jusqu'à la route. Là, j'ai pris vers le port, dépassant à toute allure les « murs d'esclavage » puis les vestiges de l'ancienne plantation de sucre (à présent remplacée par le ranch de Flynn), la route du moulin, les abris et les granges en pierre taillée, la grande citerne à ciel ouvert semblable à un cratère, avec la crête et les montagnes dans leur sombre grandeur d'un côté de la route, et la mer turquoise et les champs de l'autre.

5

Au Princess, j'ai retrouvé Holmes assis au bar avec Dorothée. Il m'avait cherché, m'a-t-il annoncé, parce qu'il estimait qu'avant de m'en aller je devrais m'entretenir avec Rocco, le témoin. La salle du bar était remplie d'une lumière fraîche vert tendre, la même couleur nette que celle des champs d'herbe de Guinée au château de Comfort. J'ai approuvé d'un hochement de tête et nous avons quitté le Princess. Nous avons dépassé à pied mon minibus garé dans la rue, nous avons pris à gauche au bout d'un pâté de maisons, puis nous avons pressé le pas à travers des cours et des sentiers qui coupaient à l'arrière de cases et de cabanes, sous des fils à sécher le linge, par-dessus des clôtures, jusqu'à ce que nous parvenions au cœur d'une jungle où voisinaient des cahutes en vieilles planches et tôle ondulée, des épaves de voitures, des réfrigérateurs, des tambours de machines à laver, des cochons fouillant l'épaisse couche de saleté, des chèvres méditant devant une pelure d'orange, des chiens efflanqués et glabres aboyant faiblement en grattant leur dos galeux, et des enfants, des douzaines de gamins nus et presque nus qui se sont éparpillés comme des nuées de moucherons quand nous sommes résolument passés parmi eux et que peu à peu nous sommes montés au-dessus du port jusqu'à dépasser la première crête et perdre de vue la mer en arrivant dans un conglomérat de baraques et de sol boueux, rouge sang, où on avait raclé tout ce qui pouvait être brûlé ou mangé par homme ou bête.

Nous nous sommes arrêtés devant une cabane verrouillée, avec une seule fenêtre, et Holmes a crié : Rocco ! Au bout de quelques instants est apparu à l'entrée un homme qui m'a d'abord semblé très vieux, mais qui vite a repris l'air de quelqu'un ne dépassant pas la cinquantaine. Il était voûté et cassant comme du verre, sombre et apeuré, habillé de guenilles couleur de cendre et de tabac.

Comme il connaissait Holmes, il s'est rapidement mis à sourire puis il est sorti dans la cour où Holmes m'a présenté avant de dire à Rocco que je souhaitais qu'il me raconte comment il en était venu à témoigner contre De Vries. L'homme m'a d'abord regardé, puis il s'est tourné vers Holmes avec la même profonde méfiance sur son visage couleur de cendre. Holmes s'est alors accroupi et s'est mis à rouler un joint de ganja aussi gros qu'un cigare, s'affairant sur le cône en papier brun — le resserrant et tordant l'extrémité avec minutie — jusqu'à ce qu'il l'allume et que sa tête baigne dans la fumée odorante et argentée. Rocco et moi nous sommes alors accroupis à ses côtés, et Holmes a tendu le cigare à Rocco. Nous avons fumé en silence pendant quelques instants, écoutant les bruits d'enfants qui jouaient, de chiens qui aboyaient, et une femme qui criait d'un ton aigu dans le lointain. Puis Rocco s'est mis à parler dans un patois campagnard rapide, d'une voix grêle et haute qui ressemblait plus à celle d'un Oriental qu'à celle d'un Africain.

Il était encore jeune homme, lorsque De Vries avait tué sa femme, a-t-il déclaré.

De Vries avait donc réellement tué sa femme ? Non, non, bien sûr que non. C'étaient Errol Flynn et le Dr Menotti avec son fils qui l'avaient tuée. Mais d'abord ils avaient essayé de l'assassiner lui, Rocco. Il a expliqué que son travail au ranch des Flynn l'obligeait à s'y rendre de très bonne heure chaque jour, avant même le lever du soleil, et que, trois mois environ avant le meurtre de la femme de De Vries, en passant devant l'hôpital du Dr Menotti à Dolphin's Bay, il avait remarqué les silhouettes de plusieurs formes humaines et des éclairs de lampes au bord des falaises surplombant la mer. Il a alors aperçu le fourgon à viande de De Vries et ses deux mules, Deke et Mitchell, à quelques mètres de la route. Il connaissait bien De Vries, il avait même travaillé pour lui pendant quelques années lorsqu'il n'était qu'un jeune garçon apprenant à s'occuper du bétail, et c'est pourquoi il est sorti de la route et s'est avancé vers les silhouettes aux lumières. Il voulait voir ce que faisait De Vries dans ce coin et de si bonne heure.

Peut-être a-t-il besoin d'un coup de main, s'est-il dit en franchissant dans l'obscurité la broussaille et les difficiles rochers en direction du bord de la falaise. Mais tout à coup il s'est rendu compte que les lampes venaient vers lui — il y en avait trois —, mais séparément, de sorte que l'une s'approchait de lui par-devant et les autres chacune d'un côté. Il s'est arrêté, puis il a appelé De Vries. Pas de réponse. Les lumières continuaient pourtant à converger sur lui. Rocco a reculé d'un pas avant d'appeler à nouveau. Pas davantage de réponse. Il voyait à présent que les trois lampes étaient aux mains de trois hommes, deux Blancs et un Noir. Il les a reconnus : l'un des Blancs était Errol Flynn et l'autre était le Dr Menotti ; quant au Noir, c'était De Vries, et il portait sa machette.

Ils n'étaient qu'à cinq ou six mètres de lui lorsqu'il a fait volte-face et s'est lancé comme une flèche à travers les broussailles et les rochers en direction de la route, tandis que les trois hommes le poursuivaient bruyamment. Il a entendu Errol Flynn crier : Rocco, attends, nous voulons seulement te parler ! Mais il savait bien qu'ils voulaient le tuer et c'est pourquoi il a couru, terrifié, dépassant les mules et le fourgon, arrivant sur la route qu'il a dévalée jusqu'au port, presque à cinq kilomètres.

Il est revenu s'abriter chez sa mère, cette maison-ci

devant nous, a-t-il expliqué en montrant du doigt la case d'où il avait émergé quelques instants auparavant, et il n'est jamais retourné au ranch de Flynn ou à Dolphin's Bay, sauf, bien sûr, quand la police l'a emmené sur les falaises pour qu'il leur montre l'endroit où il avait vu De Vries en train de dépecer le corps de sa femme pour le faire passer dans le trou donnant sur la mer.

Mais si vous n'êtes jamais revenu là-bas, ai-je dit, comment avez-vous pu y voir De Vries en train de tailler sa femme en pièces ?

Rocco m'a regardé comme si j'étais idiot. Comment un Blanc pouvait-il être aussi bête ? semblait demander son expression. Il a donc patiemment expliqué qu'après l'arrestation de De Vries il était un jour assis chez lui, encore trop peu rassuré pour sortir, ne serait-ce que pour descendre boire un verre au port ou voir ses amis, lorsqu'il a entendu quelqu'un dans de lourdes chaussures s'avancer jusqu'à sa porte, et avant même qu'il ait pu regarder qui c'était, deux grands Noirs en costume cravate ont pénétré dans la maison. Des policiers, des inspecteurs de Kingston, qui l'ont fait sortir et descendre le flanc de montagne jusqu'à Main Street où ils avaient garé leur véhicule, une grande Land Rover noire dans laquelle ils l'ont emmené jusqu'à Dolphin's Bay. Et c'est la première fois, a-t-il dit, qu'il a vu ce que vous appelez un magnétophone, un gros machin sur le siège arrière entre un des policiers et lui. Ils ont arrêté la voiture et sont restés un moment assis, posant des questions à Rocco sur ce qu'il avait vu le matin où il s'était enfui. Rien, rien, répétait-il. Juste le fourgon de De Vries et ses mules, c'est tout. Alors le policier qui était assis à l'arrière a dégainé son revolver et placé le bout du canon dans l'oreille de Rocco en lui coinçant durement la tête contre la portière. Tu as bien vu De Vries, là-bas, n'est-ce pas ? a déclaré celui qui était assis à l'avant. Oui. Et tu l'as vu en train de donner des coups à quelque chose près du bord, n'est-ce pas ? Oui. Et tu as eu peur et tu as couru chez toi, n'est-ce pas ? Oui. Maintenant, a dit le conducteur tandis que l'autre écartait le canon de son revolver, maintenant tu vas nous raconter l'histoire depuis le début, comment tu es passé ici en allant travailler au ranch d'Errol Flynn, comment tu as vu le fourgon et les chevaux de De Vries et puis De Vries en personne. Parce que nous allons faire pendre De Vries, et comme ça tu n'auras plus besoin d'avoir peur.

Après avoir déposé Holmes au Princess, je suis revenu en voiture à l'hôtel. Il était tard dans l'après-midi et j'étais épuisé, en nage, l'esprit agité. En allant à la réception prendre la clé de ma chambre, je suis passé devant le gérant, allongé sur une chaise longue dans le vestibule, un journal déplié sur son gros ventre. Il a entrouvert un œil et m'a demandé si j'étais content de ma visite à Navy Island, ce matin.

Quoi ?

Navy Island. Ça vous a plu, à vous et à votre ami ?

Oui, oui, sûrement, ai-je bégayé, en me demandant comment il avait su que j'y étais allé. Je lui ai demandé si on m'avait laissé des messages par téléphone.

Non, a-t-il répondu en s'affalant à nouveau sous son journal. Rien du tout.

Après avoir pris une douche et m'être changé, je suis resté à me reposer une heure sur mon lit étroit, déroulant dans mon esprit les liens entre les gens — Mme Flynn et le capitaine Ausley, Errol Flynn et la mafia de Miami, la CIA et la mafia de Miami, Errol Flynn et la clinique d'avortements du Dr Menotti, la clinique d'avortements et la police de Kingston, Rocco et De Vries, Flynn et De Vries, Mme Flynn et l'hôtel de Frenchman's Cove, Mme Flynn et le directeur de l'hôtel Montvin, le directeur du Montvin et le Windjammer du capitaine Ausley, Errol Flynn et le Princess, Errol Flynn et l'hôtel de Titchfield Hill — jusqu'à ce que ces liens me ramènent au début et que de nouvelles connexions apparaissent. Tout avait une signification, tout était relié à tout le reste.

C'est de la vraie magie, me suis-je dit, c'est de l'*obeah*. La distance entre le monde des riches et celui des pauvres était si grande que celui qui avait la richesse était réellement un magicien qui échappait aux pouvoirs régissant la vie des hommes et des femmes ordinaires. Mais il ne s'agissait pas seulement de distance, ai-je conclu. C'était aussi une question de savoir. La fortune et le savoir allaient de pair, comme Errol Flynn et le Dr Menotti, et le pouvoir qu'ils créaient ensemble était effrayant pour ceux d'entre nous qui n'y avaient pas accès. Nous pouvions en être les victimes à n'importe quel moment, sans aucun recours. C'est un feu dérobé et satanique, l'exploitation faustienne d'une histoire économique et raciale corrompue. C'était le mal.

Pour ne pas avoir à découvrir de nouveaux chaînons, j'ai décidé de prendre mon dîner à l'hôtel Bonnie View, l'édifice au sommet de Naylor's Hill, où Evan Smith avait rencontré sa femme la nuit où s'est abattu l'ouragan de 1938. Une route étroite, en lacet, mal éclairée, zigzaguait autour de la colline avant de finir dans le parc de stationnement de l'hôtel. L'hôtel lui-même était un bâtiment de deux étages, au toit plat, qui s'étalait sans forme sur tout le sommet de la colline avec ses terrasses, sa salle à manger, son bar et ses chambres à coucher combinées de façons diverses.

Sur la terrasse principale, une grosse Chinoise se plaignait à un Noir en uniforme de barman du manque de touristes et des difficultés à assurer la paie du personnel. J'ai pris un siège près du parapet et j'ai contemplé le port en bas ; c'était la même vue que de chez Smith, mais du côté est au lieu de l'ouest. Le garçon m'a servi à boire en m'appelant docteur, ce qui m'a paru bizarre, puis il a repris sa conversation avec la Chinoise à laquelle s'était jointe une jeune Noire mince dans un uniforme de serveuse. Portant des lunettes, elle ressemblait plus à une étudiante issue des classes moyennes de Kingston qu'à une serveuse d'hôtel de Port Antonio.

Me retournant à moitié sur ma chaise, j'ai jeté un coup d'œil dans la salle à manger par la grande fenêtre, et j'ai aussitôt vu qu'elle était vide, sauf une table où étaient assis le capitaine Ausley, à présent en chemise blanche, sa petite amie au regard vitreux, et une belle femme blanche d'âge moyen, bien habillée, blonde et d'une pâleur froide. Mme Flynn, ai-je décidé.

Finissant vite mon verre, j'ai fait signe au garçon qui est arrivé en souriant. Je vous remets ça, docteur ?

Non, merci, je viens juste de me souvenir d'un rendez-vous, ai-je répondu en le payant à la hâte.

Vous n'auriez pas le temps de déposer cette demoiselle en ville ? a-t-il demandé poliment. Je n'ai pas pu dire non et je suis parti avec la serveuse à la remorque.

Au milieu de la descente elle a rompu le silence et m'a demandé s'il était vrai que j'étais médecin. Elle faisait des études d'infirmière à Kingston, a-t-elle aussitôt ajouté, mais elle travaillait à l'hôtel pendant les vacances. Son père était pasteur de l'église baptiste en ville. J'ai voulu savoir pourquoi elle me croyait médecin. Le garçon lui avait dit que je m'appelais Dr Ajax, a-t-elle répondu, et que j'étais des États-Unis.

Il vous a fait une blague, ai-je grommelé sombrement, et j'ai suivi ses indications jusqu'à une vieille maison bien entretenue de Titchfield Hill, à quelques rues de mon hôtel.

Elle s'est glissée hors de la voiture et, en refermant la portière, elle m'a dit par la vitre ouverte, en patois — comme si c'était moins dangereux —, que je devrais venir lui rendre visite quand j'aurais du temps et pas de rendez-vous qui me fasse courir.

Merci, ai-je répondu, mais je pars demain matin pour Montego Bay.

Eh bien, une autre fois, alors, a-t-elle répondu avant d'entrer avec nonchalance dans la maison.

Le soir tirait à sa fin, il était près de dix heures, les palmiers embrochaient le ciel éclairé par la lune, on voyait les collines argentées, les putes de Port Antonio sifflaient et envoyaient des baisers depuis le trottoir tandis que je roulais lentement, perdu dans mes pensées et mes craintes. Un groupe de lumières dans le port signalait la présence somnolente, paresseuse, de bateaux de plaisance en provenance des États-Unis. Des nouveaux venus. Quelle sorte de frères américains se trouvaient donc à bord ? Je me suis posé la question en me rangeant contre le trottoir devant le Princess. Peut-être des chanteurs de rock avec leurs petites amies et leurs imprésarios. Ou le vice-président, chargé du marketing, de Chemgro Corporation avec sa femme, alcoolique et blasée, et leur fille aînée. Un sculpteur célèbre et sa petite amie de vingt-cinq ans sa cadette. Le doyen d'une grande université du Midwest avec le rédacteur en chef d'une revue de mode, deux hommes d'âge mûr se livrant à une relation amoureuse secrète en faisant semblant de négocier pour trouver chacun une place dans le domaine de l'autre.

Dans le Princess, j'ai été assailli par une brume de fumée bleue traversée par les bêlements du juke-box, le rire des prostituées et un vieil ivrogne qui hurlait des insultes à la photo du Premier ministre au-dessus du bar. Les odeurs de parfum bon marché, de chèvre au curry et de rhum blanc se rejoignaient dans un mélange agréable, chaud, attrayant. Debout au comptoir, Dorothée dorlotait une bière avec un soin avare. Elle portait une casquette en toile de jean penchée sur un œil, un tee-shirt noir, des Levi's moulants, des chaussures blanches à talons aiguilles avec des lacets autour des chevilles, et à son poignet cliquetaient des bracelets de métal et de plastique : une femme solide, musclée, à la peau noire et satinée, avec un grand sourire généreux et intelligent sur son visage lorsqu'elle m'a vu passer la porte. J'ai compris pourquoi Holmes l'appréciait tant. Si on ajoutait son humour et son intelligence à sa profession, elle en venait à paraître presque sage, l'héritière d'une sagesse antique qui n'était d'ailleurs pas forcément et uniquement féminine. Elle savait à quel point nous sommes ravissants et complètement insignifiants. Ce qui la rendait experte en médisance, probablement aussi tendre en amour, facétieuse, et au total quelqu'un à qui on ne racontait pas n'importe quoi facilement.

Quand je me suis assis près d'elle au bar, elle a paru contente de me voir et m'a demandé des nouvelles de Holmes. Mais je le cherche aussi, c'est pour cela que je suis entré, ai-je répondu d'un seul coup, trop vite, car elle a facilement percé mes paroles et compris que je ne faisais que la renseigner sur le degré et la complexité de mon sentiment de m'offrir à elle.

Je lui ai payé un verre, et elle est passée de la bière au gin-tonic. Puis elle m'a demandé des pièces pour le juke-box, a mis du reggae lent et sexy, et m'a tiré de mon tabouret pour me faire danser. Elle a poussé son pelvis contre le mien, posé sa tête entre mon menton et mon épaule, appuyé ses seins contre ma poitrine, et nous avons dansé lentement, nous moulant l'un dans l'autre, sans parler, nous contentant de mettre en route nos corps fatigués, ouvrant des vannes poisseuses pour laisser couler les fluides, et je me disais : Après tout, cette femme me plaît, ce n'est pas comme s'il n'y avait rien de *personnel*, et cette pensée m'a ôté ma dernière peur, celle de passer, dans l'esprit de quelqu'un d'autre et surtout dans le mien, pour n'importe quel Américain blanc qui viendrait au Princess se payer une fille, une Jamaïquaine de la campagne, noire, avec des bras forts et de gros seins.

Mais il n'y avait guère de clients ce soir-là au Princess, à part moi, et je me contentais de payer de temps à autre une tournée bon marché, de laisser deux ou trois dollars de plus pour le service, rien pour les filles. Jusqu'aux alentours de minuit, quand j'ai découvert que j'avais faim et que je me suis souvenu de ma fuite de l'hôtel Bonnie View avec le capitaine Ausley et Mme Flynn. J'ai faim, ai-je dit à Dorothée. Allons manger quelque chose.

Elle a souri, m'a entouré de ses bras et m'a regardé droit dans les yeux. Du poisson au piment, a-t-elle dit.

Elle savait où nous pourrions manger le meilleur poisson au piment de Port Antonio.

Il pleuvait, à présent, et les rues étaient vides. Pas de voitures qui klaxonnaient, pas de piétons, pas de marchands à la sauvette, pas de mendiants, pas de touristes. Pas de vieux ivrognes trébuchant sur les poubelles dans un brouillard de rhum, pas de flics massifs se pavanant au sortir des ruelles où ils semblaient être en permanence en train de pisser comme des chiens de sexe mâle. Pas d'étudiante blonde et astucieuse dans un cabriolet à la recherche de ganja et de cocaïne, personne en train d'encaisser des chèques de voyage American Express à la Bank of Nova Scotia ou à Barclay's. Rien que Dorothée et moi dans mon minibus bleu et japonais, qui tournions à droite, puis à gauche, puis de nouveau à droite dans une ruelle jusqu'à une boutique fermée devant laquelle nous nous sommes garés. Après être sortis de la voiture nous avons frappé à petits coups sur la grille en fer jusqu'à ce que quelqu'un crie de l'intérieur que c'était fermé. Dorothée a hurlé son nom et la porte s'est lentement ouverte, la grille a été déverrouillée, et un vieillard est reparti dans l'obscurité en traînant les pieds. Nous l'avons suivi après avoir refermé la grille et la porte à clé pour arriver dans une pièce faiblement éclairée, remplie de l'odeur du poisson, des piments et des oignons qui cuisaient sur des braises, et de l'arôme d'une bouteille de rhum qui passait d'une figure sombre à une autre.

C'étaient les gens de la nuit, des ombres fatiguées qui fumaient, buvaient, mâchouillaient du poisson, se léchaient les doigts, parlaient paisiblement avec des voix basses et discrètes — des voleurs et des putes, deux ou trois flics avec leur revolver sans étui coincé dans la ceinture, habillés en civil, légèrement éméchés et souriant facilement, ici, au milieu de leurs amis d'enfance et de leurs parents ; des joueurs qui comptaient leurs gains de la soirée ; un organisateur de loterie chinoise, gras et admirant ses bagues avec une expression onctueuse ; quelques adolescents en béret écossais qui jouaient les garçons de courses pour les voleurs et les joueurs tout en se jurant de les tuer ; et Dorothée, ma Dorothée, qui connaissait tout le monde dans cette pièce obscure, qui avait probablement des liens de parenté avec quelques-uns, cousine ou peut-être nièce de la grosse femme derrière le comptoir qui distribuait le poisson avec les piments et les oignons sur des feuilles de papier d'emballage beige et puis deux grands verres à demi remplis de rhum blanc.

Nous nous sommes souri tandis que notre bouche se couvrait de gras, que nos lèvres et nos dents déchiraient le poisson, le mâchaient, recrachaient les arêtes, mordaient dans les piments, suçaient les rondelles d'oignon, avalaient le rhum, étouffant un feu par un autre. Dorothée m'a présenté à deux ou trois des personnages de cette salle sombre et encombrée, me désignant comme son ami. Le frère du frère de Holmes Musgrave.

Un homme qui connaissait Holmes et Terron déclara avoir été à l'école avec Terron, qui, en ce temps-là, bégayait si fort que sa mère ne pouvait même pas l'envoyer à l'épicerie chercher du riz parce qu'il n'était pas capable d'articuler autre chose que *R-r-r-r-reuh-reuh*... puis laissait tomber pour courir à la maison sans avoir rien acheté. Nous l'appelions tous le Bègue, a-t-il ajouté. Mais je suppose que les tresses rasta lui ont délié la langue, a-t-il poursuivi en souriant, ses dents en or brillant sous l'éclat de la lampe au kérosène. C'était un homme gras, à moitié chinois, avec un soupçon de moustache et des lèvres épaisses et sèches qu'il humectait constamment du bout de sa langue rose. Ses mains brunes et grassouillettes, chargées de bagues, étaient soigneusement étalées sur le comptoir, comme si c'étaient celles d'un joueur connu pour tricher aux cartes.

Un deuxième homme a surgi à mon côté, un des flics, grand, athlétique, avec un béret blanc tricoté enfoncé sur son crâne en forme d'obus. Il était très sombre, couleur de piano à queue, il avait un corps épais, et un visage sans expression avec des yeux liquides. Le revolver dans sa ceinture était juste entre nous, et j'ai baissé les yeux sur lui, comme si c'était un serpent dont le regard m'avait saisi et me paralysait sur place. Le flic a aperçu mon verre vide, et, avec un petit geste à la femme derrière le comptoir, l'a fait remplir. Puis il a fermé les yeux et hoché la tête avec somnolence en acceptation de mes remerciements.

Le gros bonhomme aux bagues a continué à parler de sa voix fluette et détendue, me demandant si je jouais aux dominos, si je savais jouer comme un Jamaïquain, auquel cas est-ce que je serais d'accord pour m'asseoir et faire une partie de sept. Il me trouverait un partenaire, et pourquoi pas Dorothée, car elle était capable d'affronter n'importe lequel de ceux qui étaient ici. Elle l'avait un jour battu à plate couture, dit-il. Sept à zéro. La seule femme qui m'ait jamais laissé à zéro, ajouta-t-il avec une grimace légèrement nostalgique qui me fit croire ce qu'il disait mais me demander la raison pour laquelle il m'en parlait. Le flic près de moi, qui s'appelait Larry, serait son partenaire. D'un signe de tête j'ai salué Larry.

Dorothée était arrivée derrière moi. Elle m'a entouré de ses bras, a croisé ses mains sur mon ventre et appuyé tout en frottant son visage contre ma nuque.

Non, je ne pense pas que je jouerai aux dominos ce soir, ai-je dit au gros, mais merci quand même.

Je me suis éloigné du comptoir, j'ai dit bonsoir à tous ceux qui étaient dans la pièce, puis, en tenant la main de Dorothée, je suis sorti dans le couloir où nous avons attendu près de la porte verrouillée que le vieil homme vienne nous ouvrir.

Où veux-tu aller, à présent ? m'a demandé Dorothée.

Pourquoi pas dans ma chambre ? Très bien, a-t-elle répondu avec un sourire satisfait.

La pluie sombre se déversait encore lourdement dans les rues avec un roulement dense de tambour sur le toit de ma fourgonnette bleue, pendant que nous retraversions Port Antonio, en bavardant à toute allure, gaiement, tous les deux étonnés de pouvoir échanger des points de vue, comme aurait dit Terron, alors qu'elle parlait le patois jamaïquain et que je discourais dans mon dialecte de la Nouvelle-Angleterre, tels un Sicilien et un Florentin, découvrant que nous étions attirés et repoussés par les mêmes choses, excités par le contact, la proximité momentanée, deux planètes partageant soudain la même orbite et le même soleil, alors que toujours nous avions cru évoluer dans des galaxies qui, même identiques, restaient séparées.

A l'hôtel j'ai garé la voiture et nous avons couru sous la pluie en direction du vestibule désert. J'ai pris ma clé au tableau au-dessus du bureau et nous avons nonchalamment gravi les escaliers en plaisantant, bras dessus, bras dessous, puis nous avons suivi les corridors étroits et mal éclairés jusqu'à ma petite chambre et son lit à une place.

Nous nous sommes quand même endormis, enroulés sur le petit lit dans le corps l'un de l'autre, comme des animaux dans une tanière souterraine — la volumineuse campagnarde, avec ses narines fixées sur moi, des lèvres aussi épaisses que des doigts, une peau noire comme des chaussures, et l'homme d'âge moyen, aux muscles plats, venu des villes d'Europe et d'Amérique, au visage triangulaire, aux lèvres tirées au crayon et à la peau couleur de raphia.

Le lendemain matin nous avons fait l'amour un moment, puis, alors que nous restions allongés dans les rais de lumière vifs et nets qui fusaient à travers les persiennes, elle m'a demandé si je voulais bien devenir son maquereau. Elle m'a ensuite montré son couteau, un cran d'arrêt de quinze centimètres avec un manche en os blanc, et m'a dit qu'elle tuerait n'importe quelle femme qui essaierait de m'enlever à elle.

Ne me sont venues à l'esprit comme réponses que des blagues de mauvais goût et des reparties moqueuses. Je parie que tu racontes ça à tous les mecs. Mais elle paraissait sérieuse. J'ai alors su, parce qu'elle était désespérée d'une façon qui ne serait jamais la mienne et qu'elle avait survécu à des épreuves qui auraient eu raison de moi, qu'elle était sérieuse, et c'est pourquoi j'ai essayé de me décrire pour elle.

Elle m'a écouté avec une attention réfléchie, et la distance entre nous a rapidement augmenté ; elle s'est vite remise à plaisanter, se plaignant d'avoir faim, me donnant des coups de poing sur l'épaule pour me faire sortir du lit puis me tirant de nouveau à elle comme si j'étais une poupée de chiffon, grande sans doute, mais facile à manier. Tu ressembles à Robert Redford, a-t-elle remarqué.

Je parie que tu dis ça à tous les Blancs, ai-je répondu, et nous avons ri tous les deux, sommes sortis du lit, et, après nous être habillés, nous sommes sortis prendre notre petit déjeuner.

Le Princess, sans clients, baignait dans le soleil du matin et dans un silence à peine troublé par les bruits de la rue, les timbres des vélos, les cris de salutations et les vieilles guimbardes qui brinquebalaient en passant. La femme âgée lavait le sol derrière le bar quand nous nous sommes assis à une table près d'une fenêtre ouverte donnant sur la cour encombrée de la maison voisine. A l'autre extrémité de cette cour, deux hommes et un garçon suspendaient à une branche d'arbre le corps d'un bouc noir qu'ils venaient d'abattre.

La femme n'avait que des blighias avec du poisson salé et du café à nous proposer. Elle est revenue à la cuisine pour le servir pendant que nous nous retournions sur nos sièges et regardions paresseusement le dépeçage du bouc. Un des hommes, les cheveux grisonnants, coupa d'une main experte la tête et les testicules pour les déposer dans une bassine par terre. De retour près de la carcasse, il la fendit et l'étripa, ôta les pieds et détacha soigneusement la peau jusqu'à ce que le bouc soit transformé en un long morceau de viande plein de muscles et de tendons. L'homme se mit alors à le découper aux articulations avec sa machette. Chaque membre tranché était transporté par le deuxième homme ou le garçon jusqu'à un banc ou une table hors de notre vue, derrière le bâtiment. A la fin ne se balançait à l'arbre que le thorax, mais l'homme le détacha et le traîna jusqu'au banc. Nous entendîmes très vite la machette retentir contre les os, faisant sauter la viande et surgir la moelle.

Notre petit déjeuner est arrivé et nous avons mangé en silence. Elle m'a demandé si j'allais partir le jour même, j'ai répondu oui et je lui ai proposé de la conduire où elle voulait.

L'idée lui a plu. Je pouvais l'emmener chez elle, a-t-elle dit, où ses fils l'attendaient. Ce n'était pas loin, juste quelques milles à la sortie de la ville en direction de Montego Bay.

Nous avons roulé le long du port, dépassé la butte où vivaient Holmes et Evan Smith, suivi les lacets de la côte pendant plusieurs kilomètres, jusqu'à ce que Dorothée me demande de prendre à gauche. Là, nous avons roulé en cahotant pendant quelques centaines de mètres dans un sentier étroit recouvert de caillasse, et nous nous sommes arrêtés devant une case faite de bois de récupération, de vieilles portes et de tôles ondulées oxydées. Deux petits garçons au ventre nu, avec des culottes souillées de pipi, ont jeté un coup d'œil depuis l'obscurité de la case vers la lumière aveuglante du dehors où nous nous trouvions, assis dans le minibus.

Dorothée a fait signe à ses enfants. Ils ont tous les deux répondu en agitant une main, mais sans lâcher de l'autre le montant de la porte qu'ils tenaient fermement. Tu as un crayon et un bout de papier ? m'a-t-elle soudain demandé. J'ai déchiré une page de mon cahier, la lui tendant avec un stylo. Courbée sur la feuille, elle s'est mise à écrire et elle a passé plusieurs minutes à griffonner intensément pendant que j'étudiais les enfants dans l'encadrement de la porte et qu'ils me scrutaient de leur côté.

Elle a fini par me rendre le stylo, et, après avoir soigneusement plié le papier plusieurs fois, elle me l'a pressé dans le creux de la main. J'ai baissé les yeux sur le petit carré puis je les ai relevés vers elle.

Lis-le, a-t-elle ordonné. Je l'ai donc déplié et j'ai lu les grandes lettres au tracé enfantin. JE VEUX PAS QUE TU ME PAIES, MAIS JE SUIS FAUCHÉE. PEUX-TU ME DONNER DE L'ARGENT ? JE T'AIME.

Je lui ai donné vingt dollars, deux billets de dix que j'ai pliés deux fois comme elle l'avait fait pour son mot et que j'ai pressés à mon tour dans le creux de sa main. Puis je l'ai embrassée et je lui ai dit au revoir. Elle a sauté de la voiture et, en courant avec force, elle a traversé la cour de terre tout encombrée pour arriver jusqu'à ses enfants. Elle les a soulevés tous les deux, un dans chaque bras luisant, s'est retournée et m'a crié au revoir. J'ai fait une lente marche arrière jusqu'à la grand-route, j'ai tourné à gauche et pris la direction de Port Antonio. J'avais une dernière halte à faire avant de quitter la ville.

J'ai garé le minibus bleu sur la route, côté mer, avec à ma gauche Dolphin's Bay et devant moi l'est. Sur ma droite s'étalait la grande maison blanche qui avait jadis appartenu au Dr Menotti. Un domaine plutôt qu'une maison, avec un demi-hectare de gazon et des parterres de fleurs impeccablement entretenus, des rangées de crotons et de poinsettias, de vigoureux bouquets de cocotiers et d'arbres fruitiers plantés de façon à s'harmoniser avec les bâtiments. Le tout indiquait l'ordre, la maîtrise, une confiance en soi et un calme impressionnants, sans oublier, bien sûr, une grande richesse. De l'autre côté de la route, entre ma voiture et l'océan, un champ broussailleux, bardé de rochers, s'en allait en cahotant maladroitement sur deux cents mètres, jusqu'à une falaise où, trente mètres plus bas, la mer labourait la corniche et s'écrasait sur des murs de cavernes invisibles. Le ciel était couvert, à présent, le soleil matinal était parti, emportant avec lui l'aveuglante lumière des tropiques. Bien que l'air fût chaud et que la brise océane qui bondissait à travers le champ fût légère, je me suis senti pénétré de froid en marchant dans les buissons ardents qu'ils appellent *macca* et dans les acrocomias épineux, en contournant de gros rocs de dolomite pâle, en évitant les affleurements, et c'était comme si je m'étais retiré très loin vers le centre de mon corps.

Plongeant mon regard par-dessus le bord de la falaise, j'ai vu l'eau s'engouffrer au-dessous de moi dans l'obscurité et je l'ai entendue se briser contre les rochers, resurgir, tourbillonner et revenir avec une violence accrue, laissant derrière elle des remous noirs et des maelströms qui se scindaient en lignes apparemment dessinées au hasard mais qui indiquaient en réalité des courants se précipitant vers le rivage — vers le port pour ceux qui partaient à l'ouest, et vers Frenchman's Cove, le Blue Hole, et la baie de Boston à l'est. Un corps (ou des morceaux de corps) jeté d'ici pouvait facilement arriver à l'une ou l'autre de ces plages et être retrouvé un beau matin, roulé sans relâche par les vagues. Nul homme connaissant cet endroit et ces courants ne se débarrasserait d'un cadavre de cette façon, me suis-je dit en faisant demi-tour et en marchant sur le toit de l'énorme caverne que j'avais sous les pieds, scrutant le sol devant moi, cherchant l'ouverture semblable à une cheminée qui était censée se trouver là.

Après avoir rôdé une demi-heure dans cet enchevêtrement de buissons épineux, de petits cactus verts et de roches calcaires criblées de pustules, j'ai fini par le voir, ce trou assez grand pour avaler un corps humain. Debout, mes orteils recroquevillés par-dessus le bord, j'ai scruté le gouffre. D'abord je n'ai perçu que l'obscurité, comme si la cavité allait droit au centre de la terre où il n'y avait que la fournaise, les gémissements, les cris des damnés, où j'aurais voulu trouver Errol Flynn élevant vers moi des yeux impuissants, regardant la silhouette noire de mon corps et de ma tête se détacher comme un relief du ciel argenté.

Formant une visière de mes mains pour me protéger de la lumière du jour, j'ai rapproché mon visage de l'orifice jusqu'à pouvoir discerner quelque chose dans l'obscurité et entendre la mer se fracasser sur les parois de la caverne. A un mètre ou un mètre cinquante au-dessous de moi, le trou se rétrécissait avec des angles aigus, prenant à peu près la taille d'une tête humaine. Un corps de femme ne pouvait pas s'y glisser. Puis il s'évasait à nouveau et finissait en chute rapide sur l'eau dont le dos était parsemé d'éclairs de lumière en provenance de l'embouchure et qui allait et venait avec impatience, comme une énorme bête au corps lisse, emprisonnée et rendue folle dans sa cage de pierre.

Je me suis relevé et je suis parti. J'ai trouvé à la hâte mon chemin à travers le champ jusqu'à la route, et je suis remonté dans mon véhicule. Le vent venait du large, à présent, et le ciel s'était assombri. Je savais qu'il allait pleuvoir dans quelques instants. J'ai démarré, fait demi-tour dans une trouée sablonneuse un peu plus bas sur la route, et je suis rentré chez moi.

NYAMKOPONG

« Seul celui qui est parvenu à une paix dialectique avec le monde est en mesure de saisir le concret. »

Walter BENJAMIN

1

Ma première visite à la Jamaïque date de la mi-décembre 1975, et cette fois-là je suis resté jusqu'en février 1976. Bien que je fusse peu informé de ce pays et de ses habitants, j'avais lu deux ou trois livres de voyage sur le sujet et je m'étais rendu auparavant dans d'autres îles des Caraïbes, notamment à Saba et à Saint-Martin, dans les Antilles néerlandaises, ainsi que dans les multiples îles Vierges américaines. Mais toujours en tant que touriste, et jamais plus de deux semaines d'ailleurs très divertissantes. Il s'est avéré cependant, en automne 1975, que j'allais être libéré de mes obligations d'enseignant pendant une pause hivernale anormalement longue, et j'ai alors décidé de passer ce temps-là dans un lieu où je n'aurais pas à livrer une bataille quotidienne contre le froid, la neige et la glace d'un autre hiver de Nouvelle-Angleterre, et où je pourrais faire suivre mes chèques bimensuels. J'irais dans une île des Caraïbes, n'importe laquelle, où je louerais une maison sur une colline aérée dominant la mer. J'y emploierais une bonne à tout faire noire, polie et d'une propreté irréprochable. Je fumerais des cigares dont je ne pouvais ordinairement acquitter les droits d'importation, je boirais des punchs au rhum glacés dans la fraîcheur du soir, et peut-être ferais-je une plongée tous les matins dans la piscine avant de me mettre à mon travail régulier de trois ou quatre heures sur le roman que j'avais commencé à écrire trois ans plus tôt. Il se pourrait même que je sois en mesure de louer un jardin fleuri en terrasse, avec un jardinier tatillon mais de bonne humeur pour s'en occuper.

Ce qui me plaisait par-dessus tout, cependant, c'était l'idée de vivre dans une maison couleur pastel, aux murs de stuc, au sommet d'une colline et loin des touristes, ces Américains et ces Canadiens gras et bruyants, avec leurs marmots pleurnichards, leur quête fébrile de souvenirs et leur calcul incessant du taux de change. Cette fois-ci, ai-je déclaré à ma femme et à mes enfants, nous ne serons pas des touristes. Cette fois, nous ne serons même pas obligés de voir des touristes ! Nous ne verrons que les *indigènes* ! Ils seront noirs, bien entendu, et pour la plupart minces, souriants et pauvres — mais lorsqu'ils sauront que nous ne sommes pas des touristes, ils seront honnêtes et ils nous aimeront, parce que, bien que nous soyons riches et blancs, nous sommes honnêtes et nous les aimons.

J'ai téléphoné à un vieil ami d'université, un Blanc qui avait été élevé à la Jamaïque et dont les parents y habitaient encore. Cet ami, qui s'appelait Upton West, était un photographe qui, depuis peu, était devenu avec succès producteur et directeur de longs métrages documentaires ainsi qu'éditeur de livres sur des sujets comme la course automobile, la musculation et l'intégration dans les États du Sud. Il vivait à New York, mais aussi dans le New Hampshire où il nous arrivait de dîner ensemble. Nous mangions alors des légumes frais de son jardin et d'épaisses tranches de bœuf de race Black Angus élevé sur ses propres terres. Plus tard, quand venaient les cigares et le cognac dans sa bibliothèque, nous parlions du bon vieux temps à Chapel Hill, des gens célèbres qu'il côtoyait à présent, de l'avenir de la nouvelle gauche et parfois de la beauté et de la mystérieuse complexité de la Jamaïque.

Upton avait un grand amour pour la Jamaïque, et il y revenait souvent rendre visite à ses parents et à leurs amis. Deux ans auparavant, il s'était mis en congé pendant un mois entier de la production de son film sur les adeptes de la musculation pour parcourir seul toute l'île, prenant des milliers de photos avec la vague intention de les rassembler un jour dans un gros livre au format de poche. Tu adorerais la Jamaïque, me disait-il souvent. Cette île possède une beauté et une complexité mystérieuse qui dépasse tout ce qu'on peut voir ailleurs dans le monde.

J'étais sûr qu'Upton savait de quoi il parlait, parce qu'il avait visité la plupart des lieux doués de beauté et de complexité mystérieuse sur la planète. Si jamais tu décides d'y descendre, me disait-il, fais-le-moi savoir et je demanderai à ma mère de te trouver une maison. Elle bricole dans l'immobilier. Elle forme les domestiques chez elle. Le père d'Upton était un capitaine de l'armée britannique, aujourd'hui à la retraite, qui faisait un peu d'assurance à Montego Bay. Upton disait toujours « le capitaine » pour parler de son père. Et sa mère, il l'appelait « mère ». C'était une Américaine issue d'une famille bien en vue de Cambridge, Massachusetts, et son mariage au capitaine avait été relaté dans les pages du carnet mondain des journaux de trois continents. Upton trouvait cela amusant, il m'avait même un jour montré les coupures de presse.

Au téléphone, je lui ai demandé s'il pensait que sa mère pourrait me trouver une maison à louer pour deux mois, une villa à la fois assez proche de la mer et d'une ville comme Montego Bay — où je serais en mesure de me procurer les commodités habituelles —, et assez loin dans la campagne pour que je sois à l'écart de la vie touristique. Trois chambres, si possible une piscine (pour les enfants, ai-je dit), et une bonne capable de faire une partie de la cuisine. Il n'est pas nécessaire que ce soit quelque chose de luxueux, ai-je précisé, nous sommes tout à fait disposés à nous accommoder de quelques inconvénients. Pour moi, ce devait être un voyage de travail, et pour ma famille un moyen d'échapper à l'hiver du New Hampshire.

Désireux de partager sa Jamaïque bien-aimée avec un

vieil ami, Upton a aussitôt parlé à sa mère, et au bout de deux semaines j'ai été en correspondance avec un dénommé Preston Church, un entrepreneur en électricité de Montego Bay qui possédait deux maisons dans la petite ville d'Anchovy, dix-huit kilomètres au-delà de Montego Bay. Il en occupait lui-même une ; son fils avait vécu dans l'autre avec sa famille avant d'émigrer au Canada. A cette époque, je n'ai pas compris ce départ, ou je ne lui ai pas attribué de signification, parce que je ne saisissais pas encore, ou je ne voyais pas le sens de la fuite du capital et des capitalistes d'un pays dont le gouvernement avait décidé d'éliminer, même par des mesures graduelles et démocratiques, le capital et les capitalistes. Je ne comprenais pas non plus, et je ne conférais pas de sens précis à la fuite des Blancs d'un pays noir qui avait toujours été noir mais qui n'était gouverné que depuis peu par des Noirs.

Le fils de Preston Church avait été à l'école avec Upton, m'a révélé ce dernier, et, pendant dix ans, il avait aidé son père à faire marcher l'entreprise à Montego Bay. Ils avaient connu des résultats exceptionnellement bons pendant cette période, parce qu'entre 1965 et 1975 la côte nord de la Jamaïque avait été le site d'une grande expansion immobilière. De plus en plus d'Américains et de Canadiens, en effet, avaient investi des capitaux dans la construction de villas de trois et quatre chambres qu'ils pouvaient louer à d'autres Américains et Canadiens. Maintenant, en revanche, selon les explications d'Upton, un tassement s'était produit et le jeune Church pouvait sans doute mieux se débrouiller au Canada. Aussi, lorsque M. Church père m'a écrit qu'il acceptait de couper pratiquement en deux la somme requise pour louer la villa de son fils à condition que je paie avec un chèque personnel établi au nom de son fils et posté de ma résidence américaine à l'adresse de son fils au Canada, je n'ai rien vu de mal ni de tellement extraordinaire dans un tel arrangement. Naturellement, son rabais de moitié sur le loyer m'a tout de même aidé à ne rien voir là de mal ou d'extraordinaire. J'ai seulement eu le sentiment d'avoir de la chance. C'est fou, me suis-je dit, la chance que j'ai.

C'est la femme de Preston Church, Abbie, qui est venue nous retrouver à l'aéroport de Montego Bay. Une femme extrêmement petite, avec un corps compact et les pieds les plus minuscules que j'aie vus sur un adulte. Elle fumait à la chaîne des Craven A et parlait à toute vitesse sans sourire. Elle a précédé tout le monde sur ses pieds minuscules, d'abord au comptoir des locations de voitures où j'ai pris une Toyota rouge, puis jusqu'à sa Mercedes gris foncé où son chauffeur nous attendait.

La maison, lorsque enfin nous l'avons vue, convenait encore mieux que je n'avais osé l'espérer — quatre chambres en comptant le logement de la bonne, de hauts plafonds et des portes en verre coulissantes qui s'ouvraient sur des patios et des terrasses qui dominaient six cents mètres de jungle descendant à flanc de colline jusqu'à la mer. Ainsi qu'une piscine avec des éclairages pour les baignades nocturnes. Il y avait des lampes et des interrupteurs dans toute la maison et les cours attenantes, et il a fallu une bonne heure à Abbie pour me montrer quels boutons actionnaient quelles lampes. Je pouvais appuyer sur un poussoir au-dessus d'un évier de cuisine et inonder une terrasse de lumière venant d'un arbre à coton. Un interrupteur placé près du lit dans la grande chambre transformait une nuit effrayante en un midi rassurant sur tout le terrain. D'autres interrupteurs dans le patio illuminaient le chemin privé et ses lacets sur plusieurs centaines de mètres vers la grand-route, jusqu'au bas de la colline, à mi-distance du centre du village. Des projecteurs cachés dans les feuillages des crotons et des acrocomias, ou accrochés jusqu'à douze mètres en hauteur dans les arbres à pain disséminés dans les jardins en terrasse devant la maison, des projecteurs, donc, aux verres bleus et rouges s'allumaient par simple pression sur un interrupteur placé sur le mur du séjour, près des portes en verre : ils transformaient l'espace et le faisaient ressembler à un bar en plein air d'une banlieue de Floride. Abbie était évidemment très fière de cet appareillage ; il en existait apparemment un autre identique dans la maison où elle vivait avec son mari et qui s'est avérée n'être éloignée que de deux cents mètres. C'était notre seul voisinage, là-haut sur cette colline, car, comme il s'est avéré également, Church était propriétaire de la colline tout entière.

Après nous avoir montré l'endroit et nous avoir expliqué le fonctionnement de toute sa machinerie, après nous avoir présentés à Caroline qui serait notre domestique, une jeune femme, petite et souriante, dont l'uniforme amidonné était si blanc et dont la peau était si noire que je ne la voyais pas, Abbie a fait rouler son corps en forme de boîte sur ses pieds minuscules jusqu'à sa Mercedes où son chauffeur, au visage si noir que je ne pouvais pas non plus le distinguer, était assis en train de lire le *Daily Gleaner*. Puis elle s'est retournée et m'a dit avec une gentillesse soudaine que j'avais le même prénom que son fils, et que mes enfants, bien que plus jeunes que ceux de son fils, étaient également au nombre de deux. Quel âge avez-vous ? m'a-t-elle demandé. Je lui ai répondu trente-cinq ans, elle a soupiré, planté sa cigarette dans sa bouche, et elle s'est poussée d'un mouvement brusque sur le siège avant à côté du chauffeur. En fermant la portière elle a craché : Tout ça, c'est de la faute à ce sale Michael Manley ! Puis elle a démarré, me laissant avec ma famille dans notre maison sous les tropiques.

Un dimanche matin, environ deux semaines plus tard (et déjà ma famille et moi nous étions plus ou moins acclimatés à notre nouvel environnement dans la mesure où celui-ci ne dépassait pas le complexe luxueux des Church qui, ainsi que je l'ai découvert, était entièrement clos de murs), mon ami Upton et le capitaine sont arrivés dans une Land Rover bleu foncé. Au cours de l'agréable petit déjeuner que nous avons pris sur la terrasse, et pendant que le capitaine, badin, adressait des compliments à ma femme sur la qualité de son café, Upton m'a parlé des Marrons. C'était la première fois que j'entendais ce nom.

Upton avait une façon intéressante et attrayante de s'exprimer : son accent n'était pas tout à fait anglais, pas non plus du bostonien comme il faut, pas vraiment du jamaïquain blanc, mais un mélange unique des trois qu'il énonçait d'un ton si nasal et si monotone qu'il donnait l'impression de lire à haute voix ; et cet effet était encore accru par l'habitude qu'il avait de parler non seulement par phrases complètes, mais également par paragraphes entiers. Les Marrons, a-t-il déclaré, sont un peuple très beau et mystérieusement complexe, héritiers d'une histoire noble et violente. Descendants directs des Achantis, qui étaient les plus féroces et les plus indépendants des Africains déportés à la Jamaïque pendant les XVIe et XVIIe siècles, ils se sont échappés en grand nombre dans la brousse inhabitée et inaccessible, et ils se sont vite rassemblés en bandes. Pendant la centaine d'années qui a suivi, ils ont mené une guérilla continue contre les Britanniques jusqu'à ce que ces derniers soient obligés de composer avec eux en leur accordant une relative indépendance et de vastes espaces, tant dans le pays Cockpit, ici à l'ouest, que dans les Blue Mountains à l'est. Depuis lors ils vivent dans un isolement relatif, en conservant un grand nombre des vieilles coutumes africaines, au sein de petits villages dirigés par des responsables qu'ils élisent eux-mêmes. Ils ont des points de ressemblance, a déclaré Upton en remplissant à nouveau sa tasse, avec certaines tribus d'Indiens d'Amérique.

Des gens remarquables, a renchéri le capitaine. Sa façon de parler était exactement à l'inverse de celle de son fils : il ne faisait jamais de phrases. Des exclamations, des fragments, des petits bouts. Et honnêtes, a-t-il poursuivi. Pas du tout le Jamaïquain typique. L'Achanti en eux. Ça les rend fiers. Un peuple tout à fait remarquable. Toujours redoutable, même aujourd'hui. Qui... ? a-t-il demandé à son fils. Comment... ? Le nom du chef, là-haut à Nyamkopong ?

C'était Phelps, je crois, a dit Upton. Il se faisait appeler colonel Martin Luther Phelps. Upton avait visité Nyamkopong deux ans auparavant en faisant son tour de l'île ; il avait alors photographié le chef et un homme que Phelps appelait son secrétaire d'État. Il existait un livre que je devais lire, une petite histoire des Marrons publiée et distribuée par la chaîne des librairies Sangster. Ensuite, de l'avis d'Upton, je devais me rendre un jour à Nyamkopong et faire la connaissance du colonel Phelps. Je devais me présenter de sa part, a déclaré Upton. Dis-lui que tu es un de mes amis, a-t-il conclu en se levant pour partir.

Absolument, a ajouté le capitaine. Tout le monde sur l'île. Upton les connaît tous, tôt ou tard.

Puis avec politesse, voire avec grâce, les deux hommes ont suivi le sentier de castine jusqu'à leur Land Rover. Upton rentrait à Manhattan cet après-midi même ; il devait passer à l'émission *Today* du lendemain. Quant au capitaine, il devait revenir à Montego Bay et préparer son petit déjeuner habituel du Premier de l'an pour un groupe de Jamaïquains noirs qu'il appelait « mes vieux compagnons », des anciens combattants de la Grande Guerre. Un peu un rituel, a expliqué le capitaine. Beaucoup de sens pour les vieux compagnons. Des biscuits, du jambon, des œufs, plein de café. Ils sont de moins en moins nombreux chaque année, pourtant, a-t-il remarqué en se hissant dans la Land Rover.

Upton m'a hélé de derrière le volant. Monte à Nyamkopong le 6 janvier, si tu peux, m'a-t-il conseillé. C'est un jour de commémoration, là-haut, la plus grande fête chez les Marrons. Ça devrait être fantastique, d'après ce qu'on m'en a dit. En fait, un de ces mois de janvier je reviendrai rien que pour prendre des photos de cet événement. Peut-être je le filmerai avec une petite équipe de télévision. C'est le genre de truc qui passe formidablement sur PBS.

Je lui ai promis de faire exactement comme il me l'avait recommandé. J'achèterais la petite histoire des Marrons et je monterais là-haut en voiture le 6 janvier. J'irais voir à coup sûr le colonel Phelps. Fais-lui mes salutations, a dit Upton en me faisant au revoir d'un geste de la main. J'ai répondu par le même geste.

Le Peuple guerrier des Marrons est un volume mince, sans prétention, écrit avec maîtrise par un certain Carey Robinson. Cette histoire des Marrons, prisée par les étrangers vivant à la Jamaïque, est vendue dans les diverses papeteries et librairies de Montego Bay et même dans quelques-unes des boutiques chic des hôtels de l'avenue Gloucester, près du club nautique de Doctor's Cave. Elle décrit avec une admiration mêlée d'étonnement un peuple courageux et intelligent, des esclaves qui ont préféré la jungle à l'esclavage et qui ont réussi à survivre à ce choix. J'en ai déduit que ce livre avait été écrit par un Jamaïquain blanc pour un public également blanc qui souhaitait en savoir davantage sur cette terre de Jamaïque aussi belle que mystérieusement complexe. Il n'avait pas été composé pour ceux qui désiraient des éclaircissements sur l'histoire, d'une laideur stupéfiante, de l'esclavage africain dans le Nouveau Monde. Et bien évidemment il ne s'adressait pas à ceux qui se sentaient moralement obligés de s'imaginer ce que signifiait le choix que s'imposaient les Marrons : soit être un animal domestique débile — du bétail —, soit vivre comme un porc en cavale — du bétail retourné à l'état sauvage.

Car c'est de là qu'est venu le mot *marron*, comme je l'ai appris dans le petit livre de M. Robinson. Il descend du terme espagnol *cimarrón*, généralement utilisé dans le Nouveau Monde pour désigner du bétail redevenu sauvage, mais en particulier — et à la Jamaïque — pour les porcs qui s'étaient enfuis dans les bois et menaient (à nouveau) une vie de sangliers. Une bête n'était pas un *cimarrón* par le seul fait d'avoir pu s'évader dans les collines abruptes ou les montagnes boisées, sans chemins, qui s'élevaient derrière les plantations côtières. Elle ne se transformait en *cimarrón*, et, dans le cas d'un être humain, en Marron, que lorsqu'elle avait réussi à y survivre, à s'y reproduire avec ses semblables et à se procurer gîte et nourriture génération après génération.

Le matin où Upton West a été interviewé à New York dans l'émission *Today*, je suis descendu en voiture au village d'Anchovy, et puis j'ai pris la pente tortueuse de dix kilomètres qui mène à Montego Bay. Là, j'ai acheté un exemplaire du livre qu'il m'avait recommandé. Je l'ai lu ce même après-midi et pendant la nuit, j'ai décidé de suivre le conseil d'Upton et de visiter Nyamkopong, la plus proche des quatre enclaves marronnes existant encore à la Jamaïque. Je m'y rendrais le matin suivant, le 3 janvier, seul, et, si tout me paraissait « sans danger », j'y ramènerais ma famille pour le festival qu'Upton avait mentionné lors du petit déjeuner.

Mon inquiétude concernant les risques d'une telle entreprise ne reposait sur rien de ce que moi-même ou les autres membres de ma famille avions pu connaître pendant nos quelques semaines sur l'île. Elle résultait plutôt de la centaine de conversations que j'avais eues avec des Jamaïquains blancs, avec les parents d'Upton West, avec les Church, avec M. et Mme Hilliard Beard, un éditeur américain à la retraite et sa femme établis sur la colline jouxtant celle des Church, avec une demi-douzaine de résidents également blancs, retraités ou semi-retraités, ainsi qu'avec les visiteurs auxquels ils m'avaient présenté. La mère d'Upton me téléphonait et m'invitait à venir chez eux à Reading pour déjeuner ou pour un apéritif le soir même, et, à cause de mon amitié pour Upton, mon oisiveté et ce que j'estimais être une authentique curiosité pour cette classe d'êtres humains, j'acceptais. Quand on voyage, on condescend à passer une grande quantité de temps avec des gens qu'on éviterait chez soi en alléguant diverses excuses. Ou du moins on croit condescendre. C'est ce que je faisais lorsque j'acceptais aimablement leurs invitations et plus tard quand je m'efforçais d'intéresser et de charmer ces gens ainsi que leurs invités — toujours blancs, toujours bien habillés : des médecins, des avocats, des agents immobiliers et des promoteurs, avec, parfois, car je passais pour être d'une certaine façon « dans les arts », des couturiers tenant boutique à Montego Bay, Palm Beach et la Cinquième Avenue, ou encore un librettiste londonien ou le frère du président d'une grande université du Midwest.

Dans ces réunions, la conversation revenait obsessionnellement sur l'imminence de la guerre raciale. Un certain nombre d'articles avaient récemment paru dans des journaux et des magazines des États-Unis et de Grande-Bretagne, suggérant qu'une telle guerre était un aboutissement probable, sinon nécessaire, de la politique économique du Premier ministre jamaïquain. Il y avait eu en effet une éruption récente d'incendies dans les ghettos et de fusillades dans les rues de Kingston. Ces événements, vus avec la distance du calme et de la richesse de Montego Bay, paraissaient de nature clairement politique, donc raciale. Mais jusqu'à présent, aucun riche ni aucun Blanc n'avait été tué, ni même pris pour cible. L'imagerie était pourtant en place : le feu, des Noirs aux yeux égarés, fumant de la ganja, avec des fusils, des machettes et des poings levés, menés par un leader charismatique qui s'était proclamé « socialiste » et dont la popularité auprès des masses analphabètes était effrayante. Et l'histoire était aussi présente, trois cents ans d'oppression raciale et d'exploitation économique sans merci. Il était évident que ces Blancs, avec leurs robes et leurs vestes coupées chez de grands couturiers, leurs verres à cocktail en cristal taillé, leurs luxueux parquets et leurs investissements immobiliers, avaient beaucoup à perdre. Un bon nombre d'entre eux avaient envoyé leurs enfants dans des écoles et des universités privées en Nouvelle-Angleterre. Ils étaient aussi nombreux à posséder de superbes domaines, clos de murs, le long de la côte et dans les collines autour de Montego Bay. Beaucoup détenaient plusieurs voitures de vingt mille dollars chacune, des bijoux, des meubles et des objets d'époque, des bateaux, des carabines belges pour leurs expéditions de chasse à la tourterelle au Nicaragua. La plupart avaient des foules de domestiques. Et tous, sans exception, affirmaient qu'ils adoraient la Jamaïque.

Pour ces raisons, ils craignaient l'effondrement économique et la guerre raciale comme si les deux événements n'en faisaient qu'un. Si la balance des paiements penchait lugubrement du mauvais côté, ils achetaient un deuxième doberman aussi vicieux que le précédent pour monter la garde dans leur cour. Et si un Noir mal luné était impoli avec eux un matin où ils se rendaient à leur bureau, ils exportaient en fraude mille dollars de plus à Miami cet après-midi-là. La peur raciale s'exprimait ainsi en termes économiques, et le mécontentement envers la politique et les conditions économiques se manifestait en termes strictement racistes, de telle sorte que je n'étais plus choqué, après la première fois, d'entendre un médecin élégant, aux ongles soigneusement faits, un homme de mon âge, préconiser la stérilisation forcée comme remède au problème de la « surpopulation ». C'étaient bien entendu les pauvres qui étaient trop nombreux et dont la reproduction incontrôlée avec leurs semblables rendait le nombre encore plus excessif. Et comme, à de rares exceptions près, la règle de la Jamaïque depuis trois siècles était purement et simplement que plus la peau fonce plus la pauvreté devient inévitable, il s'ensuivait que le médecin devant moi, aussi calme que bel homme, ne recommandait pas seulement la stérilisation forcée, donc une sorte de meurtre, mais la stérilisation forcée des Noirs pauvres, donc une sorte de génocide.

C'était une folie que je n'avais encore jamais rencontrée. Et elle me faisait peur. Comment cette île *pouvait-elle* être sans danger pour des gens comme moi et les miens alors que des individus tels que celui-ci la gouvernaient depuis des siècles ? Par ce biais, je me suis mis à partager leur crainte d'une guerre raciale imminente, et, à mon tour, j'ai commencé à découvrir des signes de sa survenue prochaine dans la façon dont des Noirs inconnus me traitaient dans les rues de Montego Bay, au marché, à la taverne d'Anchovy, et même dans ma cuisine en bavardant avec Caroline, la jeune femme que j'avais engagée comme servante.

Le matin où je me suis rendu pour la première fois à Nyamkopong, je me suis assis dans le patio pour prendre mon petit déjeuner — de la mangue glacée, du café et des œufs durs — tout en parlant avec Caroline. Elle était debout dans l'embrasure de la porte donnant dans le séjour, une main reposant légèrement sur le chambranle, un pied grattant lentement son autre mollet musclé, et elle n'accordait qu'une attention distraite à notre conversation, me semblait-il, tout le reste de son esprit étant tendu vers l'arrivée du désastre. Devant moi une brume teintée d'or remontait lentement la vallée bleu-vert, en pente légère, jusqu'à l'endroit où, à quelque huit cents mètres de la maison, deux longues chaînes de montagnes se rejoignaient. A l'est s'étendait la mer turquoise, et en regardant vers le sud j'apercevais la courbe de la baie de Montego et l'essaim de cubes beiges et blancs qui formaient la ville. Un bateau de croisière scandinave, bleu pâle, s'était arrêté à Freeport où je présumais que les touristes de Stockholm faisaient déjà la queue pour acheter des montres japonaises et de la vaisselle anglaise sans droits de douane. Derrière moi la colline s'élevait sur une centaine de mètres pour protéger l'autre villa des Church, plus exposée à la mer et à la brise que celle qu'ils m'avaient louée, la maison de leur fils, qui avait été construite par l'homme qui avait mon âge et même mon prénom, qui était à présent à Toronto en train de déposer les chèques que je lui avais expédiés de chez moi dans le New Hampshire. Je comprenais maintenant pourquoi on m'avait demandé de le payer avec tant de précautions, pourquoi le loyer de sa résidence était si ridiculement bas, pourquoi j'éprouvais une sorte de culpabilité d'avoir accepté la bonne affaire que me proposaient les Church et une culpabilité d'un ordre tout différent d'avoir accepté la bonne affaire que m'avait proposée Caroline la servante, dont le travail et le temps ne me coûtaient que cinquante cents de l'heure. Cinquante cents de l'heure ! m'étais-je écrié auprès de ma femme. Est-ce que tu te rends compte ? Son mari n'a plus de travail et elle a cinq enfants. Comment *font-ils* ? avais-je demandé, comme s'il s'agissait d'un tour de magie au carnaval. Ça, c'était au début, bien sûr. Parce que, après avoir fréquenté des gens qui se plaignaient amèrement de devoir se débrouiller avec cent mille dollars américains par an dans un pays où le taux de change marchait à leur avantage, je ne pensais plus à la survie de Caroline comme à un tour de magie. Je commençais à m'apercevoir que ça avait quelque chose à voir avec le caractère. De telles intuitions étaient cependant fugitives, c'étaient des lueurs qui ne filtraient que par moments à travers les brumes de mon ignorance cupide.

J'ai posé des questions à Caroline sur les Marrons. En avait-elle entendu parler ?

Oh oui, Monsieur, elle en avait certes entendu parler, de « ces vieux Africains », comme elle les appela en souriant.

A quoi ressemblent-ils ? Est-ce qu'on peut aller à Nyamkopong en voiture leur rendre visite ?

J'en sais rien, a-t-elle dit avec un haussement d'épaules et en grattant lentement son mollet avec l'orteil de l'autre pied. Vous avez l'intention de monter là-haut ?

Quand je lui ai confirmé que tel était bien mon projet, et que, de plus, je comptais m'y rendre seul, ses yeux se sont écarquillés comme sous l'effet de l'étonnement ou de l'admiration. Puis, sans rien ajouter, elle s'est retournée et elle est revenue à la cuisine préparer le petit déjeuner des autres membres de ma famille.

J'ai vidé ma tasse de café, pris mon appareil photo sur le buffet en acajou du séjour, et je suis sorti en direction de la voiture. A l'intérieur, avec les vitres et le pare-brise recouverts d'une pellicule de rosée argentée, je me suis soudain senti coupé du monde, aussi isolé qu'un rêve dans le sommeil d'un inconnu. L'irréalité des deux semaines que je venais de passer et la force qui me contraignait à trier la réalité en y réfléchissant, en raisonnant, et en appliquant aux descriptions terrifiées que faisaient d'autres personnes de leur monde ma propre compréhension de l'histoire, tout cela m'avait enfoncé de plus en plus profondément dans mes seules pensées. La Jamaïque, qui au départ n'était guère davantage pour moi qu'une image sur un poster de voyage, devenait à présent une idée. Ce qui rendait cette idée pénible, c'était que je ne la croyais pas tout à fait en accord avec les réalités au-delà des livres que j'avais lus, des livres qui ne traitaient pas de la Jamaïque mais plutôt d'abstractions telles que l'histoire, la race et l'économie.

Quant au livre sur les Marrons — de quoi traitait-il en réalité, me suis-je demandé, sinon de l'affirmation de la supériorité historique, raciale et économique des gens que les Marrons avaient combattus ? Et si j'admettais que cette idée particulière était vraie, alors la raison qui m'amenait à aller dans l'arrière-pays pour voir ce peuple de mes propres yeux n'était qu'une motivation de touriste — le désir d'admirer leurs singularités pittoresques. Mais si je ne tenais pas cette idée pour vraie, en me rendant là où personne ne m'avait invité, je venais comme un chercheur en sciences sociales, en quête de preuves pour étayer mes propres notions sur l'histoire, la race et l'économie. Est-ce donc tout ce que je suis capable de faire de ce lieu et de ces gens ? me suis-je demandé. Est-ce qu'il m'est seulement possible d'avoir des *pensées* à leur sujet ? Pourquoi ne puis-je pas simplement les *voir*, leur parler, m'engager vis-à-vis d'eux de la même façon que je le fais avec mes voisins du New Hampshire ? Les gens à qui j'avais affaire ici étaient essentiellement les mêmes que ceux de chez moi — des charpentiers, des agriculteurs, des tapissiers, de temps à autre un individu avec une formation professionnelle avancée, médecin, avocat ou instituteur, et plus rarement une personne riche, homme ou femme. Dans mon pays, cependant, mes voisins étaient des gens, des personnes concrètes aussi réelles que moi ; ici, ils restaient abstraits et j'étais le seul à être réel. Ce qui me donnait un grand sentiment de solitude. Une partie de ce problème était certes imputable à la race. Mais il était plus vaste, ou du moins plus complexe que tout ce que j'avais imaginé jusque-là. Je me croyais aussi coupé des Blancs que j'avais rencontrés que des Noirs, tout aussi éloigné des touristes américains et canadiens des classes moyennes que des néo-colons jamaïquains dans leur décadence ; tout aussi étranger à mon vieil ami Upton West qu'à la femme noire qui me servait mon café sur le patio. C'était comme si j'étais tombé dans un chapitre de *Pilgrim's Progress* et que tous ceux que je rencontrais et tous les lieux où je me rendais avaient une fonction purement allégorique sans aucune vie propre — sauf moi, car j'étais le seul personnage du livre à en être aussi le lecteur.

Il était encore tôt, environ huit heures, lorsque j'ai quitté le camp retranché. C'était ainsi que je l'appelais, à présent, le camp retranché, à cause des murs en pierre de taille, du système sophistiqué d'illumination de tout le terrain, et de l'emplacement des deux maisons là-haut sur la colline face à la mer et à la vallée, notre dos bien protégé étant tourné vers le village d'Anchovy et ses habitants. Les Vikings avaient construit des camps fortifiés semblables lorsqu'ils avaient conquis l'Irlande et l'Écosse : des enceintes pour contenir les paysans derrière eux, et des terrasses et des tours faisant face à l'océan d'où surgirait le prochain groupe d'envahisseurs, des pillards naviguant comme ceux qui viendraient les déloger. Car c'est ainsi que les Britanniques ont évincé les Espagnols à la Jamaïque, que les Britanniques ont été supplantés par les Américains et les Canadiens, et qu'aujourd'hui, à en croire les West, les Church et leurs amis, les Américains du Nord allaient être remplacés par les Cubains, voire par les Russes.

J'ai roulé vers le bas en suivant le sentier étroit et escarpé menant au village. Des chèvres se sont égaillées devant ma voiture et se sont agitées pour gravir prestement le flanc rugueux et crayeux de la colline avant de s'arrêter, de se retourner et de me fixer avec une sourde irritation. Des poulets décharnés ont battu des ailes vers les rigoles quand j'ai traversé la douzaine de petites maisons en parpaings cendrés construites au pied de la colline, à l'endroit où le sentier traverse la voie ferrée et où j'ai tourné sur la route principale qui relie l'intérieur et les villes côtières du Sud-Ouest, c'est-à-dire Black River et Savanna la Mar, à Montego Bay. Des files d'enfants en uniforme — les garçons en chemise et pantalon kaki, les filles en blouse aux couleurs vives ou en chemise blanche — marchaient vers l'école tandis que des voitures et d'énormes cars crachant de la fumée, au toit surchargé de sacs d'ignames, de fruits à pain, et de légumes verts fonçaient dans un sifflement, faisant hurler leur klaxon dans les courbes et les virages serrés, forçant les enfants à se pousser dans les fossés pour les laisser passer comme des éclairs. Les boutiquiers ouvraient à la circulation les volets de leurs tavernes et leurs petites échoppes sombres, vendant du « lait en boîte », des bonbons et des cartouches de Craven A aux gosses et aux adultes se rendant à leur travail — ces quelques personnes en ville qui avaient un emploi, parce qu'à cette époque, dans ces agglomérations rurales, la moitié de la population apte au travail était au chômage. Et comme les écoles publiques fonctionnaient sur le modèle anglais, ce qui signifiait que les parents devaient payer l'uniforme et les livres de leurs enfants ainsi que leurs crayons et leur cantine, il s'ensuivait que la plupart des enfants ne pouvaient fréquenter l'école que quelques années. L'uniforme revenait alors au cadet, tandis que le plus âgé allait s'asseoir sur un mur à l'ombre d'un arbre à pain, bavardant toute la journée, rêvant, grandissant lentement et tristement, passant à l'âge adulte à peine alphabétisé.

Tournant à gauche sur la grande route à Anchovy, j'ai pris vers le sud, vers l'intérieur, traversant le plateau de prairies relativement plates en direction de Montpelier, encore dans la paroisse de Saint James qui m'était familière. Des vaches grasses de race Red Poll et d'autres, blanches, bossues, de race Brahmane, broutaient d'un air somnolent l'herbe de Guinée vert pâle, pendant que derrière elles, à l'ombre des arbres à coton ou au sommet d'une montée dominant les prés, se dressaient, menaçantes, les grandes maisons et leurs granges, réhabilitées les unes après les autres au cours des deux ou trois dernières décennies avec l'énergie et l'argent qui découlent de la volonté d'un gouvernement de favoriser une industrie au moyen de subventions et d'exemptions d'impôts. Ces gros bonnets pleurnichent en parlant de ce qu'ils appellent socialisme et communisme rampant, ai-je grommelé, alors que ce pays est à peine moins « socialisé » que le Canada.

D'après ce que je voyais, le Premier ministre de Jamaïque se serait situé, dans n'importe quel pays industrialisé d'Europe ou d'Amérique du Nord, légèrement à droite du centre, et, probablement, au lieu de se dire socialiste se serait déclaré chrétien-démocrate. Dans le contexte particulier de la Jamaïque, cependant, Michael Manley, par le fait qu'il essayait d'instaurer un système d'instruction publique, un impôt sur le revenu avec une échelle réaliste et une forme d'économie visant à nourrir, à habiller et à loger la majorité de la population, était en effet un socialiste. Ce qui s'était passé dans la Jamaïque moderne, c'était que les coloniaux britanniques d'antan avaient été remplacés par une couvée de parasites indigènes, des néo-coloniaux qui, plutôt que de tolérer l'existence d'une classe moyenne d'entrepreneurs noirs, une classe qui aurait dû être volontairement créée par des systèmes décents d'éducation publique et de santé, avaient au contraire permis que les fonctions d'entrepreneurs et les profits qui en découlaient tombent aux mains d'autres groupes — en général des immigrants venus d'Inde et de Chine, des gens qui ne s'identifiaient pas suffisamment au pays de la Jamaïque, des gens dont l'histoire était ailleurs et dont, par conséquent, on ne pouvait pas s'attendre à ce qu'ils prennent la place des Jamaïquains blancs qui étaient assis au sommet de la pyramide. Les Indiens et les Chinois avaient une mobilité horizontale ; on ne devait pas compter sur les Noirs pour se satisfaire de cette situation. Non, si la Jamaïque de la prochaine décennie devait en effet sombrer dans la famine et le chaos, comme le prédisaient avec insistance les West et les Church, s'il devait s'ensuivre ce dont ils étaient sûrs, à savoir une « mainmise communiste », ce ne serait pas à cause des mesures prises par Manley ; ce serait parce que le pays avait déjà péri, vampirisé pendant des dizaines de générations jusqu'à ce qu'à la dernière il ne reste rien qu'une série d'ultimes agonies.

A Montpelier, qui n'était guère plus qu'une station Esso, un poste de police, un bureau de poste et une gare de marchandises pour les agriculteurs et céréaliers de la région, j'ai pris à gauche à l'embranchement, et peu à peu la terre s'est soulevée en collines ressemblant à des chapeaux melon d'un vert brillant, d'étranges mamelons qui paraissaient sortir de dessins d'enfants. Des chiens blonds et faméliques couraient le long de la route sans prendre garde à ma voiture. Des gosses souriaient, saluaient de la main et criaient « Tête blanche ! » tandis que des adultes levaient leur regard vide. Bickersteth, Seven Rivers, puis, le long de la Grande Rivière, Cambridge, Bruce Hall et Catadupa où j'ai fait une halte à une boutique au bord de la route pour boire une stout Dragon et m'assurer que j'étais bien sur le bon chemin.

Oh oui, m'sieur, vous êtes sur la route de Maggotty, m'a confirmé le barman en décapsulant une Dragon bien sombre et bien tiède qu'il a posée devant moi. J'adorais ces mélanges d'épicerie et de bar que les Jamaïquains appellent des boutiques. D'habitude ils réservent un côté de la pièce à la vente d'aliments en conserve : du savon, du lait en boîte, du fromage expédié de Nouvelle-Zélande dans des bidons ronds aussi grands que des seaux de peinture, du riz, de la farine, du sucre pesé et enveloppé dans du papier d'emballage, et parfois de la viande fraîche venant d'un porc ou d'une chèvre abattus le matin même dans une arrière-cour. Bien souvent la tête de l'animal grimace encore derrière le comptoir tandis que des mouches dansent gaiement autour. De l'autre côté de la pièce, derrière un rideau tapissé de publicités pour des cigarettes ou des bières, se trouve le bar, un comptoir de trois ou quatre mètres de long, sans tabourets, ni tables, ni chaises, rien pour ceux qui n'auraient pas envie de se tenir debout en buvant.

Dans un coin il y avait l'inévitable juke-box avec trois chansons pour cinq cents — l'omniprésent reggae, bien sûr, mais aussi une douzaine ou plus de disques de chanteurs tels qu'Al Green, Otis Redding, Aretha Franklin. Le goût jamaïquain en matière de musique, et je veux dire par là le goût du travailleur jamaïquain moyen de l'arrière-pays, est parfait pour moi — impeccable et sérieux, informé et raffiné. Il arrive parfois qu'une société tout entière possède un goût parfait, comme à La Nouvelle-Orléans il y a trois quarts de siècle ou, en matière d'architecture, en Nouvelle-Angleterre il y a deux ou trois siècles. Dans ces cas-là, une personne tout à fait ordinaire, voire un enfant, peut opérer des distinctions esthétiques que l'on considère habituellement comme du ressort exclusif des membres les mieux éduqués de la société. Il m'a semblé qu'en ce qui concernait la musique la culture jamaïquaine possédait une sagesse de ce genre ; et, pour cette raison, un manœuvre sachant tout juste lire, ou même analphabète, édenté, alcoolique et sans chaussures, un homme qui croit qu'Élisabeth I et II sont une seule personne, que Jack Kennedy et Jimmy Carter sont des frères qui ont chacun de leur côté fait travailler Martin Luther King dans leur ferme, donc un être bizarre pour quelqu'un comme moi, un tel individu démontre un goût parfait, sans défaut, dès qu'il s'agit de musique. Il peut distinguer instantanément le faux de l'authentique, l'imitation de l'original, le sentimental du véritable romantique. Et il est savant en cette matière, il sait précisément par quels chemins et par quels musiciens le calypso a repris le be-bop des boîtes de nuit noires de Floride pour devenir le ska ; comment le ska a intégré le rock et le soul de Londres, de Liverpool, de New York et de Detroit pour devenir du reggae. Lequel, ayant atteint sa phase consciente et littéraire, recherche à présent ses racines africaines en même temps qu'il se fait électrifier à Nashville et à Los Angeles. Ce vieux coupeur de cannes, qui gratte du dos de sa machette les zébrures enflées sur son avant-bras, connaît les effets de la pauvreté sur le son du reggae : comment des guitares bon marché, en imitant le son métallique et ténu des Beatles entendu sur des transistors japonais et sur des appareils stéréo en plastique achetés dans les Woolworth du Bronx, ont dépouillé le rock des années soixante de sa densité de détails quasiment baroque pour produire une clarté aiguë et grêle qu'on n'avait pas entendue depuis les années vingt dans la musique populaire occidentale.

J'ai quitté la boutique, engagé ma voiture dans une route à une voie, et je suis parti vers le sud-est dans les collines. J'étais en pays Cockpit, à présent, avec des chemins de terre qui traçaient leurs boucles au bord de fosses ressemblant à des yeux, d'énormes pustules avec des reliefs bizarres qui sortaient de terre comme des souches usées par les intempéries, arrondies à leur sommet. Les flancs des collines, presque verticaux, étaient recouverts d'une peau aussi dense qu'impénétrable de buissons de maccas et d'arbres courts et tordus, tandis que de temps à autre le sol émergeait, blanchi comme de l'os, aux endroits où une pluie torrentielle avait produit un glissement de terrain ressemblant à une estafilade. Les *cockpits* eux-mêmes — des dolines, des cratères profonds, jumelés par la soudure de leurs bords

— résultaient d'une lente érosion souterraine de la couche superficielle principalement calcaire, donc d'une karstification, processus exactement inverse de l'habituelle surrection. Du coup, les formes du terrain me paraissaient étranges et même fausses : un paysage anormal. Les vallées ne sont pas censées provenir d'un affaissement de terrain ; elles sont créées par des rivières ou par le soulèvement des terres adjacentes. Bien que la topographie révèle son propre passé géologique et puisse être lue comme un texte, ce texte me semblait écrit à l'envers. J'avais toujours appris que les cratères résultaient d'éruptions ou de pénétrations, que les vallées étaient produites par des soulèvements, par l'émergence de plaques de terre qui se redressaient — en somme par des processus mâles. Ici, en revanche, les formes du relief étaient l'expression de forces femelles. Le pouvoir de cette géologie était celui de créer l'espace en cédant, pas de pénétrer l'espace en s'avançant. C'était la différence entre le *tai chi* et le karaté. C'était la différence entre un cercle de pierres druidique et une ziggourat, entre Stonehenge et Sumer. Et de percevoir cela comme une chose « naturelle » exigeait de moi un changement énorme par rapport à ce qui m'avait paru jusque-là naturel, c'est-à-dire inévitable. Le touriste en moi faisait un pas en arrière, et le voyageur un de plus en avant.

Sur la carte, à l'endroit où se rejoignent les trois paroisses de Saint James, Trelawny et Saint Elizabeth, une grande zone porte le nom de « pays Cockpit ». C'est une région d'environ mille kilomètres carrés sans aucune route ni aucune agglomération indiquée. Les chemins serpentent comme des vrilles de vigne autour de ses bords, envoyant parfois vers l'intérieur un unique rejeton qui parcourt quelques kilomètres avant de disparaître, comme si l'espace blanc sur la carte l'avait avalé. A Mocho, à Niagara et à Elderslie j'ai cheminé à la lisière de ce pays Cockpit, traversant de minuscules hameaux de quelques douzaines de cases perchées sur un sol d'un rouge brunâtre, avec un carré d'ignames et un *blighia* ou un arbre à pain à l'arrière, le châssis d'une épave de voiture à l'avant, cinq ou six petits enfants à demi nus jouant au bord de la route, faisant de grands signes et me hélant au passage en criant : « Rougeaud ! » ou « Tête blanche ! » ou simplement « Blanc ! » J'essayais chaque fois de sourire et de répondre d'un geste, mais la route se faisait de plus en plus difficile à chaque kilomètre, de plus en plus tortueuse à mesure qu'elle grimpait en lacet et retombait d'un coup dans la pente pour suivre les bords des *cockpits*, ce qui m'obligeait à me cramponner au volant des deux mains et à garder les yeux fixés devant moi.

Grâce à la carte et au petit livre de Carey Robinson qui retraçait le cheminement des deux guerres marronnes avec une précision admirable, donnant des plans et des descriptions fouillées des mouvements de troupes britanniques et des embuscades des Marrons, j'ai su que j'étais arrivé dans le pays Marron et que beaucoup des gens que je voyais descendaient des terribles guerriers achantis. Selon Carey Robinson et mon ami Upton West, leur aspect devait différer de celui du paysan jamaïquain ordinaire : ils étaient plus grands, plus droits, plus musclés, et leur peau était légèrement teintée de rouge.

Bien que j'aie souhaité qu'il en soit ainsi et que je me sois efforcé de voir la différence, j'ai été incapable de la trouver. De fait, les gens que j'ai croisés marchant le long de la route avec des régimes de bananes vertes sur la tête, ou transportant de l'eau dans des réservoirs cubiques sur des chariots, ou se contentant de me regarder, debout au bord du chemin, m'ont paru plutôt plus trapus que ceux de Montego Bay, et plus foncés. Le rouge se trouvait dans le sol riche en bauxite, une terre grenat, couleur de sang séché qui, en cette saison, donnait une poussière rougeâtre qui se déposait sur chaque chose. Les huttes et les cases, la végétation, la route, les animaux et les gens, tous semblaient se trouver de l'autre côté d'une lentille teintée de rouille, de sorte que c'était seulement lorsque je levais le regard vers le ciel d'un bleu intense que j'avais la certitude que ce rouge qui recouvrait tout n'était pas dû à mes propres yeux.

C'était la région que Cudjoe, pendant la première guerre marronne, avait tenue contre une demi-douzaine de commandants britanniques. Lesquels étaient tous tombés les uns après les autres sous les coups de la maladie, de la chaleur, des insectes, de la jungle inexplorée, des interminables *cockpits* criblés de cavernes et de passages étroits que seuls les Marrons connaissaient, ainsi que sous les coups du génie et de la vaillance de Cudjoe et des diverses bandes de Marrons qu'il avait rassemblées sous son autorité. Selon les rapports de l'époque — des comptes rendus anglais —, Cudjoe n'était pas si génial que rusé, pas si brave que têtu, et plus impitoyable que véritablement un meneur d'hommes. Mais si on se replace au début du XVIIe siècle et qu'on imagine la difficulté de conduire avec succès une campagne militaire de quarante ans contre la puissante armée britannique sur une toute petite île des Caraïbes — sans alliés, avec pour troupes trois ou quatre groupes dépenaillés et querelleurs d'anciens esclaves parlant divers dialectes africains et des versions différentes d'au moins deux langues européennes, sans autres armes que celles qu'ils pouvaient fabriquer ou voler dans des raids contre les plantations côtières, ou qu'ils prenaient aux soldats qu'ils tuaient, et sans autre nourriture que celle qu'ils pouvaient faire pousser en cachette dans les *cockpits* —, si on imagine une armée qui n'avait pas de bases de repli et devait se déplacer avec ses femmes, ses enfants et ses vieillards sous peine de les abandonner aux Anglais et de les voir, dans le meilleur des cas, remis en esclavage ; si on se rend compte de toutes ces difficultés, on est obligé de se dire qu'un homme simplement rusé, têtu et impitoyable n'aurait pas tenu six mois. Si les Britanniques ne l'avaient pas tué au bout de ce temps-là, son propre peuple l'aurait fait.

Maintenant, lorsque je passais devant une maison ou

un petit champ cultivé à la main, les gens arrêtaient leurs activités et me fixaient avec des visages durs. Les enfants ne souriaient plus, ne me saluaient plus de la main et ne me criaient plus la couleur de ma peau ; au lieu de cela, ils se réfugiaient derrière l'adulte le plus proche et jetaient un coup d'œil depuis la jambe de pantalon ou la jupe en coton. Tous les quatre ou cinq cents mètres, le carter de ma Toyota ou le pot d'échappement heurtaient à grand bruit une des pierres calcaires de la route, et je tressaillais, imaginant soudain mon isolement si mon véhicule tombait en panne ici. Je savais me débrouiller d'un pneu crevé, mais c'était à peu près tout. Les hommes et les femmes dont je traversais le pays ne semblaient ni aimables ni serviables. Je n'osais pas m'arrêter pour demander mon chemin ; c'était là une chose que, comme la plupart des hommes, je renâclais de toute façon à faire n'importe où. Mais ici, mes raisons, à peine conscientes, de continuer à rouler même sans être sûr de ma route (et qui incluaient la peur de perdre la face — puisque les vrais hommes sont censés avoir un bon sens de l'orientation et que seules les femmelettes se perdent —, la crainte d'être induit en erreur, et simplement la répugnance à interrompre ma lancée vers l'avant en jouant sur la présomption que tant que je m'éloignais de mon point de départ je me rapprochais d'une certaine façon de ma destination), ces raisons, donc, avaient soudain pris une nouvelle tournure qui provenait, je m'en rendais compte, de ma peur des Noirs. Et même, ce qui était encore plus compliqué, de ma peur particulière d'un peuple dont les ancêtres avaient combattu les miens pendant des générations d'une juste guerre. Est-ce que les Américains qui visiteront le Viêt-nam dans deux siècles éprouveront la même chose que moi aujourd'hui ? Je me le suis demandé en luttant pour démêler les brins tressés de ma peur, pour séparer le fil purement raciste du politique, le fil étroitement économique du fil largement historique. Est-ce qu'un voyageur américain d'âge moyen, perdu dans les hauts plateaux du Viêt-nam central, en voyant l'expression hostile d'un homme dans un champ de riz au bord de la route, se représentera soudain les visages enragés de leurs deux ancêtres et appuiera sur l'accélérateur, préférant rester perdu un peu plus longtemps ?

Ma carte était totalement faussée, et lorsque j'arrivais à une bifurcation je prenais la route qui me paraissait la plus fréquentée — à droite, puis à gauche, puis encore à droite. Mes choix n'avaient pas de logique, et je n'avais aucunement le sentiment de m'approcher peu à peu d'un hameau. De temps à autre je voyais une case, avec son toit de chaume, ses murs en clayonnage enduit de boue, et son petit abri fait de planches hétéroclites, quelques mètres en retrait, dont la fumée qui passait irrégulièrement par le trou du toit m'indiquait qu'il s'agissait d'une cuisine. Parfois le visage en sueur d'une femme regardait sans expression par une fenêtre tandis que je passais lentement en prenant le plus grand soin de ne pas démolir ma voiture de location sur la piste pleine de trous.

Enfin j'ai aperçu de petits groupes de maisons, deux ou trois à la fois, qui bordaient la route. Derrière, là où le terrain descendait de la crête pour former la face abrupte d'un *cockpit*, j'ai vu des petits champs en terrasses où travaillaient des hommes et des garçons, parfois des femmes. Dans le lointain, à l'écart de toute habitation, il y avait d'autres terres semblablement cultivées. De la canne à sucre, mais je distinguais surtout des ignames sur des piquets et des tiges de maïs disposés d'une façon qui me paraissait fantasque. Pas de rangs bien dessinés, pas d'alignement géométrique, mais plutôt des spirales, des taches, des bavures et des bigarrures : une récolte se mélangeait sans raison à une autre, des sortes d'épinards appelés calalous et des oignons s'étalaient sous des piquets à haricots et à ignames, des pieds de maïs étaient plantés comme des spectateurs autour d'un carré de choux.

Puis je me suis trouvé dans le village même de Nyamkopong. Ou du moins, j'espérais qu'il s'agissait bien de Nyamkopong. Le long d'une haute crête sinueuse qui reliait une douzaine de cratères, cinquante ou soixante petites maisons s'éparpillaient de part et d'autre d'un chemin central qui se ramifiait en plusieurs sentiers herbeux aboutissant à une maison, puis un petit bâtiment en dur qui n'était autre qu'une église inachevée, et encore un autre, fini, celui-là, et peint en blanc. J'ai dépassé plusieurs boutiques ouvertes côté rue et, à l'autre extrémité de la ville, là où le sol se soulevait et s'aplatissait pour former une sorte de champ de manœuvres, une école en maçonnerie neuve avec un terrain de jeu dénudé devant. Puis à nouveau les *cockpits*, avec des cases dans le lointain et la route devenant vite un sentier pour piétons.

J'ai fait demi-tour devant l'école et j'ai roulé lentement, revenant au centre du village où deux boutiques se faisaient face de part et d'autre du chemin. Une demi-douzaine de personnes, des vieux, se tenaient debout à l'ombre et m'observaient. Je me suis arrêté et j'ai senti que je ne voulais pas demander si c'était Nyamkopong, non parce que je craignais que ce ne le fût pas, mais parce que j'étais à peu près sûr que ça l'était et que par conséquent la vieille qui me fixait avec une expression fermée pourrait grommeler : Bien sûr que c'est Nyamkopong, pauvre imbécile ! J'ai donc pris un risque et j'ai demandé poliment au groupe de m'indiquer l'endroit où je pourrais trouver le chef. Sans m'appuyer sur le moindre indice, je me reposais, non sur l'évidence que me fournissaient mes sens, mais sur un lien entre mon intuition et ma raison pour déterminer où je me trouvais à présent. Je me sentais comme si je venais de plonger la tête la première dans un puits.

Un jeune homme barbu, de petite taille, portant un béret tricoté en rouge, jaune et vert, ainsi qu'un pull beige, et dont le gonflement inégal du béret trahissait la coiffure rasta, a émergé de l'obscurité mauve de la boutique à ma gauche. D'un geste superbe, il a montré du doigt la rue devant moi. Le colonel habite là-bas, m'a-t-il informé d'une voix sonore, et il m'a appelé son frère.

Les vieux, hommes et femmes, n'ont rien dit, continuant à me fixer sombrement tandis qu'avec un grand soulagement, et soudain épuisé, je m'éloignais lentement en voiture. Ce n'est quand même pas un exploit, ai-je pensé. Pourquoi ai-je donc si peur ? J'aurais bien aimé être comme Gauguin à Tahiti, submergé d'un enthousiasme débordant pour ce qui se révélait être une autre voie possible que celle de la France bourgeoise, ou comme Forster en Inde, sceptique, compatissant mais perspicace, croyant que ce qu'on ne savait pas à l'instant ne valait pas la peine d'être connu à l'instant, ou comme Dinesen en Afrique, tendre et en sécurité dans la tour de son moi absent. Mais je ne pouvais être aucune de ces personnes, et par conséquent j'ai très peu vu, à ce moment-là, où j'étais et parmi quelles gens.

Oh, j'ai bien vu comment la lumière de midi rejaillissait sur les palmes et cuisait la terre poussiéreuse des cours, comment elle transformait en grils les toits de tôle. J'ai bien vu que les gens portaient des pulls et des casquettes, qu'ils se plaignaient de l'hiver alors que j'étais en nage dans ma chemisette de Dacron et de coton. J'ai vu que la maison rose du colonel, un pavillon de quatre pièces en parpaings cendrés, était la plus grande et la mieux entretenue du village, j'ai vu sa vaisselle et ses meubles de grand magasin, et le visage rond, bien en chair, de ses enfants. Et qu'un de ces gosses est parti à sa demande en courant dans un champ pour ramener un homme brun, décharné, à la figure de lapin, vêtu de guenilles et de bottes de caoutchouc maculées de terre. J'ai aussi vu que le colonel, malgré sa charge et ses appointements dans un pays qui considère le pot-de-vin comme le seul accès légitime à ceux qui ont le pouvoir, était toujours un homme pauvre. J'ai entendu son anglais jamaïquain, la manière dont il évitait soigneusement le patois, ses questions prévenantes à mon égard. Et j'ai entendu l'ordre bref et soudain qu'il a adressé à sa femme au visage hostile, dans la pièce de derrière, pour lui dire de nous apporter une bouteille de rhum. Puis il m'a poliment prié de signer son livre d'or et d'inscrire mon adresse personnelle près de ma signature, juste au-dessous de celle du professeur canadien qui m'avait précédé de quelque six semaines.

J'ai vu et entendu tout cela, et pourtant il m'a tout le temps semblé que je ne voyais ni n'entendais rien, parce qu'il n'y avait pas de moment où je n'avais pas conscience que ces gens avaient la peau noire. Je pouvais certes ajouter à cette conscience les nouvelles informations que je possédais à leur sujet, et je l'ai d'ailleurs fait avec méthode et sensibilité. Je me suis dit que c'étaient des Marrons, qu'ils vivaient dans ce qui finalement revenait à une réserve octroyée par le gouvernement, qu'ils possédaient leur terre plus ou moins en communauté, qu'ils comptaient parmi les meilleurs agriculteurs de la Jamaïque, qu'ils étaient fiers de leur passé marron même s'ils n'en avaient qu'une connaissance fragmentaire, et que, quelle que soit leur façon de me voir et de m'entendre, ils ne me percevaient pas comme l'aurait fait un Noir américain. Malgré cela, je ne pouvais m'empêcher de les appréhender comme si je me trouvais, non pas sous une véranda dans la brousse jamaïquaine, mais à Detroit, à Roxbury ou à Watts. Et c'était pour cela que j'avais peur, d'une façon que seul peut connaître un Blanc américain, et comme Gauguin, Forster ou Dinesen n'ont jamais eu peur. Il se peut qu'ils n'aient pas su précisément où ils étaient, lorsqu'ils se sont trouvés à Tahiti, en Inde ou en Afrique, mais ils savaient qu'ils n'étaient pas à Paris, à Londres ou à Copenhague. Et cela, au moins, leur permettait de voir plus clairement que moi à présent où ils s'étaient aventurés et au milieu de quelles gens ils évoluaient. Blanc américain, j'étais aveugle et perdu.

Le colonel Martin Luther Phelps, ainsi nommé — je l'ai compris au bout de quelques instants — en l'honneur du réformateur et non de l'Américain, avala d'un trait son rhum avec moi, manifestement heureux de l'interruption que je provoquais dans sa journée de travail. Je ne le trouvais pas déplaisant, mais il n'arrêtait pas de bouger et de parler comme un coiffeur ou un tailleur, un boutiquier nerveux qui mentionnerait sans arrêt la paresse et les mauvaises habitudes de ses voisins pour que personne, et surtout pas moi, n'ait l'idée de le confondre avec eux. En souriant, il annonça avec enthousiasme la célébration prochaine au village de l'anniversaire de Cudjoe l'héroïque, m'invitant à y participer et à faire venir ma famille, car, affirma-t-il à maintes reprises, le peuple marron voulait se faire connaître du monde. Pendant tout ce temps il s'employait nerveusement à redresser et du même coup à montrer aussi bien les portraits au mur derrière lui (ils représentaient ses enfants aux États-Unis) que les verres, le cendrier et la bouteille de rhum sur la table devant nous, ou les napperons en plastique sur le buffet et sur les guéridons de part et d'autre du canapé. Il s'est même brusquement levé au milieu d'une phrase pour fermer une porte du minuscule salon, de sorte que je n'ai plus vu le désordre dans la pièce voisine ni les membres de sa famille assis sur le lit double où ils écoutaient tous ensemble — la mère, la fille et les deux petits garçons — avec beaucoup d'attention, non pas notre conversation élevée, mais les pavés d'émotion et de rêve qui leur étaient lancés par une série radiophonique mélodramatique enregistrée dans un studio londonien et diffusée quotidiennement depuis Kingston. C'étaient de vieilles histoires de filles venues de province pour travailler et que voulaient corrompre des cadres dirigeants haut placés en ville. Les personnages étaient joués par des acteurs anglais blancs dont l'accent, pour moi, transformait les protagonistes en caricatures de bandes dessinées, mais qui semblait en faire des êtres parfaitement vraisemblables pour les gens dans l'autre pièce.

Après un certain temps passé à plaisanter, j'ai commencé à trouver le colonel irritant, surtout parce que j'ai senti combien son attitude était du genre de celles qui plaisaient à des gens que je n'aimais plus — les West, les Church et leurs semblables. Je me suis donc levé du canapé et j'ai déclaré que j'allais partir. Il s'est mis debout à son tour, et, en tendant le bras pour me serrer la main tandis qu'il insistait à nouveau pour que je revienne à l'occasion de la fête du 6 janvier, il a soudain poussé son bras dans la sphère privée autour de mon corps pour m'arracher du cou une chose minuscule que je n'avais pas sentie. En roulant son index contre son pouce, il m'a recommandé de faire attention aux tiques dans la brousse.

Oui, merci, merci, ai-je répondu. Je lui ai demandé de saluer pour moi sa femme et ses enfants, et l'idée de sécurité me traversant tout à coup l'esprit, je suis vite parti en direction de ma voiture. Il me semblait que je ne trouvais aucune perspective assez solide pour que je puisse m'y raccrocher. En sortant de la maison et en traversant la terre dure devant, j'ai déclaré au colonel que je ne manquerais pas de revenir le mardi 6. Il a eu un sourire de reconnaissance. Et j'amènerai ma famille, ai-je crié en touchant sur ma gorge l'endroit où s'était logée la tique.

Après avoir déverrouillé la portière, j'ai plongé dans le véhicule comme si c'était une hutte et j'ai vite abaissé la vitre, l'ouvrant à l'air frais et à la large face barbue du rastafari qui m'avait guidé jusqu'à la maison du colonel. Il avait à présent l'air moins jeune qu'à la boutique ; autour de trente-cinq ans. Ses yeux marron foncé étaient humides comme ceux d'un cheval, et bien que son visage fût barré par un immense sourire, il était ridé par le souci et des pensées troublantes. Un homme *sérieux*, ai-je conclu. Son nez avait la forme large et lisse d'une corne à chaussure, et il avait d'énormes dents. Il m'a à nouveau appelé frère, m'a serré la main à la manière *black power* des années soixante et m'a dit que je devrais voir maintenant le reste du village de Nyamkopong, foyer des Marrons du Cockpit qu'il a désignés comme ses « ascendants ».

Je suis sorti de la voiture, j'ai fermé la fenêtre, verrouillé à nouveau la portière — ce que mon nouvel ami a eu l'air d'approuver avant que je le suive sur la route. Qu'y a-t-il donc à voir ? lui ai-je demandé, redevenant un touriste à qui on doit dire quoi voir, comme si je n'en étais pas capable tout seul.

L'ossuaire, a-t-il répondu, et sans que je m'y attende il s'est approché de moi, trop près, et s'est mis à parler, se montrant soudain un maître du bavardage, car rien de ce qu'il me racontait n'avait de consistance. Il retenait pourtant mon attention, me forçant à me concentrer sur des choses sans intérêt comme si elles devaient revêtir pour moi une importance cruciale. A tel endroit habitait la mère de l'instituteur. Son père avait eu la position de colonel avant Martin Luther Phelps. Et c'était ici que le Chinois installerait son générateur au fuel et ses haut-parleurs pour la musique mardi. Au bas de la rue, un de ses amis, un dénommé Rubber, montait son propre générateur et sa sono. On pouvait gagner plein d'argent, ce 6 janvier, m'a-t-il dit, parce que les Marrons venaient de tous les coins de l'île pour célébrer leur victoire sur les esclavagistes. Et là-bas se trouvait la maison d'une femme qui lui avait fait deux garçons. Une femme bien, a-t-il expliqué, mais pas assez lourde pour lui. Lourde ? ai-je répété. Oui, trop mince. « Maugre » a été son mot.

Il s'appelait Terron Musgrave, et j'ai conclu, alors que, debout, nous scrutions les tombes datant de la fin du XIXe siècle dans les hautes herbes derrière la petite église chaulée de culte presbytérien, que Terron était un arnaqueur. Je suis souvent revenu à cette conclusion avant de quitter définitivement la Jamaïque. Chaque fois que je ne comprenais pas Terron.

Ce que je n'arrivais pas à saisir alors, c'était la raison pour laquelle il me guidait à travers tous ces côtés très conventionnels et, pour moi, ennuyeux, de Nyamkopong. Ici l'église protestante du XIXe siècle ; là la maison de la mère de l'instituteur ; là l'école elle-même, provenant d'un don du gouvernement canadien ; et là-bas la sono du Chinois. Né en Nouvelle-Angleterre, j'avais regardé des milliers d'églises protestantes et des cimetières de cent ans plus anciens que celui-ci. Et j'avais vu bien trop d'écoles en parpaings construites dans les petites villes américaines au cours des années soixante. Quant au système stéréo du Chinois, il me rappelait les installations de mes élèves du New England College dans la cour carrée au début de mai.

Ma visite semblait tirer à sa fin. Nous avions décrit une boucle à travers le village et nous nous rapprochions de la maison du colonel et de ma voiture par l'autre côté. J'ai donc demandé à Terron si je pouvais lui acheter une bière et lui offrir un peu d'argent pour la peine qu'il s'était donnée. S'il refusa la bière avec un sourire gracieux, en expliquant qu'il s'était retiré depuis longtemps du « monde de l'alcool » du fait qu'il était arrivé à « connaître je » (une expression que je ne savais pas alors traduire), il accepta néanmoins de recevoir ce que je souhaiterais lui donner en paiement. Mais d'abord, déclara-t-il, il voulait que je fasse la connaissance de son père.

Aussitôt j'ai eu à nouveau confiance en lui et honte de ne l'avoir considéré que comme un charmant arnaqueur de campagne. Évidemment ! Son père ! Quelle impulsion naturelle et simple, de vouloir me présenter à son père, me suis-je dit, comme si ma visite était de telle valeur qu'il était normal de souhaiter la partager avec sa famille.

Il s'est mis à marcher plus vite, dépassant ma voiture et la maison du colonel, puis il a pris un sentier herbeux en direction d'une maison bleue en stuc située au bout, là où un cochon couvert de poussière et quelques poulets blancs décharnés fouillaient la cour devant. Au-dessus de la porte, en lettres grossièrement tracées et peintes à la main, il y avait les mots *Trelawny Town* et les dates 1738-1739, dont je savais qu'elles marquaient la fin, dans le nouveau calendrier et l'ancien, de la première guerre des Marrons. C'était alors qu'avait pris fin le siècle de guérilla commencé au moment où les Britanniques avaient enlevé l'île aux Espagnols.

En arrivant près de la maison, Terron a dû se rendre compte que j'avais l'impression qu'il m'emmenait voir son père génétique, son « vrai » père, comme ils disent. Non, non, il s'agissait de son père *spirituel*, a-t-il rectifié, un homme de grande culture qui connaissait toute l'histoire des Marrons et qui, en plus de tout ce savoir, avait la garde du traité marron, car il était le secrétaire d'État des peuples marrons et de plus, ajouta Terron avec un dédain évident, cet homme était beaucoup plus lourd que le colonel.

Plus lourd ? ai-je répété en écartant les doigts pour marquer la corpulence.

Oui, un sage. Beaucoup de culture, plein de culture à l'étage du haut.

Ah, oui, évidemment, ai-je fait en trébuchant derrière lui sur le sol inégal.

Lorsque je me suis arrêté devant la maison, j'ai vu qu'elle était semblable à un décor de Hollywood. La partie frontale, en stuc bleu, avec ses deux fenêtres en saillie séparées par une porte de grande largeur, n'avait qu'une seule pièce de profondeur. Elle se prolongeait à l'arrière par une vieille case, plus grande, en clayonnage enduit de boue, tandis que sur le côté s'élevait le traditionnel abri servant de cuisine, noirci et brûlé comme un vieux chaudron par des générations de feux de bois. Alors que la maison du colonel était en réalité, et pas seulement en apparence, une construction de quatre pièces en parpaings enduits de stuc, donc un pavillon et pas une case, celle-ci n'était un pavillon que vue d'un certain angle et à une certaine distance.

Un chien maigre et tacheté s'est levé sur les marches d'entrée et s'est mis à nous aboyer dessus à toute vitesse. Éparpillés sur le sol nu autour de la maison, il y avait des seaux troués par la rouille, des bouteilles de rhum vides, des tubes de dentifrice écrasés, les bras roses d'un baigneur, un pneu hors d'usage, les pelures, semblables à des spirochètes, d'une demi-douzaine d'oranges du petit déjeuner : toutes les traces de la vie familiale jamaïquaine habituelle, à la fois affairée et distraite. Je pouvais voir de la fumée stagner au-dessus de la cuisine en appentis et je sentais l'odeur du porc qui cuisait. Quelque part derrière la maison un transistor au son métallique débitait du reggae et les boniments d'un disc-jockey de Kingston.

Nous sommes restés au pied de l'escalier pendant qu'en haut le chien tacheté continuait à aboyer, et derrière nous le cochon fouissait et les poulets grattaient le sol. Le soleil, droit au-dessus de nous, était très chaud. La sueur se formait sous mes bras et me dégoulinait le long du corps. Sur les côtés de la maison, dans la pente qui tombait jusqu'aux *cockpits*, on voyait des bananiers groupés avec un grand arbre à pain et deux blighias qui avaient fini leur floraison, puis, plus bas, dans les carrés qui avaient toujours cet air d'être plantés au hasard, des ignames et quelques pousses de maïs rachitiques. Quelques mètres encore plus loin, au début des broussailles incroyablement enchevêtrées, se trouvait un W.-C. tout déglingué, à deux portes, qui semblait devoir tomber à tout moment dans le *cockpit*.

En levant les yeux j'ai vu qu'un vieil homme était sorti de la maison et s'efforçait de faire taire le chien en tapotant l'air au-dessus de sa tête, ce qui apparemment a eu de l'effet, parce que le chien a vite cessé de clabauder et s'est à nouveau faufilé à l'intérieur. Alors le vieil homme nous a souri. Il portait un chapeau de feutre plat et rond soigneusement vissé sur sa tête, des lunettes à montures d'écaille, une chemise de flanelle écossaise et des pantalons en gabardine très amples qu'il faisait tenir par des bretelles.

Entrez, entrez, sortez du soleil, a-t-il dit en nous faisant signe de venir à l'intérieur. Il se déplaçait lentement, avec précaution, comme s'il éprouvait quelque gêne, mais il se tenait extrêmement droit et sa tête était aussi haute que celle d'un jeune homme. Lorsque j'ai gravi les cinq marches menant à la porte j'ai vu pour la première fois ses yeux : ils étaient bleu pâle, comme des agates, sauf que le cercle externe de la pupille contenait un autre cercle brun entourant l'iris, le tout ressemblant à deux anneaux concentriques bleu et brun autour d'une planète noire.

Terron m'a présenté par mon prénom, et le vieil homme a ôté son chapeau de la main droite, serrant la mienne avec force deux fois, de sa main gauche, en disant son nom. Mann, Wendell O. Mann, a-t-il articulé. Puis, comme un gentleman anglais, « enchanté », a-t-il dit en inclinant gracieusement la tête. Il a alors remis son chapeau sur ses cheveux coupés court, tout noirs à l'exception d'une raie blanche qui allait du front jusqu'à la nuque, et il nous a priés de le suivre à l'intérieur où il faisait plus frais. Sa peau était aussi foncée que celle de n'importe quel Jamaïquain, mais pour une raison ou une autre, je pouvais percevoir cet homme malgré l'obscurité, comme si mes yeux s'habituaient enfin à l'absence de peaux blanches et s'étaient suffisamment dilatés pour relever les détails de texture et de forme. J'ai ainsi bien distingué ses pommettes relevées, presque orientales, sa bouche et ses lèvres minces et nerveuses, le réseau délicat de rides sur son front, et les veines qui disparaissaient dans la chevelure au-dessus de ses tempes.

Nous l'avons suivi — Terron, le maître du bavardage, restait coi pour la première fois depuis qu'il s'était montré à la vitre de ma voiture — dans le couloir d'entrée où se trouvait une longue table étroite au centre, une porte fermée de chaque côté et une troisième porte, également fermée au fond. La table était nue, les murs peints en bleu pâle étaient aussi nus, et la pièce, si c'en était une, n'avait pas de chaises.

M. Mann a beuglé avec un crépitement de patois en direction de la porte du fond, et je me suis aussitôt senti perdu avant de me ressaisir quelques secondes plus tard, quand la porte s'est ouverte et qu'un garçon de dix ou douze ans, sans chemise ni chaussures, a fait son apparition en portant une chaise de cuisine en bois.

Il a été suivi par un deuxième, puis par un troisième. Ils ont placé la chaise de M. Mann d'un côté de la longue table, posé la mienne et celle de Terron de l'autre, et se sont accroupis sur la véranda juste dehors.

Asseyez-vous, asseyez-vous, a-t-il dit. Ce que nous avons fait tandis qu'il aboyait de nouveau en direction des garçons et qu'il en expédiait un en courant. Nous avons attendu en silence, et au bout d'un instant le garçon est réapparu avec un paquet de Craven A et une boîte à sardines comme cendrier. Le vieil homme a fait sortir une cigarette en tapotant le fond du paquet, m'en a offert une, puis une autre pour Terron, et nous les avons allumées tous les trois, aspirant profondément et souriant de plaisir. Puis, dans un anglais précautionneux, il a commencé à m'interroger.

Il posait des questions polies mais efficaces, sous forme de déclarations exigeant des réponses avec des informations concrètes. Vous êtes canadien ?

Non, américain.

Ah, et de New York ?

Non, de Nouvelle-Angleterre.

Une pause. Nouvelle-Angleterre, a-t-il répété lentement, comme si je mentais.

En fait, je suis du New Hampshire... près de Boston, Massachusetts.

Ah oui, a-t-il dit. Boston. Et près de Boston, vous êtes dans les affaires ?

Non, non, pas ça. Je suis enseignant à l'université, ai-je rectifié avec précipitation, comme s'il était vraiment mieux d'être universitaire près de Boston qu'homme d'affaires.

Il a levé un sourcil ; il avait entendu ma précipitation et ce qu'elle impliquait, et je venais de l'entendre à mon tour.

Vous êtes ici à la Jamaïque en vacances ? a-t-il poursuivi en souriant.

Non, non, pas vraiment. Je lui ai dit que j'avais loué une maison pour deux mois à Anchovy, dans la paroisse de Saint James, et que j'y habiterais jusqu'à la mi-février où je devais revenir à mon enseignement. Mais en prononçant ces paroles, je savais que j'avais éludé sa question.

Et vous passez votre temps à Anchovy à vous reposer et à vous informer des habitants de la Jamaïque ?

Oui, ai-je avoué. Et j'ai ma famille avec moi, ma femme et mes enfants, ai-je faiblement ajouté.

Vous êtes un homme instruit, a-t-il déclaré, qui veut s'informer des gens de la Jamaïque, et maintenant vous êtes venu à Nyamkopong pour apprendre ce que sont les Marrons ?

En bégayant j'ai d'abord dit oui, puis non, je ne croyais pas qu'on puisse me dire un homme instruit, mais oui j'essayais de me renseigner sur les Jamaïquains et maintenant sur les Marrons.

Pendant tout ce temps Terron était resté silencieux, écoutant et tirant sur sa cigarette avec une concentration satisfaite. Mais c'était d'une certaine façon comme s'il savait déjà quelles seraient mes réponses aux questions de M. Mann et s'il n'ignorait que les questions elles-mêmes. Car il observait le vieil homme lorsque celui-ci me parlait, mais il retournait à sa cigarette lorsque je prenais la parole. Les trois garçons, en revanche, qui restaient assis sur leurs talons à l'entrée, avaient leurs regards dirigés sur moi plutôt que sur le vieil homme. Leurs visages étaient sans expression, et ils n'étaient ni curieux, ni effrayés, ni ennuyés, mais simplement attentifs. Il me semblait que tout le monde dans la pièce montrait un genre d'attention que je ne possédais pas et qui, de plus, m'était totalement étranger. Je ne pouvais même pas m'imaginer comment le simuler. Je me sentais éparpillé, ma propre concentration rebondissait autour de la pièce et dans le temps, revenant du moment présent à ma vie dans le New Hampshire, de mon existence de « repos » à Anchovy à ma timide incursion ici ce matin, à ma conversation avec le colonel Phelps à peine une heure plus tôt, rejaillissant du visage clair et intense de l'homme en face de moi jusqu'au petit livre de Carey Robinson où se trouvait reproduite une gravure de Cudjoe montrant un homme laid, avec de larges épaules et une face de grenouille, un bossu qui rendait sa courte épée à un grand et élégant officier de l'armée britannique. Ensuite mon attention faisait un saut jusqu'au capitaine West et son fils Upton, qui était un de mes amis, pour aller à la mère de cet ami, laquelle s'occupait d'immobilier et de domestiques, puis passait aux Church dont le fils avait fui avec sa femme et ses enfants au Canada où le froid de l'air, m'avait dit son père, lui donnait des saignements de nez.

Les Marrons, a déclaré M. Mann de sa voix rapide et graveleuse, sont le cœur de la Jamaïque, et les Britanniques en sont la tête. Je suis pourtant heureux que vous soyez américain parce que j'adore les Américains, en particulier M. Kissinger qui, vous le savez, est secrétaire d'État comme je suis moi-même secrétaire d'État. Un jour, avant que vous retourniez chez vous près de Boston, je vous donnerai un message pour mon frère le secrétaire M. Kissinger. Après avoir alors marqué une pause, il a poursuivi par des oui, oui, oui de plus en plus faibles.

Nous nous sommes fait des sourires par-dessus la table. Le silence est tombé. Comprenant soudain, je me suis tourné vers Terron qui écoutait sa cigarette pour lui demander si je pouvais envoyer un des garçons à la boutique chercher du rhum.

Oui, Poppa adore son eau, a répondu Terron sans sourire, et il a appelé près de lui un des garçons, un gamin de douze ans environ, qui gardait l'œil sur le paquet de Craven A. Je savais qu'il attendait que nous le finissions pour s'emparer du papier d'aluminium qui doublait la boîte et en ôter la contre-feuille blanche qui faisait une excellente enveloppe pour des cigares de ganja aussi gros qu'un stylo. J'ai tendu au gamin deux dollars en lui demandant de nous rapporter du rhum, et M. Mann, se ranimant, a tout de suite renchéri en ordonnant à un des deux autres garçons d'aller nous chercher des verres et de l'eau. Rien du tout pour le rasta ! s'est-il exclamé, et Terron a ri en chantonnant :

Monde d'alcool, monde d'alcool ! Moi, sûr que j'ai rien à faire avec un monde d'alcool !

Nous avons ensuite un peu causé du rhum blanc, de son pouvoir de guérir et de rendre malade. La sagesse n'est pas pour le faible d'esprit, a lancé M. Mann en avertissement, et il a ajouté qu'à l'exception des frères rasta qui refusent l'alcool parce qu'ils lui préfèrent l'herbe et qu'ils connaissent les mauvais effets du mélange de deux types de sagesse, il ne ferait pas confiance à quelqu'un qui ne voudrait pas boire du rhum blanc, bien qu'il sache que c'est le cas de la plupart des Blancs. Il faut choisir sa sagesse, a-t-il déclaré. Comme l'a dit Gary Cooper, on doit choisir son poison. L'eau et l'huile ne se mélangent pas, et si on les met ensemble elles ne sont bonnes à rien : vous pouvez pas les boire et vous pouvez pas vous en servir pour vos machines. C'est l'un ou l'autre, le rhum ou l'herbe. Il n'y a que les gosses ou les idiots pour vouloir les deux à la fois, sauf les pauvres d'esprit qui arrivent à se connaître, et ceux-là n'utilisent ni l'un ni l'autre.

Le garçon venait de revenir avec le rhum. Notre Seigneur et Sauveur Jésus-Christ nous a enseigné, a repris M. Mann en versant le rhum d'abord dans mon verre puis dans le sien, que celui qui a une oreille, eh bien, qu'il écoute ce que dit l'Esprit ! C'est pourquoi nous appelons ce liquide esprit, expliqua-t-il en levant le verre et en le vidant, puis en faisant suivre une petite gorgée de son verre d'eau.

Je savais renverser son procédé et prendre une petite gorgée de rhum en vidant pratiquement mon eau, puis placer ma main sur mon verre de rhum pendant qu'il remplissait le sien.

Se retournant sur sa chaise et scrutant intensément le plafond comme si l'inspiration allait lui venir de là-haut, M. Mann lâcha à la volée : *Veni, vidi, vici !* Je suis venu, j'ai vu, j'ai vaincu ! Ce sont les propres paroles de la grande reine Élisabeth lorsqu'elle a pour la dernière fois rendu visite au pays de la Jamaïque et au moment où allaient commencer les cérémonies de la grande célébration d'indépendance du pays mère de la Grande-Bretagne grâce au magnifique travail de ces héros nationaux que sont sir Alexander Bustamente, l'honorable Norman Manley, père du Premier ministre Michael, Marcus Garvey qui a ordonné aux murs de la prison de Spanish Town de s'écrouler — et ils ont obéi —, et Nonny, la plus grande de tous les scientifiques de la nation marronne car elle a abattu les soldats anglais en leur tirant des balles avec son con. Vous connaissez l'histoire ? m'a-t-il demandé.

Non, non, ai-je répondu, tout ce que je sais des Marrons je l'ai appris de Carey Robinson.

Bon, pour être bref, la grande reine Élisabeth avait entendu parler de ce beau pays d'arbres et d'eaux ruisselantes par sir Francis Drake, qui était un expert en navigation, même meilleur que Christophe Colomb, lequel était arrivé ici en même temps sur son bateau à voiles mais n'avait pas su rester maître de ses hommes qui s'étaient mutinés contre lui et avaient laissé le pauvre homme pour mort sur la plage près d'Ocho Rios — celle qu'on appelle aujourd'hui la baie de la Découverte. Sir Francis Drake est passé par là, de retour de sa conquête de l'Inde, et il a entendu des cris pathétiques. Alors il a dit à ses hommes : Attendez ! J'entends quelqu'un qui appelle à l'aide ! Ils ont ramené leurs voiles, ils ont débarqué à la baie de la Découverte et trouvé ce pauvre Colomb, famélique et tout sale avec sa barbe longue et collée. Ils l'ont sauvé juste au moment où les Indiens Arawaks rampaient vers lui dans l'intention de le tuer à cause de la façon dont les Espagnols traitaient les Indiens sur l'île de la Jamaïque, car ils avaient fait d'eux des esclaves qui travaillaient dans les mines d'or et ils les tuaient jusqu'à ce qu'ils s'enfuient tous pour vivre dans la brousse et qu'ils enseignent aux Africains qui se trouvaient là comment vivre dans les *cockpits*. Les Africains étaient là parce qu'ils avaient appris là-bas en Afrique comment les Espagnols traitaient les Indiens, et ils ont donc envoyé la reine guerrière et grande scientifique Nonny avec trois cents des meilleurs combattants achantis à travers l'Océan pour les aider dans leur lutte contre les Espagnols. Mais c'était le moment où les Anglais commençaient à réduire les Africains en esclavage et à les transporter ici pour les faire travailler dans les plantations. Et quand ces Africains en esclavage ont entendu parler de Nonny et des guerriers achantis libres, là-haut dans les *cockpits* avec les Indiens Arawaks, ils ont commencé à se faufiler hors de la vue de leurs maîtres pour les rejoindre, jusqu'à ce qu'il y ait bientôt toute une armée là-haut dans les montagnes de l'Est, rien que des hommes, à part Nonny qui était leur chef et leur principal scientifique. C'est la raison pour laquelle les marins de Colomb s'étaient mutinés et pour laquelle le grand Christophe Colomb lui-même avait tellement peur lorsqu'il était tout seul ici sur la plage en appelant lamentablement à l'aide. Sir Francis Drake était le principal capitaine des mers pour la reine Élisabeth — avant que Winston Churchill ait pris le commandement contre les Allemands et leur Kaiser, et après que Jules César a été le chef de toutes les forces combattantes de l'empire —, et il avait beaucoup d'affaires à régler qui l'attendaient là-bas en Angleterre parce qu'il avait été si longtemps en Inde, c'était un gros boulot de conquérir l'Inde, aussi n'est-il pas resté assez longtemps à la Jamaïque pour entendre parler des Marrons ou pour savoir comment les Espagnols traitaient les Arawaks à cette époque ; il ne savait même pas que les Britanniques aussi avaient commencé à capturer des Africains et à les amener ici pour les forcer à cultiver les champs de canne et être des esclaves. Il s'est contenté de ramasser Colomb sur la baie de la Découverte, lequel n'avait qu'un seul ami à ce moment-là, son serviteur Vendredi, un Africain qui était resté loyal envers Colomb alors que le reste de ses hommes s'était mutiné. Sir Francis Drake a ramené ces deux hommes en Espagne où il les a laissés descendre, puis il a fait voile vers l'Angleterre, chez lui, pour faire son rapport à sa reine, la grande reine Élisabeth. Bon, alors Christophe Colomb et son assistant Vendredi qui ne savait pas parler anglais de toute façon, bien que Colomb sache le parler bien parce que c'était un homme instruit, n'ont jamais mentionné à sir Francis ce qui se passait dans l'île de la Jamaïque entre les Arawaks et les Marrons dans la guerre contre les Espagnols, ni même comment les planteurs anglais capturaient des gens en Afrique et les forçaient à travailler à mort dans les champs de sucre. Non, il a seulement dit qu'il était un explorateur, que ses troupes et ses marins s'étaient rebellés contre lui et étaient partis en Amérique parce qu'ils avaient entendu parler de la ruse de l'or en Californie. C'est pourquoi la reine Élisabeth n'a rien su de cette histoire d'esclavage. Mais sir Francis lui a raconté combien l'île de la Jamaïque était belle, et c'est pourquoi elle l'a proclamée comme faisant partie de l'Empire britannique et elle a pris l'engagement de venir un jour nous rendre visite ici. Sir Francis a promis de l'emmener sur son propre bateau, *La Biche d'or*, mais il est mort avant d'en avoir eu l'occasion, et puis Winston Churchill a été trop occupé à se battre contre les Allemands et le kaiser Wilhelm pour s'en occuper, aussi a-t-elle dû attendre 1962 avant de pouvoir venir ici voir cet endroit. Elle avait été pas mal prise, elle aussi, par ses bagarres avec Mary, la reine d'Écosse, et la reine Victoria qui voulait régner sur tout l'Empire britannique, et il a fallu d'abord qu'elle batte et décapite ces deux-là, mais dès qu'elle a eu les choses en main là-bas en Angleterre, la reine Élisabeth est venue, et lorsqu'elle a appris ce qui s'était passé ici dans l'île de la Jamaïque, elle a compris pourquoi la Jamaïque avait décidé d'être indépendante des Anglais et élu notre propre sir Alexander Bustamente comme Premier ministre pour qu'il n'y ait plus jamais à nouveau d'esclavage sur l'île de la Jamaïque. Il y a eu une grande célébration, ici, parce que c'était son anniversaire jubilaire, et tout un groupe de Marrons est descendu à Kingston pour exécuter les danses marronnes devant elle, et elle en a été fort surprise, car ça lui faisait penser qu'elle était en Afrique plutôt qu'à la

Jamaïque, jusqu'à ce que sir Alexander Bustamente la prenne à part et lui raconte notre histoire comme aujourd'hui je vous la raconte. Alors elle a compris et elle a été contente que cette île de la Jamaïque ait décidé d'être indépendante, et elle a été fière de la façon dont les Marrons avaient combattu ses propres soldats britanniques pendant toutes ces années dans les *cockpits*, et elle a décidé sur-le-champ de faire de Nonny une héroïne nationale ainsi que de Marcus Garvey, de sir Alexander Bustamente et de l'honorable Norman Manley, le père du Premier ministre actuel. Et c'est alors qu'elle a prononcé ces paroles ! s'est fièrement exclamé M. Mann.

Quelles paroles ?

Veni, vidi, vici ! Je suis venu, j'ai vu, j'ai vaincu ! Et un immense cri a parcouru de haut en bas l'île de la Jamaïque, et les hommes ont jeté leur chapeau en l'air et les femmes ont tendu leurs bébés pour que la reine puisse les voir. Oh, ça a été un grand jour pour nous, les Marrons !

La pinte de rhum était vide et toutes nos cigarettes avaient été fumées, les miennes comme celles de M. Mann. Sans que je m'en rende compte, les garçons s'étaient lestement faufilés à l'intérieur et avaient chapardé les paquets pour y prendre les enveloppes de papier. A présent ils étaient assis sur la marche la plus basse, dehors, et ils se passaient d'énormes joints. A un certain moment de la narration de M. Mann, Terron avait lui aussi quitté son siège pour sortir s'asseoir sur la véranda où il tirait sur un *spliff* roulé dans du papier d'emballage, un cône de ganja long comme un cigare qu'il m'a tendu lorsque le vieil homme est tombé dans un silence méditatif.

Non merci, ai-je dit. Une seule forme de sagesse à la fois. Je me suis alors levé, et, après avoir remercié M. Mann et lui avoir affirmé que je reviendrais avec ma famille pour la célébration du mardi suivant, j'ai pris congé avec des pas lents et prudents, faisant des efforts pour me clarifier les pensées avant d'arriver à ma voiture et de devoir entreprendre la longue et dangereuse route qui me ramènerait à Anchovy.

Le capitaine West m'a tendu son long bras, et tout en me secouant rythmiquement la main, il a scruté par-dessus mon épaule l'obscurité au-delà. Il tenait un gin-tonic et portait un pantalon rouge cerise avec des souliers de daim blancs, une chemisette rose et un foulard blanc à pois autour de son cou fragile. Préoccupé, ou distrait — je ne saurais dire —, il m'a fait entrer précipitamment dans le séjour en restant derrière, parcourant toujours des yeux la cour où j'avais garé ma voiture à côté d'une Mercedes marron.

Mme West, au visage à la fois rubicond et aigri, m'a fait asseoir près d'elle sur le sofa et m'a demandé avec autorité ce que je désirais boire. Un serviteur, probablement un de ceux qu'elle formait dans sa propre maison, comme le proclamait la brochure, s'est avancé pour prendre les ordres. Il portait une chemise blanche, un nœud papillon gris foncé, un pantalon noir et une ceinture giletière.

Du rhum blanc, ai-je dit.

Mme West m'a regardé comme si j'avais demandé du LSD, et le serviteur, apparemment perplexe, a pris l'air de celui à qui on commande une boisson dont il n'a jamais encore entendu le nom. Ce n'était pas de bon ton, je le savais. Mais j'ai persisté. Sans glace, ai-je ajouté, et moitié eau.

A nouveau sans expression, l'homme a opiné de la tête et s'est retiré.

C'était un petit dîner et j'avais accepté de venir malgré la promesse que je m'étais faite de ne jamais plus aller chez les West. Mais je n'étais pas encore capable d'abandonner la croyance selon laquelle je pouvais rester en dehors des deux mondes que j'avais découverts à la Jamaïque : celui qu'habitaient les Church et les West, et celui que je croyais partagé par les Marrons et par la demi-douzaine de Jamaïquains noirs vivants à Anchovy, avec qui je buvais depuis peu et qui m'apprenaient à jouer aux dominos dans l'arrière-salle de la boutique de Barrett. J'avais tout de même appris qu'en ce qui concernait ce deuxième monde, je n'avais d'autre possibilité que celle de rester à l'extérieur en tant qu'observateur doué, au mieux, d'une vision brumeuse. Mais pour ce qui était du premier monde, je pensais que le simple recours à la volonté me suffirait pour être sûr de ne pas y entrer. Oui, me disais-je, je suis blanc, je comprends et je parle leur langue, mais, après tout, j'ai été élevé par des travailleurs, dans des logements ouvriers, par des gens qui pendant d'innombrables générations ont travaillé avec leurs mains et leur dos. Cela comptait certainement. Ma position de classe, ou plutôt, me semblait-il, mon manque de position de classe, me donnait tout aussi sûrement le luxe de rester détaché et intouchable, non contaminé par ces gens — de la même façon que ma race et mon incapacité de parler ou de comprendre facilement leur langue me privait de la confiance spontanée et de l'intimité des Marrons ou de mes nouveaux amis à la table de dominos chez Barrett.

J'étais assis près de Mme West et nous avons longuement parlé des succès de son fils. J'ai bu sans trop m'arrêter avant le dîner, puis encore en mangeant, et je me suis vite enivré. Il y a eu un moment pendant le repas où le jeune homme mince qui m'avait porté mon premier verre (après celui-là j'avais flotté jusqu'au bas et je me les étais préparés moi-même) — un homme dont je venais d'apprendre qu'il était le fils de la bonne « régulière » de Mme West, la femme grosse et lisse qui servait à présent les légumes — m'a rempli mon verre d'eau en se plaçant à ma gauche. Je venais de vider ce verre et je l'avais précisément placé entre moi-même et la formatrice-employeur du jeune homme. Mme West, dont le corps épais et trapu était recouvert d'un tissu africain somptueusement coloré, a soudain pris conscience de ce qu'était en train de faire cet homme. Elle l'a fusillé du regard puis lui a lancé un coup sec du plat de son couteau à beurre sur le dos de la main, lui faisant lâcher le pichet d'eau qui est tombé sur le plancher.

Imbécile ! a glapi Mme West. Il venait de se baisser d'un coup pour ramasser le pichet qui, par chance, était presque vide et n'avait pas répandu plus que quelques petites flaques sur le parquet ciré. Du côté *droit* ! Servez du côté *droit*, imbécile !

J'ai regardé la tête laineuse près de moi puis, en face, l'expression horrifiée de sa mère qui avait arrêté de servir les légumes et tenait suspendue à mi-hauteur une louche de pois blancs et d'amandes. Le capitaine, qui jetait encore des coups d'œil nerveux vers les fenêtres, n'avait rien entendu. Trois autres personnes étaient assises à la table, un couple âgé venant de Beverly Hills, où le mari avait été pendant plusieurs décennies un producteur de films à qui tout réussissait, et une femme de la haute société de la Cinquième Avenue, d'âge mûr et dont le second mari, un armateur grec, venait de mourir. Ils parlaient tous les trois de postes de radio et se sont tus quelques secondes pendant l'explosion de Mme West. Puis, comme si cette interruption n'était rien de plus qu'un appel téléphonique pour quelqu'un d'autre, ils se sont remis à bavarder sur les postes de radio.

On m'en a donné un pour mon anniversaire, a dit le producteur chauve de sa voix pleurnicharde, et je vous jure que ce machin reçoit toutes les stations de la planète, mais je ne suis pas fichu de le faire marcher. Je ne peux même pas attraper Burbank, dessus, s'est-il exclamé en riant, tandis que sa femme et la veuve s'esclaffaient de voir un tel génie mystifié par une simple machine.

Le jeune homme avait récupéré le pichet d'eau. Mme West l'a congédié d'un geste de la main sans le regarder, et il a disparu en silence tandis que sa mère continuait à servir les pois blancs. Je me suis tassé sur ma chaise et je me suis senti m'effondrer intérieurement.

Veuillez m'excuser, ai-je dit à Mme West. Mais je crois devoir partir. Je ne me sens pas bien.

Elle a évidemment compris. L'hôtesse parfaite aux prises avec l'invité imparfait. Ce jeune Américain un peu nigaud qui n'aurait pas dû toucher au rhum blanc. Parade de mâle typique. Il voit les Noirs boire ça comme de l'eau et il se croit assez homme pour en faire autant. Bien sûr qu'il est malade. Ces gens-là ont un estomac de fer. Mais il est gentil. Et poli. C'est bien, de sa part, de s'en aller avant qu'il se mette à passer à l'acte et à se ridiculiser devant les invités de marque venus de Beverly Hills et de Manhattan.

Le capitaine m'a accompagné à la porte. Prenant une lampe à cinq piles sur une étagère à l'entrée, il est sorti avec moi et il a descendu les marches jusqu'à l'allée où j'avais garé ma voiture. Il n'arrêtait pas de balader son rai de lumière de l'autre côté du gazon mouillé sur les buissons et les arbres, tout en marchant près de moi.

Que cherchez-vous, capitaine ? ai-je fini par demander.

Des bleurs ! a-t-il aboyé.

Des bleurs ?

Des voleurs. Ces bleurs ouais, a-t-il dit en imitant le patois. Ils rôdent tout autour du terrain. Grâce à notre copain M. Manley ! a-t-il poursuivi d'une voix qui enflait de rage. Tout est à prendre, maintenant. La voilà, votre égalité sociale. Pas vrai ? Promettez-leur la lune et puis dites-leur que vous pouvez pas livrer parce que c'est l'autre qui l'a. Qu'est-ce qui se passe alors ? Le pillage ! Le viol ! Le meurtre ! L'effondrement économique !

Il m'a ouvert la porte de la voiture, et avec une petite tape sur l'épaule, m'a souhaité bonne nuit et que je me sente mieux le matin venu. Je l'ai remercié, et tandis qu'il retraçait avec précaution ses pas vers sa maison, j'ai conduit vite, imprudemment, en remontant la longue colline en direction d'Anchovy et du camp retranché, vers chez moi.

Des peupliers immenses cachaient la lune et les étoiles, la route grimpait en zigzag dans l'obscurité, laissant en bas l'enclave des maisons blanches qui s'étalaient avec leurs piscines, leurs hautes clôtures et leurs dobermans parcourant silencieusement les gazons trempés de rosée. C'était Reading, pas vraiment un village, plutôt une colonie blanche avec vue sur la mer, accès facile aux boutiques et aux commerces de Montego Bay, et des voisins en qui vous pouvez avoir confiance parce qu'ils sont comme vous et qu'ils luttent à vos côtés pour protéger les mêmes intérêts. Au sommet de la colline — elle s'appelait Seven Mile — se trouvait Anchovy, une vraie petite ville de campagne jamaïquaine où les Church ainsi que ma famille et moi faisions partie d'une minorité bien particulière et où le camp retranché sur la crête surplombant la ville constituait une anomalie. Les quatre ou cinq mille Jamaïquains qui vivaient dans l'agglomération, en effet, étaient noirs et, pour la plupart, de pauvres fermiers travaillant pour se nourrir, des domestiques dans les résidences de Reading, des employés, des manœuvres et des flics à Montego Bay, des boutiquiers et des petits commerçants à Anchovy même, ou au chômage. La moitié des hommes de la ville entraient dans cette dernière catégorie, et dans un quart des familles personne, homme, femme ou enfant, n'avait d'emploi. Ils élevaient une chèvre ou deux pour la viande, une demi-douzaine de poules, parfois un cochon dans les broussailles derrière leur case ; ils faisaient pousser des ignames et un peu de maïs dans les coins de leur cour, et ils passaient des jours et des nuits sans fin à attendre que les choses changent en buvant et en discutant jusqu'après minuit dans des boutiques comme celle de Barrett, fumant de la ganja sur les marches de derrière, jouant aux dominos, dansant sur place en écoutant du reggae sur une radio marchant à plein volume et placée près d'une fenêtre ouverte sur la rue. Quelquefois une voiture pleine de Noirs au corps volumineux et de leurs femmes maigres traversait en se rendant de Savanna la Mar à Montego Bay pour le week-end, et elle s'arrêtait chez Barrett pour une Heineken bien froide. Les gens du cru admiraient bouche bée la Mustang bleue toute neuve, puis ils entraient timidement pour regarder les vêtements des étrangers et les bagues qu'ils portaient aux doigts. Il arrivait aussi qu'un couple de touristes perdus ou explorant les petites routes passe dans la ville avec une voiture japonaise de location, et que poussés par la chaleur, la curiosité ou la perplexité ils aillent chez Barrett ou dans un des deux autres bars-boutiques de la ville pour y demander une bière froide et leur chemin. Et parfois je m'y trouvais, sirotant mon verre de rhum blanc, bavardant avec Barrett ou sa serveuse Yvonne, ou l'un des habitués, lorsque entrait un de ces couples, généralement de jeunes Américains en bermudas, brûlés par le soleil, blonds, des gens toujours dans l'eau et hors de l'eau, au visage ouvert et aux poches bourrées de cartes de crédit. Je me détournais d'eux, étudiais mon verre comme s'il détenait le secret de mon avenir, et j'écoutais les Jamaïquains leur demander d'où ils venaient aux États-Unis, combien de temps ils allaient rester et comment ils trouvaient la Jamaïque actuellement.

Lorsque, enfin, je suis rentré chez moi, le soir de ma débâcle chez les West, j'ai garé ma voiture, dépassé ma maison d'un pas rapide et j'ai suivi l'étroit sentier vers le bas, descendant une terrasse après l'autre jusqu'à ce que j'arrive à l'autre bout du camp retranché. Derrière moi et au-dessus, la maison partait en cantilever vers la cime des arbres fruitiers et des grands sterculias, dits mapou-barils, qui m'entouraient à cet endroit du début de brousse où le système sophistiqué d'éclairage extérieur mis au point par Church m'atteignait à peine. Ici, dans le mur de pierre taillée, il y avait une vieille porte de fer rarement utilisée donnant sur les vestiges défoncés d'une route pavée que l'ouragan de 1967, d'après ce que m'avait dit Mme Church, avait détruite. Avant ce cyclone, avait-elle ajouté, on pouvait descendre en voiture tout ce versant de la colline jusqu'à Reading et Montego Bay sans passer par Anchovy.

Après avoir lentement ouvert la porte, je me suis glissé de l'autre côté et je me suis mis à marcher, regardant où je posais les pieds entre les morceaux de vieil asphalte et de caillasse, évitant les nids-de-poule qui ressemblaient à des *cockpits* en miniature et qui rendaient la route impraticable sauf pour un âne ou un piéton. Par endroits les rayons de lune tombaient sur la voie comme des lames, éclairant mon chemin dans les tournants et les lacets qui montaient vers la crête et s'éloignaient de l'enceinte des Church avant de descendre vers Reading et Montego Bay. En sueur, à présent, je montais rapidement, poussant mes pieds devant moi sans aucune précaution, dans une sorte de crise de rage, furieux contre les West, contre cette horrible femme qui hurlait et frappait un homme adulte parce qu'il servait l'eau du mauvais côté, contre le capitaine à cause de sa folle terreur et de ses visions de guérilleros communistes fanatiques brandissant des machettes, venant violer sa femme, piller et brûler sa propriété, se livrer à des obscénités sur son vieux corps blanc. J'en voulais aussi aux touristes protégés par leur prospérité et leur innocence au point de ne pas pouvoir percevoir les raisons des questions obséquieuses et polies des « indigènes ». J'étais en colère contre les Jamaïquains noirs au ventre plein qui gouvernaient le pays, les bureaucrates et policiers corrompus, sans parler des petits fonctionnaires qui n'ôtaient jamais leurs lunettes de soleil, et j'en voulais également aux intellectuels jamaïquains instruits en Grande-Bretagne, les Blancs comme les Noirs, qui avaient tant de condescendance pour leur propre histoire... et puis il y avait cette nouvelle colère, dirigée contre moi-même, une rage froide contre le rêveur américain qui répondait à une indignité en se portant malade, en s'excusant poliment pour ne pas rester face à l'outrage, qui persistait à répartir les gens parmi lesquels il vivait en catégories faciles, qui voyait des Marrons, des paysans jamaïquains appartenant aux classes laborieuses, qui voyait des boutiquiers, des autocrates blancs, des ploutocrates et des néo-coloniaux, des touristes et des spéculateurs, des intellectuels et des fraudeurs en douane, des petits voleurs et des sorciers *obeah*, des fermiers et des prédicateurs, des sculpteurs sur bois et des prostituées, des rastafaris et des chrétiens et des païens, qui voyait toutes ces classes de gens et ne pouvait pas regarder plus loin. Le rêveur américain, pour la première fois de sa vie, s'était retrouvé vraiment tout seul.

Auparavant, la solitude avait été abstraite et digne d'éloge. Elle avait même constitué une source d'orgueil et une sorte de métaphore vécue de certaines de ses croyances philosophiques. Oh, certes, la solitude avait toujours été une chose pénible, mais dans le passé il avait admiré la douleur qu'elle lui infligeait. Maintenant, pour la première fois, il en avait honte. Il lui semblait que c'était un état qu'il s'était imposé par sa peur et sa faiblesse. Assez honnête pour s'avouer sa peur des Noirs, assez intelligent et sensible pour comprendre qu'il ne pouvait pas savoir ce que c'était que d'être quelqu'un dont il avait peur, il était aussi trop faible de volonté pour ne pas chercher à plaire à des gens qu'il exécrait mais qu'il ne craignait pas. Jusqu'à présent il avait évité d'assumer les positions morales d'amour et de haine ; il s'était contenté d'approuver ou de désapprouver, comme une sorte de juge confortablement installé à l'abri des actes des hommes et des femmes de la terre. Il s'était contenté d'approuver les Noirs pauvres, les Marrons, les boutiquiers et les petits fermiers d'Anchovy ; et il s'était contenté de désapprouver les Blancs, les ploutocrates de Reading, les fonctionnaires noirs et les touristes à la fois innocents et cupides. Et c'était cela qui l'avait conduit à éprouver une colère si profonde face à son isolement.

Puis, en enjambant la crête de la colline là où la brousse semblait cesser, j'ai vu, moi qui étais cet homme, une maison baignée de lumière de lune devant moi, une construction de planches et de stuc abandonnée et tombant rapidement en ruine. Elle ressemblait à ma propre villa de l'autre côté de la vallée, à trois kilomètres de là, avec des terrasses et des patios, un toit de tuiles orange, des allées et des jardins de fleurs sur des pierres, la différence étant que la jungle était en train de la submerger. Des lianes et des plantes grimpantes s'accrochaient aux murs et s'insinuaient dans les gouttières, les fissures et les trous, faisant sauter hors des murs l'encadrement des portes et les traverses des fenêtres. Des blocs de caillasse et de roche calcaire, détachés et entraînés par des années de pluie, s'étaient amoncelés sur la sortie de garage et le long des allées du jardin. Une brise légère montait de la mer, sans rien qui l'arrête depuis la baie de Montego, à travers une douzaine de kilomètres de jungle, de collines et de falaises dans tous les sens.

J'ai lentement contourné la maison pour arriver à la terrasse en face d'où on avait une vue ouverte et calme de la mer des Caraïbes noire et luisante. A l'ouest, dans l'étreinte recourbée d'un bras de terre, brillait un groupe de lumières : Montego Bay. A ma gauche, sur la même crête, était perché le domaine des Church ; vers ma droite, la colline descendait lentement vers la large plaine côtière avant la baie ; derrière moi, à quelques kilomètres à travers la jungle bosselée, se trouvaient le village d'Anchovy et la route étroite qui, dans un sens, passait par Seven Mile pour aller à Reading, et, dans l'autre, menait à l'intérieur dans le pays Cockpit jusqu'à Nyamkopong. Faisant quelques pas sur la terrasse fissurée, du côté mer de la villa abandonnée — ses propriétaires ayant sans doute fui vers le Canada ou Miami avec leur argent et leurs objets de valeur, comme les propriétaires de la mienne —, je suis arrivé jusqu'au bord où un mur de soutien plongeait dans la jungle trois ou quatre mètres plus bas. Et, en réfléchissant profondément, j'ai décidé de dédaigner les West, les Church et tous leurs semblables, et d'aimer un peuple que je risquais de ne jamais comprendre et dont je ne ferais jamais partie. J'ai alors quitté la maison en ruine surplombant la mer, et je suis rentré d'un pas rapide à travers l'obscurité et la jungle dans ma propre maison où ma femme et mes enfants se retournaient silencieusement dans leurs lits en faisant des rêves où ils se voyaient les uns les autres et me voyaient aussi, chez nous dans le New Hampshire.

Le mardi 6 janvier était une journée chaude et ensoleillée après plusieurs jours de pluie fraîche. Les cours en terre de Nyamkopong, le terrain de sport devant l'école, ainsi que les allées et les chemins étaient en train de sécher lorsque je suis arrivé avec ma famille. Des centaines de voitures, pour la plupart des grosses américaines cabossées et rafistolées, datant d'au moins dix ans, étaient venues de Kingston et bordaient les deux côtés de la route sur toute la longueur du village, depuis la maison du colonel jusqu'à l'école où on avait monté sur le terrain de sport un manège en bois fait d'un mât et de cordes. Une machine primitive qui, avec quelques modifications, aurait pu servir à moudre du blé ; elle était actionnée par quatre jeunes hommes musclés qui couraient en cercle autour du grand mât et poussaient les quatre bras de deux axes qui y étaient fixés à hauteur de taille. Le poteau central, dont la base reposait sur un socle creusé dans le sol, portait en son faîte quatre axes plus longs d'où pendaient quatre balançoires montées sur cordes. Les bébés et les petits enfants payaient dix cents chacun pour trente ou quarante tours sur cette machine mue à bras d'homme. Et on voyait le visage des enfants tantôt s'ouvrir de ravissement, tantôt se crisper de peur à cause de la hauteur et de la vitesse de rotation.

Nous sommes arrivés en milieu de matinée, et la ville était une foule ininterrompue de gens et de bruits, de nourriture, de rhum, avec l'odeur de ganja en train de se consumer et le martèlement assourdissant du reggae venant de la sono du Chinois et de celle de Rubber, l'ami de Terron, près de laquelle ce dernier avait installé un stand pour vendre ce qu'il appelait des plats *Ital*, c'est-à-dire de la cuisine rastafari faite de purée de légumes sans sel dans de la noix de coco hachée menue et du riz guyanais bouilli. Devant son stand, une douzaine ou plus de frères à mèches rasta s'étaient rassemblés pour manger dans des calebasses. Derrière l'étal en bois, le maître du bavardage tenait audience et argumentait avec ses frères en religion, tandis qu'à côté de lui son ami Rubber, dégingandé et défoncé, le visage doux, laissait tomber les 45 tours les uns après les autres sur la platine. Il avait poussé si fort les basses de son ampli — loué à un marchand de grains de Maggotty, un commerçant venu d'Inde et qui avait investi un peu de son capital disponible dans du matériel hi-fi qu'il louait à d'autres aspirants capitalistes comme Rubber — qu'on en avait les côtes qui vibraient quand on passait devant le groupe d'énormes baffles surélevés. Rubber avait disposé ses haut-parleurs stratégiquement, du moins semblait-il le croire, à l'entrée d'une piste de danse en terre battue clôturée par des plaques de tôle ondulée au rebut. Il avait eu dans l'idée de faire payer l'accès à la piste, mais jusqu'à présent ne se trouvaient à l'intérieur que six ou huit garçons, des adolescents, probablement amis de Rubber et sans doute entrés gratuitement, qui sautillaient et se contorsionnaient seuls en musique à un bout de l'enceinte, leur visage perdu dans la pression éblouissante de la musique, leur corps submergé par le battement sans relâche. Et ce rythme agissait tout aussi efficacement sur ceux qui se tenaient à l'extérieur, sur le chemin, en observant la foule : des ados, filles et garçons, à la recherche les uns des autres ; des filous experts aux cartes ; des escrocs de tours de magie, avec leur table de jeu accrochée aux épaules et à la taille, essayant de repérer des joueurs dans la foule ; des mères à la poursuite de leurs enfants ; des rastas à l'œil froid qui jetaient un regard à travers la brume de leur mysticisme pour trouver une « discussion » et un joint de ganja ; des enfants du pays bien nourris, remontés de Kingston dans leurs habits neufs et s'attendant à trouver quelques vieilles connaissances qui les admireraient et les envieraient ; des vieillards ivres de rhum et la bouche pleine de paroles agressives, passant la foule au crible pour y trouver des alliés et des adversaires ; une équipe de techniciens et de cameramen de la télé nationale de Kingston, très chic et portant des Levi's, qui promenait leur regard emprunté à New York ou à Londres pour réaliser du métrage sur des Jamaïquains qu'on montrerait à d'autres Jamaïquains, à ceux de Kingston et de Montego Bay qui se trouvaient avoir la télévision, à des Jamaïquains venus d'Inde ou de Chine, ou bruns de peau, ou blancs, dont un certain nombre étaient présents aujourd'hui à Nyamkopong, habillés comme leurs semblables de Miami, en manches courtes et lunettes de soleil, curieux, un peu gênés par la ferveur imprégnée de sueur de la multitude, par son ébriété, les couleurs bigarrées et la petite délinquance qui semblait fleurir ici comme nulle part ailleurs, des Jamaïquains des classes moyennes, à la fois contents et fiers du caractère nettement jamaïquain de la foule, mais espérant aussi être perçus comme séparés et distincts d'elle, de sorte qu'en passant devant le stand de Terron, par exemple, ces gens montraient du doigt le groupe de frères rassemblés et expliquaient à leurs femmes bien habillées les particularités du régime sans sel, sans porc, souvent sans viande, et le respect religieux des rastafaris pour la noix de coco qu'ils appellent « noix de terreur », et c'était comme s'ils se promenaient dans un musée en détaillant pour leurs femmes les significations de certaines sculptures parmi les plus inhabituelles.

Mais un musée était bien la dernière chose à laquelle ressemblait cette célébration de l'anniversaire de Cudjoe, le grand chef marron. On était plus près d'une fête de campagne médiévale que de n'importe quoi d'autre, un rite du milieu de l'hiver visant à réamorcer le cercle du temps comme le manège de bric et de broc — mais efficace — dans la cour de l'école, un instrument millénaire élaboré pour soulager l'homme de la pesanteur et de la brièveté de l'enfance, un cercle qui s'opposait à la ligne droite, sans brisure, du temps.

C'était un jour de cercles et de tours. Nul n'aurait pu être persuadé de faire la queue : les gens se rassemblaient en nœuds et en grumeaux, se déplaçaient comme des spirales et des roues, dansaient sur les pistes de Rubber et du Chinois au son amplifié du reggae. Les filles et les garçons se tournaient autour en orbites qui coupaient d'autres orbites et se nouaient à elles. Dans la cour de l'école, des enfants jouaient en rond comme autrefois et chantaient des comptines de l'Angleterre du XVIIe siècle et d'une Afrique éternelle. Dans les boutiques, des hommes en groupes de quatre se faisaient face de part et d'autre en carré et abattaient bruyamment leurs dominos en ivoire sur la table pendant que ceux qui s'acharnaient à leur donner leur avis et les autres spectateurs rôdaient derrière eux en buvant du rhum et en prenant des paris. Au-delà de l'école, en descendant un peu dans la brousse jusqu'à une clairière sous un grand arbre à coton, une centaine ou plus de villageois reprenaient les vieilles danses des Marrons au son des tambours *gombay* carrés, en peau de bique, et ils formaient un cercle énorme, allant en s'épaississant, d'êtres humains bras dessus, bras dessous, dont les pieds se relevaient et s'abaissaient, avançaient et reculaient, dans une version assez rude et fascinante des danses plus stylisées et individuelles pratiquées par les amateurs de reggae là-haut sur la route.

A un certain moment, après avoir pris un peu de repos près des danseurs de l'arbre à coton, j'ai aperçu le vieux M. Mann qui descendait le sentier venant de l'école. Il était vêtu d'un costume sombre et d'une cravate large et fleurie, avec son chapeau de feutre mou bien enfoncé sur la tête, et il portait sous le bras un épais registre. Marchant prudemment, regardant où il mettait les pieds sur le sentier caillouteux, saluant tous ceux qu'il croisait, il s'est rapidement fondu dans la foule des danseurs avant de réapparaître au centre, plongeant et refaisant surface, se déplaçant en parfait accord dynamique avec le rythme des tambours. Bien que je me sois placé à l'extérieur du cercle de danse, le vieil homme m'a repéré et m'a envoyé un large sourire. Du coup, un bon nombre de danseurs ont suivi son regard ; quelques-uns ont froncé les sourcils en me voyant, d'autres ont souri comme lui, puis tous se sont retournés avec détermination vers le centre du cercle.

Mes enfants montaient sur le manège de l'école à tour de rôle tandis que leur mère et leur tante les surveillaient et les photographiaient. Un peu plus tôt, Terron nous avait fait signe de venir dans son groupe de frères à son stand de nourriture où il faisait passer des joints de ganja avec des bols de calalous *Ital* et de riz tout en psalmodiant des inventions rasta et des versets bibliques apocryphes devant nos visages médusés, nous faisant tournoyer de plus en plus vite avec son mélange de sons jusqu'à ce que le tourbillon nous emporte au loin et que nous agitions nos mains en promettant de revenir bientôt. Et maintenant que je me trouvais graduellement entraîné dans l'immense foule de danseurs qui tournaient lentement près de l'arbre à coton, je me suis souvenu de l'histoire de M. Mann sur Christophe Colomb et sir Francis Drake et les deux Élisabeth qui n'en faisaient qu'une, les Africains qui étaient à la fois esclaves et guerriers, et je me suis rendu compte que j'avais tout compris de travers : j'avais cru qu'il inventait l'histoire. Il ne m'était pas venu à l'esprit qu'il disait la vérité.

Et puis je me suis vite trouvé en train de danser moi aussi, parce qu'une vieille femme à mon côté et un gros homme de l'autre avaient tous deux passé un bras autour de moi, et mes bras s'étaient placés autour d'eux, de telle sorte que j'étais à mon tour face au centre où dansait M. Mann qui tenait toujours fermement son registre et qui avait son chapeau bien enfoncé sur le crâne. Mais il transpirait, à présent, nous transpirions tous, certains avec un grand sourire, d'autres avec l'air renfrogné, d'autres encore avec des grimaces de passion intense au moment où de temps à autre un des danseurs pris de convulsions s'écroulait au sol, les yeux révulsés, son corps rigide parcouru de frissons. Et ceux qui se tenaient près de l'homme tombé reculaient de quelques pas en continuant leur danse tandis que les tambours nous emplissaient la tête et le corps de coups qui mettaient lentement nos cœurs à leur cadence, le sang nous remontait derrière les oreilles et descendait dans la gorge avec les mêmes battements, parcourant tout notre organisme en cercles rapides et rythmés, jusqu'à ce qu'il fût évident que ce jour ne pouvait plus connaître de fin, ni cette heure, ni même cette seconde où l'on prenait conscience de l'arbre immense sur nos têtes et du ciel qui tournait au-dessus des branches, de la foule qui se déplaçait comme une nébuleuse en spirale vers un centre immobile où un vieillard souriant tenait un registre dans ses mains et balançait la tête en approuvant, dansant sur place, nous regardant l'observer, comme si tout cela était le cadeau qu'il nous faisait et si tout son plaisir n'était que le plaisir que nous tirions de lui.

2

Lorsque j'ai quitté la Jamaïque à la mi-février, Terron Musgrave, le maître du bavardage, était déjà devenu mon ami. Quant à M. Mann, il semblait avoir consenti à m'accorder son enseignement, bien que je ne comprenne toujours pas qui l'avait choisi pour cela ou ce qu'il pouvait bien être censé m'enseigner. Peut-être avait-il seulement accepté de devenir mon ami et m'étais-je rendu compte que pour le payer de retour, pour devenir *son* ami, je serais obligé d'apprendre auprès de lui des choses dont je n'avais pas la moindre idée. De toute façon, le vieil homme m'appelait désormais son fils bien que je m'adresse toujours à lui par « monsieur Mann ». Lors de ma dernière visite à Nyamkopong, quelques jours avant que je parte de l'île, il m'a dit de revenir vite à Nyamkopong, seul, et d'habiter avec lui dans sa maison. Vous verrez ce que vous voulez voir, m'a-t-il assuré avec un grand sourire.

Terron, qui, après ce 6 janvier, s'était pratiquement installé avec moi et ma famille dans l'enceinte des Church à Anchovy, est venu avec nous en voiture à l'aéroport pour nous souhaiter bon voyage de la main, comme on dit à la Jamaïque. Je reviendrai en avril, lui ai-je promis. Et nous visiterons les autres villages des Marrons dans l'Est. Il a accepté. Je lui ai proposé de le payer pour m'accompagner, mais il a déclaré qu'il viendrait avec moi de toute façon. Le payer, a-t-il expliqué, était mon affaire, pas la sienne.

J'avais pour projet de passer unc semaine à Nyamkopong chez M. Mann, puis de me rendre en voiture dans les trois autres villages, Moore Town, Charles Town et Gordon Hall, dans les montagnes à l'autre bout de l'île. Mon plan plaisait à Terron parce qu'il n'avait jamais vu aucun de ces trois autres villages, et il ne connaissait personne qui les eût visités tous les quatre. Il les appelait les « villes africaines ».

Je me rappelle l'avoir encore entrevu sur l'aire d'adieux du terminal alors que l'avion roulait sur la piste — il se tenait à la balustrade au milieu de la foule, un tout petit homme avec un béret rouge, vert et jaune qui se gonflait sur sa tête et une barbe comme celle de Nabuchodonosor qui partait en s'élargissant de ses joues et de son menton. Entouré de Jamaïquains, de quelques Américains et d'autres Blancs qui remuaient frénétiquement les bras en direction des hublots opaques de l'énorme avion à réaction, il se tenait debout, ses bras épais croisés sur sa poitrine, et son refus d'agiter la main semblait lumineux et digne par contraste avec l'insistance des autres à lancer des saluts vers ce qu'ils ne pouvaient pas distinguer — mais il fallait bien qu'on les remarque, eux, en train de faire au revoir.

Je l'ai revu ensuite en passant la douane en avril, lorsque je suis revenu seul comme je l'avais promis pour trois semaines de ce qu'il appelait du « vagaboundage ». Il se trouvait à nouveau dans une cohue excitée de Jamaïquains, d'Américains et d'autres Blancs qui agitaient joyeusement les bras pour accueillir des parents ou des invités de retour. Mais une fois de plus il n'a pas voulu faire signe à des gens qu'il ne pouvait pas voir ou appeler et qui ne pouvaient non plus l'entendre. Lorsque je me suis trouvé assez près pour qu'il soit en mesure de me toucher, il m'a gratifié de sa vieille poignée de main façon *black power* et m'a déclaré de sa voix profonde : Un cœur, un amour, frère — un salut que je n'ai jamais essayé d'imiter sans me sentir bête et pompeux, et que j'ai donc abandonné après les premières tentatives. Il en allait toujours ainsi, pour moi, avec les rastafaris. Leur langue exprimait si directement leur vision que, du fait que je ne pouvais partager cette vision, je me trouvais toujours idiot quand j'essayais d'utiliser leurs tournures et leurs expressions. Le patois impliquait autre chose. C'était la langue qu'utilisaient le plus naturellement et le plus confortablement les gens chez qui je voyageais, et ne pas essayer de l'apprendre et de le parler avec eux constituait une sorte d'impolitesse. Je ne sais pas comment Terron, Rubber et les autres que j'ai pu connaître et aimer ont perçu mon refus de me joindre à l'incantation du parler rasta, mais pour moi c'était un simple geste de respect.

Après avoir lancé ma valise dans la malle de la Toyota de location, une version jaune mais assez cabossée de la voiture que j'avais louée quatre mois plus tôt, nous avons rapidement quitté l'aéroport et nous sommes sortis de Montego Bay par une route sinueuse, laissant derrière nous les fumées d'échappement et les cris de la ville, et nous nous sommes vite trouvés en pays Cockpit. La route de Montego Bay à Nyamkopong, jusqu'au village carrefour de Mocho situé au cœur du pays Cockpit, diffère de celle que j'avais prise régulièrement en partant de ma maison d'Anchovy en janvier et février. Elle est plus grandiose et s'élève plus abruptement au-dessus de la côte, suivant de plus près le déplacement des troupes britanniques contre les anciens Marrons depuis l'embarcadère de Montego Bay jusqu'à l'intérieur.

Une fois dépassé Welcome Hall, à une heure de conduite soutenue de Montego Bay, nous entrons dans le vieux territoire des Marrons, théâtre de la deuxième guerre des Marrons de 1795 et 1796, celle qu'ils ont perdue. En réalité, ce sont leurs troupes qui l'ont perdue, les combattants issus du territoire de Maroon Town, dans la paroisse de Saint James. Ceux de

Nyamkopong avaient refusé de se joindre à leurs frères de Saint James qui étaient partis en guerre contre les Britanniques, non pour échapper à l'esclavage, mais à cause de violations flagrantes du traité de 1738 ; et la cassure entre les deux groupes, l'abîme divisant leur psychisme collectif, se sont pleinement révélés à cette occasion et ne se sont pas refermés jusqu'à aujourd'hui. C'est l'écart entre ceux qui considéraient le peuple marron comme un État à part en Jamaïque et ceux qui souhaitaient s'accommoder de l'entité nationale plus vaste et s'y assimiler. C'était la division entre ceux qui s'estimaient africains et ceux qui se voyaient comme des anciens esclaves, entre ceux qui étaient reconnaissants d'avoir l'occasion de mener une guerre et ceux qui priaient pour la paix, entre les révoltés qui jugeaient leur rébellion (de même qu'auparavant leur esclavage) comme déterminée par la race, et les chasseurs de primes qui, à la suite du traité, avaient traqué avec ardeur les esclaves fugitifs que ni les soldats anglais ni les planteurs n'arrivaient à débusquer dans la jungle. C'était la différence entre l'*obeah* et le christianisme, et, vu de près, c'était ce qui séparait les deux vieux chefs de Nyamkopong, M. Mann et le colonel Martin Luther Phelps.

Cette deuxième guerre des Marrons avait constitué un désastre pour les Marrons de Saint James. Abandonnés par leurs frères de Nyamkopong et complètement ignorés des Marrons de l'Est, ils étaient tombés dans une lutte sans espoir contre l'armée britannique et s'étaient vite retrouvés enchaînés sur un navire à destination de la Nouvelle-Écosse. De là on les avait rembarqués pour les expédier, sans ironie, en Afrique, car au Canada ils avaient refusé d'être traités autrement que comme des prisonniers de guerre. La population blanche de Nouvelle-Écosse ne voulait pas entendre parler d'un demi-millier de prisonniers de guerre noirs, des sauvages, hommes, femmes et enfants arrivant des jungles de la Caraïbe, aussi les Anglais ont-ils baissé les bras et abandonné leurs prisonniers dans la Sierra Leone, en

Afrique occidentale, où il semblait enfin que leur insistance à se proclamer indépendants des lois britanniques ne contaminerait pas d'autres Noirs innocents de cette croyance. C'est une vieille technique britannique, et quand on se rappelle le sort de la nation cherokee, on voit qu'elle est aussi américaine et qu'en général elle marche.

Après quoi les Marrons encore à la Jamaïque ont souvent agi en mercenaires spécialistes de la traque aux esclaves échappés dans la brousse. En récompense, et parce que leurs terres ne convenaient pas à la culture de la canne à sucre, les Britanniques les ont laissés tranquilles, leur permettant de survivre comme si aucun gouvernement à Londres ou à Kingston n'exerçait d'autorité sur eux. Cela jusqu'à une date récente où le fait que quelques Marrons aient proclamé leur immunité face à la loi jamaïquaine interdisant de cultiver et de vendre de la ganja — une culture qui procure des revenus non négligeables surtout aux gens de Nyamkopong — les a conduits à un âpre conflit ouvert avec les autorités extérieures. Et cette bataille a ravivé la vieille division. Le colonel Phelps était un ami de la police de l'agglomération voisine de Maggotty qui, d'après le traité, n'avait pas le droit de poursuivre des Marrons pour autre chose que pour des crimes passibles de la peine de mort. Alors que M. Mann, comme me l'a appris Terron, avait fait un court séjour en prison à Spanish Town quelques années plus tôt pour avoir aidé à charger sept balles de ganja dans un petit avion Cessna. La moitié des Marrons croyaient que leurs relations avec le gouvernement de la Jamaïque — depuis l'indépendance comme au temps de la domination britannique — étaient définies par le traité de 1738-1739 ; les autres ne pensaient strictement qu'en termes de pouvoir et espéraient surtout préserver le statut qui les exemptait d'impôts, en échange de quoi ils étaient prêts à faire à peu près tout ce que le gouvernement leur demandait. Le colonel Phelps représentait cette dernière faction. M. Mann, qui en réalité avait été colonel lui-même avant son arrestation pour trafic de ganja, symbolisait la première.

Pourtant, et ce n'est peut-être pas étonnant, cette cassure dans l'histoire des Marrons, et dans le sens qu'ils avaient de leur identité, m'avait été révélée, non à la Jamaïque, mais aux États-Unis, à l'Athenaeum de Boston où je lisais Dallas, Long et Edwards. Une fois par semaine je descendais du New Hampshire en voiture pour passer une journée avec les textes que Carey Robinson avait utilisés comme sources pour son livre. Je ne les lisais pas tant pour savoir ce qu'il avait laissé de côté (peu de chose, pour ce qui était strictement de l'histoire des Marrons) que pour découvrir les réponses aux questions que son compte rendu et que la réalité actuelle des Marrons — pour autant que je la comprenne — avaient suscitées dans mon esprit. C'est ainsi que j'ai voulu savoir pourquoi Juan de Bolas, le premier chef marron dont le nom soit officiellement retenu et donc peut-être le premier chef marron d'importance après que les Britanniques eurent enlevé l'île aux Espagnols en 1655, s'était placé, lui et les Marrons qu'il commandait, sous l'autorité des Anglais. Il avait ensuite aidé ces mêmes Anglais à exterminer les Marrons restants, ceux qui, dans les montagnes et le pays Cockpit, continuaient à profiter de la liberté qu'ils avaient conquise en se battant contre les Anglais avec Ysassi et l'arrière-garde espagnole. Lorsque Bolas passa du côté britannique, Ysassi fut obligé de fuir pour Cuba, laissant les guérilleros qui n'étaient pas partis avec Bolas se cacher dans les montagnes et les *cockpits* où nul autre qu'eux n'était capable de survivre et même de prospérer. Car c'est ce qu'ils firent, non sans organiser des descentes occasionnelles dans les plaines côtières où ils pillaient les plantations devenues anglaises, se ravitaillant en munitions, en sel et autres denrées nécessaires. Au passage ils libéraient aussi quelques esclaves. Et bien sûr, du fait qu'ils prospéraient là-haut dans cette jungle sans chemins, comme les cochons redevenus sauvages dont on leur avait attribué le nom et qu'ils chassaient d'ailleurs avec grand succès, ils pouvaient donner asile aux esclaves qui avaient réussi à fuir par leurs propres moyens le système barbare des plantations que les Britanniques avaient mis au point pour produire du sucre. Leur réussite, pour les Britanniques, signifiait qu'ils devaient être exterminés.

Ils ont d'abord essayé de persuader les Marrons de descendre d'eux-mêmes, et, pour ce faire, ils ont proclamé la liberté sous le régime des lois anglaises et le droit de s'installer sur les terrains de n'importe quelle région de l'île. Mais à cette époque la liberté sous le régime des lois anglaises signifiait la conscription dans les forces armées britanniques pendant toute la durée de la campagne menée contre les autres Marrons. Tel était l'accord que Juan de Bolas avait accepté pour lui-même et pour deux cents de ses hommes en février 1660 lorsqu'il restait des Espagnols à combattre : Bolas, ou Lobolo d'après son nom africain, avait échangé la liberté dans la loi marronne contre la liberté dans la loi anglaise, la règle noire tribale contre la règle blanche impériale, la loi de propriété commune contre la loi de propriété privée. Juan Lobolo, cependant, est tombé dans une embuscade tendue par ces mêmes Marrons contre lesquels il avait promis de mener les Anglais dès qu'on serait venu à bout de la menace que constituaient les anciens hommes en guenilles d'Ysassi, et son corps a été dépecé. La plupart de ses deux cents partisans sont vite retournés dans la communauté marronne ; les autres ont nié avoir jamais été des Marrons et se sont joints au petit groupe des « affranchis » de Montego Bay, de Port Royal et de Spanish Town, y disparaissant aussi radicalement que leurs frères l'avaient fait dans la brousse.

La prise de position de Juan Lobolo m'avait fasciné, de même que le comportement du grand Cudjoe que les historiens anglais ont plus tard décrit avec enthousiasme comme docile et soumis lorsque, en 1738-1739, il a finalement accepté de faire la paix avec son adversaire, le colonel John Guthrie. Bien que le traité fût vite accusé par un grand nombre de planteurs et de politiciens d'organiser une reddition abjecte et humiliante à ces sauvages noirs, le document plaçait en réalité les Marrons sous le contrôle colonial du gouvernement britannique. Il leur accordait cependant d'être des hommes libres avec leur territoire et leurs lois, leur propre code judiciaire et pénal (sauf pour les crimes punis de mort ou les crimes contre les non-Marrons), et leurs chefs locaux librement élus. Il s'agissait bien d'un traité de paix sans aucune mention de reddition. Pourtant Cudjoe était sorti de son enclave et s'était prosterné devant l'homme qui était venu lui demander la paix, il avait rampé à ses pieds et l'avait imploré de lui donner son pardon personnel. Pourquoi avait-il fait cela ? N'avait-il aucune idée de la grandeur de ce qu'il avait accompli ? Même Carey Robinson s'est interrogé là-dessus.

Et cinquante ans plus tard, lorsque les Britanniques avaient violé le traité de Cudjoe de façon flagrante en faisant fouetter publiquement deux Marrons de Saint James qui avaient volé deux porcs, l'affront n'avait été ressenti que par les Marrons des environs de Flagstaff et de Maroon Town qui s'appelait alors Trelawny Town. A Nyamkopong, les gens avaient fermé les yeux et s'étaient tenus tranquilles. La deuxième guerre des Marrons avait éclaté à cause du refus des Britanniques de laisser les Marrons exprimer leur indignation, d'abord pacifiquement, puis de manière de plus en plus violente. Et cette guerre avait divisé le pays Cockpit en deux. La moitié qui s'était opposée aux Anglais en voulant faire respecter le traité qui lui donnait le droit de juger et de punir ses propres délinquants avait été littéralement rayée de la carte. Ceux de l'autre moitié, qui n'avaient pas voulu voir la perfidie britannique, furent autorisés à vivre comme avant, encouragés à se comporter en mercenaires et en chasseurs de primes auxquels on faisait régulièrement appel en cas de crise — c'est-à-dire chaque fois qu'un esclave réussissait à atteindre la brousse — et furent tout aussi régulièrement félicités par le corps législatif pour services courageux et fidèles rendus au roi d'Angleterre. Ils poursuivirent même et abattirent Jack Trois-Doigts, un esclave fugitif du début du XIXe siècle qui s'était transformé en maraudeur dans les collines derrière Kingston. Il arrêtait les diligences sur la route de Port Antonio mais ne tuait que les hommes blancs, laissant la vie sauve aux femmes, aux enfants et à tous les Noirs. C'était un terroriste que les Marrons de Moore Town eurent la fierté de traquer et de tuer, après quoi ils portèrent sa tête et sa main droite qui n'avait que trois doigts dans un seau de rhum jusqu'à Spanish Town où ils l'offrirent au gouverneur.

En Nouvelle-Angleterre, de février à avril de cette année-là, j'ai passé chaque semaine un long et sombre après-midi dans l'Athenaeum de Boston, et la plupart de mes nuits dans ma maison du New Hampshire, à fouiller les vieux rapports concernant ce peuple. Et je n'arrêtais pas de tomber sur la division entre ceux qui s'étaient pliés à la loi britannique, apparemment reconnaissants pour la « liberté » qu'elle leur accordait, et ceux qui croyaient (et persévéraient dans leur croyance jusqu'à en devenir des martyrs) que leur liberté ne pouvait être que celle de vivre sous la loi marronne. De mon point de vue très éloigné, je ne pouvais pas comprendre comment, s'ils ne s'étaient pas opposés entre eux, on aurait pu les obliger à accepter les violations de leur traité. Je pensais alors que c'était leur manque d'unité qui avait rendu leur résignation inévitable. Et leur gratitude apparente pour l'autorité britannique, l'attitude abjecte de Cudjoe envers l'homme qui était venu chercher une paix dans l'honneur, ainsi que leur empressement lorsqu'on les avait sollicités pour mater une insurrection d'esclaves qui prenait de l'ampleur en 1832, et, plus tard, pour écraser la rébellion de Morant Bay, sans parler de la trahison de Lobolo et de la traque de Jack Trois-Doigts — ce zèle et cette reconnaissance, le plaisir que semblait leur procurer la satisfaction des Britanniques, tout cela dépassait mon entendement.

J'étais là dans mon fauteuil, chez moi, entouré de livres et de tableaux, avec du Brahms en stéréo et mes enfants qui dormaient paisiblement à l'étage, le vent yankee glacial fouettant la maison dehors tandis qu'à l'intérieur un feu crépitait dans la cheminée et que de temps à autre la chaudière dans le sous-sol se réenclenchait. Ou bien je me trouvais le jeudi après-midi dans la salle de lecture du rez-de-chaussée de l'Athenaeum. Je m'asseyais dans un autre fauteuil, dans l'encorbellement d'un oriel qui donnait sur un cimetière du XVIIe siècle et sur la face arrière d'immeubles de bureaux en brique, de style George V, avec la pluie qui dégoulinait sur la vitre dehors tandis qu'on servait le thé à l'intérieur et que de temps à autre, un homme à cheveux blancs et au visage gris, portant un gilet de laine bleu foncé, toussait légèrement et s'excusait auprès de nous pour cette interruption : j'étais là, assis à lire, et je ne comprenais pas ce que je lisais.

Si on ne veut pas risquer d'endommager sa voiture, on se rend généralement à Nyamkopong en venant par la ville de Maggotty. On traverse les grands champs de canne d'Appleton, puis on monte vite dans les hauts plateaux, les collines bossues du sud-ouest du pays Cockpit, passant d'une route asphaltée à une autre de terre, puis à une piste défoncée qui zigzague et s'élève régulièrement en s'éloignant des terrains plats et brillants qui entourent Maggotty. Après la poignée de cases appelée Whitehall, on entre dans le pays Cockpit proprement dit, avec ses plaques de terre d'un vert intense qui plongent à des angles insensés vers la piste, avec les lèvres de roche calcaire qui s'avancent en moue au-dessus de nous et se creusent dessous, avec des terrasses précautionneuses coincées dans les pentes abruptes où un paysan solitaire, dans des bottes de caoutchouc qui lui montent jusqu'aux genoux, enfonce sa bêche dans la terre rouge et prépare le sol pour les ignames, les oignons des Bermudes, le maïs et les pommes de terre. La piste continue son ascension, avec des virages en épingle à cheveux qui l'éloignent de

Whitehall, à présent. Des petites maisons d'une seule pièce, au toit de chaume ou de tôle ondulée, sont dispersées le long du chemin ou s'élèvent en retrait dans la brousse, inaccessibles si ce n'est par des sentiers en lacet pratiquement verticaux où une femme large, les pieds nus, portant en parfait équilibre sur sa tête un baquet de vingt litres d'eau rempli à la source en bas, monte comme si elle gravissait les marches de pierre d'un temple. Puis, tout à coup, nous sommes entrés dans le village, Terron et moi, nous avons dépassé l'église en parpaings inachevée, les quelques douzaines de maisons, et la poignée de boutiques où les gens debout nous fixaient tandis que des enfants couraient après la Toyota en criant mon nom et pas ma couleur de peau, jusqu'à ce que nous parvenions à la fausse façade bleue, bien connue, de la maison de M. Mann où le cochon fouillait toujours le sol de la cour et où les poules gloussaient en grattant près de la porte. Le petit chien tacheté se tenait en haut des marches et aboyait férocement tandis que nous nous approchions.

Au bout de quelques secondes le vieil homme est apparu, clignant des yeux sous l'éclat du soleil. Nous reconnaissant, il a fait taire le chien et il a écarté les bras pour nous saluer. Après m'avoir donné des baisers mouillés sur les deux joues, il nous a vite fait entrer dans la maison, à l'abri du soleil. Comme toujours il a crié aux garçons d'apporter des chaises, ce qu'ils ont fait en un clin d'œil, et nous nous sommes assis des deux côtés de la longue table où je lui ai offert un litre de rhum blanc et le sac de provisions que j'avais achetées à Maggotty et que je venais de sortir de la voiture. Des États-Unis, j'apportais une torche électrique à cinq piles, le même genre que celle du capitaine West, avec un sachet de piles. C'étaient mes cadeaux au vieil homme.

Lorsque j'ai demandé des nouvelles de sa femme, Devina, il a crié son nom et elle est vite arrivée, une femme toute maigrelette avec la peau marron et qui, bien qu'elle soit d'une réserve presque timide, avait réussi à obtenir de moi, à chacune de mes visites en janvier et février, un don de cinq dollars pour l'église baptiste qu'elle fréquentait. Une fois de plus, sans un mot, elle m'a présenté une carte de dons, jaune et en mauvais état, que j'ai signée consciencieusement avant de la lui rendre avec un billet de cinq dollars. Puis elle a enlevé le sac d'épicerie et elle a disparu silencieusement à l'arrière de la maison.

La partie antérieure de la maison se divisait en deux pièces séparées par un couloir central où nous étions assis. M. Mann dormait dans l'une des chambres, tandis que Devina, leur fille Priscilla avec son bébé, et les trois autres garçons — des petits-fils de M. Mann par une autre de ses filles qui habitait une seule pièce à Kingston dans les jardins de Tivoli — dormaient tous dans l'autre. Depuis le couloir, une porte menait vers l'ancienne construction de clayonnage enduit d'argile, une série de trois petites pièces en enfilade. Un des fils de M. Mann, Jake, dormait dans la première avec sa femme Greta ; la deuxième était vide parce que le plancher avait pourri et laissait voir au-dessous le sol boueux où les poules venaient se blottir la nuit et lorsqu'il pleuvait ; dans la troisième, M. Mann et les siens avaient entassé, enfoui, dressé et jeté tous les articles qui avaient besoin d'être réparés ou qu'on estimait utiles pour des réparations : de vieilles portes, des demi-feuilles de tôle ondulée, des barils défoncés, un sac de vingt-cinq kilos de ciment Portland qui avait pris la pluie et, de poudre, s'était transformé en pierre, des chaises où manquaient un pied ou plus, des cadres à tableaux cassés, une roue de bicyclette voilée, un long chevron, un bout de chaîne. Cette partie de la maison était montée sur de courts pilotis, comme la plupart des autres constructions de Nyamkopong, et elle était perchée plus ou moins horizontalement à un mètre à peu près du sol rocailleux et pentu. A l'arrière, deux ou trois mètres après la porte du fond, se trouvait l'abri de cuisine où Devina allumait à présent le feu pour faire cuire le bar que j'avais acheté à un marchand ambulant de Maggotty quand je m'étais arrêté pour les provisions. Il était rare de pouvoir trouver du poisson relativement frais à cette distance de la côte, et le prix en était élevé. Devina avait empoigné le bar et, encore dans le couloir, l'avait extrait du sac en lui jetant un rapide coup d'œil approbateur. Puis, dehors, elle l'avait prestement vidé, écaillé et découpé en filets, gardant la tête et les entrailles pour la soupe et faisant flamber le feu dans le foyer de pierre qui lui arrivait jusqu'à la taille. Il n'y avait pas de cheminée, pas même de trou dans le toit pour la fumée qui avait toute latitude pour s'enrouler autour de la cuisinière avant de sortir lentement, sauf s'il y avait du vent, par les côtés ouverts. De fait, le tout ne mesurait guère plus de trois ou quatre mètres carrés : un toit de tôle incliné sur des piquets au-dessus d'un foyer de pierre brute avec des poêles et des casseroles noircies, et deux ou trois bidons d'eau de quatre litres sur le sol à proximité.

Pour des raisons que je n'ai d'abord pas pu éclaircir, j'avais d'emblée préféré me trouver dans la partie arrière de la maison de M. Mann, ou dans l'abri servant de cuisine, plutôt que devant, assis à la longue table dans l'étroit couloir. C'étaient peut-être les murs de parpaings qui me répugnaient, leur densité et leur façon de nous couper de la lumière et des couleurs du dehors. A l'arrière, les trous dans les murs laissaient des rais de lumière tomber au hasard dans les pièces, et les poteaux de soutien mal dégrossis, coupés et nettoyés à la machette un siècle auparavant, me procuraient une certaine sensation de réconfort. La maison de Terron était pareille, bien qu'il l'eût construite depuis à peine dix ans, quand sa *lourde* femme s'était trouvée enceinte pour la première fois — une pièce, deux portes, une paire de minuscules fenêtres sans vitres mais munies de volets affaissés aux gonds de cuir qu'il tirait la nuit. C'était le genre d'habitation qui révélait instantanément son mode de construction et le plaisir que le bâtisseur avait tiré de son action. Cette construction penchée, disposée au petit bonheur, faite de bric et de broc, réalisée sans niveau ni équerre et avec trop peu de clous de récupération, dont la taille et la forme étaient à un cheveu près celles des cases que les Marrons avaient élevées ici même deux siècles auparavant, cette construction, donc, aurait abasourdi et peut-être scandalisé mes voisins et les hommes de ma famille du New Hampshire. Rien ici n'était carré ou, comme mon père se plaisait à le dire, vrai. Aucune de ces habitations, même si plusieurs d'entre elles étaient assez anciennes pour avoir vu passer quatre générations ou davantage portant le même nom, ne paraissait pouvoir résister à une seule saison de pluie. Sauf les maisons de parpaings, bien entendu. Mes voisins du New Hampshire, comme mon père et mes oncles, auraient eu du respect pour ces dernières ; ils auraient compris leur robustesse rationnelle, leur géométrie et leur physique, bien que les couleurs rose, orange ou bleu éclatant leur eussent paru un peu criardes.

Petit à petit, cependant, j'en étais venu à aimer ces maisons en clayonnage enduit de terre avec leur structure de poteaux de bois, et cela pour de meilleures raisons que pour leur côté pittoresque, indigène. Elles étaient fraîches, dégagées du sol trop fréquemment mouillé et boueux, faciles à modifier par l'ajout d'une fenêtre ou d'une porte, ou par un appentis à l'arrière, et on pouvait les construire avec des matériaux qui poussaient ici, à Nyamkopong, ou qu'on y trouvait dans le sol. Taillez des pieux dans un mapou-baril ou un jeune arbre à coton, attachez-les avec du sisal, prenez de la boue rouge de l'endroit, remplissez et couvrez les fentes et les creux entre les pals, faites du mortier avec de la roche calcaire écrasée et passez un enduit sur l'extérieur, couvrez le toit de chaume, et puis, avec des outils manuels de base, fendez et rabotez quelques rondins et transformez-les en planches pour les volets et les portes, ou, si un plancher de pieux s'avère inconfortable, pour le plancher. Construisez un appentis dans le fond pour la cuisine et, à vingt mètres à flanc de colline, des lieux d'aisance. Portez ensuite sur votre tête, depuis

Maggotty, un vieux matelas double que vous aura vendu pour dix dollars un lointain cousin. Procurez-vous un transistor volé auprès d'un de ces adolescents qui vont à Montego Bay vendre de la ganja, et emménagez. Votre femme aura là son premier enfant, et vous dormirez tous les trois dans le même lit. Quand elle aura son deuxième vous dormirez à quatre. Puis elle aura son troisième, son quatrième, jusqu'à ce qu'à la fin il n'y ait plus de place pour vous dans le lit ni de place dans la maison pour un deuxième lit, et vous commencerez alors à passer vos nuits ailleurs jusqu'à ce que vous puissiez réunir les aides et les quelques dollars qu'il vous faudra pour construire une chambre de plus. Dans cette nouvelle pièce vous ferez coucher les quatre enfants. Votre femme aura son cinquième bébé, et vous, elle et le nouveau-né dormirez dans le vieux lit de la maison originelle. Des années plus tard, votre aînée, une femme à présent avec son propre enfant engendré à Kingston par un joli garçon de dix-huit ans qui fait des courses pour un Chinois opérant dans une loterie, rentrera à la maison à Kingston parce que le père du bébé a été abattu un soir d'une balle dans la tête par la police à l'extérieur d'une boîte de Trench Town. Vous construirez alors un trois-pièces pour elle, pour son bébé, et pour le jeune homme du coin qui viendra emménager avec elle, un jeune costaud qui veut partir pour les États-Unis et qui échafaude sans arrêt des projets dans sa tête en commençant par les pots-de-vin qu'il doit verser à Kingston pour être inscrit sur les listes lui donnant le droit d'aller en Virginie cueillir des pommes pendant six semaines, ce qui lui permettra de ramener assez d'argent pour acheter une moto Honda grâce à laquelle il trouvera un boulot à Maggotty et brisera ce cycle infernal. Il ne veut pas être pour toujours un paysan subsistant sur un lopin de terre, comme vous, et vivre dans une minuscule case de deux ou trois pièces avec cinq enfants ou plus mais sans électricité, ni eau courante, ni meubles en dehors d'un matelas ou deux, un poste de radio à transistors et quelques casseroles noircies. Il ne veut pas casser son corps sur une bêche et une sarclette à faire pousser des ignames et des haricots rouges et quelques carrés de maïs sur une demi-acre de mauvaise terre rouge et avoir juste assez à vendre, au bout du compte, pour acheter le riz qui permettra aux gosses de ne pas s'endormir en ayant encore faim.

Si les maisons de clayonnage racontaient une histoire, celles de parpaings en racontaient une autre. C'était le conte fabuleux de l'arrivée aussi soudaine que longtemps attendue d'une énorme somme d'argent liquide, souvent provenant de l'étranger, d'Angleterre ou des États-Unis, où votre fils a un travail de chauffeur de taxi si ce n'est votre fille qui tient la maison d'une famille riche et blanche de Scarsdale ou d'Arlington. Mais il arrive aussi que l'argent ne puisse arriver de l'étranger parce que votre fils a cinq enfants, ne trouve pas de travail et vit pratiquement en cachette à Roxbury du chèque de l'aide sociale que reçoit sa petite amie américaine ; ou bien c'est votre fille à Londres qui est en train de mourir d'une cirrhose du foie ; et tous les deux promettaient depuis tant d'années de vous envoyer de l'argent sans jamais rien vous expédier de plus qu'un mandat de cinq ou dix dollars pour Noël, que vous avez abandonné tout espoir à leur sujet et vous imaginez leur vie à l'étranger avec une Mustang neuve, des chaussures à cent dollars, des appareils Polaroïd, du champagne et des plongées lentes et gracieuses dans la piscine de l'hôtel.

En ronchonnant à cause de l'ingratitude des enfants, vous permettez aux garçons qui font de la ganja de se servir de votre champ dans la brousse, un bout de terre laborieusement défriché, dégagé, brûlé et cultivé à la main depuis des générations, et ce qu'on y fait pousser ne se voit que du ciel ou après avoir parcouru un vieux sentier pendant une heure à travers une jungle épaisse. Vous prenez donc le risque, vous cultivez vos ignames, votre maïs et vos pommes de terre dans des parcelles où perce le soleil, près de votre maison. C'est un quart de ce que vous auriez pu récolter dans le champ défriché, mais vous laissez les garçons à ganja semer les graines, éclaircir les pousses, couper les bourgeons, amener leur production à pleine maturité gorgée de soleil et de montagne en septembre, l'époque où ils moissonnent. Ils en tirent alors dix ou douze bottes de quatre ou cinq cents kilos chacune qu'ils vous prient de bien vouloir garder pour eux dans votre troisième pièce, puisqu'elle est inoccupée maintenant que votre fille et son troisième bébé sont allés à Maggotty sur la nouvelle Honda du petit ami, lequel s'est trouvé un boulot à couper de la canne à sucre dans le domaine Appleton. Les garçons à ganja vous proposent un quart des douze bottes, et tout ce que vous devez faire c'est les garder à l'intérieur de votre maison, bien protégées par des volets et des clous, à l'abri des garçons du village qui, sinon, en voleraient quelques livres chaque semaine pour les fumer et les vendre aux touristes à Montego Bay, histoire d'avoir un peu d'argent pour boire et s'acheter une nouvelle chemise. Mais il est encore plus important de les mettre à l'abri des autres garçons à ganja du village, des hommes, en fait, qui ont leurs propres contacts à Montego Bay et à Kingston, lesquels ont d'autres contacts à Miami et à New York et peuvent donc commercialiser les douze bottes en rendant ces autres garçons assez riches pour qu'ils puissent s'offrir une Honda neuve ou peut-être aider leur père à construire une maison en parpaings. Il est évident qu'on peut voler, pour cela, et peut-être même taillader quelqu'un au passage à coups de machette. Mais pour la même raison on peut courir le risque d'être taillé en pièces, pour avoir la chance d'encaisser autant de liquide, peut-être mille dollars, et c'est pourquoi vous dites oui, et, par une nuit bien noire vous entassez les bottes dans la petite pièce, vous les empilez jusqu'au plafond, puis vous fermez les volets et les fenêtres en les clouant jusqu'à ce que les garçons à ganja reviennent de Kingston avec leur marché en poche. Alors, une nuit vers une heure du matin ils se présentent à votre porte avec un gros Chinois borgne qui porte une bague à chaque doigt. Vous les aidez à transporter les bottes à travers les *cockpits* jusqu'à un sentier près de Whitehall où le Chinois et un Noir puissamment bâti ont garé un camion de transport de bois avec une niche dans le chargement qui a juste un creux de la taille requise pour engloutir douze bottes de ganja. Si l'homme est un dealer sérieux, c'est-à-dire quelqu'un qui veut rester quelque temps en piste et pas seulement faire un coup lui permettant de s'attaquer à quelque chose de plus ambitieux — comme, disons, monter un bar-restaurant à Ocho Rios —, alors il vous paiera tout de suite, vous et les garçons à ganja, et la torche du Noir éclairera les coupures pendant qu'il les comptera, rien que des billets de cinquante qu'il vous mettra dans la main. Mais si cet homme ne fait cette transaction que pour amasser assez de liquide pour acheter puis revendre une mallette de pistolets venant des États-Unis — ce qui lui procurera le capital nécessaire pour investir dans une boîte de nuit —, alors il se trouvera que le Noir possède un revolver et qu'il le sortira pour vous tenir en respect, vous et les garçons à ganja, pendant que son patron grimpera dans le camion et démarrera. Il montera auprès de son patron et ils s'en iront, vous laissant, vous et les garçons à ganja, à vous haïr mutuellement pour toujours.

M. Mann avait insisté pour que je dorme dans sa chambre, dans la partie en parpaings de la maison, tandis qu'il coucherait, lui, dans une sorte d'antichambre qui lui était accolée et qui n'était guère plus grande qu'une penderie. La pièce qu'il m'avait prêtée était sombre et humide, avec un énorme double lit au milieu qui prenait presque la moitié de la place, le reste étant encombré de piles de vieux livres et de monceaux d'habits, de fleurs en plastique dans des vases, de crucifix en plâtre ébréchés, de cendriers faits de coquillages, d'oreillers-souvenirs, de plaques des chutes du Niagara et de Disneyworld, de morceaux cassés de cristal taillé, de plusieurs radios portatives et d'une autre dans un meuble, de magnétophones, d'ensembles stéréo, le tout avec des piles mortes qui s'oxydaient lentement à l'intérieur. Il y flottait une odeur de kérosène, d'encens et de moisissure de livres et de vêtements. Mais fier de sa chambre, la meilleure de la maison, M. Mann passa outre mon désir de dormir ailleurs — de préférence sur le sol dehors ou sur le plancher dans mon sac de couchage, pour la raison principale que je ne voulais pas le priver de sa chambre — et me persuada par son insistance qu'il se sentirait insulté si je n'acceptais pas son hospitalité. A contrecœur, donc, j'ai déposé ma sacoche et mon duvet au pied du lit, et quand je suis revenu dans le couloir j'ai constaté que Terron était parti pour aller dans sa propre demeure.

C'était la première fois depuis que j'avais fait sa connaissance que je restais seul avec M. Mann. Depuis le début, sans que je m'en rende compte jusqu'à cet instant, Terron avait constitué entre nous un lien qui, d'une certaine façon, me donnait de l'assurance. Bien que Terron fût un homme qu'apparemment je ne pouvais appeler autrement qu'un fanatique religieux ; bien qu'il menât sa vie d'une manière qui m'était encore plus étrangère que celle de M. Mann ; et bien que souvent je fusse arrivé à conclure, presque contre ma volonté, qu'il n'était qu'un arnaqueur rusé de campagne en train d'exploiter mon curieux mélange de culpabilité (le raciste américain en moi) et d'amour pour l'ésotérique (l'intellectuel branché en moi), il semblait malgré tout capable de me prévoir, de connaître bien plus précisément que le vieil homme mes besoins, mes questions et mes inquiétudes. De fait, c'était cette capacité d'anticiper sur moi et le bien-être qu'elle me procurait qui me ramenaient sans cesse à croire qu'il était en train de me rouler. En tant que vieux puritain, je me devais de me méfier de tout ce qui m'apportait du bien-être. M. Mann, en revanche, bien qu'il utilisât un anglais plus proche du mien que Terron, s'exprimait par des coq-à-l'âne, des métaphores, des images tournant autour du sang, de la race et de la famille ; il parlait magie et poison, histoire et rites, d'une façon qui me rendait irritable et anxieux par manque de certitude. Il était loin d'un rastafari : aucune forme aussi idéologique ou aussi consciemment élaborée que cette théologie ne pouvait receler le moindre attrait pour lui, et il persistait à la mésinterpréter, ou du moins me le semblait-il. Il paraissait la considérer comme rien d'autre qu'une forme compréhensible, voire admirable, de rébellion juvénile contre la corruption des aînés. Sa propre théologie consistait, à mes yeux, en un mélange bizarre de protestantisme évangélique, de polythéisme ouest-africain et d'*obeah* caraïbe, ce dernier étant déjà une combinaison des deux premiers apparue aux XVIIIe et XIXe siècles. Et bien que je fusse déterminé, de ma manière ennuyeuse et académique, à démêler les fils et à examiner les mutations, il ne montrait pas d'intérêt évident à m'aider. Probablement ne pouvait-il pas concevoir qu'on puisse même vouloir effectuer un tel tri, et il n'aurait pas été un authentique croyant dans le cas contraire. De plus, le contenu de sa foi — ses termes, sa structure et les relations entre ses éléments — dérivait aussi des zones les plus profondes de mon esprit, de mes propres rêves et visions, de mes désirs et de mes terreurs, du règne oublié mais dix fois millénaire de mon imagination et de mes croyances ancestrales, celles des anciens druides qui pensaient que les pierres étaient sacrées et que le sang ne transportait pas les maladies mais les passions.

Vous verrez ce que vous voulez voir. Je ne cessais de me souvenir de ces paroles que M. Mann m'avaient adressées en février quand j'avais quitté Nyamkopong pour revenir à Anchovy puis aux États-Unis. Jamais Terron ne m'avait rien dit d'aussi menaçant — je ne savais pas s'il était trop gentil ou bien trop malin pour cela. Il ne m'est jamais venu à l'esprit que les deux termes pouvaient être vrais simultanément ; je les considérais encore comme opposés. Et maintenant, une fois de plus, le vieil homme a souri. Découvrant ma gêne soudaine et ma timidité maladroite lorsque j'ai remarqué le départ de Terron et que je me suis retrouvé seul, seul en Jamaïque, seul à Nyamkopong, seul dans la maison de Wendell O. Mann, secrétaire d'État des Marrons de Nyamkopong, sorcier *obeah*, conteur et historien du peuple marron survivant en pays Cockpit, il m'a dit que je verrais ce que je voulais voir — une promesse autant qu'un reproche, et en même temps une description de la genèse de l'acte de voir.

C'est moi qui ai proposé de faire une visite de politesse au colonel Phelps. Tout en sachant que le colonel était parfaitement averti de ma présence au village, j'estimais cependant que je devais rendre hommage à sa charge en allant à pied chez lui. Puisque M. Mann était mon hôte, qu'il était aussi — du moins le croyais-je alors — le ministre principal du colonel Phelps et donc également son ami, il m'a paru convenable que nous nous y rendions ensemble.

La réponse de M. Mann m'a surpris. Il s'est mis à parler patois et m'a semblé furieux, se désignant lui-même comme le Juge des Singes et le colonel Phelps comme l'un des singes. La jungle est pleine de singes qui se prétendent des êtres humains, a-t-il déclaré de méchante humeur, il faut donc qu'il existe un Juge des Singes pour garder les choses en ordre.

Mais, tout aussi soudainement, il s'est calmé et m'a passé le bras autour de l'épaule. Il viendrait avec moi, a-t-il dit en souriant, et je verrais la différence entre un singe et le Juge des Singes. S'il ne m'accompagnait pas je risquais d'être dupe parce que les singes sont des êtres malins et sont parfois capables d'imiter fort correctement les humains, surtout devant un homme comme moi qui, étant étranger, ne connaît pas les manières utilisées par un singe pour tromper quelqu'un. On peut faire deux choses avec un étranger, a-t-il dit. On peut lui enseigner quelque chose ou on peut le rouler : mais comme il est étranger il ne pourra pas faire la distinction. Alors il est parti d'un éclat de rire, m'a lancé une claque sur l'épaule et m'a poussé dehors devant lui dans l'éblouissement du soleil de l'après-midi.

Le colonel Phelps, assis sous sa véranda comme s'il nous attendait, s'est levé d'un bond quand il nous a vus sur la route venant de l'autre bout du village, celui de M. Mann. J'ai remarqué qu'il criait quelque chose par-dessus son épaule en direction de la maison, probablement à sa femme au visage morose. Puis il est descendu de sa véranda, venant au bord du chemin nous accueillir. Sauf qu'il n'a salué que moi, faisant comme s'il ne voyait pas le vieil homme à mon côté.

Il m'a serré la main avec ferveur, me souhaitant la bienvenue pour mon retour à Nyamkopong. Il a rappelé qu'il m'avait vu pour la dernière fois lors de la commémoration du 6 janvier, bien qu'il sache que j'étais revenu maintes fois au village après cette date pour rendre visite à mes amis — c'est ainsi qu'il désignait M. Mann, Terron, Rubber et quelques autres parmi les frères rasta avec qui je m'étais lié à cette époque. Sa façon de prononcer *amis*, comme en italique, révélait son attitude envers eux. Petit à petit, pendant ces semaines de janvier et de février, j'avais pris conscience que le village était divisé en deux camps au sujet des rastafaris : ceux qui estimaient que les frères étaient des hommes de religion, et ceux qui les considéraient comme des voleurs. Une catégorie n'excluait pas totalement l'autre, car quel était le Jamaïquain pauvre qui n'était pas religieux, et quel était le Jamaïquain pauvre qui, en certaines circonstances, n'était pas voleur ? Il s'agissait simplement de savoir laquelle de ces deux activités on utilisait pour caractériser quelqu'un. Le colonel Phelps et l'instituteur, un homme sans humour du nom de Dunne, et certains des villageois les plus avantagés — leur avantage venant souvent du fait que leurs enfants avaient émigré, occupaient un emploi honorable et envoyaient de l'argent — qualifiaient les rastas de bandits fumant de la ganja et de fauteurs de troubles en général. A l'inverse, M. Mann, ainsi qu'un nombre étonnamment élevé de mères de famille parmi les plus âgées et la plupart des enfants du village trouvaient les frères disciplinés, méditatifs, et, eu égard à leur façon de juger la société autour d'eux, empreints de sagesse. Qu'ils cultivent de la ganja pour la vendre, qu'ils trafiquent dans la marchandise volée, qu'ils dérobent même, quand ils le pouvaient, un appareil photo dans une voiture de touristes garée devant Doctor's Cave à Montego Bay, comment cela pouvait-il indigner quelqu'un qui habitait une ville où le colonel recevait des pots-de-vin de la police qui, à son tour, se faisait graisser la patte par les dealers, lesquels volaient plus d'une fois sur deux les plants de ganja semés par les rastafaris eux-mêmes ? On m'avait raconté une centaine de fois ou davantage, d'habitude avec un ricanement, que le traité interdisait à la police de pénétrer en territoire marron sans la permission du colonel ; et pourtant, de temps à autre, une Land Cruiser verte, bourrée de robustes flics de Maggotty, faisait soudain irruption devant une case, et un jeune homme ou deux portant des mèches rasta étaient tirés à l'extérieur, battus, jetés dans le véhicule comme un sac d'ignames et emmenés. Plus tard quelqu'un reviendrait d'une semaine à Kingston et rapporterait la rumeur selon laquelle les jeunes gens se trouvaient au camp d'Up Park, avec de deux à cinq ans à tirer pour possession, fabrication et vente de ganja. A nouveau tous secoueraient leur tête coiffée à la rasta et feraient la remarque que c'était justement ce genre d'intrusion que le traité était censé interdire. Et le blâme retombait toujours sur le colonel.

J'approuvais leur façon d'interpréter leur traité, mais je savais également dans quelle impossibilité le colonel se trouvait de le faire respecter. Ces raids occasionnels, lancés au vu de tous et apparemment au hasard par la police, représentaient le compromis qui avait été élaboré pour toute l'île entre le contrôle policier et l'autonomie tribale locale. Les jeunes rastas constituaient le sacrifice qui le maintenait. Que le colonel ait profité personnellement de ce compromis était aussi évident que la nouvelle peinture rose passée sur sa maison ; qu'il ait su mettre en œuvre l'unique solution réaliste au conflit entre une domination externe et l'ancienne tradition, en revanche, n'était pas aussi manifeste. Même ici à Nyamkopong cette tradition de gouvernement local était trop faible. Trop peu de gens croyaient à sa supériorité sur ce qu'offrait l'administration de Kingston, et le pays lui-même était trop petit pour que le traité entre un représentant du roi d'Angleterre et une bande de guerriers achantis fût davantage que le mémento dépenaillé d'un passé courageux. Mais c'était plus qu'un souvenir, ai-je pensé. Les descendants de ces Achantis étaient aujourd'hui des ressortissants jamaïquains, et malgré ce qui les rendait différents du Jamaïquain rural moyen, malgré leurs souvenirs des danses africaines, les contes venus des Anancis, les vieilles herbes médicinales, leurs mythes et leur nourriture, ils étaient désormais intégrés à une unité politique moderne et devaient être régis par les postulats qui faisaient de cette unité une réalité concrète. Dans la mesure où le gouvernement de Michael Manley réussissait à instaurer un système d'instruction publique, des routes modernes, un service national de santé et des élections démocratiques régulières avec toute l'organisation politique du parti — quelles que soient l'inefficacité endémique et la corruption de ces institutions —, dans cette même mesure le traité des Marrons devenait un symbole tranquille de la résistance de la première heure à l'esclavage et au colonialisme. Et comme le gouvernement était officiellement en accord avec cette résistance, comme il essayait encore de venir à bout des effets de ces systèmes anciens et malfaisants, il en intégrait activement les symboles à ses propres fins. C'était ainsi que Nonny, la mère guerrière des Marrons, avait été transformée en héros national, comme Paul Bogle, l'insurgé noir traqué par ces mêmes Marrons dont les grands-parents, sous le commandement de Nonny, avaient pourtant livré le même combat que Bogle cent ans plus tôt. Les Marrons étaient en train d'être engloutis par la nation, avec leurs démarcations rigides, leurs inconsistances, leurs contradictions et tout. La permission que donnait le colonel à la police de se livrer de temps à autre à des manifestations de force pour empêcher les gens de Nyamkopong d'oublier le rôle qui leur était dévolu dans cette société était pour les Marrons un acte de conservation, un moyen pour eux de se raccrocher un peu plus longtemps à ce qui leur restait de privilèges et de distinctions. Ils possédaient encore leur terre en commun et se la passaient les uns aux autres, pas sur titre mais simplement par usage, ce qui faisait qu'il était pratiquement impossible pour le gouvernement de taxer leurs milliers d'hectares de champs cultivables. Ils gardaient aussi une liberté relative de religion, ce qui signifiait que l'exercice prohibé de l'*obeah* et du *pocomania* pouvait fleurir plus ou moins ouvertement ici, en tout cas plus que partout ailleurs sur l'île, n'étant limité que par la désapprobation des chrétiens de stricte obédience et non, comme ailleurs à la Jamaïque, par l'application arbitraire de la loi.

J'avais donc M. Mann d'un côté et le colonel Phelps de l'autre, et nous étions tous les trois assis sur des chaises de plage en plastique et en aluminium à l'ombre de la véranda. La femme du colonel a placé devant nous en silence une bouteille de rhum et trois verres, avec un pichet d'eau en plastique de couleur aigue-marine. Ni le colonel ni sa femme n'avaient adressé la parole à M. Mann ou reconnu sa présence en quoi que ce soit. C'était comme si j'étais venu seul rendre visite au colonel. Il m'a demandé la raison de mon retour à Nyamkopong, et je lui ai répondu que c'était pour voir mon ami, M. Mann ici présent, ai-je insisté avec un mouvement du menton vers le vieil homme assis avec dignité à ma droite. J'étais aussi revenu, ai-je dit encore, pour mieux comprendre comment vivaient les Marrons et pour visiter les trois autres villages marrons de la Jamaïque, Moore Town, Charles Town et Gordon Hall.

J'ai expliqué que j'allais passer une semaine ici chez M. Mann et puis que je me rendrais pendant deux semaines de plus à l'extrémité orientale de l'île avec mon excellent ami Terron Musgrave.

Ah oui, Terron Musgrave, a répliqué le colonel. Ce rasta est donc votre ami. Alors il m'a demandé si j'étais chrétien.

C'est arrivé trop vite pour que j'aie une réponse prête, aussi lui ai-je dit la vérité. Oui, ai-je bredouillé, puis : Non. J'ai fini par lui raconter mon histoire, comme si ça pouvait répondre à la question, et je lui ai dit que j'avais été élevé en tant que presbytérien mais que je ne pratiquais plus cette religion.

Et quelle religion pratiquez-vous maintenant ? a-t-il voulu savoir. Sa femme était sortie du minuscule séjour tout encombré derrière nous et se tenait debout à côté de son mari, tous les deux penchés avec grande attention pour bien entendre ma réponse.

J'avais du mal à comprendre. Quelle importance avait donc soudain ma religion ? J'avais pensé que les grandes questions se rapportaient à l'économie et à la race. Pas à la religion. Je me suis tourné vers M. Mann comme si je cherchais de l'aide, mais il paraissait ne pas écouter, le regard perdu rêveusement vers la route, un léger sourire sur ses lèvres parcheminées, ses yeux aux paupières de lézard à moitié clos, et ses mains noueuses enlacées sur son bas-ventre comme des serpents endormis. A l'inverse, les mains du colonel Phelps étaient refermées en poings sur ses genoux, et il tendait vers moi un visage décharné comme si j'étais très loin et qu'il pouvait à peine me distinguer.

A la fin j'ai menti. Quand je pratique une religion, ai-je dit, c'est celle des presbytériens. Je vais à l'église presbytérienne dans la ville où j'habite.

Ah ! s'est exclamé le colonel, et il s'est détendu sur sa chaise. Sa femme a presque souri, s'est retournée, puis elle est rentrée dans le séjour où elle a pris un siège près de la fenêtre ouverte pour continuer à assister en auditeur à notre conversation.

Avec un grand sourire sur le visage, maintenant, le colonel a posé sa main sur mon avant-bras en suggérant que j'aurais peut-être envie de venir à l'église avec lui et sa famille dimanche, parce qu'ils étaient eux aussi presbytériens et qu'ils allaient régulièrement à la petite église blanche ici en ville. Sa femme chantait dans la chorale, et ils avaient un excellent pasteur, un homme de bonne éducation qui habitait une grande maison à Whitehall et montait jusqu'à Nyamkopong tous les dimanches dans sa voiture. Une Chevrolet Impala neuve, a-t-il précisé avec admiration.

Nous sommes lundi, ai-je répliqué, et je partirai de bonne heure dimanche. Mais peut-être une autre fois aurai-je la possibilité d'écouter votre pasteur prêcher. Puis j'ai commencé à partir, me levant, serrant la main du colonel, faisant de la tête un signe d'adieu au visage sévère de sa femme derrière le rebord de la fenêtre.

Mais peut-être, puisque vous êtes vous-même presbytérien, a repris le colonel, aurez-vous à cœur de signer une de nos cartes de dons. Nous essayons de collecter des fonds pour une nouvelle cloche pour la chapelle. Et il m'a tendu une de ces petites cartes jaunâtres que la femme de M. Mann me présentait toujours avec insistance.

C'est ça, me suis-je dit, je vais aider leur prédicateur à payer son Impala et sa grande maison à Whitehall. J'ai pris la carte, j'y ai inscrit cinq dollars, je l'ai signée et je l'ai rendue au colonel avec un billet. Il a paru extrêmement satisfait, lançant un bref regard à sa femme comme s'il venait de gagner un pari avec elle.

M. Mann se tenait déjà au bord de la route à m'attendre. Wendell ! a crié le colonel, comme emporté par son succès avec moi. Tu te souviens de notre conversation au sujet du traité, il y a quelques mois ?

Tout à fait.

Le colonel m'a souri, et gracieusement, d'une voix assez forte pour que M. Mann puisse entendre, il m'a expliqué que leur député, l'honorable John Bulkley, était venu à Nyamkopong le 6 janvier dernier et lui avait demandé une copie du traité pour qu'il le porte à Kingston et le fasse récrire sur machine. Le secrétaire d'État, M. Mann, avait le traité en sa possession, bien que le roi d'Angleterre en eût aussi un exemplaire, et M. Bulkley estimait qu'une nouvelle copie devait être faite rapidement car le document était ancien et pouvait être perdu ou détruit.

Je suis le secrétaire des Marrons de Nyamkopong ! a crié M. Mann au colonel. Et, depuis l'époque de Cudjoe le Lion, le traité a été commis à la garde du secrétaire des Marrons de Nyamkopong ! Il faudra qu'on me tue si on veut emporter le traité à Kingston ou ailleurs ! Et *toi*, a-t-il ajouté en direction du colonel, tu n'es qu'une *fille* si tu crois que ce singe du parti travailliste, Bulkley, va tout simplement copier le traité puis nous le rendre ! S'il veut le faire copier, qu'il envoie un copieur chez moi et je le lui lirai mot à mot.

Alors c'est comme ça ? a demandé le colonel d'une voix qui tremblait de colère.

C'est comme ça ! Puis le vieil homme est parti sur la route en trottant. J'ai précipitamment remercié le colonel de son hospitalité, fait à nouveau au revoir d'un signe à sa femme, et j'ai couru pour rattraper M. Mann.

Il me paraît soudain bizarre que dans ce récit il m'ait été difficile de désigner mon ami par « Mann », comme le font la plupart des gens de Nyamkopong en parlant de lui. Chaque fois, j'ai pris la résolution de l'appeler « Mann » et au lieu de cela j'ai écrit « M. Mann ». Quand j'y réfléchis, cependant, je me rends compte qu'à Nyamkopong, dès que je faisais référence à M. Mann dans mes conversations avec quelqu'un d'autre, que ce fût Terron, Rubber, d'autres rastas, l'instituteur Dunne ou même le colonel Phelps, je disais « monsieur » alors même que les autres l'appelaient « Mann ». Que ce soit à cause du respect qu'il m'inspirait — respect qui n'a fait que croître avec la familiarité — ou à cause d'une perception inconsciente et profonde de nos différences et de mon besoin de les préserver, je ne saurais le dire. Toujours est-il que je ne me sentais pas à l'aise de l'appeler Mann, même en face à face et malgré son insistance généreuse, et qu'ici, dans mon environnement privé, je ne me sens pas davantage en accord avec moi-même si je ne mets pas le mot « monsieur » devant son nom.

Ma semaine chez lui s'est vite passée. Je voyais de moins en moins Terron chaque jour, car il était pris par des affaires personnelles et plantait de la ganja dans la brousse avec son ami Rubber qui, pour surveiller les graines et le lopin de terre utilisés, campait au bord des sillons en dormant sous un abri de chaume et en passant ses nuits, d'après Terron, en méditation. Terron ne voulait pas m'emmener dans la brousse voir leur jardin secret parce qu'il pensait qu'on me repérerait en chemin et que les gens sauraient alors où il se trouvait. Et puis, quand la récolte serait prête, quelqu'un viendrait la voler.

Comment quelqu'un peut-il venir vous voler votre ganja si l'un de vous deux reste sur place à la surveiller vingt-quatre heures par jour ? ai-je demandé.

Il m'a regardé comme si j'étais un enfant, puis il m'a patiemment expliqué comment d'un seul coup de machette quelqu'un pouvait te trancher la tête ; à la suite de quoi, puisque tes amis ne sauraient pas qui c'était et se trouveraient donc dans l'incapacité de venger ta mort, le meurtrier aurait toute latitude de prendre ta ganja et de la vendre à Montego Bay. Lorsqu'il réapparaîtrait plus tard avec des vêtements neufs et une Honda, il pourrait dire qu'il avait eu l'argent en tuant un homme à Kingston, et nul ne saurait s'il disait la vérité ou pas.

Dans ce cas, pourquoi prendre la peine de la garder ?

A cause des oiseaux, a-t-il dit. Les oiseaux et les serpents. Ils adorent les graines.

Une nuit j'ai demandé à Terron s'il avait jamais tué un homme. Non, a-t-il répondu, de la même façon qu'il aurait déclaré qu'il n'avait jamais possédé de chemise de soie. C'était simplement qu'il n'en avait jamais eu l'occasion ou le besoin.

Un cousin de Terron du nom de Juke se vantait, lui, d'avoir un jour tué un homme. A Kingston, pour cinquante dollars. Un autre homme voulait le boulot de celui qu'on devait assassiner, et il avait donné à Juke un revolver et cinquante dollars. Juke avait abattu son homme d'une balle dans le front, une nuit devant un hangar, après l'avoir attiré là en lui promettant une livre de bonne ganja marron.

Et c'était quel genre de boulot ? ai-je demandé à Juke, un garçon élancé au visage tendre et aux mèches léonines.

Conducteur de camion-poubelle, croyait-il, mais il n'en était pas sûr. Quelque chose comme ça.

Un autre rasta du nom de Bongo Smith — prononcé Simit —, à qui j'ai posé la question m'a répondu qu'il avait tué deux hommes autrefois, quand il était plus jeune. Des sodomites, les a-t-il appelés, qui après s'être soûlés avaient essayé de le violer. Il les avait lardés avec son couteau, celui-là même qu'il portait encore aujourd'hui.

Terron a grommelé, il *faut* tuer les sodomites, d'une voix basse.

Nous étions un groupe de cinq — Terron, Juke, Simit, un quatrième jeune rasta du nom de Benjie, et moi —, à nous accroupir ou à nous allonger dans l'obscurité sur le sol autour d'un petit feu devant une cahute délabrée qu'on appelait la Maison de la Terreur. C'était un lieu de refuge pour les rastas itinérants ou sans abri, et les murs, tant à l'extérieur qu'à l'intérieur, étaient couverts de slogans en rouge, or et vert, avec des dessins approximatifs de têtes de lion et des étoiles de David. Les slogans étaient un mélange bizarre de politique et de religion : CIA DEHORS ! avec TOUS SALUENT LE LION DE SION ! MARRONS A VOS MANIÈRES ! avec BABYLONE DOIT TOMBER ! A mesure que nous parlions, le feu envoyait des éclats de lumière jaune et orange sur nos visages, un échange tranquille et paisible de souvenirs entre jeunes gens sous les étoiles après avoir partagé un repas et maintenant fumé ensemble.

Benjie, ai-je demandé à l'adolescent de seize ou dix-sept ans en face de moi, as-tu jamais tué quelqu'un ? Sa peau était légèrement plus claire que celle des autres, et jusqu'ici son visage avait refusé de laisser pousser sa barbe, bien que les mèches sur sa tête soient épaisses pour quelqu'un de son âge, et si longues qu'elles pendaient comme des cordes sur ses épaules. Il portait des jeans et un tee-shirt vert de deux tailles de trop pour lui, avec les mots GANJA OIL CO. en grosses lettres peintes dessus, le genre de maillot qu'aiment acheter les adolescents américains dans les boutiques pour touristes de Montego Bay et mettre chez eux quand ils organisent une fête dans le sous-sol lambrissé de pin de la maison de banlieue de leurs parents.

Lentement, le garçon a déplié ses jambes croisées, s'est levé, et a fait le tour du cercle jusqu'à moi. Alors il a soudain soulevé son ample tee-shirt et fait apparaître la crosse mate et noire d'un pistolet de calibre 38 à canon raccourci, coincé entre sa peau et son pantalon sans ceinture. Avec un sourire grimaçant, véritablement heureux de cette pensée, il a déclaré que bientôt, aussitôt qu'il aurait des balles, il allait tuer un homme.

Pourquoi ? ai-je demandé.

Personne n'est obligé de le savoir à part je-et-je, a déclaré le jeune homme, et je-et-je le sait. Ou peut-être a-t-il dit : Je-et-je on le sait. Je n'ai pas réussi à bien distinguer.

Est-ce que M. Mann a jamais tué quelqu'un ? ai-je demandé au groupe mais en me tournant davantage vers Terron que vers les autres.

Ils se sont mis à rire. Ah, *celui-là*, ce vieux Mann ! Un dangereux scientifique, celui-là, ont-ils dit en riant.

L'a-t-il fait, Terron ? ai-je repris.

Les uns disent que oui, les autres que non, a-t-il répondu. Mais nul ne saurait le dire avec certitude à part Mann lui-même, et il est trop rusé pour ça. Il aime que ce soit comme ça, qu'il y en ait qui disent oui et d'autres non. Il se peut qu'il ne le sache pas lui-même, a ajouté Terron. C'est l'*obi* qui tue. Et Jah. Si Mann se mettait à prétendre que c'est lui qui donne la mort, il perdrait tous ses pouvoirs. Et puis la police viendrait le mettre en prison parce que l'*obeah* est interdit, a-t-il rappelé. Tout comme la ganja, a-t-il ajouté en grimaçant un sourire et en prenant le joint des doigts tombants de Juke.

Il y avait deux véhicules à moteur dans la ville de Nyamkopong. Une camionnette à plateau découvert appartenant au Chinois qui s'occupait de la sono, et un vieux fourgon Ford utilisé comme autobus privé par un cousin du colonel. Cet homme d'une cinquantaine d'années avait passé deux décennies en Angleterre comme plongeur dans un restaurant, et il avait économisé son argent pour rentrer et acheter ce fourgon d'occasion. Pendant toute la semaine, ma Toyota louée a constitué le troisième véhicule du village, et comme je ne demandais pas d'argent pour prendre des passagers, elle était bourrée de gens dès que j'allais quelque part. Je me suis limité à deux sorties par jour, le matin pour Maggotty et l'après-midi pour les champs de canne à sucre d'Appleton. Là-bas, le long de la route étroite, la Black River dessinait ses paresseux méandres à travers des centaines d'hectares de terre plate et riche. Elle offrait dans ses coudes de nombreux creux où l'on pouvait aller nager ; ils étaient près du chemin, il suffisait de traverser jusqu'à eux.

Le matin, la voiture était remplie de femmes, de malades et de personnes âgées. Les femmes allaient à Maggotty chercher du tissu, une paire de chaussures, une poêle, toutes choses qu'elles ne cultivaient pas et qu'elles ne pouvaient pas se procurer dans l'une des trois petites boutiques de Nyamkopong. Les malades et les vieux se rendaient chez le médecin. Je ne pouvais pas attendre qu'ils aient terminé de patienter toute la journée sur des bancs à l'extérieur du cabinet pour être reçus en consultation ; ils devaient donc effectuer le voyage retour dans le fourgon Ford du cousin du colonel, ce qui leur coûtait soixante-quinze cents chacun. Et il faut croire que les soixante-quinze cents qu'ils économisaient en venant avec moi valaient le désagrément de rouler avec dix ou douze autres personnes entassées dans une voiture pour cinq passagers sur une distance de vingt-trois kilomètres, dans la chaleur et sur une route criblée de nids-de-poule. Après avoir fait le voyage dès le deuxième jour — j'étais allé acheter du tabac pour M. Mann et du lait en boîte pour Devina —, je me suis rendu compte de ce que cela représentait pour eux et je l'ai refait tous les jours, quels que soient mes propres besoins.

L'excursion de fin d'après-midi avait lieu généralement en compagnie d'une demi-douzaine d'hommes en sueur, plus une demi-douzaine d'adolescents maculés de boue, pour le plaisir d'aller se baigner dans la Black River. Nous remplissions la voiture devant chez Mann. Il y avait Terron, Juke, trois ou quatre jeunes hommes de plus, tous torse nu et transpirant après une journée de travail dans leur champ ou leur maison — les genres les plus anciens de labeur et les types les plus anciens de sueur et de salissure —, puis nous prenions ceux des petits garçons du voisinage que nous pouvions trouver et faire entrer. Nous démarrions alors en chantant des hymnes rasta à la gloire de la propreté, de l'eau, de la terre et des enfants tout le long de la descente des longues collines de Whitehall, jusqu'à la plaine noire et fertile des abords de Maggotty qui appartenait aux domaines Appleton, où la canne destinée au rhum poussait en parfait bonheur vert et où coulait l'eau de rivière la plus proche.

Les rastas maudissaient la canne à rhum et bénissaient l'eau. Nous barbotions et nous jouions dans la rivière à quelques mètres de la route, nous lançant des cris, nous excitant mutuellement, inventant des histoires de monstres fluviaux pour effrayer les petits garçons, puis les attrapant et les jetant malgré leurs hurlements dans l'eau fraîche et sombre où nous calmions leur peur avec des jeux de bousculade, les lançant comme des balles d'exercice d'un homme à l'autre jusqu'à ce que les pères décident de retenir et de savonner le corps splendide de leur fils ; et ceux d'entre nous qui n'avaient pas de fils lavaient les garçons qui n'avaient pas de père, puis nous les placions sur la rive à frissonner et à se sécher pendant que nous nous lavions nous-mêmes.

Au loin, la plaine couleur de menthe verte s'élevait en pente rapide jusqu'aux collines entourant Whitehall. De là, elle repartait encore en hauteur jusqu'aux *cockpits* et à Nyamkopong où le soleil se couchait, balafrant le ciel assombri de raies orange et lavande, baignant de pourpre les arbres et les buissons de maccas qui couvraient les pentes, jusqu'à ce qu'il fasse presque nuit là où nous nous tenions, au bord de la rivière, nus, rafraîchis, nous séchant le corps avec des bouts de vêtements et parlant de projets futurs, pour la nuit à venir ou pour le week-end, ou pour l'année suivante et parfois pour la vieillesse quand ce n'était pas pour l'éternité.

Les sorties du matin à Maggotty prenaient d'habitude la moitié de la journée, une heure pour l'aller et autant pour le retour, deux heures ou davantage pour déposer les faibles, les malades et les blessés au cabinet du médecin — une villa blanche et nette au bord de la route avec une longue véranda devant qui servait de salle d'attente —, puis pour charger et décharger devant l'épicerie les jeunes mères à la peau lisse et au corps puissant — la plupart d'entre elles, contrairement à la première femme de Terron, étaient trop lourdes, et toutes restaient sans dire un mot pendant tout l'aller et tout le retour. Les malades et les personnes âgées bavardaient entre eux et m'adressaient de temps à autre la parole, mais j'avais de telles difficultés à comprendre leur patois que nos possibilités de conversation en étaient généralement réduites à rien. Les femmes plus jeunes, en revanche, ne se donnaient même pas la peine d'essayer. Elles ne se parlaient pas non plus entre elles en ma présence, de sorte que lorsque j'avais laissé les autres au cabinet médical la voiture se remplissait d'un silence gênant qui me donnait envie de me retrouver seul et qui sans doute leur donnait également le désir de se débarrasser de moi.

Le retour était un peu moins difficile. Nos invalides avaient été remplacés par des gens qui voulaient remonter à Nyamkopong, généralement des garçons adolescents qui avaient passé la nuit à Maggotty ou dans les environs, des passagers qui sinon seraient repartis avec le cousin du colonel, et avec lesquels mes bonnes femmes entraient volontiers en conversation. Et puis elles avaient acheté quelques articles que les autres voulaient voir et apprécier. Sans oublier que puisqu'elles avaient été en ville il y avait des nouvelles à échanger : la mort d'un parent éloigné, la naissance d'un autre, l'arrestation d'un troisième.

Mes matins étaient donc entièrement pris par l'excursion à Maggotty ; et une heure et demie au moins de mes fins d'après-midi passait dans l'expédition de baignade de la Black River. J'utilisais le reste de la journée à travailler, c'est-à-dire à aider, soit M. Mann avec sa maison, soit Terron avec la sienne. Je ramassais et je coupais du bois pour les feux de cuisine, je déterrais des ignames, j'abattais une chèvre, etc. Des corvées domestiques et un projet différent chaque jour. J'étais à peu près aussi utile qu'un garçon de dix ans, peut-être moins, sauf que je m'ennuyais moins vite et que je ne cherchais pas avec autant de zèle des moyens de me défiler. Parce que pour moi le travail n'était pas du tout ennuyeux. Les ressources étaient si lamentablement réduites — qu'il s'agît des outils, des matériaux ou de la main-d'œuvre qualifiée —, que notre seule entreprise fut la construction de W.-C. extérieurs, et même cela dut être abandonné après un seul après-midi de travail par manque de bois de construction.

Dans un premier temps, je m'étais dit : Bon Dieu, mais ces gens ne *finissent* jamais rien ! Ils ne se tiennent pas à la tâche plus de trois ou quatre heures d'affilée avant d'abandonner et de passer à autre chose. Mais peu à peu j'ai commencé à comprendre que le manque de matériaux, d'outils et de connaissances techniques les obligeait à tout réduire et à ne compter travailler que les quelques heures qu'ils avaient devant eux avant d'être à court de ressources et de devoir laisser tomber. Par conséquent le village était plein de travaux inachevés : des latrines un peu plus qu'ébauchées, des extensions de maisons sans toit, des églises sans peinture, des pistes de danse au toit de tôle à peine commencé, des lopins de terre mal défrichés et retournant rapidement à la jungle, des vélos à moitié assemblés, des motos avec une seule roue et gisant sur le flanc à l'arrière des boutiques et des cases, des générateurs d'électricité dont toutes les pièces — pignons, boulons, courroies et fils — s'entassaient à côté du boîtier, des piles de parpaings sans mortier ni sable, des pyramides de sable et un sac ou deux de ciment sans parpaings, une tronçonneuse sans sa chaîne, une clôture qui s'écroulait déjà à un bout avant que l'autre ne soit monté.

Que cette incapacité à finir ne les empêchât pas d'entreprendre la moindre chose me surprenait beaucoup. Leur persévérance à commencer une tâche qui ne pouvait être achevée ou qui, si elle arrivait à terme, ne serait pas bien faite, m'était totalement étrangère et me faisait apparaître, en comparaison, comme un enfant boudeur et trop gâté : si je ne peux obtenir exactement ce que je veux quand je le veux, alors je ne veux rien du tout. Car je savais que dans des circonstances semblables je tomberais dans le désespoir et le ressentiment, et que je ne construirais ni ne réparerais rien. Que ça pourrisse et que ça s'écroule ; que ce soit englouti par la jungle ; que le vent et la pluie l'entraînent au sol et le balaient dans les ravines.

La différence, évidemment, était qu'ils avaient appris plusieurs siècles auparavant quelque chose que moi, descendant d'un peuple incomparablement plus favorisé, je n'avais jamais été obligé d'acquérir. Ils avaient appris à survivre. La survie était pour moi un fait qui m'était accordé d'avance, et il était donc plus que vraisemblable que dans des circonstances analogues je serais incapable de survivre. Je deviendrais le vieux bougon, l'homme amer qui marche les yeux rivés au sol, le pessimiste qui prophétise partout le désastre et l'échec qu'il appelle de ses vœux ; je serais le suicidaire qui veut entraîner les autres dans sa chute. Il n'y avait pas de place, dans ma culture, pour le genre d'optimisme qui les protégeait dans leur monde, et il ne semblait pas y avoir de place, dans leur culture, pour le genre de rigueur, de complétude et de recherche de symétrie dont je pensais qu'elles me préservaient au sein du mien.

Terron prenait plaisir à désigner et à nommer les plantes, les herbes, les fruits et les légumes qui poussaient en pays Cockpit : l'aloès, l'hibiscus-piment, le caca-poule, le blighia, la langue-à-chat, la pomme-rose et le cachiman-montagne. Pour nous rendre d'une maison à une autre, nous suivions souvent d'étroits sentiers de crête qui contournaient les dolines, car il y avait toujours un chemin de traverse que seuls des gens à pied — et en file indienne — ou un âne pouvaient emprunter. Pendant ces excursions, le maître du bavardage continuait à nommer les choses du monde que nous dépassions : l'immense majagua, le pignon d'Inde qui verse du sang rouge si on le coupe un Vendredi saint, l'orme d'Espagne qu'il appelait *panchalon*, et les plantes vénéneuses — le pois-razier, l'herbe-poison, le sapium à sève laiteuse, la prune vierge. Nous sommes allés rendre visite à un cousin de Terron qui lui devait quelques dollars, et un autre jour nous avons traqué un de ses oncles qui lui avait promis des graines de tomates, une tante qui avait une poule bonne pour le pot, un ami qui lui avait emprunté une bêche. En chemin, nous étions inévitablement conviés à nous arrêter chez telle ou telle connaissance de Terron ou de M. Mann, car le vieil homme se joignait souvent à nous quand nos sorties ne nous emmenaient pas au-delà d'un kilomètre de chez lui. Dans chaque maison nous étions chaleureusement accueillis et on nous offrait un verre d'eau fraîche, ou, si nos hôtes étaient en train de manger, une assiette de riz et de porc que Terron refusait bien évidemment parce qu'elle n'avait pas été préparée à la façon rastafari. Et dans chaque maison, si M. Mann était avec nous, revenait le sujet du traité, comme si tout le monde le gardait présent à l'esprit et qu'on venait justement d'en parler au moment où nous étions arrivés.

Le colonel veut que vous lui remettiez le traité pour qu'il le cède au gouvernement — voilà ce qu'ils disaient, et aussitôt M. Mann se lançait dans des jérémiades contre les Marrons qui vendaient leur propre peuple. Il traitait le colonel de Judas, et chacun approuvait de la tête. S'ils veulent copier le traité, répétait-il, il faudra qu'ils viennent chez moi avec leur stylo et leurs feuilles de papier, et je le leur lirai mot à mot. Cela semblait toujours plonger ses hôtes dans un effroi respectueux. Que le vieil homme puisse réellement faire ça, lire le traité mot à mot, était pour eux terriblement impressionnant.

Je commençais à mieux saisir la situation ; ou du moins le pensais-je. C'était toujours cette ancienne division entre ceux des Marrons qui, pour des raisons diverses, voulaient tirer la communauté vers le grand monde, et ceux qui, pour d'autres raisons diverses, voulaient la resserrer et la ramener à leur petit monde ; l'opposition entre les gens pratiques, capables de composer, et les puristes dépourvus de sens pratique. Comme d'habitude, ceux qui s'adaptaient avaient tendance à justifier leurs actions et leurs souhaits en invoquant leur pureté, alors que les puristes faisaient ressortir leur sens pratique. Le parti du colonel Phelps maintenait que si le gouvernement ne recevait pas le traité des mains de leur parlementaire, l'honorable M. Bulkley, le peuple marron n'aurait plus les honneurs ni les privilèges qui lui étaient dus, car le gouvernement et le peuple de Jamaïque ne pourraient pas voir le document véritable, signé « dans le sang », entre le grand Cudjoe et le roi d'Angleterre, et par conséquent ne croiraient pas à son existence. A l'inverse, M. Mann et son parti soutenaient que, dès qu'ils se dessaisiraient de la chose elle-même, du traité, le gouvernement le détruirait puis affirmerait qu'il n'avait tout simplement jamais existé et que par conséquent il n'y avait pas lieu de respecter ou d'accorder les honneurs et les privilèges dus aux Marrons. Les Marrons se trouveraient alors dans la situation de tous les autres Jamaïquains, soumis à la police extérieure comme à la taxation de leurs terres, et on leur dirait ce qu'ils doivent planter et à quel prix ils doivent le vendre.

A ce moment-là le cœur de la Jamaïque cessera de battre, nous a avertis M. Mann. Et bien qu'il ne l'ait pas dit, j'ai compris que le gros livre de comptes qu'il portait chaque fois qu'il quittait sa maison contenait le traité, car, lorsque, en terminant ces discussions dans la brousse avec ses amis et relations, il entonnait son refrain sur le cœur de la Jamaïque qui cesserait de battre, il tapait sur la couverture vert pâle du registre en rythme exact avec ses paroles, comme s'il s'agissait effectivement du cœur dont il parlait.

Un matin de bonne heure, vers la fin de mon séjour, Terron est apparu à la porte de la chambre où je dormais. M. Mann et le reste de sa famille étaient encore assoupis dans la maison, et apparemment Terron avait été assez silencieux en s'approchant et en entrant pour ne pas réveiller Spot, le chien qui aboyait dès que quelqu'un, ami ou ennemi, pénétrait dans la cour.

Bien qu'il n'ait rien dit pour m'éveiller, j'ai eu, semble-t-il, immédiatement conscience de sa présence car je me suis tiré en cillant d'un rêve d'hiver au New Hampshire pour me trouver en train de fixer des yeux le visage chevalin de Terron dans l'embrasure de la porte. Comme toujours, il avait l'air vif et gai, malgré le fait qu'il soit resté debout de longues heures après minuit à « échanger des points de vue » avec M. Mann et moi-même sur l'état de l'univers. En plus, j'avais auparavant joué avec M. Mann une demi-douzaine de parties de dominos de sept manches chacune dans une des boutiques au bord de la route. C'était une activité qui exigeait de moi que je me concentre totalement et que je me tienne rigoureusement à l'écart de ce rhum brûlant que les autres joueurs avalaient au même rythme que moi ma stout Dragon. Je devais jouer bien parce que j'étais le partenaire de M. Mann, son appât pour attirer les autres dans le jeu. Qui aurait cru, en effet, que même avec de la chance M. Mann puisse gagner plus d'une seule manche sur sept en choisissant un Américain pour partenaire ? J'avais grand plaisir à bien jouer dans ces parties férocement compétitives, où on place beaucoup plus d'orgueil masculin que ne le laisseraient supposer les tournées à boire que nous misions. J'avais aussi une responsabilité : je ne voulais pas que le stratagème du vieux échoue. Et il échouait rarement. Tous les soirs, cette semaine-là, nous avons joué aux dominos pendant deux ou trois heures contre tous ceux qui voulaient, et tous les soirs nous sommes repartis en heureux gagnants, laissant les perdants piqués au vif se demander si les talents de joueur de M. Mann s'étaient soudain améliorés ou si j'étais en fait aussi bon que le montraient les résultats. Et je crois que ce n'était ni l'un ni l'autre. Les dominos, quand on les pratique à la façon des Antillais, ressemblent à une forme de bridge arabe : un partenaire supérieur, qui comprend précisément la manière de jouer de son coéquipier plus faible, peut souvent battre un duo dans lequel chaque joueur est plus fort qu'eux mais ne sait pas avec autant d'exactitude comment son propre partenaire agira dans une situation donnée. M. Mann comprenait parfaitement mon ignorance des aspects les plus subtils du jeu et comment elle régissait mes coups, alors que chacun de nos adversaires savait moins bien comment la dextérité de son coéquipier allait orienter ses réactions. Pour tous, sauf pour M. Mann, j'étais le type du joueur imprévisible, et je l'étais même à mes propres yeux. Par conséquent, malgré l'orgueil que je mettais à jouer, j'étais d'habitude aussi surpris par notre victoire que nos adversaires étaient consternés par leur défaite.

La nuit précédente, après une partie particulièrement satisfaisante contre deux joueurs d'âge moyen, rusés et silencieux, qui étaient venus de Whitehall à la boutique dans le seul but d'humilier M. Mann et son ami américain, Terron a fait une halte dans la boutique et nous sommes partis tous les trois nous asseoir sur la terrasse de M. Mann. Pendant que le vieil homme et moi sirotions du rhum et que Terron fumait trois ou quatre *spliffs* de ganja, nous avons réussi, les uns et les autres, à donner nos opinions respectives sur comment, et à quel endroit, Dieu entre dans l'histoire humaine. Terron a cité la vie et les prophéties de Marcus Garvey ainsi que la réalité transcendantale de l'empereur Hailé Sélassié. M. Mann a mentionné Jésus, Nonny, Cudjoe et la « science ». Ce qui m'a laissé en dernier — alors que la lune flottait en morceaux au-dessus de nos têtes derrière des lambeaux de nuages argentés et que les palmiers craquetaient dans la brise — avouer que je ne croyais pas que Dieu entrait dans l'histoire humaine, que nous ne valions pas Sa peine, mais qu'il arrivait pourtant que des êtres humains fassent un pas hors de l'histoire, qu'ils se hissent jusqu'à un autre niveau de réalité, et comme « preuve » j'ai cité la vie et les prophéties de Marcus Garvey, la réalité transcendantale de l'empereur Hailé Sélassié, Jésus, Nonny, Cudjoe et la « science ». M. Mann et moi étions passablement éméchés, à ce stade, et Terron peut-être « parti » bien que je n'en sois jamais certain car son comportement se modifiait trop peu, trop rarement, et toujours pour des raisons que je ne savais identifier. C'est alors que chacun de nous s'est dirigé vers son lit : Terron vers celui qu'il partageait avec sa femme et ses quatre enfants, moi vers le grand lit de M. Mann qu'il continuait à vouloir me laisser à moi seul, et lui vers une couchette étroite dans ce coin de la vieille maison pas plus large qu'une penderie qui était contigu à ma pièce. Il m'a souhaité bonne nuit d'un air sombre et, passant comme un diacre d'église dans sa propre chambre encombrée, il est sorti par la porte de derrière qui donnait sur ses quartiers temporaires. J'ai soufflé la lampe à kérosène et je me suis glissé sous le drap. Après avoir écouté un instant le vieillard piétiner lourdement derrière moi, je l'ai entendu se mettre à prier dans un anglais lent et précis. Maintenant je me couche pour dormir, je prie le Seigneur de veiller sur mon âme. Si je devais mourir avant de m'éveiller, je prie le Seigneur de veiller sur mon âme. Amen. Puis tousser, renifler, et se remuer dans son lit. Et ensuite des ronflements profonds et paisibles.

A présent, dans la lumière dorée et brumeuse de l'aube, avec le son d'un coq qui chantait et l'odeur d'un feu de bois tout neuf qui démarrait quelque part dans le voisinage, j'avais la gueule de bois et j'étais épuisé. Il ne me restait qu'un ou deux jours avant de quitter Nyamkopong, et bien que chaque matin me trouvât un peu plus à l'aise ici, moins appréhensif des gens qui m'entouraient, ma fatigue grandissait aussi quotidiennement de l'effort de me découvrir dans mes réactions à cet environnement inconnu, à cet Autre permanent qui rendait étranger le son de mon propre langage dans ma bouche, qui faisait paraître insolite et malsaine la blancheur de ma peau, qui donnait à voir mes pensées et mes idées comme bizarrement hyperstructurées et symétriques. Plus je restais ici, plus je prenais conscience de la différence qui me ramenait sans cesse à moi comme à celui qui était exotique, étrange, et, parce qu'il était si manifestement adapté à un autre monde, comme à l'inepte, celui qui ne pouvait pas s'exprimer clairement, celui qui n'avait pas l'air que devait avoir un être humain, celui qui ne pensait pas d'une façon particulièrement utile ou intéressante. Et l'effort d'être obligé, pour la première fois de ma vie, de me colleter en permanence et si étroitement avec cet homme m'épuisait.

Sors du lit, a chuchoté Terron, et, quittant la porte, il est allé m'attendre dehors sur la terrasse. Je me suis habillé rapidement, et quand je l'ai rejoint il m'a donné une orange. Tandis que je la pelais avec mon couteau de poche, il m'a expliqué qu'il voulait que je voie la caverne de la Paix où Cudjoe avait signé le traité et où de nombreux soldats anglais étaient morts. Je l'ai cru — bien que Carey Robinson ait dit autre chose, à savoir que nul ne connaissait exactement le lieu où le traité avait été signé, et bien que je me souvienne que la prétendue caverne de la Paix avait été désignée dans plusieurs comptes rendus journalistiques de visites à Nyamkopong précisément comme la « prétendue caverne de la Paix ». Qui pouvait penser, en effet, que ces campagnards à peine alphabétisés fussent capables de connaître leur propre histoire ? Moi, entre autres. Et j'en venais très vite à estimer qu'eux seuls la connaissaient et, qui plus est, qu'ils luttaient pour la raconter mais que personne ne voulait entendre parce qu'il semblait que ça ne sortait jamais « comme il faut ». Il y avait tous ces récits embrouillés de guerriers achantis volants et de généraux femelles aux pouvoirs magiques, ces histoires de Francis Drake, de Jules César et d'Indiens Arawaks, les contes anancis et les croyances religieuses venues de la Côte-de-l'Or africaine. Il y avait des anecdotes sur des événements récents dans la vie de personnalités locales, des obsessions de décapitation, des tables d'or, des sirènes et les esprits des morts — et toutes ces choses étaient aussi vraies, comme indicateurs de leur histoire, que celles que nous avions placées dans notre version de leur histoire : ainsi, comment pouvait-on estimer qu'ils soient capables de l'entendre « comme il faut » ?

J'ai suivi Terron à travers la cour, dans la brousse, le long d'un sentier que je ne pouvais pas distinguer et qui menait quelques kilomètres à l'ouest du village, là où nous n'étions pas encore allés dans nos excursions. Nous avons vite perdu les maisons de vue et bientôt nous n'avons même plus aperçu la fumée qui montait en volutes au-dessus des feux de cuisine. De temps à autre nous sortions des bois et nous franchissions le fond, ou le côté brûlé et labouré à la main d'un *cockpit*, marchant sur la terre rouge ouverte au ciel matinal d'un blanc laiteux.

Il va pleuvoir sous peu, a remarqué Terron, et nous avons pressé le pas en silence. Mon mal de tête avait disparu, à présent, probablement grâce à l'orange, et je ne ressentais plus de fatigue sans doute à cause de la beauté des ébènes aux fleurs jaunes, des pommiers roses ici et là, du sol rouge sang prêt pour les semailles et des collines du Cockpit qui ondoyaient avec turbulence jusqu'aux confins de l'horizon. A ce stade, j'étais capable de donner le nom d'une douzaine d'arbres et d'autant d'herbes, et quand nous passions à côté de l'un ou l'une d'entre eux c'était comme si nous quittions encore un ami cher. Aussi ai-je prononcé chaque fois leur nom au passage comme pour bénir et être béni à mon tour. A toi, petit-calumet, à toi, herbe-couteau, et à toi aussi pomme-coolie, tandis que nous avancions rapidement, kilomètre après kilomètre, dans le pays des anciens Marrons.

Peu de temps après, comme si nous avions atteint le centre de toute l'île, le paysage s'est mis à prendre le même aspect de tous les côtés. Les hautes crêtes des *cockpits* paraissaient fuir loin de nous vers l'horizon à mesure que nous faisions le tour d'un cratère puis d'un autre et que nous nous enfoncions de plus en plus dans une contrée qui, si je n'avais pas suivi Terron, aurait été dépourvue de tout sentier. A un moment nous avons traversé un défilé menant d'un précipice à un autre, nous frayant un chemin entre deux énormes blocs calcaires aux bords déchiquetés qui penchaient de façon instable en direction opposée vers l'arrière, vers l'arête qui, tel un mur, séparait les deux gouffres. Je devais surveiller étroitement mes pieds pour ne pas glisser de la piste ni tomber le long de la paroi une centaine de mètres jusqu'au fond qui, vu de cette hauteur, semblait être une mangrove marécageuse, un enchevêtrement de racines et de branches noueuses et nues dans une nappe d'eau circulaire et noire. Les serpents, me suis-je dit, même si je réchappais à la chute. Puis, regardant à nouveau devant moi, je me suis aperçu que Terron avait disparu de mon champ de vision.

J'ai fait des pieds et des mains pour gagner quelques mètres, et j'ai baissé les yeux sur un autre gouffre, moins profond que le précédent et sans marais au fond, mais qui me présentait cependant une paroi quasi verticale de roche calcaire plongeant sur trente mètres. Je me suis vite reculé dans une crevasse étroite de la paroi entre les grands blocs blancs. Où était-il ? Je l'ai appelé. Rien. A nouveau, cette fois prudemment, j'ai fait un pas vers l'abîme et regardé en bas. Il ne pouvait pas être tombé, ai-je pensé, pas sans avoir crié — et puis j'ai aussitôt pris conscience que si, il pouvait fort bien être tombé sans pousser de cri. J'aurais, moi, hurlé pendant toute la chute. Mais Terron ? Pas nécessairement. Loué soit Jah, Sa volonté.

Je me suis mis sur les mains et sur les genoux et j'ai fouillé méthodiquement du regard le fond rocailleux et couvert de broussailles du précipice. Je cherchais le moindre signe de son corps broyé, craignant presque autant de ne pas l'y voir que de l'y trouver. Car s'il n'avait pas fait un pas dans le vide, où était-il ? Des deux côtés, le mur était à pic, et, sauf à l'endroit de la crevasse où la piste coupait entre les deux blocs, il s'élevait à six ou sept mètres au-dessus de ma tête. Il n'y avait aucun moyen permettant à Terron de gravir une telle hauteur et de disparaître au sommet pendant les quelques secondes où je l'avais perdu de vue.

Tout à coup incertain quant à la fiabilité de mes sens, je me suis mis à me poser des questions sur tout. Peut-être me précédait-il de beaucoup plus que je ne le croyais et avait-il en fait escaladé le mur jusqu'à la crête, arrivant à un endroit d'où il ne pouvait pas m'entendre l'appeler. Ou peut-être, pendant que je m'absorbais dans la contemplation du marais au fond de la doline et que je pensais aux serpents, plusieurs minutes s'étaient-elles écoulées, et non plusieurs secondes comme je l'avais cru. Ou peut-être la piste faisait-elle un virage brusque à l'endroit où elle semblait uniquement passer, et de justesse, entre les deux blocs ; et, au lieu de mener à cet abîme peut-être faisait-elle le tour du haut d'un des deux blocs et de là continuait-elle vers la crête où elle décrivait des boucles en allant du sommet d'un *cockpit* au suivant.

J'ai laborieusement fait demi-tour dans la crevasse, promenant mes mains sur les deux côtés, cherchant avec application dans les deux blocs une brèche obscure ou une marche qui aurait indiqué un virage inaperçu et soudain dans la piste. Mais les deux blocs étaient intacts et j'ai abouti là où j'avais commencé, en regardant l'œil sombre du marais et en pensant à des serpents dans l'eau. Ne voulant pas me laisser aller à la panique ni avoir l'air de m'y être laissé aller, j'ai réprimé mon envie soudaine de me mettre à hurler « Terron ». Bien que j'eusse à présent le sentiment d'être un enfant perdu, je ne voulais ni le paraître, ni agir comme tel.

J'imaginais Terron marchant devant moi, arrivant devant le gouffre qui marquait le bout infranchissable de la piste et volant magiquement au-dessus pour atteindre le flanc de montagne opposé, me laissant ici à me tordre les mains de désespoir et de terrible solitude. Puis, prenant soudain par cette image conscience de mon isolement et du danger qu'il comportait, il m'est soudain venu à l'idée que le tout n'avait été qu'une sorte de ruse compliquée consistant à me faire lever aux aurores, à m'emmener dans le désert puis à m'abandonner tout à coup et me laisser retrouver seul mon chemin : un rite de passage dur et cruel. Je voyais bien que c'était là une chose que Terron aurait facilement pu faire, si telle était son intention, parce que je n'avais fait attention à lui et à notre itinéraire qu'en fonction d'une tout autre compréhension de la nature de notre excursion. C'était une attention distraite, passive et confiante que j'avais eue à son égard, celle d'un innocent : elle pouvait facilement être exploitée à la seconde même où j'avais les yeux tournés ; il suffisait de faire un pas de côté, de se cacher et puis de refuser de répondre quand, m'apercevant de son absence, je me mettrais à le chercher.

Il me faudrait plusieurs jours pour rentrer au village, en supposant que je réussisse à y revenir, car, notre périple ayant été très sinueux, je n'étais même pas sûr de la direction dans laquelle il se trouvait. Nous étions partis vers l'est en quittant le village mais nous avions vite pris au nord, puis fait une boucle vers le sud, et par moments nous marchions vers l'ouest. Pour rendre les choses encore plus difficiles, le soleil était resté toute la matinée derrière un voile laiteux de nuages, et rares avaient été les moments où j'avais pu juger notre direction d'après lui : je l'estimais en fonction de notre direction précédente, celle que nous venions de modifier. Non, je ne savais pas où j'étais ni comment aller ailleurs. Moi qui m'étais tellement glorifié de mon sens de l'orientation que j'éprouvais une sorte de honte à demander mon chemin, j'étais perdu.

Je savais que M. Mann avait joué un rôle dans ma position d'aujourd'hui, et j'ai cru que c'était ma conversation de la veille avec lui et Terron qui l'avait poussé à me mettre ici. Je me suis en effet souvenu de son visage lorsque j'eus terminé mon petit discours sur Dieu et l'histoire — exposition que j'avais considérée comme une « confession » de ma foi et qui m'apparaissait à présent comme un refus arrogant de croire. Le vieil homme m'avait écouté jusqu'au bout, me regardant profondément en face tandis que je parlais, et à la fin il m'avait souri avec un air de tolérance amusée avant de lancer un clin d'œil jovial à Terron. Bien, m'avait-il dit, vous verrez ce que vous voulez voir. Et j'avais ri d'entendre ces mots à nouveau ! Ri de moi pour les avoir jugés si mystérieux auparavant et ri de M. Mann parce que je croyais qu'il leur donnait là une application pleine d'esprit, qu'il refusait d'intellect à intellect la façon dont je voyais ses dieux et ses héros, ainsi que ceux de Terron. Ce dernier m'avait regardé fixement en s'interrogeant : Tu ne crois pas en la *prophétie* ? m'avait-il demandé comme s'il avait mal compris mes paroles. Posant ma main sur son épaule, je lui avais répété ce que je pensais que M. Mann m'avait si spirituellement dit, mais en mettant encore un autre accent sur cette phrase. Tu verras ce que tu veux voir, ai-je affirmé, me sentant en pleine conscience comme un frère plus âgé et beaucoup plus avisé.

Je suis revenu à l'à-pic qui descendait dans le deuxième *cockpit* et je me suis assis en laissant mes jambes pendre par-dessus le bord. Il était presque midi, avec une humidité très dense. J'avais faim et soif. Bien que je n'eusse aucune maîtrise de ma situation, maintenant que je la connaissais et que j'en savais la raison, un grand calme s'était fait en moi. Je supposais que je me mettrais rapidement à marcher dans la direction qui me paraissait mener à Nyamkopong et qui, à mon avis, devait suivre approximativement le mouvement du soleil. Je finirais par atteindre l'extrémité ouest de la région des *cockpits* et à ce moment-là je saurais comment me rendre à Nyamkopong. Alors qu'il ne nous avait fallu qu'une demi-journée pour arriver ici, je savais que le retour me prendrait sans doute plusieurs jours. Mais je n'avais plus peur de me perdre pour la bonne raison que j'étais perdu. Pour la première fois je me rendais compte que j'avais toujours été perdu, et j'étais reconnaissant à Terron et à M. Mann de me l'avoir appris. Je me suis promis qu'en chemin je chercherais quelque chose à leur offrir à chacun, un beau bâton, une pierre, une plume, ou le crâne blanc et récuré d'un petit animal.

Il s'est mis à me pleuvoir dessus, de grosses gouttes lourdes qui se sont vite transformées en averse. Mes vêtements et mon corps ont rapidement été trempés parce que je n'avais pas bougé de mon perchoir sur la paroi. Du lieu pivotal de ma solitude, le bruit de la pluie ressemblait au roulement de centaines de tambours et je n'avais pas envie de me déplacer pour trouver un abri parce que j'interromprais l'écoulement continu du son, mes pensées et mes gestes ne seraient que des bredouillements et des bégaiements à l'intérieur du tambourinage. Je suis donc resté assis là et j'ai laissé le bruit et l'eau se déverser sur moi comme si j'étais une roche ou un buisson, et non un homme conscient.

Peu de temps après, pourtant, une voix a percé le roulement des tambours, une voix d'homme venant d'un endroit très proche de moi et chantonnant : Rasta, Rasta, Rasta, en rythme avec le mouvement précipité de la pluie, une voix de basse qui n'était pas la mienne même si elle semblait provenir de l'intérieur de ma tête. Rasta, Rasta, Rasta, a poursuivi la voix, et je me suis rendu compte qu'elle venait du dehors, qu'elle faisait vraiment partie du monde réel. Rasta, Rasta, Rasta. J'ai regardé autour de moi parce que j'avais à présent reconnu le son de Terron, sa voix calme qui ne criait ni ne hurlait mais qui parlait, et soit c'était une hallucination complète, soit elle se trouvait pratiquement à mon côté. Rasta, Rasta, Rasta, a-t-il continué, invisible bien qu'il parlât comme s'il était à moins d'un mètre de moi.

Terron ! ai-je crié. Où es-tu, Terron ?

Dans la caverne de la Paix. Il n'y avait aucun doute, sa voix venait de l'énorme bloc à ma gauche — c'était le rocher lui-même qui me parlait !

Incrédule, je me suis remis debout à la hâte et j'ai retraversé prudemment la crevasse, cherchant un endroit où m'introduire dans le roc. A l'arrière, là où le bloc de la taille d'une pièce semblait extrait du flanc de la montagne, se trouvait près du sol un triangle étroit et obscur de soixante centimètres de haut tout au plus. Je l'ai rejoint en rampant et j'ai constaté que, en effet, c'était une entrée de la grotte. J'ai crié « Terron » dans le creux, et comme je l'ai entendu rire, je me suis faufilé dans le trou et j'ai pénétré dans la caverne de la Paix.

L'énorme rocher était donc creux. Après avoir franchi le passage, je me suis relevé et j'ai vu que j'étais dans une salle aux parois de pierre. La lumière s'y répandait par cinq ou six ouvertures disséminées dans le mur et la voûte — des trous pas plus larges que des doigts quand ils arrivaient au jour, donc trop petits et trop insignifiants pour être repérés de dehors. Ils s'ouvraient en entonnoir vers l'intérieur, diffusant une lumière douce et laiteuse comme celle d'une église ou d'une mosquée ancienne. Levant les yeux, j'ai aperçu, sur le plafond humide ainsi qu'en hauteur sur les murs, des inscriptions et des peintures en ocre et noir, des représentations en bâtonnets d'êtres humains (principalement de sexe masculin) et de bêtes sauvages en forme de chiens. Les inscriptions ressemblaient à de l'écriture mais pas aux lettres de l'alphabet phénicien. Peut-être du sanscrit ou des comptes secrets, voire des annotations codées pour des invocations rituelles.

Ce sont les Arawaks qui ont fait ces dessins et ces messages, m'a annoncé Terron de l'endroit où il était assis, à l'extrémité obscure de la caverne. Ainsi que les anciens Africains qui se sont cachés ici et ont tué les Britanniques, a-t-il ajouté. Puis il m'a fait signe d'approcher, ce que j'ai fait, complètement mouillé et tremblant de froid. Il m'a montré deux minuscules orifices. A l'extérieur ils se situaient plus haut que la taille d'un homme, mais dedans ils étaient exactement à hauteur des yeux et dirigés légèrement vers le bas, de sorte qu'à travers l'un d'eux je pouvais voir l'endroit où je m'étais arrêté pour contempler le marais et penser aux serpents d'eau, et qu'à travers l'autre j'apercevais le bord de la paroi où je m'étais assis avec mes jambes qui pendaient au-dessus du deuxième *cockpit*. Depuis l'intérieur de la caverne on pouvait donc tirer à la carabine ou au mousquet par ces trous : l'homme se trouvant dehors d'un côté ou de l'autre serait abattu et ceux qui le suivaient en file indienne ne sauraient jamais d'où était parti le coup. Terrifiés, ils s'enfuiraient, revenant là d'où ils étaient partis.

Je me suis accroupi sur une corniche, et lorsque Terron a vu à quel point j'étais transi et trempé, il a vite rassemblé quelques brindilles et des bouts de bois noircis abandonnés par d'autres visiteurs pour allumer un feu au milieu de la salle. Pendant quelques instants la fumée grise a tourné autour de nous, puis elle a été prise dans un courant d'air et s'est enfuie par une ouverture au plafond grande comme le poing. Nous sommes restés assis près du feu et avons parlé à voix basse de ceux qui nous avaient précédés ici, les Arawaks qui se cachaient des esclavagistes espagnols, puis les guerriers achantis soutenant Ysassi contre les Anglais, puis les Marrons de Cudjoe dans leur longue guerre contre les hommes de Guthrie, et enfin les Marrons de Saint James dans la deuxième guerre des Marrons contre les Britanniques. Ils finissaient tous par sortir de la caverne, mais seulement lorsqu'il était établi que l'ennemi avait entièrement quitté l'île, comme les Espagnols, ou qu'il avait été battu et qu'on pouvait donc se risquer à lui faire confiance, comme à la fin des guerres contre les Britanniques. C'était la raison pour laquelle on l'appelait la caverne de la Paix, m'a expliqué Terron. Parce qu'ils n'ont jamais abandonné avant d'être sûrs que la paix suivrait. D'ici, Cudjoe et ses chefs étaient revenus à pied à l'emplacement de l'ancien village, et c'était là qu'avait eu lieu la rencontre avec le colonel britannique, qu'ils s'étaient assis ensemble et qu'ils avaient signé le traité de paix que gardait M. Mann. Bientôt, a-t-il promis, je t'emmènerai à l'endroit où a eu lieu la signature et où se trouvait l'ancien village.

C'était une promesse qu'il devait réaliser ce même après-midi sur le chemin du retour à Nyamkopong. Mais avant de quitter cette grotte, nous devions rendre hommage aux morts dont c'était la caverne, aux Indiens, aux Africains et aux Marrons jamaïquains. D'une façon visible — en tout cas pour nous sinon pour eux — nous devions confirmer leurs droits sur ce lieu, et le cérémonial a été simple, comme il l'est d'habitude quand il est sincère. Terron a tiré de sa poche une flasque de rhum d'une demi-pinte, et nous avons craché du rhum par la bouche sur les quatre murs plus ou moins différenciés de la salle, sur les peintures et les marques. Terron a commencé et j'ai suivi. Nous avons brûlé dans le feu les quelques onces de rhum qui restaient, puis nous avons tout éteint. Avant de partir, nous avons ramassé des petites branches de bois à l'extérieur et nous les avons soigneusement entassées dans un coin de la caverne. Puis, en file indienne, nous sommes repartis vers Nyamkopong.

La pluie avait cessé et des îlots de ciel bleu flottaient au-dessus de nous tandis que nous retraversions la région des *cockpits* en sens inverse. Des colibris des Antilles vibraient près de la piste, leur queue plongeant avec grâce comme des cosses fines de grain noir. Au-dessus, les vieux urubus décrivaient leurs boucles lentes dans leur éternelle recherche de mort. Une vapeur baignée de soleil émanait du sol rouge et du feuillage, et rapidement nous avons ôté nos chemises pour nous les nouer autour de la tête comme des turbans.

A une distance d'une heure de la caverne, Terron a soudain quitté le sentier des crêtes pour descendre à droite le long d'une pente douce dans des herbes qui lui montaient jusqu'à la taille, entrant dans un *cockpit* très évasé qui, d'en haut, semblait entouré de puits plus étroits, plus profonds et plus abrupts. Le sol en était fertile, pas érodé comme dans la plupart des *cockpits*, et l'endroit était plus spacieux que tous ceux que j'avais vus dans cette région. Oui, ce doit être le site de l'ancien village, me suis-je dit, et tout aussitôt Terron a confirmé en montrant sur notre gauche un trou dans le sol entre plusieurs excroissances de grandes roches calcaires.

Là se trouvait le puits, a-t-il déclaré. Nous nous sommes baissés et nous avons regardé dans le trou. On ne voyait rien. Après quelques secondes, Terron a laissé tomber un petit caillou dans l'obscurité. Après un moment d'attente, nous avons entendu éclabousser.

Un peu plus loin, nous sommes entrés dans un canyon herbeux, flanqué de hautes parois, et c'était là, j'en étais sûr, qu'ils avaient construit leurs maisons. Une demi-douzaine d'arbres à coton gigantesques s'élevaient à une bonne distance les uns des autres dans cette gorge, mais à part cela le sol était lisse sous nos pas ; s'il y poussait des herbes jaunes, il était en revanche dégagé des broussailles enchevêtrées et des buissons de maccas qui couvrent la plus grande partie de cette région en friche et inhabitée. Nous sommes restés un instant silencieux au milieu de cet espace, levant les yeux vers les crêtes qui fermaient trois côtés puis nous tournant vers la pente légère, comme un champ, qui formait le dernier côté. Je savais qu'on y avait fait des cultures près du puits où la terre était fertile et où le drainage, bien que constant, n'était pas assez violent pour détacher la couche arable de la roche sous-jacente et l'emporter dans ses remous contre les maisons et les granges du bas où nous étions. Ces champs et ces jardins soigneusement entretenus avaient abasourdi les Anglais quand à la fin ils étaient sortis à la queue leu leu de la jungle, épuisés, sales, à court d'eau et à demi morts de faim, et qu'ils s'étaient rassemblés là dans ce village plein de gens pour signer la paix avec Cudjoe. Les huttes d'où les enfants risquaient un coup d'œil vers le groupe hétéroclite de soldats blancs avaient également fait leur admiration quand ils les avaient vues si bien rangées et pourvues de petits conforts domestiques. Tout ce temps-là ils avaient cru se battre contre une armée, pas contre tout un peuple.

Cette colonie était l'une des sept ou huit établies ici à l'ouest, et il y en avait peut-être une douzaine de plus à l'est. Trois ou quatre cents âmes y vivaient, gardant le précieux traité. Puis, à un moment, sans attirer l'attention de quiconque — c'est-à-dire de quiconque faisant office d'archiviste — ils étaient partis de l'autre côté des *cockpits* à l'endroit où se trouvait aujourd'hui Nyamkopong. Du moins c'était ce qu'il me semblait. Je n'en étais pas certain. Terron avait dit qu'ils étaient partis quand il y avait eu trop de morts ici, ce qui paraissait raisonnable. Après quelques générations il y aurait plus de morts que de vivants dans le village, et comme on aurait ainsi manqué d'espace, les vivants auraient déménagé. Ils étaient les seuls à pouvoir se déplacer, à se réinstaller, les morts étant incapables de se mouvoir, tout comme ceux qui ne sont pas encore nés.

Les arbres à coton gigantesques déployaient leurs branches contre le ciel et l'herbe cédait sous nos pas. Ici, les morts vivaient même à présent, et cette pensée m'empêchait d'imaginer les habitants d'autrefois avec leurs conversations, leurs feux, leurs querelles, leurs travaux, leurs enfants, leurs chiens, leurs récoltes. Ce n'était pas un endroit où un peuple avait un jour vécu ; il était encore habité. Je ne pouvais pas y importer de sentimentalisme.

Il en allait de même pour la caverne. Dès lors que nous avions accompli le rituel qui confirmait son appartenance continue aux morts, je ne pouvais plus l'imaginer comme étant possédée par les anciens Marrons et Arawaks, sinon dans un film imbécile. C'était un monde où les gens meurent mais ne disparaissent pas commodément. Je ne pouvais donc pas le peupler par des réminiscences ou par une histoire imaginée, fût-elle la mienne ou celle de Carey Robinson. Je devais le céder aux morts ou prendre le risque des conséquences morales d'avoir menti sur des sujets graves.

Après avoir rejoint le sentier des crêtes et repris notre randonnée vers Nyamkopong, j'ai appelé Terron qui marchait devant moi. Il s'est arrêté, quelque chose dans ma voix lui ayant sans doute dit que je voulais faire une déclaration et pas simplement bavarder.

Terron, ai-je dit, si tu me demandais aujourd'hui la même chose qu'hier soir : « Tu ne crois pas en la prophétie ? » je te répondrais autrement.

Ah, a-t-il fait.

Souviens-toi, je t'ai répété les paroles de M. Mann : Tu verras ce que tu veux voir.

Oui, il s'en souvenait, apparemment avec tristesse.

A présent je ne répondrais pas pareil. Autrement.

Sais-tu ce que tu dirais ?

Non.

Ah, a-t-il dit à nouveau. Et avec un sourire il s'est retourné et s'est remis à marcher vers Nyamkopong.

Samedi, et c'était ma dernière soirée au village. A

part deux choses, tout s'est passé comme les autres soirs à Nyamkopong. Nous nous sommes baignés dans la Black River, nous avons mangé des dos de poulets avec du riz et des ignames afou. M. Mann et moi avons pris notre repas les premiers, seuls à la longue table où les adolescents nous servaient. Ils allaient chercher la nourriture à la cuisine dehors où Devina et la belle-fille de M. Mann suaient sang et eau dans la chaleur et la fumée. Puis les garçons ont débarrassé nos assiettes et les ont lavées pour que les autres dans la maison puissent s'en servir : Devina, son fils et sa belle-fille, les trois petits-fils et ceux qui se trouvaient là en ce moment. J'avais d'abord essayé de leur imposer mon propre sens des convenances en suggérant à M. Mann que les autres mangent avec nous, mais il avait dit non avec beaucoup d'énergie. C'est quelques jours après, lorsque j'ai pu mieux me rendre compte de la quantité de leurs articles de maison, que j'ai vu qu'il n'y avait que quelques couverts et que M. Mann et moi-même les utilisions presque tous.

Après notre repas nous avons fumé des cigarettes puis, au crépuscule, alors que le ciel devenait écarlate à l'ouest et que les palmiers se dressaient en silhouettes noires le long de la route, nous sommes montés jusqu'aux boutiques et nous avons fait notre tournée — un verre ou deux ici, sept manches de dominos là, une discussion philosophique sérieuse sur la « réalité » du débarquement américain sur la Lune et ailleurs un débat politique tout aussi sérieux sur la menace que représentaient pour les Jamaïquains la CIA d'une part et les révolutionnaires entraînés à Cuba de l'autre. Il n'y avait jamais rien qui ressemblât à de menus propos avec M. Mann, et malgré les capacités de Terron en tant que maître du bavardage — ou peut-être à cause d'elles, puisque l'insignifiance trop appuyée finit par ramener l'attention directement vers ce qui fait sens —, il n'y en avait pas non plus avec lui. Aucun des deux ne se laissait aller à ce que nous appelons le commérage en dénigrant ou en dévoilant des choses gênantes sur des personnes que je connaissais. M. Mann refusait tout simplement de commenter son jugement absolu sur tel ou tel qu'il qualifiait de singe — ce qui m'obligeait à fournir moi-même les preuves —, et Terron, en papotant sans cesse sur des détails, des bêtises, des erreurs et des malchances, sur la suffisance imbécile ou la cupidité de gens que je ne pourrais jamais connaître, finissait par me servir une pièce édifiante, une moralité permanente qui utilisait des personnages pour illustrer les formes morales du comportement et leurs conséquences.

Après tout cela, donc, la baignade, le repas, les verres, les dominos et quelques discussions sérieuses, notre soirée prenait fin. Terron se dirigeait vers son lit, M. Mann et moi vers les nôtres, et c'était ainsi que se passaient toutes mes nuits à Nyamkopong. Maintenant j'étais arrivé à la dernière, et à mon sens ça la rendait différente de toutes les autres. Le lendemain matin je partirais avec Terron pour Kingston et de là notre itinéraire nous conduirait vers l'est puis peu à peu vers le nord autour de l'île jusqu'à Port Antonio où nous habiterions chez le jeune frère de Terron. Nous visiterions ensuite les trois villages marrons restants, car ils étaient tous les trois situés dans les Blue Mountains derrière Port Antonio. Puis il y aurait une rapide traversée de la chaîne côtière en direction du sud où je m'envolerais de Kingston pour rentrer aux États-Unis, en Nouvelle-Angleterre, chez moi.

Alors que je ne savais pas moi-même si je reviendrais un jour à la Jamaïque, tout le monde autour de moi semblait penser que mon retour à brève échéance allait de soi. M. Mann, Terron, Rubber, Juke et ses potes, même le colonel, tous passaient commande auprès de moi depuis plusieurs jours pour des produits américains comme si je faisais un saut à Miami pour quelques jours de courses. M. Mann voulait des livres, en particulier un traité sur les herbes qu'un journaliste canadien lui avait montré un après-midi de 1938 et les écrits d'Henry Kissinger qu'il appelait son frère bien-aimé secrétaire d'État. Terron voulait une télé japonaise portative à piles qu'il avait vue dans une publicité du *New Yorker* du mois de janvier apporté des États-Unis par ma belle-mère. Il ne me répondait pas quand je lui expliquais que les piles devaient être rechargées après quelques heures d'utilisation seulement, et que l'unique façon de les recharger était de laisser la télé branchée sur une prise de courant pendant des jours et des nuits. Il se contentait de changer de sujet comme si je racontais des bêtises, puis plus tard il me rappelait de lui rapporter une de ces télés à piles comme il en avait vu dans le magazine chez moi à Anchovy. Ce serait bien pour ses gosses, expliquait-il. Rubber voulait deux paires de Levi's américains et un couteau Buck à manche de bois comme celui que je portais à la ceinture et que je lui ai simplement donné en lui demandant de ne pas s'en servir pour tuer quelqu'un. Il a accepté mon exigence gentiment, mais avec réticence parce que je retirais ainsi une fonction cruciale au couteau. Juke voulait un magnétophone et des cassettes vierges pour pouvoir enregistrer puis écouter de la musique « pure », ce qui voulait dire les psalmodies nocturnes accompagnées de tambours des rastas, et pas cette musique *soul boy* que la radio prétendait lui faire entendre. Pour Devina ce serait du savon, des savonnettes Ivory qui sont blanches et qui flottent, m'a-t-elle précisé. La femme de Terron souhaitait que je lui porte du tissu pour habiller ses enfants, et elle m'a donné trois bouts de coton — un rose, un de velours havane et un autre de flanelle violette — comme échantillons. Le colonel Martin Luther Phelps, lui, aimerait une torche électrique comme celle que M. Mann promenait à présent dans le village. En plus de ces requêtes de mes amis, il arrivait plusieurs fois par jour, les derniers temps, que quelqu'un que je connaissais à peine, généralement un homme d'une vingtaine d'années, m'attrape par le bras et me demande de lui rapporter un appareil photo Polaroïd. « Avec ça je pourrai descendre à Montego Bay ou au cap Negril prendre des touristes en photo et je gagnerai plein de sous », expliquait-il, les yeux tout brillants du rêve de rentrer chez lui, devant sa femme et ses enfants, avec de l'argent dans la poche.

Comment pouvais-je répondre honnêtement à la plupart de ces demandes ? Pour certaines ce n'était pas difficile ; pour d'autres c'était impossible. Ainsi, s'agissant du livre d'herboristerie de M. Mann, je lui ai donné l'assurance que je le chercherais et que je le lui enverrais dès mon retour aux États-Unis. Il était également possible que je déniche une anthologie des discours d'Henry Kissinger, mais je ne pouvais pas lui promettre qu'elle serait dédicacée personnellement à M. Mann comme il me l'avait prescrit : « A mon frère bien-aimé le secrétaire d'État du peuple des Marrons de la Jamaïque, gardien du traité de Sang et protecteur pour toujours des droits des Marrons. Votre ami, Henry A. Kissinger. » En arrivant à Nyamkopong le lundi précédent, j'avais offert à M. Mann un exemplaire du livre de Carey Robinson, *Le Peuple guerrier des Marrons de la Jamaïque*, et j'avais écrit sur la page de garde : « A mon cher ami, M. Wendell O. Mann, avec affection et gratitude », puis j'avais signé. Il avait gracieusement accepté mon cadeau, et ce soir-là il était allé chercher dans sa chambre son propre exemplaire du livre de Robinson, tout écorné et déchiré, avec des corrections irritées dans les marges lorsque Robinson avait omis un événement important — telle l'éruption du Vésuve — ou une personne — par exemple Jules César ou Theodore Roosevelt. Posant son exemplaire en face de moi sur la table, M. Mann avait sorti son crayon et avait écrit pendant de longues minutes sur l'intérieur de la couverture et la page de garde. Après quoi il m'avait passé le livre de l'autre côté de la table et déclaré qu'il souhaitait que M. Henry Kissinger le reçoive. Voici ce qu'il avait noté :

Déclarations : Trelawny Town, 1738-1739. Je dois commencer par dire que nous en tant que Marrons nos pensées sont promulguées à cent pour cent par Jésus. Nous avons nos origines en Afrique. Nos prédécesseurs, à savoir : Achanti, Nina, la « Bonne Dame » religieuse, Nonny, Cudjoe qui avait pour titre général Lisrimo Cudjoe. Ils furent amenés ici par les Espagnols comme esclaves. C'était bien pour eux.

Achanti.

Lorsque Achanti est sorti et qu'il a observé les situations, voici ses versions : *Veni, vidi, vici* — Je suis venu, j'ai vu, j'ai vaincu. C'était fortement encourageant pour son peuple de savoir que quand une guerre éclaterait entre eux et les Anglais ils gagneraient : car nous, les Marrons, sommes le cœur de la Jamaïque, et la peau, bien que noire, est celle des Anglaïs. Les gens anglais savent que c'est un fait irréfutable. Nous en tant que Marrons nous en tenons encore à notre serment de vivre en paix non seulement avec le peuple des Anglais blancs mais aussi avec toutes les nations du globe. Je peux me rappeler, si ma mémoire ne me fait pas défaut, que des membres du Parlement au palais de Buckingham ont dit que toute croyance ou nation qui ne considère pas notre traité de Sang comme sacré n'est pas digne d'être appelée une race.

Jésus a envoyé Jonas à Ninive : pour avertir les Ninivites de rester en paix avec ses frères et ses amis : celui qui écrit ces mots, Sincèrement, déclarant sans démenace ni sans mandation que je suis le secrétaire d'État des Marrons de Nyamkopong, Trelawny Town, selon la forme/teneur de notre noble traité qui fut signé entre les deux Puissances Souveraines en l'an de grâce 1738-1739.

Ce vieux copain Wendell O. Mann, en tant que secrétaire d'État, écrit maintenant au jeune homme Henry A. Kissinger en tant que secrétaire d'État aux USA : Son Excellence — que le bon Dieu du ciel vous bénisse et vous garde, car j'ai remarqué que vous faites le tour du globe pour arriver à une paix parfaite entre les nations. Que le bon Dieu vous aide à continuer à faire de même, car tel est le royaume des cieux. Que Dieu bénisse et garde le pays d'oncle Sam, le pays de la liberté, continuellement.

De tout mon cœur j'adresse ces faibles remarques à : mon frère ami de moi et de ma famille pour qu'il vous le porte ainsi qu'au peuple des USA. Dans son ensemble. Nous les Marrons on aime la République américaine pleinement. Bonne nuit.

Avec amour ces suggestions,
Wendell O. Mann,
Secrétaire d'État
Écrit au nom de Notre Seigneur le 12 avril 1976.
Amen.

Je ne voyais pas comment persuader Henry A. Kissinger de répondre dans la même veine. Et Terron n'acceptait pas d'entendre de ma bouche qu'après quelques heures la télé à piles s'assombrirait et s'éteindrait. De même ne voulait-il pas savoir que l'appareil valait plus de cent cinquante dollars, pas plus que Rubber ne m'écoutait quand je lui disais que des Levi's coûtent entre dix et quinze dollars aux États-Unis. Au lieu de quoi il avait grimacé d'étonnement ravi, tellement c'était moins cher qu'à la Jamaïque où ils se vendent plus de vingt-cinq dollars. Et lorsque j'ai avoué à Juke que je ne pensais pas pouvoir trouver le genre d'enregistreur qu'il voulait pour moins de cent dollars, il a lui aussi été stupéfait par le bas prix de tels objets aux USA. Quant à Devina, la femme de M. Mann, elle ne demandait comme toujours que ce qu'elle savait pouvoir obtenir de moi, une douzaine de savonnettes Ivory et cinq dollars de plus pour son église ; et je savais que je serais en mesure d'envoyer du tissu à la femme de Terron et même quelques vêtements pour ses enfants. Il semblait que les femmes savaient quelque chose que les hommes ignoraient d'habitude, ou bien que la souffrance du manque, chez les femmes, n'était pas la même que chez les hommes. Préférant le minuscule possible au rêve impossible, elles étaient de ce fait plus « réalistes » que les hommes. Sauf M. Mann, bien sûr, qui était au-delà des rêveries d'un jeune homme et ne se passionnait guère pour du savon, des vêtements ou des contributions à l'église.

En fin de compte, j'ai répondu aux requêtes pour des articles que je savais pouvoir acheter et envoyer à Nyamkopong (le savon de Devina, le tissu de la femme de Terron, le livre sur les herbes de M. Mann, la torche du colonel) avec une promesse ferme de m'en acquitter ; et je me suis alors rendu compte, à ma stupéfaction, qu'on ne me croyait pas. Ils ont tous poliment souri et m'ont remercié d'avance, mais je voyais dans leurs yeux qu'ils ne me croyaient pas. Ils étaient polis parce que je l'étais. Quant aux autres demandes — les Levi's de Rubber, la télé de Terron, le magnétocassette de Juke, l'exemplaire dédicacé à M. Mann des discours de Kissinger, sans parler de la douzaine de Polaroïd —, je me suis contenté de dire que j'essaierais mais que les frais seraient trop élevés. Et, encore à mon étonnement, cette vague déclaration a été reçue comme signifiant que les objets allaient arriver au bout d'une ou deux semaines après mon départ de l'île. Immédiatement tout le monde s'est préoccupé des problèmes techniques de l'envoi par la poste de paquets pour la Jamaïque. On m'a recommandé d'enlever tous les noms de marque et les étiquettes de prix pour tromper les inspecteurs des douanes, de m'assurer que les articles étaient soigneusement emballés pour qu'ils ne se défassent pas dans le transport et finissent par être volés par quelqu'un du bureau de poste de Whitehall.

Au souper, ce dernier soir à Nyamkopong, M. Mann a de nouveau mentionné son désir d'avoir le livre de Kissinger. Ça l'aiderait, a-t-il dit, à résoudre certaines difficultés qu'il rencontrait ici avec les singes. Durcissant alors de colère son visage ridé, il a repoussé sa chaise loin de la table et il est parti d'un grand pas dans la chambre, revenant avec le registre qu'il portait toujours avec lui quand il quittait la maison. Avec un soin infini il a délicatement posé le livre sur la table devant moi, puis, comme s'il soulevait le couvercle d'un coffre contenant un trésor, il l'a ouvert en son milieu. Là, enveloppé dans du plastique craquelé et bosselé, se trouvait le traité. Le parchemin ou le papier était bruni par le temps et taché par l'humidité et les manipulations, mais il restait quand même solide.

En baissant la voix presque jusqu'à chuchoter, le vieil homme m'a dit que c'était *cela* que les singes voulaient lui faire céder au gouvernement, à Bulkley et à toute la bande des travaillistes. M. Mann avait fait le tour de la table pour se mettre à côté de moi ; là, penché au-dessus de mon épaule il m'a montré du doigt, sous la faible lumière de la lampe à kérosène, la signature fleurie du colonel Guthrie et le gros *X* tracé par le « capitaine » Cudjoe avec la date, 1er mars 1739.

Je n'arrivais pas à croire qu'il pût s'agir du traité original ni même d'une copie particulièrement ancienne. Comme pour le suaire de Turin, il n'avait pas scientifiquement le droit d'exister encore. Pas dans ce climat, pas avec cette façon de le conserver. Et je savais bien sûr que le traité était déjà sur microfilm aux Archives nationales de Spanish Town et qu'il avait été transcrit de nombreuses fois. J'en avais moi-même lu une version soigneusement dactylographiée à Boston, Massachusetts. Le contenu du traité, sa force légale quelle qu'elle fût, ne dépendait aucunement de ce document devant moi dont je supposais qu'il s'agissait d'une copie de clerc faite vers la fin du XIXe siècle à l'instigation de quelque fonctionnaire colonial qui avait eu l'idée, pour une raison cupide ou une autre, de flatter et de gonfler l'importance du colonel de Nyamkopong de l'époque. L'excursion à cheval jusqu'au pays Cockpit pour livrer quelques feuilles de parchemin n'était pas une partie de plaisir, en ce temps-là, aussi le « retour » du traité chez les Marrons avait-il sans doute été l'occasion d'un échange de biens ou de services. La ruse avait pourtant marché. Au bout de quatre-vingt-dix ou cent ans, la copie était si bien devenue l'original qu'à présent le gouvernement essayait de la récupérer pour en faire une reproduction et préserver cet « original » en l'exposant dans une vitrine à l'Institut de la Jamaïque. Ce qui serait renvoyé alors à Nyamkopong serait en effet une copie désignée comme telle qui, du coup, ne constituerait plus un trésor. Échanger un trésor contre sa contrefaçon — seul un singe serait assez sot pour le faire et s'en trouver malin.

En quoi M. Kissinger peut-il vous aider ? ai-je demandé en le regardant dans les yeux, ces pupilles concentriques, bleu et brun, qui ressemblaient à des puits menant, non vers le bas dans la terre, mais vers le haut, dans le ciel, traversant le bleu et le brun pour arriver à l'immense espace noir.

De la même façon que les Américains protègent la Jamaïque de Cuba avec leur puissante flotte, a-t-il expliqué, Henry Kissinger protégera Wendell O. Mann des méfaits des singes par le pouvoir de son nom. Lorsque le singe principal verra que Henry A. Kissinger a appris que j'étais le gardien du saint traité de Sang, il en parlera à tous les autres singes qui penseront aussitôt que c'est leur devoir de ne pas voler le traité pour le donner au gouvernement. Au lieu de cela, ils se mettront à se disputer et à se battre pour savoir lequel sera le mieux capable de m'aider à remplir mes fonctions de secrétaire d'État des peuples marrons et de protecteur du traité de Sang. A l'heure actuelle, le gouvernement de la Jamaïque a persuadé les singes que leur devoir de Marrons était de voler le traité et de le lui donner. Ils croient qu'ils recevront en retour des routes asphaltées, du courant électrique et un dispensaire médical comme les Marrons de Moore Town. Au lieu de quoi, s'ils volent le traité et le remettent au gouvernement, ils n'obtiendront rien d'autre qu'un arpenteur et des impôts à acquitter. Et lorsqu'ils ne pourront pas payer les impôts, le gouvernement viendra leur prendre leurs terres qu'il fera cultiver à sa façon par des gens venus de Kingston, et pas comme le veulent les villageois. Alors arriveront la route asphaltée, l'électricité et le dispensaire, c'est sûr, mais ce ne sera pas pour les Marrons de Nyamkopong. Car les Marrons de Nyamkopong seront tous partis d'ici et se retrouveront dans les rues de Montego Bay ou en train de travailler comme des esclaves pour un étranger sur la terre des Marrons. *C'est cela* que veut le gouvernement. Pas le traité. S'ils se procurent le document, ils le mettront dans un livre quelque part, ou ils l'oublieront ou ils feront exprès de le perdre quelque part à Kingston. La seule chose qui leur importe, c'est de le faire sortir de Nyamkopong. Parce qu'ils savent bien que c'est ce traité qui nous garde notre force contre eux.

Puis baissant encore la voix tout à coup, il s'est mis à pratiquement chuchoter contre mon oreille. Je veux que vous racontiez tout cela à Henry A. Kissinger lorsque vous le verrez. Comme ça il comprendra qu'il a affaire avec un juge de singes et pas avec un singe — ça aussi, dites-le-lui, mais ne le racontez à personne d'autre, m'a-t-il averti, pas même à votre frère Terron.

J'ai promis de ne le dire à personne d'autre qu'à M. Kissinger, cet autre juge de singes, et le vieil homme a continué. Ça fait deux ans et sept mois, maintenant, que je sors avec ce registre sous mon bras, comme ça, et chaque fois que je parle du traité je tape sur ce livre, comme ça.

Prenant le registre, il l'avait calé sous son bras et il était en train de faire une démonstration de sa manière apparemment distraite et involontaire de le tapoter lorsque j'ai entendu un gémissement ou un grognement s'élever dehors et puis se calmer.

M. Mann ne semblait pas avoir remarqué parce qu'il continuait ses révélations. De cette manière, depuis deux ans et sept mois les gens savent que je transporte le traité avec moi et la plupart croient que c'est ce registre qui constitue le traité. Parce que je ne leur dis pas qu'il est *à l'intérieur* du livre, a-t-il fait en grimaçant un sourire.

Ah, ai-je répondu admiratif. Puis j'ai à nouveau entendu le gémissement, une voix d'homme qui lançait de très loin des appels incohérents.

Attendez, vous ne comprenez pas. Je vais vous

montrer mon truc, a-t-il dit en faisant défiler les pages du registre vers le début. Tous les soirs avant de m'endormir, a-t-il chuchoté, j'écris dans ce volume les phrases du traité, et bientôt j'aurai tout copié mot à mot. Comme ça je pourrai cacher le véritable traité, le mettre à l'abri des singes. Et alors qu'ils donnent l'autre au gouvernement, a-t-il déclaré triomphalement, parce que le véritable traité, le traité de Sang que nos ancêtres nous ont apporté au prix de leur vie sera encore aux mains des Marrons de Nyamkopong ! Qu'ils envoient alors un géomètre arpenteur et un collecteur d'impôts, je sortirai le vrai traité et je leur lirai qu'ils doivent cesser, se désister et *disparaître* des territoires marrons !

Du bout des doigts j'ai caressé les pages aux lignes vertes du registre à deux colonnes où le vieil homme avait inscrit patiemment, lentement, nuit après nuit, phrase par phrase, le texte long et semé d'embûches du document que les Britanniques avaient utilisé pour soumettre les farouches Marrons après que leurs troupes se furent révélées incapables de le faire. Certes il y avait la clause qui accordait à Cudjoe et à son peuple la libération de l'esclavage, et il y avait la description des deux parcelles de terre qui devaient devenir leur domaine : le terrain de six cents hectares qui fut repris cinquante ans plus tard lorsque les Marrons pugnaces de Trelawny Town, trop fixés à la lettre du traité, furent expédiés en Nouvelle-Écosse puis en Sierra Leone ; et les quatre cents hectares accordés aux Marrons de Nyamkopong. Il y avait la disposition qui les autorisait à faire pousser ou à élever dans ces terres, puis à vendre, toutes cultures et tous animaux qu'il leur plaisait, ainsi que le droit de vendre les produits de leurs cultures à tout endroit de l'île. Également la disposition leur donnant le droit de chasser en tout endroit de l'île tant qu'ils restaient à une distance de quatre kilomètres et demi de toute agglomération ou plantation. Il y avait encore la clause qui plaçait chez eux deux Européens nommés par le gouvernement comme « préfets » censés « maintenir une relation amicale avec l'île ». Et bien sûr les dispositions exigeant des Marrons qu'ils « tuent, suppriment ou détruisent... tous rebelles, où qu'ils se trouvent dans l'île, sauf s'ils se soumettent aux mêmes termes de compromis que ceux accordés au capitaine Cudjoe et à ses successeurs... », et, « Si des nègres viennent dorénavant à s'enfuir de chez leurs maîtres ou propriétaires et tombent aux mains du capitaine Cudjoe, ils seront immédiatement remis au premier magistrat de la paroisse la plus proche de leur lieu de capture ; et ceux qui les ramèneront seront dédommagés de leur peine selon ce que décidera le corps législatif ». Telles étaient les clauses qui avaient semé une division permanente au sein des Marrons, et, en faisant d'eux des chasseurs de primes, les avaient séparés de leurs frères de race et dressés contre eux.

Le gémissement était devenu net, à présent, presque une mélopée avec des cris comme « Malheur, malheur, malheur ! » répétés sans cesse, gagnant d'abord en force et en hauteur de son, puis retombant en paroles embrouillées qui ressemblaient à des ordres donnés par un homme qui aurait du gravier dans la bouche. Vous entendez ça ? ai-je demandé à M. Mann qui pliait le traité pour le remettre au milieu du registre.

Prenant son livre, il est allé jusqu'à la porte et il a jeté un coup d'œil dans la cour sous la lumière argentée de la lune. L'Avertisseur, a-t-il dit, puis il a fait demi-tour avant de disparaître dans sa chambre, vraisemblablement pour remettre son registre dans le tiroir ou dans la boîte où il le gardait.

Un des petits-fils était entré dans la pièce et débarrassait la table de nos assiettes du repas. Tu entends ça ? ai-je demandé au garçon.

Il s'est arrêté pour tendre un instant l'oreille. Pleine lune. L'Avertisseur est sorti, a-t-il déclaré, et il est revenu laver les assiettes pour qu'il puisse manger avec ses frères, sa grand-mère, sa tante et son oncle.

J'ai quitté ma chaise et je suis sorti dans la cour. La lune chevauchait comme un soleil froid au-dessus des palmiers noirs et frissonnants, et toutes les choses, ici sur terre, jetaient des ombres bleu foncé aux contours nets sous son éclat argenté. Le cri de l'Avertisseur s'est fait plus distinct, et c'était encore celui que j'avais entendu de dedans : « Oh ! malheur, malheur, malheur ! » qui s'élevait dans un appel aigu puis sombrait comme dans des considérations spécifiques. Qui donc est-il en train d'avertir ? me suis-je demandé. Et s'ils l'appellent l'Avertisseur, pourquoi ne lui accordent-ils aucune attention ? Pourquoi n'essaient-ils pas de se protéger ?

M. Mann, portant sous le bras le registre bien connu qui indiquait qu'il était prêt à se rendre dans les boutiques, m'avait rejoint dans la cour. Il m'a passé une cigarette allumée et lancé un commentaire sur la pleine lune, sur le fait qu'elle ne le décevait jamais.

De quoi nous prévient-il ?

Parfois du feu, parfois de l'inondation. Selon ce qui va venir.

Il le sait ?

Oh oui ! Quand c'est la pleine lune, il sait si le feu ou l'inondation arrive. Sinon il reste sans parler, un muet. Il sourit et fait le travail que lui donne sa mère. Un idiot. Puis, à la pleine lune, il est quelquefois comme ça. Ça dépend.

Ça dépend de quoi ?

De ce qui va venir.

Et ce soir, de quoi nous prévient-il ?

Je ne sais pas. Mais nous le découvrirons plus tard. Sans tarder, a-t-il ajouté avec indulgence pour mon impatience, en me lançant une tape amicale sur le bras. Vous verrez ce que vous voulez voir, a-t-il poursuivi gentiment, comme un père à son fils.

Oui, certainement.

Bon, allons voir s'il y a quelqu'un d'assez fou ce soir pour jouer aux dominos contre nous.

J'ai passé mon bras autour de son épaule et nous sommes lentement sortis de la cour pour nous diriger vers le centre du village, là où les autres s'étaient déjà rassemblés.

Les brumes du matin, montant des plaines en léchant les longues pentes en direction des crêtes, projetaient sous elles une ombre mouvante qui donnait une teinte grise au vert chatoyant des cimes d'arbres. De la hauteur où je me tenais, à côté de ma voiture et devant la case où Terron rassemblait ses affaires, cette brume était blanche comme neige sous le soleil, et quand elle arrivait près de la crête et du village qui y était accroché, elle se répandait et se dispersait rapidement dans l'air plus frais. M. Mann était assis dans la Toyota de location, savourant sa première cigarette de la journée. Il était venu avec moi jusque chez Terron pour pouvoir nous dire à tous les deux au revoir en même temps. Pour saluer le départ de mes fils, avait-il dit.

Terron est enfin apparu à la porte de sa maison, les bras chargés de paniers débordant de tiges de canne à sucre, de noix de coco, d'ignames, de courges, de grains de café, de calalous et de pommes d'Éthiopie. Il s'agissait de cadeaux pour des parents de Kingston, une sœur de la femme de Terron et ses enfants, chez laquelle nous allions habiter un jour et deux nuits avant de continuer notre périple autour du cap oriental de l'île jusqu'à Port Antonio. Marchant derrière Terron est apparue sa femme, plus petite que lui mais trois fois plus volumineuse : elle portait le sac de compagnie d'aviation en plastique bleu et blanc de Terron, son transistor et son pot pour la cuisine. Un bon rasta ne part jamais en voyage sans son transistor et sa petite marmite.

Nous avons jeté dans la malle et sur le siège arrière les produits frais avec tout l'équipement. Puis nous avons donné l'accolade à M. Mann. Terron s'est tourné vers ses quatre enfants encore petits, deux garçons et deux filles qui avaient suivi leur mère hors de la case, et il a touché chacun d'eux sur le sommet de la tête avant de s'engouffrer dans la voiture. Bien, ai-je dit à la femme de Terron, nous resterons en contact... Je vous enverrai le tissu.

Elle a prononcé un merci silencieux avec sa bouche

et elle s'est détournée, faisant détaler les gosses vers la maison.

J'étais entré dans la voiture et j'avais mis le moteur en marche lorsque M. Mann a contourné l'avant du capot jusqu'à ma fenêtre ouverte, et là il a posé sa main ridée sur mon épaule. Vous ignorez, m'a-t-il dit, que vous nous reviendrez, mais je sais que vous le ferez. Donc ne vous en inquiétez pas. Puis il m'a envoyé un baiser, s'est reculé de quelques pas et nous a fait au revoir de la main.

3

Le vieux avait raison. Tu y reviens, à Anchovy, à la maison sur la colline de Church dominant Montego Bay, à ton frère Terron, à Nyamkopong et à la maison de M. Mann, aux Marrons, à la bibliothèque de Kingston, à Port Antonio, aux lieux autrefois fréquentés par Errol Flynn, à la case d'Evan Smith sur la butte qui surveille Navy Island, aux Marrons de Gordon Hall et au sorcier *obi* avec ses pouvoirs qui te submergent, aux hommes et aux femmes rasta qui deviennent tes compagnons et tes confidents comme tu deviens les leurs, à l'idée de la prophétie et de l'histoire. Tu reviens à tout cela, à cette île sanglante, sombre et splendide de la Jamaïque qui est l'envers presque parfait de ton monde. Tu retournes à ce sol contre lequel se détache ta propre altérité, et tu te vois encore comme si c'était la première fois. Devant ces voix d'acajou qui t'emplissent les oreilles, tu continues à éprouver la sonorité plate et métallique de la tienne et les minces filaments en spirale de tes phrases et de tes pensées. Auprès de ces corps élancés, noirs, à la démarche sensuelle, le tien t'apparaît couleur de parchemin, raide et épais ; c'est un corps dont l'évolution s'est faite au long de millénaires dans les forêts rocheuses du Nord, sous des cieux noirs. Et sur ce fond de versions du passé qui se révèlent à toi par des contes, des gestes, des liens familiaux, des rêves et des documents, tu te mets à remarquer la complexité de ton propre passé ; car si tu peux commencer à saisir le passé d'un inconnu au moyen de ses contes, de ses gestes, de sa parentèle, de ses rêves et de documents, le tien aussi doit pouvoir être dévoilé de la même manière. Tu deviens ton propre étranger et c'est ainsi que lorsque tu retournes sur l'île de la Jamaïque, comme le vieil homme l'avait prédit, tu reviens à toi-même.

Ton départ de Nyamkopong avec Terron t'a d'abord mené à Kingston où tu as dormi sur le plancher d'un taudis au milieu d'un tas de gens désespérés et suants, blottis sous l'ombre d'immeubles de bureaux climatisés, faits d'acier et de verre, tandis que des cochons fouillaient du groin les poubelles de la rue sous des placards publicitaires vantant des vacances à Disneyworld et qu'un bouc noir, gisant dans une rigole devant la bibliothèque de l'Institut de la Jamaïque, avait gonflé au point d'éclater dans la chaleur de midi. A May Pen, quand tu es entré en ville, tu as arrêté la voiture et tu es sorti pour te détendre les jambes et regarder ce que tu venais de dépasser : des kilomètres de bidonvilles avec des vieux emballages de réfrigérateur, des caisses, des autos et des bus abandonnés — tous transformés en abris contre la pluie et le soleil brûlant. Tu as vu des centaines de milliers de gens vivant dans la boue et l'ordure, sans eau courante ni W.-C. ni lumière, une vaste plaine d'allées sillonnées la nuit par des gangs de garçons violents et des meutes de chiens à demi morts de faim. La fumée de milliers de feux de cuisine s'amassait en une brume grise stagnante. Au-delà, il y avait d'un côté les collines basses d'un vert profond sous les montagnes qui s'arc-boutent vers le ciel du soir, tandis que de l'autre côté la mer turquoise prenait une couleur de sang sous le soleil couchant. Tu as vu plus haut, accrochés aux collines et jetant des regards peureux vers la ville, des groupes aérés de maisons à plusieurs étages, avec des baies vitrées, de la moquette, des jardins en terrasses, de hautes clôtures de fer forgé, des fenêtres protégées par des grilles et des gardiens en uniforme. Tu es resté là, debout à côté de ton ami Terron, et tu t'es si bien imprégné de ce lieu que tu as cru y saisir une vision de l'avenir. Cette nuit-là, à Trench Town, t'éclairant à la chandelle dans un coin de la chambre où tu dormais avec Terron et sa belle-sœur (qui ne savait parler que d'une chose, comment elle se débrouillerait pour aller un jour aux États-Unis où les gens ne sont pas obligés de vivre comme ça) et ses trois jeunes enfants, tu as écrit une lettre à un de tes amis de Boston pour lui dire que dans le firmament des cités, Kingston et des villes analogues remplaceraient bientôt New York et Los Angeles, lesquelles prendraient à leur tour la place de ces étoiles mourantes que sont Londres, Paris et leurs semblables. Ces dernières rejoindront les soleils complètement éteints, ces cendres qui ont pour nom Babylone, Carthage et Karnak. Devant la réalité de Kingston, de Caracas, de Lima, de Mexico et de Buenos Aires, as-tu écrit, nous deviendrons des nostalgiques de New York et de Los Angeles, et nous parlerons de leur propreté, de leur efficacité et de leur beauté de la même façon que nous évoquons le « charme du vieux monde » en parlant de Londres et des délicieux boulevards de Paris.

Deux jours et deux nuits à Kingston, tes heures diurnes dévorées par la bibliothèque, tes nuits terré dans la chambre — où, selon Terron et la femme qui y vit, tu es à l'abri et ne te feras pas agresser ni détrousser —, puis tu quittes la ville en direction de l'est et tu progresses vers le nord en contournant l'extrémité pluvieuse et montagneuse de l'île. Tu ne croyais pas Terron ni la femme, et pourtant tu n'as pas osé mettre leur avertissement à l'épreuve en sortant seul prendre un verre le soir ni même faire un tour en voiture. Car, lorsque tu circulais le jour avec Terron dans ce labyrinthe, des hommes et des garçons te lançaient des cris et, dans leur colère, frappaient du poing le capot de la Toyota en traversant l'allée devant toi. Tu savais qu'il existait encore des endroits de cette ville où des visages ouverts et amicaux t'accueilleraient avec bonne humeur, où tu pourrais flâner la nuit et parler du temps avec des inconnus ; tu avais visité ces coins auparavant, l'hiver précédent quand tu étais venu d'Anchovy la première fois pour lire les documents sur les Marrons dans la bibliothèque de l'Institut. Mais, vus de la chaleur grouillante de Trench Town, ces quartiers « sûrs » de la ville semblaient à présent se trouver sur une autre planète.

A Port Antonio, quand tu visites Moore Town et Charles Town, tu vois les choses auxquelles tu t'étais attendu, celles que tes lectures et ta raison avaient mises en place pour que tu les remarques : deux petites zones où des cultivateurs survivant sur leurs lopins de terre doivent en plus se démener pour payer les impôts qui frappent leur bout de terrain, faute de quoi ils seront obligés de vendre aux spéculateurs ou à l'État, sachant qu'aussitôt ils seront expédiés, eux et leurs enfants, au-delà des montagnes jusqu'à Kingston ; et là, au bord de la mer, ils seront tenaillés par le rêve d'aller aux États-Unis recommencer toute leur vie, le rêve triste d'oublier le passé. Moore Town est pourvue de routes asphaltées, de cette électricité et du dispensaire dont M. Mann t'a parlé, et le colonel d'ici est un membre du Parlement qui sait faire voter comme il faut. La moitié du domaine marron de Moore Town est possédée par des gens qui n'y habitent pas. Comme on est près de Port Antonio et que c'est facile d'accès pour les sociétés de films qui réalisent les documentaires de l'office du tourisme, les danseurs et les batteurs d'ici, ainsi que tu le découvres, sont pratiquement devenus des professionnels. Ils forment leurs figures et leurs harmonies bien plus pour satisfaire aux besoins des rédacteurs de brochures et des opérations de relations publiques qu'aux impératifs des structures profondes qui sous-tendent le chaos apparent de la communauté et de la tribu. On t'assure néanmoins que la grande cheftaine Nonny est enterrée ici dans la vallée et que sous peu le gouvernement fera ériger une statue en son honneur. On organisera une grande cérémonie pour enlever le voile de la statue, et la mère du Premier ministre ainsi que trois hauts fonctionnaires de son cabinet viendront de Kingston à cette occasion. Il y aura plein de danses. Il y aura plein de discours. Plein d'étrangers. Venez donc. En mentant, tu promets d'être là et puis, te sentant déprimé, tu reviens à Port Antonio où tu te retrouves en train de trébucher sur les traces de vieux racontars concernant Errol Flynn, l'*obeah*, la corruption du haut en bas de l'échelle sociale, et tout cela semble davantage te renseigner sur ce que tu fais ici, sur ce qu'est devenue ton obsession à l'égard de ce lieu que ne le fait ta recherche sur les Marrons.

Puis, après quelques jours à Port Antonio pendant lesquels tu accomplis un voyage de routine à Charles Town où tu apprends ce qu'il en est lorsque les Marrons en viennent à être totalement assimilés (tu ne t'aperçois que tu es bien dans leur communauté qu'après l'avoir lu dans le guide publié par l'office du tourisme), et où le vieillard qui s'appelle ici colonel gémit amèrement sur le fait qu'il a dû vendre à l'État toute la pierre de sa carrière pour payer son arriéré d'impôts sur les quelques hectares de terre que ce même État et les spéculateurs n'avaient pas encore directement achetés, tu décides de retourner aux États-Unis. Te dirigeant vers l'ouest le long de la côte nord jusqu'à Anotto Bay puis à l'intérieur en franchissant les montagnes vers Kingston, l'envie te prend — ainsi qu'à Terron qui partage ta tristesse quant au destin de ces villages marrons — de voir ce qu'il en est de Gordon Hall qui, d'après la carte, n'est pas très loin de la route que tu vas suivre. Tu sais à présent à quoi t'attendre : un village rural typique dans les collines ; tous les jeunes, filles et garçons, partis traîner à Kingston ; la terre des flancs de colline autrefois fertile en train de retourner à la brousse ; et les quelques Marrons qui restent au village parlant d'eux-mêmes comme d'une attraction pour touristes sous-exploitée mais potentiellement rentable si seulement le gouvernement, au lieu de les taxer, réalisait un film sur eux pour la télévision et construisait un hôtel ou une pension au centre du bourg. Et tu sais qu'à Gordon Hall le colonel affirmera que la tombe de Nonny se trouve là, exactement comme les colonels de Charles Town et de Moore Town prétendent qu'elle est chez eux, et il vous dira, à toi et à Terron, que les autres sont des menteurs et que ce qu'ils veulent c'est uniquement avoir la statue et la grande cérémonie du dévoilement parce que cela fera de leur agglomération le village marron « officiel », sans rien laisser aux autres. Le tourisme, plus que toute autre industrie, corrompt et ronge l'intégrité et l'indépendance des peuples, voilà ce que tu en conclus en même temps que tu essaies de localiser Gordon Hall en posant en vain des questions le long de la route d'Anotto Bay. Pourtant tu ne détestes plus les touristes ; tu les considères à présent comme victimes du même système. Il y a aussi qu'avec une certaine arrogance tu ne crains plus d'être toi-même un touriste. Car tu as enfin commencé à te demander : Qui *est* cet Américain blanc qui voyage avec toi et Terron ? Et comme tu t'es posé cette question sans relâche — quand tu étais assis à Nyamkopong devant un plat de haricots, de riz et de porc émincé, quand tu étais accroupi sur les talons dans un taudis de Kingston et que tu expliquais à une femme avec trois bébés affamés pourquoi tu ne pouvais pas la ramener avec toi aux States, ou encore dans le bordel de Port Antonio où tu interrogeais les gens à propos d'Errol Flynn et d'un meurtre vieux de vingt ans, ou quand tu écoutais un Marron bedonnant, exerçant une profession libérale, te raconter dans sa salle de séjour confortable de Moore Town combien il avait œuvré pour les Marrons en tant que membre du Parlement, ou lorsque tu as entendu un vieux colonel décharné pleurer en parlant du terrain pratiquement vertical pour lequel le gouvernement l'obligeait à payer des impôts du fait qu'il était un chef élu, ou bien quand tu t'es arrêté au bord de la route et que tu as demandé à deux adolescentes si elles savaient où se trouvait Gordon Hall — comme tu t'es toujours demandé, à travers chaque événement : Qui est cet Américain blanc voyageant avec toi et ton ami Terron en Jamaïque ? il s'est passé que grâce à cette question tu n'es pas un touriste.

Tu restes deux jours entiers et deux nuits à Gordon Hall, étonné et confus, car tout ce à quoi tu t'attendais s'est écroulé devant toi. Gordon Hall n'est pas du tout comme Moore Town, ou pire, Charles Town ; de par son caractère elle est plus proche de Nyamkopong, et sous certains aspects plus proche encore du Nyamkopong d'il y a un siècle : indépendante, soupçonneuse, méprisante et fière. Il y a les mots de passe, les rites, les chants, les gestes et le folklore des Achantis. Tu te retrouves au centre d'un cercle d'hommes, toi et ton frère Terron qui n'est pas moins un étranger que toi pour ces gens car, bien qu'il affirme être un Marron de Nyamkopong, il ne comprend pas ce qu'on lui demande. C'est un feu roulant de questions qu'ils lui lancent dans une autre langue, un idiome étranger, ces hommes farouches aux bras puissants croisés sur la poitrine, et Terron se met à bégayer, son infirmité d'enfance revient, et le maître du bavardage a la langue qui achoppe. Il n'arrive pas à comprendre ce que ces hommes coléreux et soupçonneux lui disent, et il ne peut pas se faire entendre d'eux parce qu'il bégaie. Lorsqu'il finit par se forcer à faire un sourire inapproprié, comme s'il l'étalait sur son visage avec ses doigts, ils remarquent sa peur et sa gêne, et, pour le punir, ils le séparent de toi, le traitant de Négro incapable de parler sa propre langue. A toi, ils s'adressent en patois jamaïquain, fiers de savoir s'exprimer dans ta langue, et l'un d'entre eux, un bout d'homme avec une pipe dans la bouche et une voix de taureau, se vante de connaître l'anglais espagnol et l'anglais français aussi bien que l'anglais américain, mais pas l'anglais italien. Après les avoir observés humilier Terron et le mettre de côté, tu te rends compte qu'on ne peut traiter avec eux qu'à partir d'une sincérité absolue. Aussi, lorsqu'ils te posent des questions pour savoir si tu es, soit ignorant et franc, soit ignorant et menteur, tu réponds avec toute l'honnêteté dont tu es capable. Non, tu ne connais pas les mots de passe achantis, tu ne connais pas le nom des dieux ni celui des trente-six herbes et l'endroit où elles poussent, tu ne sais pas non plus qui est leur colonel ni quels sont ses pouvoirs. Tu ne connais rien de ces gens. Tu es arrivé ici après un grand, un long, un difficile voyage parce que tu veux te connaître, et oui, tu as peur. Et lorsqu'ils te demandent ce dont tu as peur, du noir ? tu réponds : « Non, de la clarté. » Mais parce que tu n'es pas comme Terron, un Jamaïquain noir qui déclare être un Marron, et comme tu n'as pas prétendu, comme lui, connaître les trente-six herbes — pour n'arriver, lorsqu'on l'a mis à l'épreuve, à n'en désigner que vingt-trois et, qui plus est, en les nommant dans un bégaiement laborieux avec un sourire faux à travers des paroles mutilées —, les quatre hommes te saluent par une accolade et t'emmènent voir le colonel. Ils renvoient Terron à la voiture, mais il y est déjà allé de lui-même.

Le colonel est un homme gigantesque, et la première chose qui te frappe c'est ses yeux qui sont comme ceux de M. Mann, avec des pupilles en cercles concentriques bleu et marron, des paupières de lézard, et même sa peau est semblable, d'un noir satiné et sans âge. Mais le tempérament de cet homme est à l'opposé de celui de M. Mann, car il est farouche, brusque, omnivore. Il te dépasse de sept centimètres et il fait plusieurs fois ton volume au niveau du thorax et des épaules. Il te tire à lui sans ménagement en te prenant l'avant-bras jusqu'à ce que ton visage soit projeté près du sien et que tu sentes son haleine sur ta peau, que tu voies à l'intérieur de ses yeux qui ne cillent pas tandis qu'ils scrutent les prunelles de cet Américain blanc qui voyage avec vous. De longues secondes se passent pendant que tu laisses cet homme regarder ce qu'il peut là-dedans, puis il finit par relâcher ton bras, te permettant de t'éloigner.

Pendant deux jours et deux nuits sans dormir, tu restes assis avec le colonel dont le nom s'écrit Bowra et se prononce Bowray, sur la terrasse de sa case de deux pièces. Et pendant que les gens entrent et sortent — des femmes, des enfants, des affidés, des fils et des filles, des cousins, des tantes et des oncles —, on vous porte de la nourriture : des ignames afou passées au four avec du porc boucané, des haricots et du riz, un poulet, et le rhum qui est toujours là dans une bouteille d'un litre entre vous deux sur la table. Tandis que le soleil se couche et que les chauves-souris s'élancent dans l'obscurité, puis que le soleil se lève et que la chaleur de la journée vous passe dessus, que le soleil se couche encore et que la vallée sombre une fois de plus dans l'obscurité, et qu'ensuite le soleil se lève à nouveau, tu continues à causer avec le vieil homme, un discours fou après l'autre. D'abord c'est lui qui parle et puis c'est toi, encore et encore, comme si cela ne devait jamais prendre fin : des histoires de ton enfance et toute l'Histoire dont tu peux te souvenir, tes impressions de la ville de Kingston, de Nyamkopong, des descriptions minutieuses des gens que tu es venu à aimer, M. Mann, Terron que tu vantes et vantes jusqu'à ce que Bowra cède et l'envoie chercher dans la voiture pour qu'on lui donne à manger ; et Bowra te raconte ses histoires et l'Histoire à laquelle il croit, il te livre ses opinions concernant les autres villages marrons, et oui, il a entendu parler de M. Mann et il sait que leurs yeux sont pareils, mais ses lumières et celles de M. Mann sont différentes, t'informe-t-il, et c'est par ses lumières qu'on connaît un homme — jusqu'à ce qu'enfin tu trouves que tu es parvenu à un accord avec le vieil homme : tu le transporteras, lui, ses femmes et ses affidés — son « cabinet », neuf personnes en tout —, de Gordon Hall à Nyamkopong pour la célébration de l'anniversaire de Cudjoe, le 6 janvier prochain. Et puis tu transporteras le colonel Martin Luther Phelps, M. Mann, et jusqu'à sept personnes de plus, de Nyamkopong à Gordon Hall le 1er août suivant qui est leur jour de fête et la célébration de la victoire sur les Britanniques. Ainsi, grâce à tes bons offices, si tu peux te débrouiller pour te trouver alors dans l'île, les

Marrons de deux villages pourront faire connaissance, et, ensemble, ils pourront montrer plus de force contre le gouvernement que s'ils sont séparés. Tu as accepté d'être leur agent, mais le vieil homme ne croit pas que tu honoreras ta part dans cet accord, et c'est pourquoi s'ensuivent des heures de plus de discussion, de chant et d'*obeah*, jusqu'à ce qu'à la fin vous soyez tous les deux persuadés que tu tiendras ta parole : en échange, il t'a promis de t'apprendre à voler, et même si tu ne peux pas apprendre à voler parce que tu es blanc, tu le verras, lui, voler : tu verras ce que tu veux voir, promet-il ; et maintenant que tu crois qu'il honorera lui aussi sa part de contrat, tu es libre de partir.

Puis, une semaine avant ton retour chez toi dans le New Hampshire, tu reçois la nouvelle qu'une grande fondation t'a accordé assez d'argent pour que tu puisses revenir à la Jamaïque une année entière. Cette subvention doit te permettre de « poursuivre ton travail d'écriture de fiction », c'est-à-dire l'interminable roman qui languit, inachevé, dans un classeur depuis janvier. Et vers la fin août, tu as tout arrangé et fait le nécessaire pour louer aux Church la même maison d'Anchovy que l'hiver précédent. Ensuite, lorsque ta femme est satisfaite de son travail et des amis qu'elle a trouvés à Anchovy et à Reading, lorsque tes enfants sont inscrits dans une école franciscaine pas trop éloignée de Montego Bay, tu retombes vite dans tes anciennes habitudes un peu faciles : travailler le matin sur le roman inachevé, explorer pendant tout l'après-midi des questions complexes de prophétie et d'histoire avec Terron et quelques-uns des frères rasta, maîtriser les dernières subtilités du jeu de dominos dans l'arrière-salle de la boutique de Barrett à Anchovy. Tu te rends régulièrement à Nyamkopong où tu rapportes à M. Mann tout ce que tu as appris au cours de tes voyages du printemps dernier à Kingston, Port Antonio et aux autres villages marrons, puis tu t'arranges avec lui et le colonel Phelps pour ce qui concerne l'échange de visites avec les

Marrons de Gordon Hall. Tu avoues à M. Mann que tu n'as pas encore donné son message ni son livre à Henry Kissinger, mais tu le feras, tu le feras.

La plupart de ton temps, durant ces mois d'automne, se passe cependant à Anchovy, très peu à Nyamkopong. La pression de la vie de famille, la poursuite de ton travail sur le roman, ainsi que les plaisirs de la petite compagnie qui se retrouve chez Barrett t'incitent à ne pas t'éloigner de chez toi. Refusant toutes les invitations chez les Church, les West ou les Beard pour « prendre un verre et dîner », tu passes tes soirées et de nombreux après-midi à clamper avec Barrett, le tenancier à la trogne de chien terrier qui a constitué son magot il y a des années de cela en travaillant comme conducteur d'autobus à Londres et qui s'occupe à présent d'un taxi à Montego Bay en même temps que de ce magasin-ci à Anchovy. Sa femme, austère et circonspecte, bâtie comme un tonneau, se charge de la boutique toute la journée pendant qu'il fait la navette avec son minibus Toyota entre l'aéroport et les hôtels. Le soir, c'est lui qui tient le bar. Tu passes aussi bien des heures à ragoter avec Yvonne, la barmaid, sur le compte de tous les autres dans le voisinage. Elle est de ton âge, bien plantée et les bras épais, intelligente, et elle a des opinions qu'elle a commencé à partager avec toi après des semaines de simples phrases polies où elle essayait de pêcher quelques renseignements sur toi. Elle est sexy et tu aimes bien flirter avec elle bien que tu saches également qu'elle est la maîtresse d'un dénommé Bush qui habite Anchovy et travaille comme flic à Montego Bay. L'idée que tu oserais faire quoi que ce soit qui le mette en colère paraît si incongrue que personne, surtout pas toi, ni Bush ni Yvonne, ne prend ton badinage au sérieux. En fait, au mois de novembre, Bush lui-même t'offre un billet pour le bal de la police qui aura lieu début décembre à l'hôtel et beach-club du Royal Caribbean. Il te propose de partager sa table avec Barrett et sa femme, Yvonne, le frère de Barrett, Frank, qui dirige un établissement de nettoyage à sec à Montego

Bay, et trois ou quatre autres personnes que tu n'as jamais vues. Non seulement tu es flatté par cette invitation, mais tu te dis que tu éprouves de la curiosité, que tu n'es jamais allé à un bal de la police, et qu'en plus tu aimerais bien voir d'un peu plus près ces entrepreneurs noirs d'avenir, tels Barrett et sa famille, ou ces policiers comme Bush et ses amis, surtout dans un décor dont tu sais qu'il sera très étudié, un bal avec des orchestres et de grands noms du spectacle de Kingston, tout le monde habillé jusqu'aux oreilles et dépensant tout ce qu'il peut.

Le soir du bal, vous partez tous d'Anchovy vers le Royal Caribbean dans le taxi de Barrett, avec les haut-parleurs qui hurlent, à l'avant comme à l'arrière, la cassette préférée de Barrett, Diana Ross et les Suprêmes. Les femmes portent des perruques châtaines ondulées, des robes et des souliers couleur pastel avec le sac assorti, tandis que vous, les hommes, avez mis votre plus beau costume, un chapeau de paille, une montre en or et des chaussures bien cirées. Bush s'est coincé dans la bouche un cure-dents qu'il n'ôte que pour prendre une goulée de la bouteille de rhum que Barrett fait circuler. Bush ne s'excite pas, il ne dit jamais un mot de plus que le minimum exigé : il est spécialiste du oui ou du non qui vous pousserait à faire des excuses pour avoir posé une question. Ce soir, pourtant, il est un peu plus sociable ; il est même souriant et il évoque pour les autres le bal de l'année précédente où on a dû transporter Barrett chez lui et le coucher dans son lit tout habillé. Mme Barrett éclate de rire à ce souvenir et Barrett lui-même en fait autant. Son frère Frank connaît une anecdote encore plus forte, puis c'est au tour d'Yvonne d'en raconter une. Tu n'as jamais vu Barrett ivre, ni aucun des autres, d'ailleurs — leur capacité à boire t'a toujours stupéfié : qu'il s'agisse d'Yvonne, de Mme Barrett, de Bush, ils semblent tous capables d'avaler du rhum blanc pendant des heures, et quand tu dois finalement mettre un terme à la soirée parce que tu as le vertige, que tu te sens mal et que tu ne veux pas te ridiculiser, tu les laisses toujours en pleine possession de leurs moyens, à l'aise, se demandant pourquoi tu t'en vas si tôt. Tu écoutes donc leurs histoires d'ivrognerie et tu en ris avec eux.

Barrett gare sa fourgonnette dans l'énorme parking devant le bâtiment de ciment doré et de verre. Des fontaines gargouillent et des palmiers royaux craquettent dans la brise fraîche du soir. L'entrée est bourrée de gens somptueusement habillés, paraissant pour la plupart athlétiques et comprimés dans leurs vêtements, aussi peu nombreux à avoir la minceur mode qu'à exhiber un poids décidément hors mode. Les visages sont en général durs, intelligents, déterminés, et confiants — ces hommes et ces femmes sont les gagnants d'une compétition terrible — et le vestibule du Royal Caribbean est l'endroit où ils sont venus pour être vus et reconnus, mais seulement entre eux, car nul autre ne peut connaître ni respecter l'endurance, le sacrifice et le profond égoïsme qu'il leur a fallu pour se trouver ici. Pendant un moment tu oublies toi-même ce que sont les obstacles et tu fouilles des yeux la salle parfumée, à la recherche de visages indiens, chinois, ou même blancs ; mais lorsque tu te rends compte que la seule face ici qui ne soit pas africaine t'appartient, tu te souviens.

A l'intérieur de la salle de bal, la foule est plus clairsemée et plus calme tandis que les groupes prennent place autour des tables et commandent à boire, faisant étinceler des montres digitales, des bagues au petit doigt, des bracelets et des colliers, déployant des rouleaux de billets gros comme le poing pour payer quand le serveur arrive avec son plateau de verres. Après quelques tournées, alors que l'orchestre joue — c'est un groupe de cinq musiciens de rock de Miami, si on en croit la mention fluo sur la batterie —, les voix commencent à se faire entendre, la salle de bal est soudain pleine et une douzaine de couples sont en train de danser. Pas si bien que ça, d'ailleurs, remarques-tu. Des hommes se déplacent avidement d'une table à l'autre, serrant des mains et lançant des claques sur des épaules rembourrées appartenant à des flics, des petits commerçants, des bureaucrates de bas étage, des politicards, alors que les femmes restent assises et parlent entre elles de ceux qui sont placés aux autres tables. Tous boivent fiévreusement.

Tu passes une soirée magnifique et bruyante, t'es vraiment un sacré mec ! Tu danses avec Yvonne qui te montre quelques nouveaux mouvements et te fait des compliments par-dessus le marché. Tu danses même avec la femme de Barrett, et tout le monde en rit avec bonne humeur. Un sacré mec. Bush te raconte qu'il va passer sergent l'an prochain, mais pour monter encore il lui faudra mille dollars, ce qui n'est pas si mal parce que, en tant que lieutenant, il les regagnera en un mois. Barrett te demande si tu veux bien écrire une lettre de recommandation pour son fils adolescent qui cherche à entrer dans une école de commerce à Londres ; et, s'il est accepté, est-ce que tu rédigeras un certificat de moralité pour l'aider à obtenir son visa ? Sûr, sûr, c'est un gosse formidable, je serai heureux de pouvoir faire quelque chose pour lui, dis-tu en lançant une claque sur le dos de Barrett. Et bonne chance, Bush, pour ta promotion de sergent. Un animateur plein d'esprit, à la voix de basse, a pris le micro, et, après vous avoir fait connaître les membres du groupe rock, se présente lui-même comme chanteur. Il mentionne les hôtels de Kingston où il a travaillé, et, usant de flatterie, les compare, eux et leur public, à cet hôtel-ci et à son public de sorte que tous les convives se regardent en souriant fièrement. Il fait l'éloge de vos femmes qui sont si belles, de vos vêtements chic, de vos voitures aussi longues que brillantes, garées dehors, et il vante Montego Bay, la côte d'or, les plages et les hôtels comme si cela aussi vous appartenait. Puis il se met à chanter, avec la voix et le phrasé de Lou Rawls, des chansons tirées du répertoire de Tony Bennett. Vous approuvez et vous applaudissez chaque chanson avec fureur, tapant des pieds et sifflant après *I did it my way* et *Chicago*.

L'animateur fait une pause en vous invitant à boire, à danser, à vous amuser avant le début du spectacle. Comme tu te sens déjà ivre, tu quittes la table en t'excusant et tu te diriges vers l'entrée en quête des cabinets. Au bout d'un long vestibule carrelé, un groupe de messieurs fume et discute devant les toilettes pour hommes. Tu le traverses en souriant et en approuvant familièrement de la tête. A l'intérieur, pourtant, il y a des glaces et des lampes fluorescentes brillantes, quinze ou vingt hommes se lavent les mains, referment leur braguette, réajustent leur nœud de cravate, et quand tu as fini d'uriner et que tu te retrouves devant le mur de miroirs pour vérifier *ta* cravate et *tes* cheveux, tu vois soudain ton visage blanc, ta chevelure pâle, tes yeux d'un bleu choquant, tes mains roses. Bon Dieu, tu avais presque oublié à quel point tu as l'air bizarre ! Et maintenant que tu t'en aperçois de nouveau, tu prends conscience que les autres aussi peuvent s'en rendre compte, et c'est alors que tu remarques que tous les hommes autour de toi s'efforcent de ne pas laisser voir qu'ils t'observent.

Tu sors vite des toilettes, dépasses le groupe devant en titubant mais sans un mot ni un geste, et tu te précipites dans la salle de bal où tu t'assois dans le fond, aussi loin que possible des autres. L'animateur a repris le micro et présente maintenant le spectacle, un numéro qui selon lui a cassé la baraque au Jamaica Hilton, qui les a écroulés au Pegasus, qui les a mis à genoux au Playboy Club — il s'agit des Combattants marrons de la Jamaïque exécutant leur danse de guerre célèbre dans le monde entier !

Des tambours amplifiés, puis une douzaine de danseuses à la peau assez claire sautent sur la piste, se pavanant et se tortillant selon une vieille formule de Las Vegas au son de tambours bientôt appuyés par des cascabelles, des cymbales, des marimbas, jusqu'à ce que le tout fasse orchestre à percussion métallique du genre île de la Trinité, à peu près bon pour l'émission de Johnny Carson. Dès que les filles ont terminé leur numéro de supporters d'équipe de foot et qu'elles ont lancé quelques gentils coups de fesses en direction du public réjoui — chaque mouvement d'arrière-train s'accompagnant d'un battement sonore de la grosse caisse —, un homme jeune, de petite taille, avec un corps de danseur et des mèches rasta furieuses qui jettent des éclairs, bondit au milieu du cercle et commence une danse érotique vulgaire avec les filles, ce qui provoque la bonne humeur et les applaudissements rythmés du public. L'homme avance de quelques pas vers une des filles, puis vers une autre, les rejette toutes à la suite jusqu'à ce qu'il arrive à la meneuse de jeu dont le bikini miroite de paillettes vertes — celui des autres étant doré. L'homme ne porte qu'un pagne cousu de disques métalliques, lui aussi d'un vert brillant, et il fend l'air de ses mèches en faisant tournoyer son corps café au lait autour de la fille qu'il a choisie. Elle se fait toute modeste et s'accroupit d'une façon soumise au-dessous de lui, en plein milieu du cercle qui s'est ouvert à l'avant pour donner aux spectateurs une meilleure vue de l'action qui va certainement suivre.

Tu te lèves de table, et personne ne remarque que tu sors, ou du moins personne ne te demande où tu vas. Dans le vestibule, tu te retrouves tout seul, les cris de la foule sont derrière toi, et lentement, alors que la tête te tourne de ces alcools et de ce bruit, tu passes les portes de verre et tu arrives dans le parking où l'on n'entend que les palmiers royaux bavarder dans le silence d'un ciel piqué d'étoiles.

Tu finis par trouver le minibus Toyota blanc de Barrett parmi les centaines de véhicules, tu ouvres la porte sur le côté et tu te diriges maladroitement vers le coin, au fond, où tu te replies comme un point d'interrogation et tu t'efforces de t'assoupir. Tu essaies encore et encore, mais tu n'y parviens pas et tu es toujours complètement éveillé lorsque, plusieurs heures plus tard, Barrett, sa femme, Bush, Yvonne, le frère Frank et les autres arrivent dans des éclats de rire ivres. Ils trébuchent dans la fourgonnette, hilares, se lançant des bourrades, et ils te croient endormi. Tu gis toujours là, dans ton coin, faisant semblant de dormir, et pendant tout le trajet de retour à Anchovy les autres se parlent comme si tu n'étais pas là, sans mentionner une seule fois ton nom, pas plus que celui de n'importe quel autre Blanc.

OBI

« A nouveau, je ne crois pas que tous ceux qui se servent de la sorcellerie, des incantations et des formules magiques soient des Sorciers, ou, comme nous les appelons, des Magiciens ; je conçois qu'il existe une Magie traditionnelle qui ne soit pas immédiatement apprise du Diable, mais indirectement, de ses Disciples, lesquels, une fois le secret divulgué, sont en mesure de l'exercer empiriquement sans son avis et le font en effet ; les deux cas procèdent d'après les principes de nature : où des actifs unis convenablement à des passifs bien disposés produiront leurs effets quel que soit le Maître. C'est ainsi que je crois qu'une grande part de la Philosophie fut d'abord de la Sorcellerie ; ce qui ensuite fut dérivé de l'une à l'autre ne fut que Philosophie, n'étant effectivement rien de plus que les effets honnêtes de la Nature : ce qui est inventé par nous est Philosophie, ce qui est appris de lui est Magie. »

Sir Thomas BROWNE,
Religio Medici

1

L'Américain et le rasta jettent leurs sacs de vol en plastique bleu et blanc, marqués BOAC, sur le siège central du minibus Mazda bleu. L'Américain fait démarrer le moteur, les deux hommes font un geste d'au revoir à la femme américaine et aux deux enfants, puis ils quittent le camp retranché. L'Américain prend soin d'éviter les nids-de-poule tandis que la fourgonnette, avec des bruits de boîte en fer-blanc, dévale l'étroit sentier de la colline des Church en direction d'Anchovy. Le rasta se penche à la portière du côté passager et dans sa langue rasta salue les chèvres, les poulets et les villageois qui s'écartent devant le véhicule. Ils traversent le passage à niveau en cahotant fortement, dépassent le réservoir où un groupe de garçons remplit des seaux et des bassines avec l'eau amenée par tuyau de Montego Bay, et ils tournent à droite sur la route principale. En approchant de la boutique de Barrett à Anchovy, l'Américain ralentit et le rasta hèle les buveurs de la fin d'après-midi à l'intérieur. Hallo, Barrett ! hurle-t-il, scrutant dans l'obscurité fraîche une demi-douzaine d'ombres debout au bar.

Reconnaissant la Mazda et le visage chevalin barbu du rasta à la portière, Yvonne crie son nom et celui de l'Américain. Aussitôt une des silhouettes au bar se rue dehors : un individu qui, avec de grands mouvements de bras, fait signe à la fourgonnette de se garer au bord de la route quelques mètres après la boutique. Au moment où il se précipite vers le côté du véhicule, deux autres hommes se détachent du bar et le suivent. Le premier, sans chemise, robustement charpenté, un très bel homme proche de la trentaine qui ressemble au joueur de base-ball Curt Flood, envoie une claque amicale sur l'épaule du rasta et cueille le joint qu'il tenait entre ses doigts. Après en avoir tiré une longue bouffée, il le passe à ceux qui sont derrière lui, d'autres hommes également proches de la trentaine mais moins grands, moins musclés, moins beaux et pas torse nu.

Alors, rasta, où déambules-tu, aujourd'hui ? demande-t-il en lui rendant le *spliff* par la fenêtre.

La voix du rasta commence bas et s'élève rapidement pendant qu'il s'explique. Il part en voyage avec l'Américain pour se rendre dans la ville des Marrons de Gordon Hall, dans les montagnes de l'Est, dit-il. Là il s'occupera des descendants africains et de leur chef, puis il transportera ce dernier, ses officiers et ses joueurs de tambour depuis Gordon Hall jusqu'à l'ancienne capitale marron de Nyamkopong dans le pays Cockpit, cela dans le but élevé de permettre des discussions entre les chefs et les officiers des deux villes et de fêter tout cela ensemble par des jours et des nuits de danse et de tambour à l'occasion de la commémoration de Cudjoe, ce vieux père des Marrons qui les a menés contre leurs ennemis, les esclavagistes de la Jamaïque qui nous avaient volés à l'Afrique et conduits à Babylone.

L'homme au torse nu se tourne vers le conducteur. Vrai ? demande-t-il.

Vrai, répond l'Américain en souriant.

Beaucoup de bœuf, là-bas ?

Le rasta baisse la tête avec un long regard renfrogné sur ses genoux, et c'est l'Américain qui répond. Ouais, sûr, trop de bœuf. Ça te crèverait. Même toi.

L'homme au torse nu éclate de rire et s'exclame : *Jamais !* Sa peau couleur de charbon a des éclats mats sous les taches de lumière orange qui filtrent à travers les feuilles d'un grand arbre à pain de l'autre côté de la route. Un car chargé passe en penchant dangereusement et le jeune homme qui crie encore *Jamais !* s'éloigne en virevoltant de la portière de la Mazda bleue, puis il se met à danser en lançant des coups de pelvis dans l'air. *Jamais* trop de bœuf ! *Jamais !* Ses deux compagnons s'écartent et rient avec lui.

L'Américain enclenche une vitesse et déclare qu'ils doivent partir. Ils sont censés arriver à Gordon Hall avant minuit. Tel est l'accord qu'ils ont conclu.

S'assombrissant soudain, l'homme au torse nu agrippe le rebord de la fenêtre près du rasta, comme pour retenir le minibus. Attendez ! leur lance-t-il. Ces vieux Africains là-haut dans la montagne, poursuit-il en baissant la voix et en s'approchant afin que ceux qui le suivent ne puissent ni entendre ni voir ce qu'il raconte. Ce sont des amis à vous, d'accord ? Vous y êtes souvent, maintenant, là-haut à Nyamkopong et à cet autre endroit, Gordon Hall ? Il semble que l'homme s'adresse davantage à l'Américain qu'au rasta.

Ouais, on peut dire ça comme ça, au moins pour Nyamkopong. Mais nous ne sommes allés qu'une seule fois à Gordon Hall, en avril. Le colonel de là-bas, Bowra, semblait nous apprécier, je crois qu'il nous fait vraiment confiance.

Cet homme ne fait confiance à personne, corrige le rasta.

Vrai, admet l'Américain. Vrai, mais il nous fait confiance autant qu'à n'importe qui sur lequel il n'a pas de prise. Nous avons un accord avec lui, une sorte de contrat.

Bien, bien. Et qu'est-ce qu'il y a avec l'autre, celui de Nyamkopong ? Qu'est-ce qu'il y a avec lui ?

Le colonel Phelps ?

Un singe, grogne le rasta. Pur singe.

Non, l'autre dont tu m'as parlé. Tu te souviens.

M. Mann ?

Oui, celui-là. C'est toujours ton ami ?

Oui, répond l'Américain. Et le rasta approuve de la tête.

Bon, c'est bien. J'ai besoin d'aide. Vous croyez qu'il pourrait m'aider, puisque je suis aussi votre ami ?

Comment ça ?

Ma mère, dit l'homme. Elle est malade. Elle est presque morte. D'un mouvement de tête il montre la cabane au bord de la route. Elle est si malade que je ne peux pas aller plus loin que chez Barrett. La douleur est si forte par moments qu'elle ne me reconnaît même plus. Elle m'appelle par le nom de papa. Est-ce que votre ami pourrait me donner quelque chose pour elle ? Vous savez ce que je veux dire.

Les deux hommes restent silencieux quelques secondes. L'hôpital de Montego Bay ne la prendrait-il pas ? demande l'Américain. Tu ne peux pas l'emmener à Mont Salem ?

Pas maintenant. Ils l'ont renvoyée mourir chez elle. Elle a le cancer. Alors ils me l'ont rendue.

Je ne crois pas que M. Mann puisse l'aider, s'ils n'ont rien pu faire à l'hôpital, dit l'Américain.

Bien sûr que si. Ces vieux Africains connaissent plein de choses. Ils en connaissent un tas. Il le ferait pour vous. Tu vois ce que je veux dire.

Non, quoi ?

La tirer de sa souffrance. La tuer.

La *tuer* ?

Moi je ne peux pas. Je suis son *fils* !

Ne t'occupe pas des morts, grogne le rasta. Jah est vivant. Jah est vivant. Jamais de macchabées.

Pourquoi ne montes-tu pas avec nous ? propose l'Américain. Comme ça tu pourrais lui demander toi-même.

Je ne peux pas, répond l'homme aux larges épaules qui ploient. Elle a besoin de moi. Il faut que je la lave, que je m'occupe de sa pisse et de sa merde et que je lui parle. Elle a besoin de moi. De toute façon, personne d'autre ne peut le faire. Je suis le seul à être encore ici. Tous ses autres enfants sont partis pour Kingston.

D'accord, fait l'Américain. Je demanderai à M. Mann

s'il veut t'aider. Je lui expliquerai. Mais ça te coûtera. Le vieux n'aide pas les gens pour rien, tu le sais.

Combien ?

Je ne sais pas. Vingt dollars, peut-être trente.

Les épaules de l'homme ploient encore un peu plus. Puis son visage s'illumine. *Tu* le paies ! Et puis quand elle sera morte je pourrai trouver du travail et te le rendre. Si tu veux je travaillerai pour toi et te rembourserai comme ça. D'accord ?

D'accord. Je lui parlerai, je lui raconterai ton histoire. Nous ne serons pas de retour avant plusieurs jours, j'essaierai d'avoir quelque chose pour toi à ce moment-là. Mais il se peut qu'elle soit déjà morte.

J'espère bien que non ! s'exclame l'homme.

Pourquoi ?

Parce que c'est ma *mère*, vieux !

Juste, fait l'Américain. Bien, d'accord, on se verra à mon retour. Puis il embraie et ramène la voiture sur la route tandis que derrière eux les trois jeunes hommes rentrent chez Barrett.

2

Il n'est pas tout à fait minuit lorsqu'ils arrivent à Gordon Hall. Une pleine lune flotte entre des pics qui montent à plus de quinze cents mètres et dépose un vernis de lumière argentée sur les cultures en terrasses des Marrons pendant que le minibus bleu serpente dans les vallées en direction de la ville. Ils dépassent des huttes et des maisons disséminées le long de l'étroite route de terre, mais sans discerner aucun signe de vie : les volets sont mis et les portes fermées. Il arrive qu'un chien aboie sur leur passage, mais personne n'appelle ni ne met le nez à la porte pour voir ce que fait une auto si loin de la route principale à cette heure de la nuit. Une voiture pendant la journée serait déjà un événement inhabituel ; à minuit, ce devrait être alarmant. Surtout une fourgonnette capable de trimbaler une demi-tonne de ganja avec deux étrangers à bord, un Blanc et un rastaman.

Le minibus quitte la route pour prendre une piste friable qui part en spirale autour du pied d'une montagne. Au-dessous de ce chemin, sur la droite, un ruisseau étroit dévale bruyamment l'obscurité en direction de la Flint River, vers le nord où cette dernière conflue avec la Wog Water River avant de se jeter dans la mer. Au-dessus du véhicule, sur la gauche, le flanc de la montagne semble bondir verticalement vers le ciel. Au moment où la fourgonnette, en décrivant ses boucles, a presque fait un tour complet pour revenir à la route, apparaît une cassure dans la paroi de la montagne, une crevasse qui s'ouvre sur une cour et une maison dont la véranda s'étend sur toute la façade. Derrière, le sol s'élève d'une centaine de mètres au-dessus de la piste jusqu'à un plateau bien dégagé avant de disparaître dans une paroi broussailleuse qui monte si abruptement que la moitié du ciel en est obstrué. Le minibus sort de la piste, roule dans la cour de terre tassée et s'arrête devant la maison. Le moteur à l'arrière fait de petits bruits en se refroidissant dans l'air nocturne.

Achanti ! crie une voix d'homme depuis l'obscurité de la véranda.

Achanti baba ! répond le Blanc bruyamment.

Johnny, c'est toi ? demande une autre voix profonde, toujours de la véranda.

Moi-même ! s'écrie l'Américain en quittant le véhicule et en marchant dans la lumière argentée de la lune vers la maison plongée dans le noir. Le rasta est lui aussi descendu de voiture et, debout de l'autre côté, il pisse dans les buissons.

Lorsque le Blanc, celui qu'ils appellent Johnny, apparaît sous le porche, il est accueilli par une demi-douzaine d'hommes et de femmes — des figures trapues et sombres qu'éclairent seulement des cigarettes et la flamme basse d'une bougie coulant dans une soucoupe sur une petite table dans un coin. C'est dans cet angle qu'est assis le colonel Bowra, dos contre le mur, dans une chaise pliante de plastique et d'aluminium. Les autres restent debout et appuyés contre le mur ; ils emplissent si bien l'espace qu'ils ont du mal à se reculer pour laisser Johnny aller vers le colonel. Derrière lui, à l'extérieur de la véranda, se tient le rasta.

Tu as Rasta avec toi, Johnny ? aboie le colonel depuis sa chaise dans l'angle.

Oui.

Bien, alors avance-toi aussi, Rastaman ! Viens ici !

Tandis que le rasta pousse la foule pour rejoindre son ami, le vieil homme se lève avec difficulté et fait un pas vers eux. Je vous ai vus arriver, dit-il, et il enlace les deux hommes dans ses bras immenses, les tire à lui tous les deux, le Blanc qu'ils appellent Johnny et le petit Noir au visage chevalin qu'ils appellent Rasta.

Achanti, dit-il à chacun de sa voix graveleuse ; à quoi ils répondent : *Achanti baba*. Puis tous ceux qui sont sous la véranda s'avancent et lancent des claques amicales sur les épaules et le dos des deux nouveaux, leur proposant à boire, à manger et des chaises. Ils paraissent très soulagés de cette arrivée. S'ils n'étaient pas venus, le colonel aurait perdu la face, car c'est lui qui a négocié l'accord avec le Blanc et avec le rasta de Nyamkopong. Puisqu'il les a assurés que les étrangers seraient là comme ils l'ont promis, les hommes de Bowra se sont rendus ce soir à sa véranda munis de leurs tambours et de l'*abeng*, habillés de leurs costumes, de leurs robes et de leurs bons souliers, avec de la nourriture pour le voyage, de l'argent et des bouteilles de rhum. Si le Blanc et le rasta n'étaient pas apparus avec la fourgonnette pour les transporter de l'autre côté de l'île jusqu'au pays Cockpit, ils se sentiraient tous bernés et seraient obligés de le reprocher au colonel. Car c'est lui seul qui a soutenu que les deux hommes, Johnny et Rasta, viendraient bien à Gordon Hall à minuit, ce soir du 4 janvier, comme ils l'avaient promis en avril dernier.

Je vous ai vus arriver, affirme Bowra aux deux hommes. Ils se sont assis : Johnny et Rasta sur la balustrade de la véranda, le colonel sur sa chaise de jardin. Il porte un costume vert brillant en mauvais synthétique, à manches courtes, sans chemise, avec un casque colonial beige sur la tête. Les autres aussi ont des vêtements qu'ils ne mettent sans doute qu'une ou deux fois par an — une vieille dame a une robe de taffetas longue et pourpre, tandis qu'une autre est habillée d'une robe blanche, vraisemblablement la robe de mariée de quelqu'un d'autre. Cette dernière est la femme du colonel, elle s'appelle Régine, et, comme lui, elle est grande et puissamment charpentée. Mais alors qu'il se déplace lentement, pesamment, et avec quelque précaution comme s'il souffrait d'arthrite ou de goutte qui lui causerait des douleurs dès qu'il pose le pied par terre, elle bouge avec force et rapidité, voire avec insouciance, même dans une salle pleine, comme si elle était la seule personne présente. Les autres se rangent devant elle. La femme à la robe de taffetas pourpre s'appelle tante Célia. Une chanteuse, déclare le colonel à Johnny et à Rasta. Elle est vieille, probablement bien plus que le colonel, et il est difficile d'imaginer que sa voix garde beaucoup de force. Elle aussi est grande, et bien que mince elle a les épaules larges. Des rides profondes dessinent des traits et des cercles sur son visage, et lorsqu'elle sourit tous ces sillons semblent tourbillonner. Devant la porte qui mène à la maison obscure, deux vieillards s'agrippent comme s'ils s'empêchaient mutuellement de tomber. Un homme énorme et édenté porte une chemise blanche avec une cravate écarlate, et, sur sa tête, un chapeau de feutre noir tout bossué. Dénommé le capitaine, c'est le frère cadet de Bowra, et dans sa main aussi grosse qu'une patte d'ours, il tient l'*abeng*, la corne des Marrons. Celui qui est debout près de lui, habillé comme un entrepreneur de pompes funèbres, est plus petit et plus âgé. Sa face édentée est parcourue de tics et de tressaillements ; au milieu de déglutitions continuelles, il fait *Ayyeup !* comme un fermier yankee. Il s'appelle Gondo ; le capitaine et lui se tiennent et s'embrassent presque comme des amoureux. C'est le capitaine qui commande lorsque je ne suis pas en ville, déclare le colonel Bowra, mais comme c'est lui qui est chargé de l'*abeng* il faudra qu'il vienne avec nous cette fois.

Quelqu'un d'autre, un des lieutenants, prendra le commandement en l'absence du colonel et du capitaine. Quant à Gondo, affirme simplement Bowra, c'est le meilleur danseur marron au monde. Il y a encore quatre hommes dans le groupe : Harris, qui fume la pipe, qui a la voix grave (mon porte-voix, déclare Bowra), et les mêmes yeux bleu et brun que Bowra et que M. Mann de Nyamkopong ; Charles, qui est grand et mince, prétend qu'un merle invisible se tient sur le sommet de son crâne même lorsqu'il porte une casquette ; Pie, un joueur de tambour au faciès de renard — le meilleur joueur du monde, proclame Bowra — et Steve, l'élève de Pie, un jeune homme grand et costaud qui porte une chemise à fleurs en rayonne, de couleur argent et jaune avec des manches bouffantes, des pantalons noirs moulants, des souliers vernis et une casquette Levi's inclinée de façon à lui donner un air particulièrement effronté.

Ils sont donc neuf à devoir être transportés à travers l'île jusqu'à Nyamkopong, ce qui constitue habituellement un voyage de cinq heures. Il y a le colonel qui a quitté la véranda pour occuper la place du passager. Puis sa femme Régine, tante Célia la chanteuse, le capitaine et son *abeng*, Gondo le danseur, Harris le porte-voix, Charles et son merle invisible, Pie le joueur de tambour et Steve son arpète. Sans oublier Johnny qui prendra le volant et Rasta qui connaît le chemin. Tandis que le colonel lance des ordres depuis son siège, les autres tirent vers le côté du minibus les tambours *gombay* circulaires — en cela différents de ceux de Nyamkopong qui sont carrés —, les deux cylindres de gros bambou sur lesquels Steve jouera, le panier porté sur la tête contenant les provisions préparées pour le voyage, c'est-à-dire essentiellement du porc émincé et des morceaux de poulet, ainsi que plusieurs bouteilles de rhum blanc. Pendant quelques moments ils débattent pour savoir s'ils doivent tout attacher sur le toit pour dégager de la place à l'intérieur, mais ils finissent par décider de garder leur nourriture et leurs tambours dedans pour pouvoir les prendre quand ils le souhaitent, et tout le monde grimpe en portant et en poussant le porc, le poulet, le rhum, les tambours et les baguettes de bambou. Les batteurs, le grand Charles et Rasta s'entassent tout au fond ; Harris, les deux femmes et le capitaine se mettent au milieu ; Gondo, aussi petit qu'un enfant de douze ans, se place devant entre Johnny et l'énorme colonel. Le minibus est chargé et tassé. Ils sont prêts.

Sonne le clairon ! aboie Bowra à son frère assis derrière lui près de la vitre ouverte. Le vieil homme édenté au chapeau de feutre passe la tête à l'extérieur, porte la corne de vache à la bouche et se met à souffler — d'abord un petit son de flûte maigrelet, crachotant et mouillé, puis un hululement plus fort, plus clair et plus soutenu, comme celui d'un hibou, et pour finir un appel mélodieux, puissant et superbe qui résonne dans les vallées sombres.

Maintenant donne-moi le rhum ! Le rhum ! ordonne Bowra, et une main, celle de Harris, lui passe la bouteille de quelque part derrière. Les passagers se plaignent, se disputent, bavardent à tue-tête comme si le colonel était leur père et si les autres, y compris Johnny et Rasta, n'étaient que ses trublions d'enfants. Johnny crie à l'arrière pour demander le chemin à Rasta. Devons-nous aller au sud vers Castleton, puis directement à Kingston et à Spanish Town pour remonter de là, ou faut-il suivre la côte nord jusqu'à Montego Bay et prendre vers l'intérieur ensuite ? Le rasta ne peut pas l'entendre et lui crie de répéter. Steve, l'élève, essaie de ramasser un peu de ganja auprès du rasta tandis que Pie tambourine légèrement sur la peau usée de son *gombay*. Charles se dispute avec Harris devant Rasta au sujet de la meilleure route à suivre pour aller à Nyamkopong. Harris, qui a eu un jour l'occasion de voir une carte de l'île, maintient que Charles ne peut pas avoir la moindre idée de comment s'y rendre puisqu'il ne sait pas lire. Charles tend le bras, saisit Harris, qui est beaucoup plus petit que lui, à la gorge et le secoue comme une poupée tandis que Harris hurle de rire. Tante Célia, d'une voix aiguë de chanteuse de gospel, a déjà entonné un chant africain qui répète, répète et répète une seule phrase musicale. A côté d'elle, l'air renfrogné, Régine hurle à son colonel de mari de se dépêcher et d'en finir avec toutes ces fumisteries pour qu'ils puissent arriver à Nyamkopong avant que la fête soit terminée et oubliée. Près d'elle, le capitaine parle à son *abeng* : il en chasse la salive en soufflant et il le gronde pour sa faiblesse. Devant, Gondo se trémousse et saute toutes les quelques secondes en déglutissant son *Ay-yeup !* Le colonel dévisse le capuchon de la bouteille de rhum, se remplit la bouche et asperge le sol à l'extérieur de sa fenêtre ouverte. Puis il passe la bouteille à Johnny tandis que Gondo s'efforce d'un geste saccadé de l'arracher au passage, et il ordonne à Johnny de faire comme lui. S'emplissant la bouche du liquide de feu, Johnny se penche dehors et crache le rhum par terre avant de rendre la bouteille au colonel qui en prend une lampée puis la pose sur le siège entre ses jambes.

Ça fait dix bonnes minutes qu'ils sont entassés dans la voiture et ils n'ont pas encore quitté la cour du colonel. Il faut encore d'autres préparatifs. Le colonel tire de sa poche un minuscule flacon de verre et le tend à Johnny. Bois ça ! commande-t-il.

Après avoir dévissé la capsule, Johnny renifle l'intérieur et tord le nez. Qu'est-ce que c'est ?

Ne t'occupe pas. Bois-le. En entier. C'est toi qui conduis, tu dois être protégé pour que tu puisses nous faire arriver sans danger. Bois-le.

Obéissant, Johnny vide le flacon dans sa bouche, fait une grimace et avale le liquide huileux. Sommes-nous prêts, maintenant ? demande-t-il à Bowra en démarrant. Au bruit du moteur, tout le monde devient brusquement silencieux dans le véhicule.

Le colonel se met à chanter assez haut et légèrement faux une mélopée qui est vite reprise par les autres. La voix de tante Célia domine par le haut avec son intonation ancienne de lamentation funèbre qui confère au chant une qualité intemporelle à mesure qu'il s'élève, qu'il roule et s'enroule sur lui-même. Le tambour de Pie et le craquètement de bambou de Steve le prennent par le bas et commencent à le mener. En peu de temps, même la voix de ténor de Johnny et la basse profonde du rasta rattrapent les autres et s'y joignent. Tandis que le minibus reste là avec son moteur qui tourne, le chœur des voix et des tambours le soulève du sol, et comme s'il était dans la main d'un dieu, le porte à travers les airs. Précipitamment, Johnny enclenche une vitesse sur la fourgonnette qui décolle, il allume les phares, et voilà qu'il fait tourner le volant comme s'il pilotait un bateau et qu'il guide le véhicule au-dessus de la cour jusqu'au sentier, puis au-dessus du sentier jusqu'à la piste de terre semée d'ornières qui décrit ses boucles à travers l'étroite vallée pour enfin rejoindre la grand-route de Castleton. Au moment où ils quittent le territoire de Gordon Hall, le vieux capitaine passe la tête par la fenêtre et souffle furieusement de l'*abeng* en produisant une note longue et claire qui se fait de plus en plus haute avant de se briser et de s'évanouir ; ils sont partis.

Les vallées retombent dans le silence et l'obscurité. Un vent léger se lève de la rivière en bas et ride les feuilles des bananiers sur les terrasses, les faisant scintiller froidement sous la clarté de la lune. Un chien lance un seul aboiement avant de se rendormir. Quelqu'un, quelque part dans le village, jette une bouteille vide par-dessus une falaise, et au bout de plusieurs secondes elle éclate légèrement contre un affleurement de roche calcaire bien plus bas, près de la rivière. Un autre chien alarmé par le tintement se met à aboyer. Puis c'est le silence. Et le clair de lune et le vent et les ombres.

3

Une fois passé la ville de Castleton où tout est fermé la nuit, la fourgonnette bleue traverse la chaîne en forme d'épine dorsale qui s'étire d'est en ouest le long de l'île. Commence alors leur descente en lacet vers Kingston, et le véhicule penche dangereusement dans des virages inattendus à mesure qu'on se rapproche des lumières du bas. A mi-chemin, ils arrivent au village carrefour de Stony Hill, en bordure de la prolifération urbaine. Là, après avoir crié à tous de se taire, Bowra ordonne à Johnny de s'arrêter devant la seule boutique encore ouverte.

Bowra entre le premier dans le bar, son entourage le suivant de près. A part Rasta et Johnny, le groupe est bien connu en ce lieu, et le barman salue Bowra tandis que la demi-douzaine de buveurs nocturnes accueillent avec gaieté les autres membres de la troupe. Bientôt tout le monde boit et bavarde. Harris attire l'attention de plusieurs des habitués en expliquant avec élégance et minutie ce qui les fait courir à une heure si tardive. Nous sommes en mission de paix pour rencontrer nos frères marrons de Nyamkopong, commence-t-il, puis il continue en racontant comment ils se sont mutuellement perdus depuis des générations, mais ils vont à présent se tendre la main de la fraternité achantie et unir leurs forces. Sa voix enfle et il esquisse pour son public un scénario dans lequel les Marrons traitent le Parti national du peuple et Michael Manley de la même façon que les anciens Marrons ont traité les esclavagistes britanniques. Il a le don de prêche, et c'est évidemment ce que veut dire Bowra lorsqu'il appelle son porte-voix, car le talent de Bowra est d'un autre ordre. Bowra a la mainmise sur Harris, l'homme porte-voix, mais Harris a sur Bowra la maîtrise de la parole.

A l'extrémité du bar, Charles, Gondo et Pie entourent une jeune femme volumineuse vêtue d'un tee-shirt moulant, de jeans au bas coupé et de chaussures à talons hauts. Charles paraît immense, plus de deux mètres de haut, à cause du merle perché sur sa tête, et il flirte avec la femme pendant que Gondo et Pie jurent qu'il lui dit vrai, qu'il y a un bel oiseau sur son crâne. Elle répète d'une voix fatiguée : Vous êtes fous, les mecs, y a pas d'oiseau là-haut. Mais au bout d'un moment elle commence à les croire. Il est invisible, lui assure Charles, mais tu peux le voir si tu veux. Comme elle lève délicatement le bras pour le toucher, Charles l'avertit qu'il risque de lui donner un coup de bec. C'est ce qu'il fait, la femme hurle, retire brusquement sa main comme si elle avait touché une flamme et enfonce son doigt dans sa bouche en le suçant. Gondo éclate d'un rire énorme avant de se mettre à hoqueter ; Pie sourit comme un renard et avale une gorgée de son verre de rhum.

Près de la porte, le rasta et Steve roulent des joints ; ils les resserrent et les tassent en les tapotant, puis les allument en inspirant profondément, rêveusement. Dans un coin, les deux femmes assises à une table boivent de la Heineken à la bouteille, attendant impassiblement que les hommes aient terminé leur mélange habituel d'affaires et de bêtises. Tante Célia sourit cordialement mais intérieurement, comme si elle avait le souvenir d'un plaisir de vacances, tandis que Régine, avec une expression sombre et quelque peu impatiente, observe les hommes déblatérer au bar. Son mari le colonel et son frère le capitaine ont traversé intentionnellement la salle pour disparaître dans une autre pièce au fond.

Johnny ! Viens par ici, Johnny ! retentit la voix de Bowra, et le Blanc passe dans la salle du fond où Bowra et le capitaine sont assis à une table avec un troisième homme. Cet inconnu paraît syrien ou libanais ; il est grand et mince, et ses cheveux noirs gominés sont bouffants sur le front et lissés en arrière. Agé d'environ quarante ans, il porte une veste coloniale beige ouverte jusqu'à la taille. Sa poitrine est couverte d'une fourrure de poils noirs et frisés, et il arbore autour du cou une demi-douzaine de chaînes en or fin, chacune pourvue d'un emblème différent : une croix, une étoile de David, un symbole de fertilité, une petite pièce en or, une croix de Malte, un caducée.

Johnny, je te présente Doc. Doc est le membre du Parlement qui représente Gordon Hall. Le district tout entier appartient à Doc. Pas vrai, Doc ? fait Bowra avec un grand sourire.

L'homme ne répond rien. Il tend une main molle à l'Américain sans le regarder en face.

Assieds-toi, Johnny, assieds-toi, dit Bowra. Prends donc un verre de rhum. Tu en veux un ?

Non, une bière peut-être. Je dois conduire toute la nuit, répond-il en s'asseyant en face de celui qu'ils appellent Doc.

Doc, voici Johnny. C'est lui dont je vous ai parlé. Nous l'appelons Johnny. C'est comme ça que nous appelons un bon Blanc. Quel est ton *vrai* nom, Johnny ? Dis ton vrai nom à Doc. Vas-y.

Johnny donne son vrai nom et l'homme approuve de la tête, son visage restant sans expression. Puis le capitaine, qui s'était éclipsé quelques secondes en direction du bar, revient avec une bouteille de stout qu'il pose devant Johnny, ce dernier plongeant alors sa main dans sa poche comme pour payer.

Laissez-moi ce plaisir, lance Doc en agitant une main longue et osseuse dans sa direction.

Merci.

Le plaisir est pour moi.

Les quatre hommes restent silencieux. Du bar leur

parviennent les bruits de Harris et de Charles, le hoquet de Gondo, les bêlements de reggae du juke-box et le feu roulant des raisonnements du rasta discutant avec Steve.

Vous êtes du parti travailliste, ou du PNP ? demande Johnny.

Doc lève les yeux. Du parti travailliste.

Oh !

Le district tout entier appartient à Doc, ajoute Bowra.

Même Gordon Hall ?

Même Gordon Hall, répond Doc.

Ils continuent à boire en silence. Empilés en hauteur contre les murs de la pièce, il y a des centaines de cartons de bière, surtout de Red Stripe et de stout Dragon, et l'odeur de bière éventée est très forte. La pièce, sans fenêtre, n'est éclairée que par une seule ampoule près du plafond, et il ne semble pas qu'il y ait d'autre sortie que celle donnant sur le bar.

C'est votre bureau ? demande Johnny.

Doc rit légèrement, comme si Johnny était idiot. Non, je suis propriétaire de la boutique.

Il est propriétaire de tout le bâtiment, ajoute Bowra. Et de plein d'autres.

Ça ne m'étonne pas, conclut Johnny en se levant. Bien, colonel, et vous, capitaine, il vaudrait mieux que nous poursuivions notre route si nous voulons arriver à Nyamkopong au lever du jour.

Parfait, parfait, déclare soudain le capitaine qui se lève et s'en va rapidement sans dire un mot à Doc ni à son frère.

Le capitaine n'est pas un travailliste, déclare Bowra à Johnny comme pour expliquer son brusque départ. Mais ce n'est pas lui le colonel, ajoute-t-il. Alors il envoie une claque sur le dos de Doc, lui dit au revoir et prend la porte à la suite de son frère.

Merci pour la bière, dit Johnny à Doc avant de partir à son tour. Quand il arrive au minibus, les autres se sont déjà entassés à l'intérieur. Le bruit des discussions, des moqueries, des plaintes, des chants et des vantardises est revenu et tout le monde crie, chante, parle, ronchonne et se vante en même temps. Bowra entonne à nouveau un chant auquel les autres se joignent rapidement — Pie avec son tambour, Steve sur le cylindre de bambou, et la voix haut perchée de tante Célia qui se lamente par-dessus les autres —, puis la fourgonnette se remet à flotter dans les airs et vole rapidement le long du flanc de montagne sinueux jusqu'à Kingston. Cette fois, cependant, le capitaine garde l'*abeng* dans sa poche et se contente de reprendre la mélopée folâtre et répétitive avec les autres.

Depuis Stony Hill jusqu'à la limite nord de Kingston, la route glisse rapidement à travers des maisons de banlieue bourgeoises, se recouvre d'un revêtement plus lisse et se trouve tout à coup éclairée par des réverbères. Lorsqu'elle atteint Constant Spring, elle devient un boulevard bordé de chaque côté par des boutiques, des magasins, des centres commerciaux et des restaurants drive-in. Sous l'éclairage nocturne, la ville ressemble à Los Angeles. Puis, au carrefour Mary Brown, la chaussée devient plate ; c'est là que commence le trajet vers Half Way Tree, et puis très vite les bas quartiers de Kingston et les quais.

Il pleut, à présent, et l'asphalte scintille. La circulation est réduite — rien que les voitures des flics et celles des voyageurs de la nuit qui passent légèrement comme des insectes brillants. Et parmi ceux de la nuit, il y a les Marrons de Gordon Hall qui jouent du tambour et chantent en allant à Nyamkopong, qui vont célébrer l'anniversaire de leur capitaine Cudjoe. Le minibus bleu vogue à travers la ville jusqu'à Half Way Tree, tourne à gauche vers Spanish Town Road, puis encore à droite vers Spanish Town elle-même, dépassant des rangées d'entrepôts et d'usines, laissant ensuite derrière lui les champs occupés par les squatters, par les sans-logis venus de la campagne s'entasser en bordure de ville dans de minuscules cabanes faites de bric et de broc où ils attendent d'être délogés par des bulldozers pour que le terrain puisse être aménagé d'une manière que les entrepreneurs estiment « ordonnée ». Mais les Marrons et Johnny et le rasta ne voient rien de tout cela — comme Dorothy et ses compagnons sur leur route de brique jaune, ils volent au-dessus du désordre et des gravats du monde sans les remarquer, parce que ce soir ils ne peuvent rien percevoir d'autre que leur but, Nyamkopong la ville africaine où leurs ancêtres ont signé le traité avec les Britanniques et où Cudjoe a régné.

Spanish Town, bâtie essentiellement avec de la brique, est une vieille ville, la première capitale de la Jamaïque au temps de la domination anglaise et auparavant la plus grande colonie espagnole de l'île. C'est aussi l'endroit où Marcus Garvey fut gardé en détention, et lorsqu'il prophétisait que les murs de la prison tomberaient et que les portes s'ouvriraient toutes grandes pour lui, il parlait de cette prison aux hautes enceintes, si sombre, silencieuse et mouillée quand la fourgonnette passe devant. Sur le siège arrière, le rasta gémit : Marcus, oh ! Marcus. Marcus, oh ! Marcus ! Les autres, comme respectueux du rasta, se font silencieux.

Marcus Garvey était un grand homme, déclare enfin Johnny.

Non ! beugle Bowra. C'était un grand *Africain* ! Commence alors un long débat parsemé de hurlements entre Bowra et le rasta d'un côté, et Harris et le capitaine de l'autre pour savoir si oui ou non Marcus Garvey était un Africain. Harris et le capitaine maintiennent que Garvey était un Jamaïquain parce qu'il était né à la Jamaïque, tandis que Bowra et le rasta crient que c'était un Africain parce qu'il était noir et que, du moins selon Bowra, c'était un Marron. Bowra et le rasta sont d'accord pour dire que les seuls vrais Jamaïquains étaient les Indiens Arawaks, mais puisqu'ils ont tous été massacrés il y a des siècles par les Espagnols et les Britanniques et qu'il n'en reste aucun, personne n'est jamaïquain. On est africain ou indien, ou chinois ou britannique, ou américain ou canadien, explique le rasta.

Ou syrien ! ajoute Bowra.

Ou syrien.

Mais ils ne gagnent pas le débat qui se perd dans une explosion de paroles furieuses et inattendues lâchées par Gondo, une suite de mots incohérents et déconnectés comme s'il avait une crise ou s'il était possédé du diable. Il saute sur son siège entre Bowra et Johnny, fouette l'air et crie avec colère un fatras d'expressions à moitié en anglais et en achanti. Johnny, pris d'effroi, ralentit le véhicule, le gare sur le côté et beugle à Gondo de la fermer et de se tenir tranquille pour qu'il puisse conduire. Il crie au colonel : Faites-le taire, bordel ! Empêchez-le de bouger, je ne peux pas conduire quand il fait ça !

De l'arrière de la fourgonnette monte le roulement des mains de Pie battant la peau de chèvre ; puis la lamentation aiguë de tante Célia qui amorce la mélopée : *Ah-ya-ya-ya-oh-h-h ! Ah-ya-ya-ya-oh-h-h !* Bowra, sans prendre en considération la requête de Johnny ni la crise de Gondo, y joint sa voix profonde et les autres se lancent après lui, si bien qu'en un rien de temps ils sont tous à chanter, sauf Gondo et Johnny. Le tambour et le bambou les poussent puis les entraînent de plus en plus vite, égalisant leurs voix et les accordant en harmonie. Puis voilà que Gondo s'y met et les rattrape. Son corps s'arrête de faire des bonds et revient à ses petits mouvements convulsifs habituels. A la fin, même Johnny cède et se dépêche de rejoindre les autres en chantant *Ah-ya-ya-ya-oh-h-h !* La fourgonnette revient sur la route, accélère et décolle à nouveau, s'élevant doucement au-dessus des plaines côtières à l'ouest de Spanish Town, cherchant May Pen à travers l'obscurité.

De l'autre côté de May Pen, avant Clarendon où on commence à monter vers les montagnes Mocho, ils traversent l'agglomération de Denbigh où le colonel aperçoit une boutique ouverte. Il ordonne à Johnny de ralentir et de tourner dans une allée à gauche qui passe entre deux entrepôts en parpaings avant d'arriver à une minuscule échoppe. Trois ou quatre femmes avec des petits enfants qui font la course autour d'elles ont allumé des foyers de braise devant la boutique et elles vendent du poisson au piment et aux oignons. Un petit groupe de gens se tiennent dehors, d'autres au bar — des flics, des prostituées, des joueurs, quelques *soul boys* sortis de la route de Kingston. Ils boivent et ils mangent leur poisson au piment sur des feuilles de papier d'emballage brun.

Du poisson au piment ! s'exclame Johnny en garant le véhicule à côté de l'échoppe. Tous les hommes descendent et se dirigent vers le bar. Derrière eux, tante Célia et Régine s'étirent sur les banquettes vides et ferment les yeux pour dormir. Johnny et le rasta achètent des stouts Dragon et sortent pour aller voir l'étal de poissons. Pendant ce temps, les autres se rassemblent autour du colonel au bar, commandent du rhum et se mettent à raconter au barman ainsi qu'aux hommes et aux femmes debout dans la petite salle à trois côtés le but et la signification de leur voyage.

Nous sommes les Marrons de Gordon Hall ! annonce le colonel lorsque tout le monde est servi, qu'il a craché la première gorgée sur le sol poussiéreux et qu'il a avalé la deuxième.

Un policier grand et maigre, avec un visage de rat et des dents saillantes, en uniforme rayé de rouge, s'appuie contre le juke-box et jauge le groupe avec un sourire amusé aux lèvres et un regard froid, critique. Il jette un bref coup d'œil à Johnny et au rasta, puis à nouveau au colonel dont l'imposante masse d'un vert brillant domine la pièce.

Et ces deux-là ? demande-t-il. Ce sont aussi des Marrons de Gordon Hall ?

Le colonel répond au flic que le petit, le rasta, est un Marron de Nyamkopong, qu'il aide le plus grand, le Blanc, Johnny, à les transporter jusqu'à Nyamkopong où les chefs des Marrons feront ensemble une célébration et tiendront une grande conférence. Puis il aboie en direction des deux hommes dehors, leur ordonnant de s'avancer et de se présenter à ces inconnus, ce qu'ils font d'assez mauvais gré, sans sourire et en s'approchant avec méfiance du flic qui occupe maintenant le centre du groupe d'habitués et de *soul boys* dans le bar. Ils l'observent comme s'ils attendaient de voir comment il va réagir devant ces bruyants campagnards qui se disent des Marrons des montagnes au-delà de Kingston. Alors, selon la façon dont le flic prendra les choses, ils interviendront.

Vous êtes un Marron ? demande le flic à Johnny.

Non.

D'où êtes-vous ?

D'Anchovy. A Saint James.

Loin d'ici.

Oui.

Et vous, le rastaman. Vous êtes un Marron ?

Je-et-je suis le fils d'un fils, et je-père aussi, en revenant aux temps anciens où les Africains sont partis en captivité. Et puisque ceux qui parmi eux ont jeté les fers et les chaînes de l'esclavage ont été connus sous le nom de Marrons parmi les peuples du monde, les ascendants de je-et-je devraient aussi être je. *Sar*, ajoute le rasta avec un sourire.

Le flic se tourne vers le barman. Donne à boire aux Marrons, dit-il. A tous, même au Marron blanc, ajoute-t-il avec bonne humeur en désignant Johnny de la tête. Au rasta aussi. Le monsieur-je est un Marron, lui aussi. En tout cas ce soir il l'est.

Johnny nourrit le juke-box et le rasta appuie sur les touches. L'allée s'emplit de musique et du bruit des hommes qui se lancent des cris par-dessus cette musique. C'est une bonne machine, avec quarante ou cinquante des chansons les plus récentes, ce qui est le signe d'un environnement exigeant, critique et politiquement avisé. Johnny et le rasta approuvent de la tête et sautillent sur place au battement lourd des disques. Pie accompagne en tambourinant sur le comptoir tandis que le flic et le colonel essaient de passer outre et de parler entre eux du gouvernement et d'autres sujets graves correspondant à leur position. Charles aimerait danser avec l'une des femmes, mais elle veut rester assise sur un des cartons de bière et regarder, aussi danse-t-il seul devant elle, s'efforçant de l'impressionner et de la séduire avec un pas glissant et compliqué qui paraît légèrement à contretemps. Harris, la pipe coincée entre les dents, se tient derrière l'épaule du colonel, la bouche prête. Le capitaine vient de sortir pour manger du poisson ; il bavarde avec les femmes près des foyers fumants.

Gondo, pour sa part, après avoir commencé lentement, s'est mis à danser de plus en plus vite, avec un rythme parfait, une légèreté et une grâce croissantes ; c'est un tout petit vieux bonhomme qui semble bientôt quitter le sol et danser quelques centimètres au-dessus, tourbillonnant comme un derviche dans la pièce bourrée de gens et les obligeant à lui faire une place au centre. Sa veste de costume noire, déboutonnée, s'élève autour de lui comme une jupe alors qu'il virevolte, qu'il se baisse, qu'il saute et retombe au milieu de ses propres cercles sur le sol nu — et pendant ce temps la musique, son seul partenaire parfait, continue à battre derrière lui. Les femmes et les enfants quittent l'étal à poissons et se tiennent à l'entrée ouverte du bar d'où ils contemplent le vieil homme, et tous dans la salle, même Charles, s'arrêtent et regardent Gondo avec bonheur, car le petit homme nerveux et fragile à la voix de criquet est devenu liquide et sans poids : il a complètement transformé son vieux corps en musique.

On a l'impression qu'ils restent des heures au bar de Denbigh, à boire et à manger du poisson au piment, à danser et à regarder Gondo danser, en se vantant, en braillant et en se disputant jusqu'à ce qu'enfin le colonel, mû par un horaire tout personnel, ordonne à ses gens de quitter les lieux. Ils remontent alors dans la fourgonnette. Gondo a échangé sa place avec celle du rasta et, à l'arrière, il sombre vite dans le sommeil. Les autres s'endorment aussi rapidement jusqu'à ce que seuls Bowra, le rasta et Johnny restent éveillés. Le rasta et Bowra parlent à voix basse d'agriculture. Bowra se plaint que la terre à Gordon Hall est trop escarpée, trop difficile à travailler, et il demande au rasta quel genre de champs ont les autres villages marrons, car il n'est encore jamais allé dans aucun des trois.

Charles Town est le pire, déclare le rasta. Rien que de la rocaille et des collines sans beaucoup d'eau. Moore Town vaut mieux que Gordon Hall parce qu'il est situé dans le Portland où il tombe toujours de la pluie et qu'il est bordé de douces vallées de rivière avec un sol riche et abondant. Mais c'est Nyamkopong, dans le pays Cockpit, dit le rasta, qui possède la meilleure terre pour les cultures. L'eau et la bonne terre se déposent au bas des dolines, et là où le soleil atteint le fond il y a de beaux jardins.

Johnny dirige le minibus vers la nuit, il conduit confortablement et facilement pendant que les deux paysans discutent. Il sourit quand le véhicule quitte à nouveau le sol et se met à voler.

La route monte en direction de Mandeville et le petit moteur à l'arrière de la Mazda commence à fatiguer. Johnny doit changer sans cesse de vitesse pour qu'il ne s'arrête pas. Maintenant que les autres dorment, à part Rasta et le colonel, on dirait que le poids de la charge a triplé, et bien que la fourgonnette soit toujours dans les airs, elle vole lentement et juste au-dessus de la route.

A Mandeville, lorsqu'ils dépassent les usines de traitement Alcan où les cours, les bâtiments et les équipements sont protégés par des clôtures grillagées de deux mètres cinquante de haut et par des néons en arc sur des poteaux d'aluminium, les passagers sur les sièges arrière commencent à sortir de leur sommeil. D'abord Charles, dont la conversation à voix basse avec son oiseau réveille Harris qui lui dit de la fermer. Puis Gondo rappelle à Harris que Charles a besoin de veiller au bonheur de son oiseau qui, sinon, le quittera. Ensuite

Pie réveille Steve par son léger tambourinage, et ce sont enfin les deux femmes qui se mettent à chantonner doucement, Régine entonnant une ligne et tante Célia la réponse — c'est une chanson-devinette achantie où les questions varient mais la réponse est toujours la même.

Grommelant qu'il a froid, Bowra entame la deuxième bouteille de rhum qu'il fait passer aux gens derrière lui en demandant tout de suite qu'on la lui rende. Par rapport aux plaines côtières, on perçoit en effet le froid, avec une sécheresse poussiéreuse le long de la route, due aux nuages rouges de bauxite en poudre déposés par les gros camions qui transportent nuit et jour à Mandeville le minerai extrait des mines de Williamsfield, de Myersville et d'autres exploitations plus petites dans les collines. A l'ouest de Mandeville, cependant, la route amorce une longue descente, et, en l'espace de dix ou douze kilomètres, lorsqu'elle arrive au village de Spur Tree elle est pratiquement revenue au niveau de la mer où il fait de nouveau chaud et humide.

Spur Tree est une petite agglomération agricole dont le bâtiment le plus vaste est une usine de conditionnement de bananes sans murs, essentiellement un grand toit de tôle ondulée monté sur des poteaux. Pendant que la fourgonnette bleue traverse le village, tout semble complètement endormi, mais Bowra ne s'y laisse pas prendre. Il déclare connaître ici une boutique appartenant à un « homme de poids », le responsable de la sécurité de l'usine Alcan de Mandeville, qui a tellement de poids qu'il peut laisser son échoppe ouverte toute la nuit si ça lui plaît, les flics ne l'embêtent jamais et pourtant il n'a qu'une licence de taverne qui l'oblige légalement à fermer à onze heures du soir. Bowra n'est jamais allé dans cette boutique lui-même, mais il en a entendu parler par un cousin qui conduisait un camion ici pour une des sociétés de bauxite.

Soudain tout le monde est à nouveau excité et plein d'énergie — Gondo qui tressaute d'une façon incontrôlée et déglutit ses *Ay-yeup !*, Harris et Bowra qui papotent rapidement en achanti, les femmes qui chantent, Pie et Steve qui continuent leur tambourinage, Charles qui nourrit son oiseau pour lui donner des forces, le capitaine qui affirme au rasta que l'homme chargé de l'*abeng* à Gordon Hall (c'est-à-dire lui-même) connaît les vieux codes africains alors que celui qui a l'*abeng* à Nyamkopong, d'après ce qu'on lui a dit, ne sait pas mieux en sonner que si c'était un jouet, une trompette de gosse. Les anciens Marrons savaient envoyer des messages avec l'*abeng*, dit-il au rasta, et ils utilisaient un code chaque fois qu'ils en jouaient, un langage qui faisait parler la corne. Ils ne se contentaient pas de se mettre debout et de piauler dedans, note-t-il d'un ton méprisant. Ils *parlaient* grâce à lui.

Au milieu de ces bavardages émerge un cri soudain de Bowra : Stop ! Et Johnny, obéissant, quitte la route pour virer à gauche dans un parking où une demi-douzaine de voitures sont déjà garées devant un immeuble sombre, en parpaings, qui de l'extérieur ressemble à un bunker rose — sans fenêtres, trapu, l'air sinistre. C'est là ! annonce le colonel. Allons prendre un verre et danser avec les filles !

Il fait basculer son corps volumineux par la portière et les huit autres hommes le suivent, alors que les femmes une fois de plus s'enfoncent dans les sièges laissés vacants pour essayer de dormir. Bowra marche tout droit sur la porte au centre de l'immeuble, l'ouvre violemment et fait trois grands pas pour descendre dans une salle faiblement éclairée, au plafond bas, avec un bar au bout et une douzaine de petites tables réparties sur les côtés. Les murs sont peints d'un jaune criard et décorés par des posters fluo de personnages pop américains comme Jimi Hendrix et Bob Dylan.

Dans un coin se trouve un juke-box, mais personne ne le fait marcher et l'endroit est tout silencieux quand les Marrons y pénètrent. Ça ne va pas durer longtemps. Quelques buveurs se sont regroupés à l'extrémité la plus éloignée du bar, et ils semblent engagés dans une conversation privée avec le barman. Trois clients solitaires sont répartis le long du comptoir : ce ne sont pas des agriculteurs mais apparemment des gens du coin en vêtements de travail kaki. Et puis il y a les prostituées habituelles, qui s'ennuient et sont fatiguées, dans leurs Levi's moulants, leurs tee-shirts psychédéliques et leurs sandales en plastique à talons aiguilles. Les hommes qui discutent avec le barman — ils sont quatre, le barman faisant le cinquième — ne sont pas non plus des fermiers et ressemblent plutôt à des chauffeurs de camion ou à des conducteurs d'engin. Ils portent tous le même uniforme gris avec leur nom sur la poche de chemise gauche, comme s'ils étaient employés par la même société. Ce sont des gens qui travaillent dur dans des postes qui, du coup, rapportent bien. Ils ont l'air plutôt méchant et très sûrs d'eux-mêmes.

Rhum ! crie Bowra au barman tandis que sa suite s'égaille de tous côtés dans la salle : Charles et le capitaine se dirigent comme d'habitude vers les femmes, Steve cherche le rasta, Harris vient prendre position près de l'épaule du colonel tandis que Pie, Gondo et Johnny vont droit au juke-box. Leur arrivée se signale par une clameur soudaine qui induit le groupe d'hommes en uniforme, au bout du bar, à se retourner et à les fixer d'un regard dépourvu d'aménité.

Le barman se dirige lentement vers le colonel. C'est un homme au torse épais, plus petit que la moyenne mais d'aspect vigoureux, dans un tee-shirt serré, vert foncé, marqué GANJA OIL CO. S'arrêtant devant le colonel, il croise les bras sur sa robuste poitrine et ne dit qu'un mot : Fermé. Puis il revient à ses amis aux uniformes gris.

Bowra lève les sourcils pour feindre l'étonnement. Fermé ? demande-t-il à Harris. Fermé ? Avec tous ces gens qui boivent, ajoute-t-il en faisant un superbe geste de la main en direction des trois consommateurs solitaires au comptoir et des deux prostituées qui essaient de toucher l'oiseau qu'elles n'arrivent pas à voir sur la tête de Charles. Avec tous les gens qui sont ici, cet homme veut nous faire croire que c'est fermé ?

Harris répond par un tir serré de mots achantis, un crachement strident, en voix de basse, de syllabes qui captent aussitôt l'attention des Marrons ainsi que celle de Johnny et du rasta qui ne savent pas ce qu'il a dit. Tous se rassemblent vite près du colonel.

Viens ici, dit Bowra au barman qui lève les yeux avec surprise. Viens ici, mec. La voix du colonel n'est pas forte, mais elle est appuyée et totalement sincère. Il a le ton qu'il emploierait avec un enfant qui s'est mal conduit et envers qui il ressentirait plus de déception que de colère.

Moi ? demande le barman en montrant sa propre poitrine du doigt.

Oui. Viens ici. Viens ici, mec.

Obéissant, l'homme s'avance pendant que Harris jacasse en achanti dans l'oreille du colonel.

Lorsque le barman se trouve debout devant le colonel, il reçoit l'ordre de le regarder dans les yeux, ce qu'il fait. Harris continue à parler dans cet idiome étrange et intense, comme si le langage porté par sa voix était un tambour entre ses mains pour accompagner la confrontation de Bowra et du barman.

Levant une de ses énormes mains, Bowra pointe un index directement sur le cœur du barman, et l'homme vacille en arrière, étreignant l'endroit de son cœur en hurlant de douleur. Alors Bowra abaisse sa main et la douleur paraît cesser. Le barman reste là, bouchc ouverte, cherchant de l'air.

Ça va, Larry ? lance un des hommes du groupe à l'extrémité du bar.

Le barman ne répond rien. Il fixe les yeux de Bowra comme s'il était fasciné par les anneaux concentriques bleus et bruns. Deux de ses amis ont fait un pas vers les Marrons et contemplent le barman avec étonnement. Hé, Larry, tu vas bien, mec ?

C'est Charles qui leur répond. Cet homme est en train d'apprendre à connaître le colonel, explique-t-il. Il va bien.

Rhum, dit le colonel calmement. Huit verres et deux demi-pintes.

Silencieusement le barman exécute la commande. Quand il a fini de poser les verres et le rhum, le colonel dit merci et le renvoie d'un petit geste.

Johnny et Rasta le suivent du regard pendant qu'il revient vers ses amis et que les autres se saisissent des verres et versent le rhum. Le barman et les Marrons agissent comme s'il ne s'était rien passé d'extraordinaire, comme si le barman avait simplement changé d'avis et décidé de servir quand même le groupe puisque c'était après tout la solution la plus raisonnable. Il est évident qu'ils sont en voyage et qu'ils ne se sont arrêtés que pour une seule et rapide consommation.

Johnny jette un coup d'œil à son ami le rasta qui écarquille les yeux et fait la moue de ses lèvres épaisses. Puis ils prennent chacun un verre, et pour la première fois depuis que Johnny le connaît, il voit le rasta vider une rasade de rhum ; c'est alors au tour de Johnny d'écarquiller les yeux et de faire la moue.

Avec un sourire honteux, le rasta hausse les épaules, et Johnny lui lance une tape affectueuse sur le dos. Terron, dit-il en riant, c'est ici le pays d'Oz et nous sommes sur la route de brique jaune. Il me semble que nous pouvons nous attendre à ce que tout arrive. Jah te pardonnera un coup de rhum, mon vieux.

Les autres se dirigent vers la sortie, apparemment sans payer leurs consommations. Johnny se tourne vers le barman qui ne semble pas les avoir remarqués et s'est à nouveau plongé dans sa conversation avec les camionneurs. Hé, l'ami, ça fait combien ? lui crie Johnny.

Il lève lentement les yeux et ne paraît pas comprendre de quoi parle Johnny. Quoi ?

Combien pour les boissons ?

Oh ! Laisse tomber. C'est tard, dit-il. Nous sommes fermés, maintenant, ajoute-t-il en repartant dans sa discussion.

Ça me va, dit Johnny qui se retourne et, accompagné du rasta, prend la porte.

Dehors, les deux hommes restent un instant immobiles à savourer l'air frais. Les autres se sont à nouveau entassés dans le minibus. Le ciel à l'est a pris une couleur de soie gris foncé, mais à l'ouest c'est encore l'obscurité de la nuit où les étoiles scintillent en ceintures et en nappes. Une brise légère s'est levée, elle apporte l'odeur d'un feu de cuisine. Quelque part dans le lointain un camion change de vitesse en remontant sa charge de bauxite vers Mandeville.

Le magicien d'Oz, dit le rasta à voix basse. Le magicien d'Oz.

Ils restent un instant silencieux pendant qu'un coq chante.

Le magicien d'Oz était un faux, déclare Johnny. Tu te souviens ?

Le rasta répond qu'il n'a jamais vu ce film, qu'il en a seulement entendu parler.

Eh bien, c'était un faux magicien, Terron. Un sorcier bidon.

Non, ce n'est pas possible. Sinon ils ne lui auraient pas donné ce nom.

Lequel ?

Magicien. Un magicien est un magicien, explique-t-il.

Ouais, si tu veux, dit Johnny, ils marchent tous les deux vers l'obscurité de la fourgonnette où tout le monde dort. Le rasta pénètre du côté du conducteur et se glisse entre le colonel qui ronfle et Johnny qui met le moteur en marche. Il y en a un ou deux dans le fond qui bougent et grommellent avant de retomber dans leur sommeil tandis que la fourgonnette part en cahotant, tourne à gauche vers Santa Cruz et Maggotty, puis prend de la vitesse.

Durant le reste du voyage, l'Américain et le rasta gardent le silence et les autres dorment. De temps à autre, avec un geste nonchalant de la main, le rasta dit à l'Américain qu'il doit tourner à gauche ou à droite, et le minibus poursuit lentement son chemin vers l'ouest puis vers le nord en direction du pays Cockpit en traversant Santa Cruz, Lacovia, Newton, jusqu'à ce qu'ils se trouvent dans la vallée de la Black River près de la ville de Maggotty. Le ciel derrière eux a pris une teinte blanc argenté alors que devant eux il est couleur de zinc, et les étoiles ont disparu. Des volutes de fumée s'élèvent des feux de cuisine derrière les cabanes et les huttes qui longent la route. Ici et là, un paysan matinal quitte sa case pour rejoindre ses champs, ou un enfant ensommeillé rapporte chez lui un bidon d'eau rempli au réservoir près de la route.

Quelques kilomètres avant Maggotty, l'Américain déclare à voix basse : Ça va, je sais où je suis à présent. Il entre dans le village où tout est fermé, dépasse les boutiques et les magasins, le cabinet du médecin, la station Esso — il est enfin en territoire connu. Ils traversent les terrains de l'usine Appleton, passent devant les hommes de la première équipe se rendant à leur travail, prennent de l'autre côté une route non asphaltée, continuent au-delà des rangées de cases pour ouvriers et commencent le grand trajet entre les champs de canne d'un vert profond. Au moment où ils dépassent la rivière où Johnny, avec les hommes et les garçons de Nyamkopong, venait se baigner, le soleil fait éclater l'horizon derrière eux, déversant des vagues soudaines de lumière dorée sur leur dos et sur les tiges immobiles des cannes. Dans le lointain, les collines de Nyamkopong, au-dessus de la brume qui monte rapidement, sont inondées de soleil.

Les Marrons sont réveillés. Ils savent où ils sont, bien qu'ils ne soient jamais encore venus ici. Pie ranime son tambour, Steve se joint à lui doucement tandis que tante Célia entonne une lamentation pleine de la douleur et du bonheur anciens du retour à la maison, le cri du temps retrouvé et perdu à jamais. La voix puissante de Régine enfle, et puis voilà que Harris et le colonel, Charles et le capitaine et Gondo chantent à leur tour. C'est une complainte à laquelle Johnny et le rasta ne peuvent se joindre ; en silence, leur figure baignée de crainte respectueuse, ils écoutent en fixant droit devant eux la route sinueuse qui monte vers Nyamkopong.

A Whitehall Johnny fait une halte, car c'est là que commence la terre des Marrons. Le capitaine sonne de l'*abeng*, un cri, une lamentation, une prière — trois cornements vigoureux et distincts —, et ils entrent lentement, cérémonieusement, dans le pays Cockpit entassés dans une ridicule petite fourgonnette bleue japonaise, précédés par l'appel ancien de l'*abeng*, au moment où le soleil bondit libre au-dessus de l'horizon, frissonne un instant et commence son ascension dans le ciel. Les voilà qui arrivent à Nyamkopong, la ville africaine de Cudjoe et de ses redoutables guerriers achantis. Voilà qu'arrive le colonel du village frère des Marrons de l'Est, voilà qu'arrive le chef de leurs frères de Gordon Hall avec son capitaine, ses lieutenants, ses femmes, ses tambours et ses danseurs. Ils apportent des présents pour leurs frères bien-aimés et pour les dieux, ils apportent aussi leur profond désir d'échanger leurs vues et leur sagesse avec leurs frères anciens et clairvoyants de Nyamkopong. Voici qu'arrive le cœur de la Jamaïque qui va s'embrasser lui-même et se connaître en son double ici à l'est. Que les autres s'écartent, que les fils et les filles des esclaves, que les fils et les filles des propriétaires d'esclaves et de tous ceux qui sont venus après eux s'écartent en ce jour ; qu'ils rendent hommage aux fils et aux filles de ceux qui ont fait la guerre aux propriétaires d'esclaves, aux enfants de ceux qui ont abattu les esclaves venus au secours de leurs maîtres, aux descendants de ceux qui ont enduré le pays sauvage du Cockpit et appris à y survivre et à y prospérer, de ceux qui ont gardé vivante la connaissance des herbes sacrées et du nom des dieux, qui ont préservé le souvenir d'une langue africaine — de ceux qui ont gardé leurs pouvoirs. Ce vestige de vestige, qu'ils l'honorent.

4

Ils se garent devant la maison en stuc rose du colonel Martin Luther Phelps. Le village est encore passablement endormi, une demi-douzaine de feux de cuisine sont allumés, quelques enfants ensommeillés avancent d'un pas mal assuré en portant de l'eau, un homme de grande taille s'étire sous une porte comme un lion. Quand le minibus bleu a fait sa montée haletante dans le village au son de l'*abeng* retentissant par la vitre ouverte, du battement des tambours et des passagers qui chantaient leur hymne de lamentation comme s'ils célébraient la fin d'une longue guerre endeuillée, les quelques habitants déjà debout se sont contentés de les regarder d'un air intrigué. Plusieurs jeunes garçons portant des seaux sur la tête ont reconnu le véhicule et crié le nom de l'Américain qui en était propriétaire, mais aucun autre signe de reconnaissance ni de bienvenue ne leur a été adressé jusqu'à ce qu'ils soient parvenus à la demeure du colonel, qu'ils aient arrêté le moteur, ouvert les portières et qu'ils aient laissé le capitaine sonner et sonner encore de l'*abeng*, le faisant résonner de douleur et de colère devant la porte fermée du colonel.

Voici qu'enfin le colonel Phelps ouvre et jette un coup d'œil au groupe massé au bord de la route devant sa cour : Bowra, énorme, d'humeur massacrante sous son casque colonial et dans son costume vert brillant, les deux vieilles femmes aux bras croisés sur la poitrine, Harris, le grand Charles et même Gondo qui le fixent d'un regard sombre, les batteurs qui s'en donnent à cœur joie sur les tambours et le capitaine qui souffle de l'*abeng*. Le colonel Phelps est manifestement décontenancé, surpris, confus — il faut qu'il n'ait pas cru que l'Américain et le rasta feraient vraiment ce qu'ils avaient annoncé, qu'ils transporteraient le colonel marron avec ses officiers et ses musiciens depuis Gordon Hall, dans la paroisse de Saint Mary, jusqu'ici où ils se joindraient aux Marrons de Nyamkopong pour la célébration. Comment, sinon, expliquer la stupeur du colonel Phelps, son manque de préparation et de cérémonial, comment rendre compte du fait qu'à six heures du matin le village soit encore à moitié endormi et que le colonel de Nyamkopong lui-même doive risquer un œil par sa porte entrebâillée pour savoir qui fait tout ce raffut dehors ?

Tout agité, sautillant d'un pas hésitant sur son perron puis se ruant nerveusement dans la cour, pieds nus, vêtu seulement d'un maillot de corps et de son pantalon sans ceinture, le colonel Phelps donne l'accolade à son frère colonel, se répand en compliments sur les femmes au visage de marbre et les hommes renfrognés, en s'excusant continuellement de ne pas les avoir attendus si tôt le matin — il croyait qu'ils allaient venir, il le savait, bien sûr, bien sûr, mais il pensait qu'ils n'arriveraient pas avant le soir, quand débuteraient en fait les cérémonies. C'est un être minuscule et nerveux, couleur de daim et tout fragile à côté de Bowra, l'homme de Gordon Hall à la stature d'ours, noir de peau et implacable.

Johnny vous a-t-il dit que nous arrivions ce matin ? demande impérieusement Harris. Johnny a su agir, poursuit-il. Il a su être à Gordon Hall à minuit le 4 janvier et nous emmener à Nyamkopong. Il a su nous véhiculer ici sans danger pour que nous puissions tenir avec vous et vos officiers, aujourd'hui et demain, une conférence sur d'importantes affaires marronnes. Vous a-t-il dit cela ?

Les tambours se sont tus et le capitaine a rentré son *abeng* dans sa poche. Le colonel Phelps a l'air embarrassé. Johnny ? demande-t-il. Johnny ? Qui est-ce ? Vous voulez dire Nonny ?

Non, *abruti* ! lui crie le colonel en plein sur sa face rétrécie et apeurée. *Johnny !* dit-il en montrant l'Américain du doigt.

Ah oui, oui, maintenant le colonel Phelps comprend. Johnny ! Oui, oui, Johnny a dit qu'il viendrait aujourd'hui avec les gens de Gordon Hall, c'est vrai, il l'a dit. Mais le colonel ne croyait pas possible qu'il puisse accomplir une telle chose — après tant de générations de vie séparée et tant de distance... Ça paraissait trop beau pour être vrai, déclare-t-il à Bowra avec une voix de nouveau onctueuse et bien contrôlée. Il prend alors une des pattes de l'homme de Gordon Hall dans ses mains et le conduit sur sa terrasse.

Faisant asseoir Bowra sur une des chaises de jardin en plastique et les femmes sur les deux autres, il prend l'Américain à part et l'entraîne dans sa salle de séjour. A toute allure il saisit dans le buffet des verres et une bouteille de rhum presque pleine, puis demande à l'Américain de porter les boissons dehors pendant qu'il s'habille et que sa femme prépare à manger. Dites au colonel que j'arrive, fait-il presque en implorant. Il prononce ensuite le nouveau nom de l'Américain comme s'il l'essayait. Johnny ?

Oui, colonel.

Pouvez-vous m'aider ?

Comment cela ?

Eh bien... pouvez-vous m'accorder un peu d'argent ? Combien *sont-ils* donc ?

Neuf.

Oui, oui. Neuf. Bon... il faut que je les nourrisse et que je leur donne plein à boire, voyez-vous. Je veux dire, ils ont fait tout ce chemin...

C'est exact, déclare nettement Johnny. C'est exact.

Il puise dans sa poche, sort son argent et tend à l'homme deux coupures de dix. C'est tout ce que je peux vous donner, colonel.

L'homme plie les billets et les enfonce dans sa poche, puis il pousse Johnny dehors et, au moment où l'Américain pose le pied sur la terrasse, il se met à brailler pour tirer sa femme de la chambre, hurle plusieurs ordres à son fils, exige de savoir où se trouve son uniforme, il a besoin de son uniforme, allume le feu, tue un poulet, le rouge, le rouge, espèce d'abruti !

Dehors, sur la terrasse, le groupe reste silencieux. Une averse a commencé et tous sont venus s'entasser sous le porche pour s'abriter. Johnny pose le rhum et les verres devant le colonel et se range du côté où se tient le rasta pendant que les autres s'emparent de la bouteille. *De l'eau !* beugle Bowra, et juste au moment où Johnny s'apprête à passer la porte, un des fils de Phelps, un garçon d'environ douze ans, sort en courant : il porte un bocal plein d'eau qu'il pose avec précaution sur la table basse à côté du colonel avant de se précipiter à nouveau à l'intérieur.

Martin Luther Phelps n'a pas de savoir-vivre, déclare à voix basse l'Américain à son ami. Les autres lampent rageusement leur rhum et murmurent entre eux. L'averse soudaine s'est transformée en orage qui rend gris tout ce qui est au-delà de la cour. Les portières du minibus sont restées grandes ouvertes mais la pluie est si dense que personne n'a envie de traverser la cour pour aller les fermer.

« Cet homme est un singe », déclare le rasta en se mettant au travail pour rouler un *spliff*.

Petit à petit, cependant, le colonel Phelps reprend la maîtrise des événements. La pluie cesse et la journée s'annonce comme simplement nuageuse et fraîche. Sous le ciel d'un gris laineux, les arbres s'égouttent bruyamment et la pluie qui s'écoule des toits de tôle ruisselle dans les bidons destinés à la recueillir. Les Marrons n'ont pas encore fini de vider leur première bouteille de rhum que déjà le fils du colonel Phelps, prénommé lui aussi Martin, en apporte une deuxième et que l'odeur du poulet en train de frire et des ignames qui cuisent dans la braise a fait le tour de la maison pour arriver sur la terrasse. C'est alors qu'apparaît enfin le colonel des Marrons de Nyamkopong, et cette fois c'est un homme très différent de celui qui une heure auparavant sautillait tout ahuri, pieds nus et en maillot de corps. Celui-ci a le dos bien droit et marche comme un diplômé d'une académie militaire. Il a mis un casque colonial plus propre que celui de Bowra — et sans bosses —, avec un uniforme qui à l'origine devait être celui d'un policier anglais car il est bleu foncé avec un ceinturon et un baudrier qui lui barre la poitrine, une chemise blanche bien fraîche, une cravate bleu foncé et des souliers noirs brillants.

Son fils arrive en trébuchant derrière lui ; il porte une lourde chaise de bois à dossier droit, et lorsqu'il la pose devant Bowra, le colonel Phelps s'assoit et se verse cérémonieusement un verre de rhum. Tout a l'air parfait, à présent : les deux colonels qui se font face, parés de tous les insignes de leur office, le verre levé ; l'entourage de Gordon Hall qui se recule en silence tandis que l'odeur du festin en préparation les encercle et que le soleil perce à travers les nuages, faisant ressortir avec une netteté nouvelle le chatoiement des collines vertes et des *cockpits* sur des kilomètres — de sorte qu'avec un soulagement apparent, Johnny et le rasta, qui balayaient l'eau de la fourgonnette sans entrain, retournent en souriant sous le porche pour partager ce moment avec leurs amis de Gordon Hall.

Chaque colonel prononce un bref discours : d'abord le colonel Phelps porte un toast à ses frères bien-aimés de Gordon Hall et à leurs ancêtres communs ; puis le colonel Bowra prie pour la paix et la prospérité de tout le peuple marron. Ils répandent tous deux quelques gouttes de rhum sur le sol de la terrasse pour les morts et vident leur verre d'un trait. Comme si on lui avait donné le signal, Harris se met à chanter tandis que Pie et Steve s'attellent au *gombay* et au cylindre de bambou et que les femmes, Charles, le capitaine et Gondo entrent dans le concert en criant et en vociférant. A la fin, les deux colonels, après avoir encore rempli leur verre, se joignent au chœur avec un visage grand ouvert et heureux. Car il s'agit d'un chant que le colonel Phelps connaît manifestement aussi bien que son vis-à-vis, un chant qui remonte à plus de deux siècles, à l'époque des bateaux d'esclaves, et des centaines d'années auparavant à l'Afrique occidentale et à l'empire des Coromantis, un hymne de jubilation qui bondit et qui saute de façon si décousue que celui qui n'en a pas entendu les paroles et la mélodie des centaines de fois ne peut pas le chanter.

Les deux hommes se lèvent, se jettent les bras autour du cou et s'embrassent sur les joues. Tout est pardonné. Les Marrons de Gordon Hall et les Marrons de Nyamkopong ne font qu'un — deux des cavités du cœur de la Jamaïque se sont rejointes et le monde en paraît plus fort, plus pur, plus lucide. Terron le rasta, l'homme sérieux, sourit avec douceur et les yeux de l'Américain blanc sont mouillés de larmes.

Avec un bruit de ferraille dans la montée puis un freinage brusque qui la fait déraper et s'arrêter juste derrière la fourgonnette bleue, surgit soudain une Land Cruiser Toyota aux couleurs beige et vert transportant quatre gendarmes en uniforme venus de Maggotty : un sergent au visage rond au volant et trois hommes de patrouille, l'air buté, armés de fusils. Le sergent, un homme coquet, moustachu, au grand sourire et au corps bien ferme mais d'aspect plutôt doux, descend et traverse la cour d'une allure nonchalante jusqu'à la terrasse. Les autres flics restent dans la Land Cruiser, leurs fusils dressés entre leurs jambes comme des parapluies.

Les Marrons se sont tus et, à part les deux colonels, ils ont tous fait un seul pas en arrière, même Johnny et le rasta, ouvrant ainsi un chemin au sergent qui traverse le groupe et va droit vers le colonel Phelps, tendant la main lorsqu'il s'approche de l'homme et souriant même davantage que lorsqu'il a quitté son véhicule.

Martin, dit-il comme s'il saluait un vieil ami de famille. Tout habillé pour les cérémonies, à ce que je vois. Mais tu es en avance d'un jour, n'est-ce pas ? C'est bien demain, non ? La commémoration ?

Bowra fait à son tour un pas en arrière, quittant sa place au côté du colonel Phelps. Il vient, après ses compagnons, d'abaisser un rideau sur son visage comme s'il n'était plus lui-même mais un acteur qui se joue lui-même. Personne ne regarde plus personne. Tous observent la main noire et fougueuse du sergent de police serrer la main brune et molle du colonel Phelps.

Oui, oui, c'est exact, la célébration *a lieu* demain, déclare Phelps précipitamment, détournant ses yeux du regard soutenu du sémillant sergent. Oui, demain, le 6 janvier. Pour l'anniversaire de Cudjoe...

Mais regarde-toi, tu es tout fringant dans ton costume de danse !

Eh bien, oui... oui... oui... mais... c'est à cause de mes amis, ici, dit-il en agitant faiblement sa main pour désigner les neuf de Gordon Hall. C'est le colonel des Marrons de Gordon Hall... et là ce sont ses officiers...

Ah ! s'exclame le sergent en tendant la main pour attraper celle du grand bonhomme. Colonel... ?

Bowra. Sergent... ?

Kemp. Aussitôt il se détourne du masque de Bowra vers celui du colonel Phelps qui laisse percer un sourire mince et crispé sur ses lèvres. Bien, colonel, est-ce que je peux ? demande-t-il en montrant d'un geste de la tête la bouteille de rhum à demi pleine.

Oui, oui, bien sûr, attendez juste que j'aille chercher un verre, répond-il en détalant de la terrasse pour revenir aussitôt avec un verre propre. Il y verse alors trois doigts de rhum et le tend au policier. Voilà, sergent, dit-il comme battu, avant de se détourner, de remplir son propre verre et de le vider brusquement dans sa bouche.

Le sergent lève son verre avec cérémonie et porte un

toast à la santé des Marrons de Gordon Hall. Ils acceptent d'un signe de tête, à la suite de quoi le sergent fait cul sec et s'assoit en prenant la chaise de bois du colonel Phelps comme si on l'avait mise là uniquement pour lui.

Phelps se tient debout en face de lui dans la position d'un serveur zélé. Les autres ont commencé à se regrouper en rangs serrés derrière leur colonel. Johnny et le rasta, comme s'ils étaient eux aussi des Marrons de Gordon Hall, se sont mis en formation avec eux. Un étranger voyant la scène supposerait que l'homme mince au casque colonial et à l'uniforme sombre est en train d'implorer une quelconque faveur de son chef et que le groupe de gens derrière le grand individu en costume vert brillant attend son tour pour présenter sa propre requête. Très certainement arrive un moment où les Marrons se rendent compte de quoi ils ont (ou auraient) l'air aux yeux d'un étranger, car les voilà qui se mettent à faire quelques pas au hasard pour s'éloigner du porche et qui se dispersent. En ruminant de sombres pensées, seuls ou par deux, ils s'en vont : Johnny et le rasta reviennent nettoyer le minibus bleu, les autres se promènent comme s'ils examinaient la cour et le voisinage immédiat. Ils décrivent tous de grands cercles autour du véhicule de police et regardent au-delà, ou à travers, comme s'il était invisible et n'était absolument pas là. Il est évident que les choses vont de nouveau mal.

Le sergent et le colonel Phelps continuent à parler à voix basse sur la terrasse ; le sergent se ressert à boire et le colonel fait tout de suite de même. Puis le sergent se lève, fait signe aux trois hommes dans la Land Cruiser de le suivre et entre dans la maison derrière le colonel. Portant leur fusil négligemment sous le bras comme s'ils revenaient de la chasse aux oiseaux, les trois hommes à l'uniforme rayé de rouge traversent la cour avec indolence et entrent dans la maison où on peut les apercevoir par la fenêtre debout autour de la table en train de remplir leurs assiettes de poulet, de riz, de haricots et d'ignames.

La pluie tombe à nouveau légèrement mais de façon continue comme si ça devait durer la journée. Au bout de quelques instants, Bowra et ses compagnons se retrouvent près de la fourgonnette et grimpent dedans, mouillés et de mauvaise humeur. Pour la première fois ils ont l'air de souffrir de l'entassement. Ils sont fatigués, irritables, ils se disputent à voix basse.

Harris étend le bras devant lui et donne un petit coup sur l'épaule de Johnny. Où est leur *abeng* ? Ils n'ont pas de joueur d'*abeng*, ici ? Dis-moi !

Si, ils en ont un. Je l'ai entendu jouer. Un vieux, plus âgé que le capitaine. Mais il en joue bien.

Ha ! fait-il en allumant sa pipe. Et où est-il, alors ? Dis-moi.

Je ne sais pas.

Bowra fait pivoter son grand corps sur son siège et regarde Johnny droit dans les yeux. Et où est ce Mann dont tu nous as parlé ? Ce secrétaire d'État ou je ne sais comment ils l'appellent. C'est lui, le porte-voix ?

Je ne sais pas... Je ne sais pas où il est.

S'introduisant dans la conversation comme s'il sortait d'une sieste, le rasta déclare simplement d'une voix épaisse : Mann ne veut rien avoir à faire avec ce singe de Phelps.

Est-ce qu'il sait que nous sommes ici ? demande Johnny au rasta. Peut-être devrions-nous aller chez lui... ?

Non, répond Bowra.

Ce n'est pas lui le colonel, ajoute Harris avant d'expliquer patiemment l'aspect protocolaire de la situation. Il n'est que secrétaire d'État des Marrons de Nyamkopong. Mais cet homme-ci, le singe avec la police autour, c'est lui le colonel et c'est son devoir de faire les préparatifs. Ton M. Mann sait tout cela, et s'il n'est pas venu souhaiter la bienvenue à ses frères marrons, et si le joueur d'*abeng* n'est pas là pour signaler notre arrivée aux autres habitants, et s'il n'y a pas de joueurs de tambour ni personne pour chanter avec nous et s'asseoir et manger et parler avec nous d'affaires de très grande importance, personne sauf ce singe de colonel et ses amis de la police, c'est parce que le colonel n'a pas fait son travail.

Pourquoi est-ce qu'ils ne le tuent pas ? demande Bowra dont le front se plisse d'étonnement.

Quoi ?

Pourquoi est-ce qu'ils ne veulent pas le tuer ? Lui couper la tête.

Le *tuer* ? demande Johnny.

Le tuer. Et faire de votre ami Mann le colonel.

C'est ça que vous devriez faire. Surtout maintenant, explique Harris.

Les autres approuvent avec joie. Tuez-le ! Coupez-le en morceaux ! Jetez les morceaux aux chiens ! Tuez le singe ! Tuez-le ! Tuez-le !

Johnny regarde le rasta dont le visage est éclairé d'un léger sourire. Devraient-ils le tuer ? demande-t-il à son ami.

Qui ?

Le colonel Phelps.

Non, ce que je veux dire, c'est *qui* devrait le tuer ?

Oh... eh bien, vous... je veux dire, les Marrons de Nyamkopong. Tu sais, comme dit Harris, tuer le colonel et faire de M. Mann le nouveau colonel. Devraient-ils faire ça ?

Évidemment.

Johnny se tourne. Je croyais que le colonel était élu, dit-il tranquillement.

C'est vrai, explique Harris. Mais parfois il faut le tuer pour s'en débarrasser. Alors se tient une élection et on peut avoir un nouveau colonel, parce que lorsque tu deviens colonel, c'est pour la vie.

Ce n'est pas comme ça que nous faisons ici, à Nyamkopong, déclare Johnny fièrement. Ici nous tenons des élections tous les deux ans. Nous ne sommes pas obligés de tuer quelqu'un pour nous débarrasser de lui, fait-il remarquer avec une pointe de défi.

Tu es bien obligé si l'homme en question gagne toujours les élections, répond le rasta, et tous éclatent de rire, surtout Bowra.

On dirait que l'homme-singe veut nous faire entrer, dit soudain Charles.

En effet, debout sur la terrasse il leur fait signe de venir à sa maison. Johnny baisse sa vitre et porte la main à l'oreille pour entendre le colonel Phelps les appeler pour manger.

Babylone s'est rempli la panse, remarque le rasta. C'est notre tour à l'auge.

Lentement, presque à contrecœur, ils descendent de la fourgonnette et traînent leurs pas pesants dans la boue de la cour jusqu'à la terrasse. Un par un ils entrent dans le séjour où la femme du colonel a disposé des plats de nourriture sur une table de fortune, une vieille porte posée sur des dossiers de chaises. Mais la plupart des plats sont vides, il ne reste qu'une douzaine de bouts d'igname, un peu de riz froid, le dos et l'aile du poulet, une poignée de haricots rouges. La femme du colonel à la mine rébarbative entre avec une assiette où elle a empilé des tranches de pain blanc et qu'elle place au milieu de la table. Puis elle disparaît aussitôt dans la chambre, fermant bien la porte derrière elle. Le sergent Kemp et ses hommes sont sortis du séjour, ils sont debout dans l'entrée de derrière à fumer des cigarettes, à se curer les dents et à regarder les collines à travers la pluic.

Je vais avoir tout de suite autre chose à manger, promet le colonel Phelps tandis que le groupe examine les restes du repas. Je viens d'envoyer mon garçon à la boutique chercher du riz et du bœuf en boîte. Il y en aura plein pour tout le monde, assure-t-il. Plein.

Harris prend à nouveau les choses en main. Il attrape une assiette, et, à l'aide d'une cuillère, la charge des restes de nourriture : tout le riz et les haricots, les quelques morceaux froids d'igname, les petits bouts de poulet. Puis il présente tout naturellement ce plat à Bowra, lui donne une fourchette et s'écarte. Comme s'il était à un dîner d'église, le colonel porte son assiette dehors sur la terrasse, s'assoit d'un air fatigué et se met à manger presque tristement. Les autres restent dans le séjour, silencieux et solitaires. Au bout de quelques instant, le colonel Phelps se déplace vers la porte de derrière avec des gestes saccadés et rejoint le sergent Kemp et ses hommes. Ils se poussent pour lui permettre à lui aussi de se tenir debout et de regarder la pluie tomber en rideau gris sur les collines vertes.

5

Les choses empirent à mesure que la journée avance. Le fils du colonel Phelps rentre de la boutique et le colonel réussit enfin à nourrir le reste du groupe de Bowra, mais pas avant que le sergent Kemp et ses hommes aient quitté la maison et se soient dirigés vers une case située une centaine de mètres plus bas le long de la route. Là ils traînent à l'extérieur le jeune rasta nommé Rubber et le battent. Ce jeune homme est un ami de Terron : jusqu'à ce jour ils cultivaient ensemble environ deux hectares et demi de ganja. Mais ce n'est pas la raison pour laquelle les policiers l'ont porté jusqu'à la route, lui ont provoqué un traumatisme crânien à coups de crosse de fusil, lui ont lié les mains, passé une corde en chanvre de Manille de trois centimètres d'épaisseur autour du cou et le ramènent comme une bête capturée dans leur Land Cruiser devant la maison du colonel Phelps. Non, ils ont pris Rubber parce qu'il est bien connu en ville, surtout maintenant, car ce soir et demain il doit faire marcher une des deux sonos avec un générateur au fuel. En montrant qu'elle s'est saisie de Rubber et qu'elle l'a maîtrisé, la police adresse un message aux habitants : Tenez-vous tranquilles les jours qui viennent. C'est nous qui commandons.

A ses invités, le colonel Phelps se contente de dire : Les jeunes rastas sont des trublions, par ici. Peut-être celui-ci a-t-il volé quelque chose à Maggotty. On ne sait jamais. On ne sait vraiment jamais.

Malades de dégoût, Johnny et le rasta partent pour la maison de ce dernier où, sans dire un mot, ils s'écroulent sur le matelas qui remplit pratiquement la case et s'endorment immédiatement. La femme du rasta et ses enfants marchent sur la pointe des pieds autour des hommes endormis, et lorsqu'un des petits-fils de M. Mann accourt pour annoncer à l'Américain et à Terron que M. Mann aimerait rencontrer ses frères de Gordon Hall et parler avec eux, la femme le renvoie en lui ordonnant d'un ton courroucé de faire savoir à son grand-père que Terron et l'Américain rentrent à peine de Montego Bay et de Kingston où ils ont réglé d'importantes affaires américaines, qu'ils ont conduit toute la nuit et que pour l'instant ils dorment. Qui plus est, elle n'a jamais entendu parler de frères de Gordon Hall. Le garçon hausse les épaules et s'en va.

Pendant toute la journée le temps aussi est épouvantable. Il pleut sans discontinuer, lourdement, des cordes verticales. Après que le sergent Kemp et son équipe ont emporté Rubber à Maggotty, Bowra et Harris adressent de graves reproches au colonel Phelps pendant plus d'une heure. Puis, dégoûtés par cet individu, ils quittent sa maison d'un pas digne et se mettent à la recherche du minibus de Johnny. Les autres — Charles, le capitaine, Gondo, Pie, Steve et les deux femmes — ont déjà repéré le véhicule à l'endroit où Johnny l'a garé, près de la case de Terron, et, tout mouillés, ils se sont glissés dedans pour s'endormir dans des positions diverses. Lorsque Bowra et Harris arrivent, il n'y a plus de place pour eux. Ils se mettent donc à l'abri de la pluie en pénétrant chez Terron où ils s'écroulent sur le matelas à côté de Johnny et du rasta. Voyant cela, la femme de Terron rassemble sa couvée et malgré l'averse fonce vers la maison d'une de ses tantes un peu plus loin sur la route.

Aux environs de midi ils commencent à s'éveiller. La pluie tombe toujours et le ciel est bas, lourd et gris.

Devant la case le sol est tout détrempé, formant une boue rouge. Quand Johnny se lève, il jette un coup d'œil par la porte et voit que les autres, apparemment, sont encore endormis dans la fourgonnette. Après s'être étiré, avoir tendu et gratté ses vêtements qui lui collent entre les jambes et sous les bras, il finit par soupirer péniblement comme s'il se souvenait d'une obligation douloureuse, et il demande au rasta ce qu'il convient de faire à présent.

Le rasta se met à rire. Il est assis au bord du lit, pieds et torse nus.

Qu'y a-t-il de drôle ? demande Johnny depuis la porte, d'un ton lugubre.

L'énorme Bowra, semblable à un bateau vert renversé, gît sur le dos en travers du lit, ses mains sous la nuque, fixant d'un œil sombre le dessous du toit de tôle comme s'il étudiait la progression d'une fourmi. A côté de lui Harris est allongé sur le côté, soulevé sur un coude, absorbé dans ses pensées en fumant la pipe ; pour une fois il garde le silence et n'a pas d'opinion.

Le rasta continue à rire, ce qui est très inhabituel. Terron ne rit jamais. Il lui arrive de sourire, mais pas plus. C'est un homme *sérieux*.

Qu'y a-t-il de drôle ? demande à nouveau Johnny qui va jusqu'à la petite fenêtre carrée de l'autre côté de la pièce, et pour ce faire, dans cet espace aussi restreint qu'encombré, est obligé de faire le tour de son ami. Il contemple par la fenêtre les grandes feuilles trempées d'un bananier. Puis l'odeur âcre d'urine s'élève jusqu'à lui depuis le sol boueux ; il fronce le nez avant de reculer.

Lorsqu'il se retourne, le rasta est en train de rouler un *spliff* et son visage est éclairé par un large sourire, comme s'il se rappelait soudain une plaisanterie. Bon, alors, Terron, qu'est-ce qu'il y a de si drôle ? Tout ça devait être une telle affaire et c'est devenu une merde terrible. Tu le sais bien.

Hé, hé, hé, glousse le rasta. Maintenant nous savons,

dit-il avec un air rusé sur sa longue figure. Maintenant nous savons. Maintenant nous savons.

Nous savons quoi ?

Nous savons qui est le sorcier d'Oz.

Sans aucune gaieté, Johnny traverse lentement jusqu'à la porte. Tu as dit que tu n'avais jamais vu le film. Un sorcier est un sorcier, m'as-tu dit.

Ça ne veut pas dire qu'un ou deux des sorciers ne soient pas bidon. Des faux. Oh non, explique le rasta. Ce n'est pas parce que quelqu'un est bidon qu'il ne peut pas être aussi sorcier. Et ce bidon-ci, ce Martin Luther Phelps, c'est le magicien d'Oz. Tu comprends ?

Johnny comprend. Il aspire une bouffée du *spliff* du rasta. Puis il demande à Bowra et à Harris ce qu'ils souhaitent faire à présent.

Emmène-moi voir ton M. Mann, ordonne le colonel.

Harris commence à objecter quelque chose. Mais manifestement il se reprend et se contente de hausser les épaules. Il n'est que le porte-voix. Le colonel est le colonel.

Debout, le colonel brosse son costume et réajuste son casque colonial. Fais sortir les autres, dit-il à Harris. Et celui ci se précipite sous la pluie. En donnant des coups de poing sur les fenêtres du minibus, il tire les passagers de leur sommeil puis, avec des cris et de grands gestes, les fait descendre et rejoindre la case.

Nous pouvons y aller en voiture, propose Johnny. Il n'y a pas de raison de se mouiller. C'est assez loin d'ici.

Non. Nous irons à pied.

Johnny regarde le rasta et ils haussent tous les deux les épaules d'impuissance, comme Harris. Le colonel est le colonel.

Lorsque Bowra émerge de la minuscule maison, les autres ont quitté l'abri de la fourgonnette et ont obliqué vers la porte de la case comme s'ils espéraient y pénétrer et échapper à la pluie. Mais comme le colosse leur barre l'entrée, ils sont obligés de rester debout à l'écouter. L'Américain et son ami l'entendent depuis l'intérieur.

Nous allons traverser à pied cette ville de Nyamkopong, déclare-t-il d'un ton sévère. Nous avons vu leur colonel et nous avons vu en quels termes il est avec la police du dehors. Nous verrons un petit peu plus de cette ville et puis nous la quitterons.

Les autres approuvent sombrement de la tête, et tandis que le colonel se dirige à grands pas vers la route devant la case, ses gens s'alignent derrière lui. Johnny, viens ici ! commande-t-il. Rasta, toi aussi ! Et l'Américain et son ami passent à l'avant au pas de course.

La route est déserte, crottée, sillonnée de rigoles qui jaillissent comme des serpents à la recherche du caniveau. Personne n'appelle ni ne salue le groupe jusqu'à ce que les marcheurs arrivent au centre de la ville, à l'endroit où deux boutiques se font face de part et d'autre de la rue. Des recoins obscurs des échoppes s'élèvent les cris de quelques personnes qui ont reconnu l'Américain et qui sont des amis du rasta. Oy, oy, oy, un seul cœur, un seul amour, lancent-ils. Irie, rasta ! Amour, mec. Terreur, rasta !

Mais nul ne répond à ces cris. Ils continuent simplement à marcher sous la pluie d'un pas pesant, dans la boue, dépassant les boutiques avant de tourner à droite et de descendre le long d'un chemin herbeux menant à une maison où une pancarte écrite à la main au-dessus de la porte indique : TRELAWNY TOWN 1738-1739. Un petit chien tacheté se tient à l'entrée et lance des aboiements furieux aux étrangers.

Au bout de quelques moments passés devant sous l'averse, ils voient apparaître à la porte la femme de M. Mann. L'Américain s'avance et, prenant une expression joviale, demande où se trouve son mari. Un homme important veut faire sa connaissance, ajoute-t-il.

La petite vieille fait un mouvement agacé du menton pour désigner le chemin. « Regardez dans une des boutiques, si vous le cherchez », conseille-t-elle. Puis elle se tourne brusquement et rentre en claquant la porte derrière elle.

Avec un faible sourire, l'Américain annonce à Bowra que M. Mann doit être dans une des boutiques qu'ils viennent de dépasser. Allons prendre un verre avec lui, insiste-t-il. Il ajoute : On ne doit pas l'avoir prévenu que vous arriviez aujourd'hui. Pas si tôt, en tout cas. Quelque chose...

Pendant un bref instant, les autres lui jettent un regard furieux. Même le rasta s'y met. Puis ils font demi-tour et recommencent à patauger dans la gadoue, le laissant courir pour les rattraper.

M. Mann se trouve dans la deuxième boutique. Lorsque l'Américain s'est enquis de lui dans la première, le propriétaire s'est contenté d'indiquer l'autre côté de la rue sans dire un mot, puis il est revenu à la conversation étouffée qu'il a avec une vieille femme au comptoir.

Dans la deuxième échoppe, aussi obscure qu'une cave, M. Mann est assis tout au fond à une table de dominos, jouant une partie avec un autre vieillard. En voyant l'Américain suivi du rasta et de la délégation de Gordon Hall, tous trempés comme des soupes et se pressant à l'intérieur avec mauvaise humeur, M. Mann se lève et s'avance aussitôt pour embrasser affectueusement le Blanc.

Johnny fait les présentations d'une voix affaiblie par la fatigue avant de s'éloigner vers le bar où trois ou quatre jeunes du coin portant des mèches rasta — ceux qu'on appelle ici des *Natty Dreads* — étaient en discussion avec le barman. Ils n'ont apparemment pas un sou et traînent à l'intérieur à cause de la pluie, sans rien boire. L'un d'entre eux, le garçon élancé au visage doux nommé Benjie, est un vrai rasta et ne prendrait de toute façon pas de boisson alcoolisée. Il refuse même de porter du cuir ou de manger quoi que ce soit qui ne pousse pas au-dessus ou au-dessous du sol. Strictement *Ital*, mec.

A boire pour tout le monde, déclare Johnny au barman qui sort deux demi-pintes de rhum blanc et une douzaine de verres. Derrière Johnny et les jeunes au comptoir, avec un accent presque britannique, M. Mann délivre bruyamment son discours public. Usant de périphrases polies et élaborées, il exprime son ravissement de rencontrer le célèbre colonel Bowra des Marrons de Gordon Hall ; et bien que son fils américain lui ait dit il y a quelque temps que les gens de Gordon Hall enverraient une délégation à Nyamkopong pour les cérémonies, il n'avait pas lui-même osé y croire, étant conscient de la grande distance entre les deux villes : car il avait autrefois fait lui aussi un voyage à Kingston pour l'anniversaire jubilaire de la reine où il avait exécuté les anciennes danses africaines en l'honneur de la visite de Sa Majesté à l'île de la Jamaïque.

Aux prises avec ce petit bout d'homme éloquent dont les yeux bleu et brun reflètent les siens, Bowra se recule de quelques pas et enfle son grand corps d'un air sévère. Avec ses gros bras croisés sur sa poitrine, il ressemble à un arbre, et après une seconde de silence, il se contente de pousser un grognement en direction de M. Mann, ce qui provoque un sourire encore plus épanoui sur le visage du petit homme et un nouveau discours fleuri. Cette fois M. Mann retrace rapidement leur héritage marron, les ancêtres communs que sont le grand chef Cudjoe ici dans l'Ouest, et sa sœur, la grande sorcière africaine Nonny dans l'Est, sans oublier la guerre de cent ans qu'ils ont partagée contre les esclavagistes britanniques, car, comme le savent parfaitement tous les peuples du monde civilisé, conclut-il, nous, les Marrons, sommes le cœur de la Jamaïque.

A nouveau la réaction de Bowra est de s'offusquer et de pousser un grognement. Alors M. Mann sourit et se lance dans une troisième palabre qui, cette fois, souhaite la bienvenue à la délégation arrivée de Gordon Hall à Nyamkopong et qui se termine par une question courtoise et posée avec précision, à savoir s'ils ont été agréablement traités par le colonel Martin Luther Phelps. D'une manière correspondant à vos hautes fonctions, à vos émoluments et à l'extraordinaire occasion de votre visite, ajoute-t-il en souriant innocemment au colosse.

Au bar, l'Américain s'en étrangle presque sur une gorgée avalée de travers. Harris fait un demi-tour furieux sur lui-même tandis que les autres se regardent en ricanant. Le rasta, qui s'était mis à l'entrée pour fumer son *spliff* et observer la pluie, se retourne et attend. Pendant plusieurs longues secondes, la salle obscure et sinistre reste silencieuse. Puis Bowra explose.

Ce colonel qu'ils ont, ce Martin Luther Phelps qu'ils appellent colonel, cet homme est une pute de Babylone ! Cette pute qui se fait appeler colonel nourrit la police alors que ses frères marrons ont faim ! Cet homme qui se prétend un Marron fait des sourires et des courbettes en léchant la main qui le bat !

M. Mann a levé les sourcils d'une façon qui imiterait mal la surprise même dans une production théâtrale d'amateurs. Puis secouant sa tête de gauche à droite pour montrer qu'il compatit, il prend les mains de Bowra dans les siennes, conduit le grand bonhomme jusqu'au bar et pousse un verre dans sa direction avant d'en prendre un pour lui-même. Cet homme est un singe, déclare-t-il d'une voix douce à Bowra. Ils trinquent, versent quelques gouttes par terre et vident le reste d'un trait.

Comment pouvez-vous tolérer qu'un tel individu se présente comme votre colonel ? veut savoir Harris.

Tuez-le, décide Charles.

Hachez-le menu, propose Pie.

Les jeunes qui jusqu'alors se contentaient de rester debout à l'abri de la pluie ont le visage qui s'éclaire, et ils se donnent des coups de coude en jetant des coups d'œil entendus au barman.

Bowra considère longuement les trois garçons. Ils sont en fin d'adolescence, et bien que portant une coiffure rasta, ce sont des paysans habillés de tee-shirts sales, de pantalons maculés de boue et de bottes de caoutchouc montant jusqu'aux genoux. Ils portent tous les trois des machettes. *Vous !* s'écrie-t-il, et aussitôt leurs grimaces hilares cessent et ils le regardent fixement. Comment tolérez-vous qu'un tel individu se présente comme votre colonel ?

Ils sourient d'un air penaud et haussent les épaules.

Comptez ! ordonne-t-il.

Ne comprenant pas, ils se jettent des regards interrogateurs.

Comptez ! Ne savez-vous donc pas compter ? Ne connaissez-vous pas vos chiffres ?

L'un des trois fait si de la tête.

Alors comptez !

Celui qui a fait si, Benjie, avale sa salive et commence. Un. Deux. Trois. Quatre. Cinq. Six. Sept. Huit...

Assez !

M. Mann, le visage grave, a suivi avec attention l'échange entre Bowra et les garçons. Au moment où Bowra va manifestement leur parler à nouveau, le petit homme pose une main sur son bras et l'arrête, bien que Bowra ne quitte pas des yeux le regard des garçons. Avant que vous alliez plus loin, déclare-t-il d'une voix légère mais très sérieuse, comme s'il s'adressait à quelqu'un qu'il ne voulait pas effrayer, oui, avant que vous alliez plus loin avec ces adorables jeunes gens, permettez-moi de vous raconter une histoire. Très brièvement. Une anecdote intéressante qui peut vous aider à comprendre notre vie ici à Nyamkopong.

En gardant sa voix en mouvement, il empêche Bowra de l'interrompre tout en racontant l'histoire d'un homme qui avait quitté sa jolie femme et son jeune fils pour se rendre à Cuba où des marines américains lui apprenaient le métier de soudeur dans une école qu'ils avaient installée à Guantanamo Bay. Cet homme avait travaillé à Cuba pendant sept ans, et lorsque vint le moment du retour à la Jamaïque, il retira toutes ses économies de la banque — plus de trois mille dollars — et fit sa valise. En se rendant à l'aéroport pour le voyage à la Jamaïque, il s'arrêta dans un bar pour prendre un dernier verre avec un ami. Cet ami, un vieux et sage Cubain, lui raconta un rêve qu'il avait fait la nuit précédente. Dans ce rêve, le Jamaïquain découvrait en rentrant chez lui que sa femme avait un nouvel ami vivant avec elle. Avec ce nouvel ami elle tuait l'homme et gardait l'argent qu'il avait économisé pendant toutes ces années à Cuba.

Le Jamaïquain éclata de rire, dit au revoir et s'en alla. Mais lorsqu'il fut revenu à la Jamaïque, il se mit à se souvenir du rêve de son ami et son inquiétude augmentait à mesure qu'il se rapprochait de son village là-haut dans les collines. Il arriva chez lui de très bon matin car il avait voyagé toute la nuit, et quand il ouvrit la porte de sa maison et entra, personne n'était encore levé. Sans faire de bruit, il examina la chambre où avait toujours été leur lit, et il vit sa femme, aussi belle qu'autrefois, endormie. Un de ses gros seins était sorti de sa robe et il la regarda avec tous ses sentiments d'avant. Il se rendit alors compte avec horreur qu'un beau jeune homme était étendu près d'elle, et il sut que le rêve du Cubain avait été totalement exact. Pour sauver son argent de leurs griffes, il sortit son couteau et poignarda d'abord le jeune homme, puis sa femme. Alors, regardant stupéfait le lit ensanglanté, il s'aperçut que le jeune homme était son propre fils, probablement du même âge que ces jeunes gens devant nous à qui il peut arriver de temps à autre de dormir encore avec leur maman quand ils n'ont pas d'autre endroit pour se coucher. N'est-ce pas vrai, les jeunes ? demande-t-il aux trois.

Ils approuvent de la tête, presque avec gratitude, puis se détournent.

Bowra fusille du regard le vieil homme qui répond par un sourire tranquille.

Eh bien, gardez-le, ce colonel dont vous dites que c'est un singe. Bowra se tourne vers son frère, le capitaine, et vers Harris. Où est Johnny ? Où est-il ? Johnny !

Le groupe se recule du comptoir et laisse voir l'Américain debout à l'extrémité. Il a les yeux sombres de fatigue. Ici, dit-il d'une voix basse.

Johnny, nous sommes prêts à partir ! Va chercher ton véhicule ! ordonne-t-il.

Tout de suite ?

Tout de suite.

Mais… la célébration… ça n'a pas encore commencé.

Il n'y a rien à célébrer ici.

Le passé, dit M. Mann, presque comme s'il se parlait à lui-même.

Il n'y a rien à célébrer ici, répète Bowra.

Bien, je vais chercher la fourgonnette. L'Américain, épuisé, marche péniblement vers la porte, puis sous la pluie, comme s'il tirait un chariot rempli de pierres. Le rasta, Terron, est déjà passé devant.

6

Alors, tu ne viens pas ? demande l'Américain à son ami. Ils sont à l'intérieur de la case du rasta, tous les deux trempés et regardant dehors la pluie qui tombe.

Non, le rastaman va rester ici à Nyamkopong, explique-t-il, parce qu'il doit surveiller les champs de ganja qu'il a plantés avec Rubber. Sinon, à son retour ils seront complètement dépouillés et la moitié des jeunes en ville auront des habits neufs, de nouveaux magnétocassettes et des postes de radio. Il y en aura même à Kingston sur des Honda neuves. Le rasta bourre un sac à grain avec des vêtements de rechange. Il va prendre sa machette, dit-il à son ami, et s'installer dans la brousse où il restera jusqu'à la moisson ou jusqu'à ce que Rubber sorte de prison et prenne la relève. Si l'un des jeunes du village essaie de se glisser dans son champ, on le retrouvera mort au petit matin. Le rasta fait tournoyer à la manière d'un samouraï sa machette aussi affilée qu'un rasoir. Coupe, coupe, coupe ! Mort ! Mort au petit matin, taillé en pièces avec des mouches sur la figure ! Coupe, coupe, coupe !

L'Américain court de la case à son minibus. Il démarre, met les essuie-glaces, va en marche arrière jusqu'à la route, remonte avec peine le chemin boueux et s'arrête devant la boutique où il klaxonne pour avertir Bowra et les autres qu'il est prêt à les ramener à Gordon Hall. Il fait presque nuit et la pluie tombe toujours. Pas rasé, les mains tremblant de fatigue, l'Américain allume une cigarette et donne à nouveau de l'avertisseur. L'intérieur du minubus est imprégné d'une odeur âcre de fumée refroidie, de vieux rhum et de corps en sueur. L'homme se regarde dans le rétroviseur, fait une grimace et klaxonne une troisième fois.

A la fin ses passagers s'attroupent dehors et grimpent dans le véhicule, s'asseyant comme avant, sauf qu'à présent il y a un petit peu plus de place parce que le rasta est parti. Comme soulagé, Bowra dit au conducteur : Alors le rastaman va rester ici, cette fois ?

Oui, il a du travail. Les flics lui ont enlevé son associé...

Je sais, coupe Bowra. Je sais pourquoi le rastaman reste ici.

Ah bon ? L'Américain se retourne surpris et Bowra sourit pour la première fois depuis ce matin.

M. Mann arrive du côté du conducteur ; il tape légèrement sur la vitre, détournant l'Américain du visage de Bowra et de son curieux sourire.

L'Américain baisse la vitre et dit au vieil homme qu'il sera de retour dans une semaine ou deux. Lorsqu'il aura ramené Bowra et ses gens, il doit aller à Anchovy voir si tout se passe bien dans sa famille, explique-t-il, mais ensuite il reviendra et ils discuteront. Je veux avoir une longue conversation avec vous, dit-il.

Le vieil homme paraît soucieux, comme s'il avait égaré quelque chose de crucial. Gardant d'abord le silence, il lance soudain : Que Dieu te protège, mon fils. Puis il s'éloigne précipitamment de la voiture et rentre dans le bar obscur.

Vas-y, Johnny ! commande Bowra.

Et Johnny y va. Il descend du pays Cockpit dans les champs de canne avant Maggotty, traverse Maggotty puis les collines vers le sud, prend à l'est en direction de la plaine côtière. Il y va, comme une machine, sans un mot et sans relâche, au-delà de l'épuisement, son corps fonctionnant tout seul comme si c'était celui d'un inconnu. Les autres dorment, se murmurent de temps à autre quelque chose et changent à contrecœur de position pour faire un peu de place ou soulager un muscle menacé de crampe, tandis que dehors la pluie cogne sans fin.

Il s'arrête une fois aux abords de Spanish Town pour prendre de l'essence, mais personne ne se soucie de se réveiller, pas même pour voir quelle distance ils ont parcourue.

Il est presque minuit lorsque enfin la fourgonnette bleue quitte la route pour s'engager dans l'étroite vallée de Gordon Hall. Comme si c'était un signal, ou comme s'il ne s'était pas du tout endormi, Bowra s'éveille et appelle aussitôt son frère le capitaine. L'*abeng* ! Il te faut sonner l'*abeng* ! Johnny, dit-il, arrête-toi ici même !

Le conducteur ralentit et se gare au bord du chemin. La pluie bat lourdement sur le toit de tôle et balaie la route de traînées brillantes. Maintenant les autres sont réveillés. Harris répète tout de suite l'ordre du colonel au capitaine qui se débat pour désimbriquer la corne du tissu de sa poche de pantalon. Charles caresse son oiseau et lui parle avec des gazouillis. Gondo se met à haleter, à tressaillir et à énerver les femmes sur sa gauche comme sur sa droite. Pie et Steve se saisissent des tambours, comme il se doit.

A la fin le capitaine ouvre sa vitre, et sortant sa tête, il porte la corne à ses lèvres et en tire un son puissant. Puis une série, des notes aiguës, fortes et soutenues, en même temps que les tambours commencent et que les femmes se mettent à chanter. Leurs voix haut placées entonnent une nouvelle mélodie, un chant heureux, soulagé et reconnaissant, tandis que Johnny embraie et conduit encore pendant huit cents mètres jusqu'à la maison de Bowra à Gordon Hall. Lorsqu'il quitte le chemin pour entrer dans la cour boueuse de Bowra, le colonel pose une lourde patte sur son épaule droite et lui dit : Tu es un brave garçon.

Johnny coupe le contact et se tourne lentement pour regarder le colosse. Merci. Il reste silencieux pendant une seconde. Personne n'a encore bougé pour descendre de voiture. Merci, merci, merci, merci, dit Johnny. Merci pour *tout*. Il parle d'une voix basse et froide.

Avec des mouvements pesants, Bowra ouvre la portière et descend. Tous se précipitent aussitôt pour partir. En sortant, Harris tend le bras et donne une tape à Johnny sur l'épaule. *Maintenant* tu verras ce que tu veux voir, promet-il.

Merci, répond le Blanc. Merci, merci, merci. Lentement, les mains tremblantes, il allume une cigarette.

Viens, dit doucement Harris. Viens avec nous.

7

La pluie a cessé, et le ciel, soudain dégagé, brille sombrement d'une multitude d'étoiles tandis que les arbres et les collines s'égouttent dans le silence retrouvé. Le colonel Bowra, son lieutenant Harris et l'Américain blanc sont seuls à être assis sur la terrasse de Bowra autour d'une petite table. Devant eux, un paquet de Craven A, un litre de rhum blanc et une lampe à kérosène noircie par la fumée. Les trois hommes fument et boivent directement à la bouteille en parlant à voix basse et douce du colonel des Marrons de Nyamkopong, Martin Luther Phelps, qui, selon eux, mérite la mort. Du moins le disent-ils. Ils sont d'avis qu'il s'agit d'un traître, comme Juan Lobolo qui passa du côté des Anglais et termina sa vie haché en menus morceaux par ses frères qu'il avait trahis. Ils estiment que Cudjoe aurait tué n'importe lequel de ses hommes qui serait passé dans le camp des esclavagistes, même un de ses propres frères. Trop nombreux ont été les anciens Africains qui ont souffert et qui sont morts pour le traité, affirment-ils, pour permettre aujourd'hui à quiconque de le traiter comme un bout de papier sans valeur et de s'en tirer sans frais. C'est pour cette raison que les Marrons l'ont baptisé le « traité de Sang », et aussi parce qu'il a été signé dans le sang par les Marrons et par les Anglais. Que les Anglais violent le traité s'ils le désirent — ils sont si nombreux qu'on ne peut pas leur faire grand-chose en retour. Mais quand c'est un colonel marron en personne qui bafoue le traité, quand c'est un colonel marron en personne qui invite les policiers pour le petit déjeuner et leur laisse arrêter et déporter hors du territoire marron qui bon leur semble, quand il les laisse frapper leur prisonnier dans la rue et l'attacher comme un animal, quand il s'emploie ensuite à leur trouver des excuses, alors on le tue. Et il n'y a aucun moyen sur cette île d'échapper à la mort lorsque les Marrons ont décidé que vous devez mourir. Vous pouvez faire des sourires, implorer, vous courber et lécher des bottes, votre tête tombera. Vous pouvez faire barricader votre maison par des flics et des fusils, le lendemain matin votre femme s'éveillera aux côtés d'un cadavre. Vous pouvez vous enfuir dans la jungle et tenter de vous y cacher, mais les Marrons vous traqueront, vous rattraperont et vous saigneront comme un porc. Puis ils vous ramèneront attaché à un piquet avec votre tête qui cogne dans un seau suspendu au bout de la perche. Vous pouvez courir en ville et essayer de disparaître dans la maison d'un Blanc, mais le Blanc sortira pour ses affaires et lorsqu'il rentrera il verra votre sang couler sur son carrelage. Vous pouvez vous enfuir vers Negril à l'ouest ou vers Morant à l'est, vous arriverez à la mer et le lendemain matin votre tête dansera sur les vagues.

Un garçon, pieds et torse nus, l'air endormi, sort de la maison en portant un poulet blanc par les pattes. L'oiseau lève la tête comme un serpent et regarde fixement Bowra. Harris se lève, va dans la maison et revient au bout de quelques secondes avec un bol en plastique bleu et un couteau de cuisine. Il tient aussi une statuette de bronze qui a la taille d'une main d'homme : un aigle au bec ouvert et aux ailes déployées. Le garçon présente la volaille suspendue par les pieds devant Bowra et l'homme lui perce alors la gorge en faisant couler le sang dans le bol. Bowra parle à voix basse, en grommelant, sans utiliser de patois, et Harris se joint à lui. Lorsque le poulet est saigné à blanc, le garçon l'emporte tandis que Bowra prend le bol de sang, y verse vite du rhum, des graines et des feuilles froissées qu'il extrait de sa poche de veste, et remue le tout en chantonnant à voix basse jusqu'à ce que soudain il boive le mélange, vidant le bol. L'aigle qui n'était qu'une statuette de bronze bat des ailes, pousse un cri aigu et s'envole de son socle ; il volette un instant sous la lumière de la lampe près de la terrasse puis monte et disparaît dans le ciel nocturne. Les trois hommes s'élèvent instantanément au-dessus de leur siège comme s'ils allaient suivre l'oiseau. Une seconde plus tard le Blanc retombe sur sa chaise, puis quelques instants après, c'est au tour de Harris. Mais Bowra a continué son ascension comme une grande bouffée de fumée qui plane au-dessus de la lampe en cachant son éclat, puis qui s'éloigne de la table encombrée, passe de la terrasse à la cour où elle flotte dans les ombres des branches les plus basses de l'arbre à pain, et enfin monte silencieusement pour se perdre dans l'obscurité.

Assis à la table, Harris et l'Américain se dévisagent d'un air froid. Avec une voix rude, Harris aboie un chapelet de mots inconnus à la face de l'Américain qui beugle en anglais : Ferme-la, je ne comprends rien de ce que tu dis ! Une grimace de moquerie retorse retrousse les lèvres de Harris qui ramasse le couteau et fait courir le fil de la lame sur la face interne de son poignet. La peau noire se fend et du sang perle dans la coupure avant de couler rapidement dans la paume de la main repliée. Puis il tend le couteau à l'Américain qui, de la main droite, appuie lentement le couteau sur son poignet gauche. Le sang jaillit sur la peau blanche et dans la main repliée que le Noir saisit soudain dans la sienne, mélangeant les sangs qui éclaboussent leurs avant-bras. A nouveau Harris crie quelque chose à l'Américain qui lui répond à nouveau de la fermer, qu'il ne comprend rien de ce qu'il raconte !

Harris sourit, se lève et quitte la terrasse d'un pas rapide en laissant l'Américain seul sur sa chaise avec l'éclat de la lampe qui vacille sur la bouteille de rhum vide, le bol bleu, le couteau, le bras souillé de sang. Des chauves-souris traversent la cour comme des flèches, des tourterelles se blottissent et roucoulent au pied des arbres, et un grand papillon de nuit beige bat des ailes autour de la lampe et plonge en ligne brisée contre le tuyau de verre, comme s'il pouvait y avoir une lumière sans chaleur et si ce cône de lumière signifiait un trou vers le jour.

Lentement, déplaçant son corps comme un homme qui remue des chaînes, il se lève, souffle la lampe et pénètre dans l'obscurité. Il marche jusqu'au bout de la véranda, descend sur le sol boueux et traverse la cour pour regagner son minibus. Il ouvre une portière, la referme derrière lui puis les verrouille toutes. Après quoi il s'allonge de tout son long sur le siège du milieu, comme s'il y allongeait le corps d'un invalide, et il s'endort.

Le lendemain matin, il sera réveillé par le bruit des enfants qui jouent sur le capot de la fourgonnette. Il ira se laver dans le ruisseau au-dessous de la route, mangera du porc boucané et des ignames avec le colonel Bowra sur la terrasse, puis il reprendra la route le long de la côte nord jusqu'à Anchovy. En arrivant chez lui sur la colline des Church à la tombée de la nuit, après avoir embrassé et serré dans ses bras ses enfants et sa femme, il découvrira que le rastaman, son ami Terron Musgrave, l'attend ici depuis midi pour lui annoncer que le colonel Martin Luther Phelps a été assassiné.

TERREUR

« “Connais-toi toi-même.” Comme si c’était si simple ! Comme s’il suffisait de bonne volonté et d’introspection. Un individu peut se comparer, se voir et se corriger chaque fois qu’un idéal éternel est fermement ancré dans des formes bien soudées d’éducation et de culture, de littérature et de politique. Mais qu’en est-il si toutes les normes sont branlantes et sens dessus dessous ? Qu’en est-il si les illusions dominent non seulement le temps présent mais également toutes les générations ; si la race et la tradition, le sang et l’esprit, si toutes les possessions fiables du passé sont profanées, violées et défigurées ? Qu’en est-il si toutes les voix de la symphonie sont en désaccord les unes avec les autres ? Qui se connaîtra, alors ? Qui se trouvera, alors ? »

Hugo BALL

1

Tous l'appelaient Johnny, à présent, même sa femme. Ça avait commencé chez Bowra au mois d'avril précédent lors de sa première visite à Gordon Hall, et quand il avait voulu plus tard corriger Harris en lui rappelant son véritable nom, Harris avait répondu qu'ils savaient bien comment il s'appelait en vrai mais que Johnny était le nom qu'ils donnaient à tous les Blancs qui leur plaisaient. Puis Terron l'avait repris à son compte et commencé à parler de son ami comme de « Johnny » chaque fois qu'il fréquentait les gens de la boutique de Barrett, c'est-à-dire Yvonne, Bush, le couple Barrett et la demi-douzaine d'habitués qui, bien que se considérant comme des amis de Johnny, savaient tous que Terron était plus proche de lui. Car le rastaman vivait pratiquement avec Johnny et sa famille là-haut sur la colline des Church. Par la suite, cédant au nouvel usage commun, sa femme se mit à son tour à l'appeler Johnny, d'abord en plaisantant, puis petit à petit comme s'il s'agissait réellement du prénom qui lui avait été donné à sa naissance.

Quant au nom de Terron, il n'avait évidemment pas changé. Malgré le goût de Bowra et des autres Marrons de Gordon Hall pour le surnom de Rasta, il demeura Terron pour tous les autres, sauf peut-être à Port Antonio où il avait passé son enfance et où on l'appelait encore communément le Bègue. Ce soir, alors qu'il se tenait sur la terrasse avec Johnny et qu'il se démenait pour exprimer ce qui s'était passé à Nyamkopong au cours des vingt-quatre heures qui avaient suivi le départ de Johnny avec Bowra et ses gens pour Gordon Hall, son infirmité d'enfance était revenue. La langue de Terron, ses dents et ses lèvres, au lieu d'exécuter leur danse habituelle, se heurtaient et se bousculaient, de sorte que Johnny n'arrivait pas à saisir ce qu'il essayait de lui décrire. La seule fois où il avait déjà vu Terron se transformer en Bègue avait été à Gordon Hall au mois d'avril lorsque Bowra l'avait mis au défi de nommer les trente-six herbes sacrées et que Terron n'avait su en désigner que vingt-trois. Alors, comme ce soir, le visage immense et sérieux de Terron avait perdu son équilibre et ses proportions pour se réorganiser complètement autour de sa bouche — ses yeux bruns menant un combat violent pour voir ce qui n'allait pas avec sa bouche, son nez plat et large paraissant s'épater encore plus pour laisser davantage de place aux lèvres, tandis que ses joues, son menton et son front fuyaient affreusement en arrière.

Posant sa main sur l'épaule de son ami, Johnny lui demanda de s'arrêter de parler et l'entraîna au bord de la terrasse. Au-dessous d'eux, dans le crépuscule brumeux, s'étendait Montego Bay. La mer des Caraïbes était d'un gris argenté près du rivage où tombait l'ombre des collines d'Anchovy, mais rayée de rouge vif à l'horizon où les derniers éclats du soleil couchant embrasaient l'eau à partir du ciel écarlate de l'ouest au-delà de Negril.

Doucement, vieux, et redis-moi tout ça depuis le début, proposa Johnny. Les enfants, deux filles âgées de huit et dix ans, avaient suivi leur père et son ami sur la terrasse et elles aussi essayaient de lui raconter ce qui avait eu lieu durant son absence qui n'avait d'ailleurs guère duré plus de quarante-huit heures — mais, dans cet étrange pays, il s'était passé suffisamment de choses dans leur vie quotidienne pour qu'elles aient une grande envie de les lui rapporter. La femme de Johnny restait debout contre la porte de verre coulissante du séjour, et elle remarquait que Johnny ne tenait pas compte de ses enfants.

Benjie est mort, finit par articuler Terron. La femme de Johnny retourna à la cuisine et cria aux filles de venir manger leur repas du soir. A contrecœur, elles quittèrent la terrasse pour la cuisine.

Mort ? Pourquoi ? Comment ? Johnny se passa la main dans ses cheveux gras. Ses vêtements étaient froissés et sales, il avait l'air épuisé, avec des cernes profonds et sombres sous les yeux et une barbe de trois jours.

Terron se rapprocha de lui, et bien qu'ils fussent seuls à présent sur la terrasse, il parla patois à voix basse. A coups de fusil, expliqua Terron. Cinq balles. Puis ils l'ont scalpé, dit-il en utilisant précisément ce mot, *scalpé*.

Qui, bon sang ?

Les flics. Babylone.

Johnny s'assit lentement, comme un vieillard, sur une des chaises roses en fer forgé. Benjie a été abattu par la police ? Bon Dieu. Et scalpé ! Qu'est-ce que tu veux dire, scalpé ? Comme les Indiens ? Il frissonna.

Oui, comme les Indiens. Ils lui ont coupé les nattes, ses mèches rasta. Avec des ciseaux. Ils avaient apporté les ciseaux avec eux de Maggotty dans la Land Cruiser. Ils ont coupé les mèches d'un *macchabée*, dit-il à la fois horrifié et stupéfait. Aucun rastaman ne toucherait un macchabée. Jah soit loué, Jah est vivant — puis il partit dans une sorte de cantique sur l'impossibilité de mourir tant que Dieu, Jah, vit en chaque être humain, et aucun être humain qui sait cela ne peut avoir peur de la mort —, l'homme-je qui connaît son-je ne peut pas s'occuper de macchabées, et ainsi de suite, se lançant dans des considérations qui parurent à Johnny tellement hors de propos qu'il les interrompit rapidement.

Pourquoi les flics ont-ils abattu Benjie ? Ce n'était qu'un *gosse*, bon sang !

Ils l'ont abattu parce qu'ils ont trouvé son pistolet. Les flics étaient entrés dans la Maison de la Terreur ce matin, expliqua Terron, ils avaient viré les frères de leurs lits et ils avaient trouvé le pistolet de Benjie. Ils l'avaient simplement ramassé sur sa couche, où il le gardait quand il dormait, et puis ils lui avaient tiré dessus. Cinq fois : deux fois dans la tête et trois fois dans le corps. Dans la « structure », dit précisément Terron.

Mais il n'avait pas de balles ! N'ont-ils pas vu que le pistolet était vide ?

Il était vide à ce moment-là, a poursuivi Terron, mais ils pouvaient savoir à l'odeur que ça ne faisait pas longtemps qu'il n'était plus vide. Des balles avaient poussé au pistolet qui les avait tirées peu de temps avant que les flics enfoncent à coups de pied la porte de la Maison de la Terreur et qu'ils se mettent à matraquer les rastas endormis avec leurs bâtons. Et lorsqu'ils ont arraché Benjie à son lit, ils ont vu le pistolet ; le sergent Kemp a reniflé le canon et il a compris.

Qu'est-ce qu'il a compris ?

Il a compris que le pistolet était sorti pour tirer. Et il s'est imaginé que c'était Benjie qui l'avait fait fonctionner. Alors ils l'ont descendu.

Mais bon sang, qui donc Benjie était-il censé avoir abattu ?

Le colonel Phelps.

Phelps ! On l'a abattu ?

Le pistolet de Benjie l'a abattu, répondit Terron. Deux balles lui ont poussé et il l'a descendu. Bang, bang ! dit-il en pointant un doigt sur le visage de son ami. Dans les yeux. Une balle dans chaque œil.

Johnny détourna le regard et alluma une cigarette. Inspirant profondément la fumée, il se pencha en arrière puis, laissant la fumée flotter hors de sa bouche, il fit des petits « oh ! » avec ses lèvres. Au bout de quelques secondes, il reprit : Okay, laisse-moi bien comprendre. Quelqu'un s'est servi du pistolet de Benjie pour tuer le colonel Phelps hier soir. Lorsque les flics de Maggotty ont fait irruption dans la Maison de la Terreur, ils ont trouvé le pistolet de Benjie dans son lit, ils ont vu qu'il avait été utilisé récemment et ils ont donc abattu Benjie de sang-froid, puis ils lui ont coupé ses mèches rasta. Comment sais-tu que Benjie *n'a pas* tué le colonel Phelps ? Peut-être Kemp avait-il raison. Je veux dire pour ce qui est de ce fait-là, au moins.

Terron expliqua que le garçon ne pouvait pas l'avoir fait parce que lorsque le colonel avait été tué, autour de minuit, Benjie se trouvait dans la brousse avec Terron, l'aidant à surveiller la parcelle de ganja qu'il cultivait avec Rubber. C'était lui qui allait devenir mon nouvel associé, a déclaré Terron. Puis il dit à Johnny que Benjie avait passé presque toute la nuit là-bas à fumer et à raisonner avec Terron, et qu'il n'était reparti que peu avant l'aube. Quelques heures plus tard, Terron avait été réveillé par son cousin Juke qui, s'étant trouvé dans la Maison de la Terreur, venait lui annoncer le meurtre de Benjie.

Benjie avait-il son pistolet, quand il était dans la brousse avec toi ?

Non. Il était inquiet, craignant qu'on ne le lui ait volé. D'après Terron, le pistolet avait disparu du lit de Benjie la nuit précédente.

Comment cela était-il possible ? se demanda Johnny. Nul ne peut dérober un pistolet dans le lit où tu dors.

Sans doute il est devenu invisible pendant un moment, conclut Terron.

Oh !

Selon Terron, ce qui faisait problème n'était pas la disparition du pistolet mais sa réapparition dans le lit de Benjie. Sans cela les flics ne l'auraient pas descendu. Il y avait apparemment un autre problème : c'était que la police s'était pratiquement emparée du village et que la célébration avait été annulée. Le colonel était un singe, remarqua Terron, mais un singe d'importance, surtout aujourd'hui. Les policiers avaient donc interdit de danser, de vendre de la nourriture ou d'installer des sonos, et ils avaient renvoyé tous les gens chez eux. C'était alors que lui, Terron, avait commencé à être inquiet ; il avait réussi à se faire emmener en voiture par un rasta de Montego Bay, et il était venu tout droit ici mettre en garde son ami Johnny.

Me mettre en garde, *moi* ! Vis-à-vis de quoi ?

De la police.

Qu'est-ce que tu racontes ? J'étais à Gordon Hall, la nuit dernière !

Terron le savait. Tout le monde le savait. Mais il apparaissait que la femme du colonel Phelps avait tout raconté à la police sur la visite hier du colonel Bowra et des Marrons de Gordon Hall. Jusqu'à ce qu'on ait trouvé le pistolet de Benjie et qu'on l'ait abattu, elle clamait que Bowra avait fait le tour du village en menaçant de tuer son mari et que l'Américain blanc, qui possédait un revolver, l'avait accompagné.

Je ne possède pas de revolver ! s'écria Johnny.

Terron ne répondit rien, se contentant d'écarquiller les sourcils pour feindre l'étonnement.

Johnny se releva et se mit à aller et à venir depuis le bord de la terrasse jusqu'aux portes coulissantes du séjour, comme s'il désirait verrouiller la maison mais ne savait pas par où commencer. Tu penses donc que les flics vont venir par ici, maintenant. Parce qu'ils croient que j'ai un revolver.

Tu es un Blanc et un étranger. Ils te renverront aux États-Unis...

Mais je *n'ai pas* de revolver.

Terron ne fit pas attention à sa réponse et continua à expliquer comment il devait faire face à la situation. Il devait recouvrir le revolver de graisse épaisse, l'emballer dans du plastique et l'enterrer dans la brousse à un endroit où il pourrait le retrouver. Il fallait aussi qu'il se débarrasse de toute la ganja qu'il avait dans la maison. Il n'y avait rien à craindre du côté des douzaines de plantes qu'ils cultivaient depuis novembre dans le jardin à fleurs — Terron les avait arrachées et brûlées cet après-midi même, dès son arrivée de Nyamkopong.

Alors, comme les flics ne pourront rien trouver d'illégal ici, ils te laisseront à nouveau tranquille, poursuivit Terron, parce que tu es un Blanc et un étranger, les mêmes raisons pour lesquelles ils t'auront d'abord embêté. Mais sans doute ils s'attendront à recevoir quelque chose pour leur peine.

Tu veux dire leur graisser la patte ?

C'est une maison de riche, ici, lui rappela Terron. Ils verront comment tu vis.

Johnny poussa un grognement. Okay. Je vais me débarrasser de ce que j'ai planqué. Il n'y en a pas beaucoup, de toute façon. Quant à ce bazar d'arme à feu, c'est pas un problème : elle n'existe pas.

Terron écarquilla encore les sourcils, cette fois avec une grande admiration, comme si son ami lui disait que le revolver était devenu invisible. Son bégaiement parti, il parlait de nouveau avec facilité. Jah te protégera, dit-il. Bowra et Mann ont pris des dispositions. Ta famille ne sera pas menacée, et tu pourras poursuivre ton travail, exposa-t-il d'une voix neutre, comme s'il donnait une opinion informée sur le temps qu'il ferait demain. Il connaissait les signes.

Mon travail ? Quel travail ?

Terron s'assit sur la chaise rose en fer forgé, étendit ses courtes jambes, les croisa élégamment aux chevilles et se mit à rouler un *spliff*. Ton travail de sorcier, dit-il.

Je ne suis pas un sorcier, bon sang. Et qu'est-ce que tu fais, bordel, à rouler un *spliff* ? Je croyais qu'on devait nettoyer ces lieux.

On le fait, on le fait, dit-il en souriant et en allumant le *spliff*. Jah accordera sa protection. Ne t'inquiète pas, Jah accordera sa protection.

En secouant la tête, Johnny rentra dans la maison prendre la ganja cachée, quelques onces de la variété dite « souffle d'agneau » qu'il gardait dans sa trousse de rasage. Lorsqu'il traversa le séjour, sa femme l'appela de la cuisine. Est-ce que tu comptes manger ?

Ouais, ouais, dans une seconde ! répondit-il agacé en se dirigeant vers la chambre à coucher.

2

Terron resta dans le camp retranché une semaine de plus, passant son temps plus ou moins de la même manière que Johnny — s'occupant nonchalamment le matin de tâches ménagères sans intérêt, puis se rendant l'après-midi au marché de Montego Bay. Après quoi il faisait d'ordinaire une halte pour rendre visite à des frères rasta et argumenter avec eux, dans les cours boueuses des quartiers de Mont Salem et d'Albion, ou le long des goulets de Jackson Town où des milliers de cabanes d'une ou deux pièces ont été entassées par des affamés croyant pouvoir se nourrir des déchets de l'industrie touristique. Il y avait là le rasta Speedy, un élégant maquereau à moitié chinois qui savait disserter si éloquemment pendant des heures sur la nécessité sociale, morale et théologique du rapatriement que l'idée de faire revenir tous les Noirs des Caraïbes et d'Amérique en Afrique en devenait une eschatologie. Il y avait le vieux Bongo Johnson, à la barbe et aux mèches grises, qui avait été dans les années cinquante un disciple du prince Edward Emmanuel, le « Réparateur de la Déchirure », et qui était allé en prison avec lui lorsque la police, au cours d'une descente sur le quartier général de l'Église africaine réformée, dirigée par le prince, avait découvert une gigantesque cache d'armes : des détonateurs, des fusils de chasse, des revolvers, et des douzaines de machettes dans leur gaine, aiguisées des deux côtés comme des épées à double tranchant. Il y avait des sculpteurs rasta, des poètes rasta, des cuisiniers rasta, des joueurs, des horlogers, des mendiants, des menuisiers, des mécaniciens, des athlètes, des agriculteurs, des musiciens, tous rasta, des hommes, des femmes et des enfants coiffés à la rasta, dont les huttes et les boutiques étaient tapissées de vieilles photos en rotogravure de Hailé Sélassié assis sur son trône avec tous ses insignes impériaux, ou de Hailé Sélassié en uniforme militaire montant un cheval blanc, ou de Hailé Sélassié sur un balcon en train de bénir les foules. Les gens qui étaient rastafari — du moins ceux que connaissait Terron et qu'il présenta à Johnny — étaient tous pauvres. Mais cela mis à part — et exception faite également de leur dévotion pour le Dieu fait Homme Hailé Sélassié, de leur amour et de leur admiration pour leurs mèches non coupées, cette « chevelure purement africaine », de leur croyance en la clarté spirituelle conférée par l'herbe de la sagesse (le chanvre indien, le cannabis, la ganja sous toutes ses formes, depuis le kali jusqu'au souffle d'agneau) —, ils avaient envers la doctrine rasta des attitudes aussi variées que les pauvres de toutes les religions. Bien que les formes externes et les rites — du fait même qu'ils soient produits par leur culture de façon si naturelle et syncrétique — fussent facilement observés par tous les membres de cette culture, l'intensité et la rigueur de leur croyance connaissaient un nombre très élevé d'échelons, de sorte que plus on gravissait cette échelle, plus les formes et les rites gagnaient en profondeur et en raffinement, devenant d'autant plus difficiles à exécuter. Au bas de l'échelle on trouvait les petits voyous désœuvrés, pour la plupart des adolescents garçons ou filles qui traînaient avec leurs mèches rasta en fumant de la ganja et en nourrissant de mauvaises intentions ; près du sommet il y avait de véritables mystiques, des moines et des nonnes observant les vœux faits à Dieu et à leurs frères, et respectant les textes sacrés qu'ils analysaient, annotaient et appliquaient comme des rabbins hassidiques travaillant sur la Kabbale. Depuis peu, de plus en plus de jeunes des classes moyennes — parmi lesquels certains étaient même étudiants ou diplômés de l'Institut des Indes occidentales de Kingston — s'étaient mis à gravir cette version rastafari de l'échelle de Jacob. Mais les anciens, qui pour la plupart avaient eu toute leur vie l'habitude de considérer leur religion comme une expression de l'amour de Dieu pour les humiliés, les « souffrants », et de Sa haine envers les oppresseurs, voyaient les nouveaux venus d'un œil profondément méfiant, les appelant les « risto-rastas ». Il y avait aussi quelques convertis blancs, probablement pas plus d'une douzaine dans l'île, et toutes des femmes étrangères. Bien qu'elles soient certainement sincères dans leur croyance en la divinité de Hailé Sélassié et qu'elles observent tous les rites dévotement, il était aussi difficile pour les pauvres rastas jamaïquains de croire en l'authenticité de leur conversion que ce devait l'être pour leurs parents et amis à Arlington, White Plains et Grosse Point. Ces rastas blancs essayaient d'une certaine façon d'atteindre l'impossible, et pour s'y employer avec sincérité ils devaient être pratiquement schizophrènes, ce qui les rendait pathétiques, aussi intégrés à la vie quotidienne rastafari qu'ils puissent paraître. Ainsi, pour prendre un exemple, malgré tous leurs efforts ils ne parvenaient au parler rastafari que par l'intermédiaire d'une langue écrite, à savoir l'anglais conventionnel, et ils ne pouvaient donc que singer, avec des degrés divers de réussite, ce que savaient créer les rastas noirs de la Jamaïque quand ils exécutaient l'acte de parler. Ce n'était pas la même chose que d'apprendre le patois, ce pidgin qui était né plusieurs siècles auparavant pour répondre aux besoins de communication entre des maîtres s'exprimant dans des langues européennes et des esclaves parlant des langues africaines. C'était la nécessité qui avait engendré cet hybride, un vocabulaire plus ou moins anglais superposé à une grammaire et à une syntaxe plus ou moins africaines, et bien qu'il fût possible de le transcrire phonétiquement au moyen de l'alphabet phénicien, ce pidgin se prêtait mal à la représentation visuelle et n'existait pleinement que dans la bouche et l'oreille de ceux qui le parlaient. Mais comme le patois constituait la « langue de l'esclavage », de la même façon que les murs du domaine d'Errol Flynn étaient pour Terron les « murs de l'esclavage », les rastafaris avaient entrepris avec agressivité de le modifier et de le restructurer, construisant avec les moellons et les pierres du patois une maison copte, un édifice doté de minarets, de dômes, de tours, de salles et d'appartements. Créée par le sédiment historique de siècles d'esclavage raciste, la vieille langue, telle qu'elle apparaissait dans la bouche et les oreilles des rastafaris avec leur vision d'un Dieu noir africain et d'une rédemption, était en train d'être radicalement transformée de l'intérieur. Le fait d'y venir de l'extérieur, d'essayer de « l'apprendre » comme s'il s'agissait d'une langue étrangère ou d'un argot était au mieux pitoyable — comme dans le cas des Américaines blanches converties — et au pire raciste — dans le cas des étudiants américains et des fumeurs de ganja chic qui, après avoir vu trois fois à Harvard Square le film *The Harder They Come* et passé quelques semaines sur les lieux de Strawberry Fields Campground ou sur les plages du cap Negril, commencent à s'appeler « je-et-je » et laissent pousser leurs cheveux en nattes rasta qui finissent malgré tout par toujours ressembler aux bouclettes de Shirley Temple.

D'ordinaire, Terron et Johnny passaient leurs soirées chez Barrett à Anchovy. Parfois la femme de Johnny venait avec eux quelques heures. Mais comme elle ne jouait pas aux dominos, elle restait la plupart du temps dans la maison sur la colline ou bien elle sortait avec des amis fort différents de ceux de Johnny : un ingénieur suédois et sa femme, venus à la Jamaïque dans le cadre de la politique suédoise envers le tiers monde ; une jeune artiste de Philadelphie qui vivait à Montego Bay depuis sept ans et avec laquelle la femme de Johnny préparait un livre de cuisine jamaïquaine qu'elle comptait publier et mettre en vente aux États-Unis ; une voyante de Miami, avec des manières excentriques toutes en rapport avec le fait qu'elle était d'une obésité extrême. Cette cartomancienne habitait dans un groupement de maisons en face de Doctor's Cave avec sa mère invalide et son petit ami jamaïquain qui, lui, était très maigre, et elle interprétait le tarot pour des politiciens et des commerçants de la région. La plupart du temps, Johnny et sa femme sortaient séparément, de sorte qu'ils étaient rarement ensemble dans la maison. Leurs enfants voyaient l'un ou l'autre des parents, rarement les deux, mais celle qu'ils voyaient le plus souvent, c'était Caroline, la bonne.

Chez Barrett, Johnny paraissait heureux et détendu. Le soir qui suivit son retour de Gordon Hall, il y vint avec Terron vers sept heures et resta jusqu'à deux heures du matin, bien que le local fermât légalement à onze heures. Lorsqu'il arriva, franchissant la large porte d'un pas nonchalant dans le crépuscule doré, la salle était d'un calme presque déprimant. Yvonne étudiait une bande dessinée d'Archie derrière le bar, et de l'autre côté de la boutique Barrett coupait du porc avec sa machette. A côté de lui, sur le comptoir, trônait son verre de rhum blanc. Un vieil homme du nom de Cap, un ivrogne édenté dont l'obséquiosité baveuse irritait toujours Terron et dégoûtait Johnny, était affalé sur le comptoir à un ou deux mètres d'Yvonne. A peine eurent-ils aperçu le vieillard que les deux arrivants tournèrent les talons, lancèrent un sourire et un salut de la main à Yvonne et à Barrett, et se dirigèrent vers la maison voisine où celui qu'on appelait Big Ron vivait avec sa mère mourante. Au bord de la route, sur une centaine de mètres dans chaque direction, la plupart des villageois se tenaient en groupes dans la brise rafraîchissante du soir pour bavarder et regarder. Il y avait là des visages familiers et parfois des amis qui, voyant l'Américain et le rasta sortis se promener, leur envoyaient des saluts souriants avant de revenir à leur conversation.

Lorsque les deux visiteurs quittèrent la route pour entrer dans la cour de Big Ron, Johnny fit claquer ses doigts de colère. *Merde !* J'ai oublié de demander à M. Mann d'aider Ron pour sa mère !

Il y a des choses qui se règlent d'elles-mêmes, dit tranquillement Terron en montant sur le perron sans peinture et bien près de s'effondrer. Puis ils se trouvèrent face à Big Ron, pieds et torse nus comme d'habitude, debout dans l'embrasure de la porte qu'il bouchait d'un montant à l'autre.

Un grand sourire tordit son beau visage, et, faisant un pas en avant, il embrassa les deux hommes ensemble dans une seule accolade enveloppante. Puis, soudain sérieux, il dit à Johnny : Oh ! toi, il faut que je te remercie ! La nuit même où tu es parti, mec, juste après ce matin où je t'ai parlé ici sur la route... Sa voix se perdit en même temps qu'il rentrait dans la maison.

Quoi ? cria Johnny.

Attendez, asseyez-vous, asseyez-vous dehors, il fait plus frais ! Je vais chercher mon transistor !

Il revint au bout de quelques secondes, sa radio beuglant dans une de ses énormes mains, et, niché dans l'autre, un *spliff* à moitié consumé. Asseyez-vous, asseyez-vous, faites comme chez vous, dit-il en laissant choir son grand corps sur le plancher du porche. Il tendit le *spliff* à Johnny qui prit une bouffée à son aise et le passa à Terron. Non, c'est sérieux, mec, je dois te remercier.

Johnny s'assit tandis que Terron, son *spliff* pendillant à ses lèvres, traversa tranquillement la rue pour rejoindre trois jeunes rastas à la mine sombre qui tenaient un stand de légumes, et se lança aussitôt dans une discussion intense avec eux, faisant de grands gestes pour décrire des énormités et des miracles.

Cet homme ne s'arrête jamais de prêcher, déclara Johnny.

Prophétie. Révolution. La prochaine fois le feu, récita Big Ron. La prochaine fois viendra le feu, quand les sept s'affronteront aux sept. Alors Babylone doit tomber, a-t-il promis, et sur ces paroles il partit comme dans un rêve, ses yeux à demi clos et un léger sourire sur ses lèvres.

Que s'est-il donc passé pour ta mère ?

Oh ! s'exclama l'hercule en se faisant de nouveau attentif. C'est de ça que je dois te remercier ! Elle s'est simplement endormie ce soir-là, et vers minuit elle s'est réveillée guérie. Le cancer avait disparu, mec. Elle est au poil !

Au poil ?

Ouais, exactement comme autrefois. Elle s'est levée, et je l'ai entendue marcher, alors j'ai allumé et elle était là, hors du lit, cherchant ses vêtements dans le noir, comme si elle n'avait pas été malade un seul jour. Mec, ces vieux Africains, ils en savent des choses.

Où est-elle maintenant, ta mère ? J'aimerais bien la voir.

Elle est un peu plus bas, elle rend visite à des amis. Mais elle va circuler pas mal, maintenant, et tu la verras. Elle a même recommencé à me faire la cuisine, à balayer la maison, à laver les habits. Tout. J'ai passé toute la nuit dernière à Montego Bay à rocker avec du bœuf, et quand je suis rentré ce matin elle m'avait déjà préparé le petit déjeuner ! Je veux vraiment te remercier, mec.

Je n'ai rien fait.

Bien sûr que si. Combien je te dois ?

Quoi ? Johnny, maussade, gardait les yeux fixés sur Terron de l'autre côté de la rue et ne semblait pas écouter Big Ron.

Combien je te dois, mec ? Pour le vieil Africain. Combien a-t-il pris ?

Oh ! Rien, rien. Écoute, Ron, je n'ai pas...

Rien ! Allons donc, je peux te le rendre en travaillant pour toi là-haut dans ta cour. Je te ferai des jardins, je t'enlèverai de la broussaille, je te laverai ta voiture. Ne t'en fais pas, je te paierai.

Non, tu ne me dois rien. Je n'ai jamais demandé à cet homme d'aider ta mère. J'ai oublié, c'était tellement fatigant et tellement fou, j'ai simplement oublié. J'avais tellement de choses à penser...

Non, non, non. Tu peux raconter ça à un idiot, mais pas à Big Ron ! Je te *dois*, affirma-t-il avec emphase, posant sa main sur l'épaule de Johnny qu'il secoua avec affection.

Bon, allons voir Barrett et Yvonne, dit Johnny.

Yvonne. Oui, mec. Ce bœuf te veut, mec, lança-t-il avec un regard lubrique.

Non, on est juste amis. Il se leva lentement, et quittant le perron s'avança vers la route.

Amis ! Ha ! s'écria le colosse en riant. Puis il sauta sur ses pieds et suivit Johnny en faisant des bonds. *Amis !*

Cap, le vieil ivrogne, était toujours au bar, mais il dormait et ronflait. Yvonne eut un grand sourire lorsque Johnny et Big Ron, puis, une seconde plus tard, Terron entrèrent. Faisant le tour du bar, Barrett les salua d'un air dégagé et leur demanda s'ils voulaient jouer aux dominos ce soir, une partie « sérieuse », ce qui voulait dire pour de l'argent. Deux de ses amis montaient de Montego Bay pour voir si les gars ici étaient assez forts pour eux.

Bien sûr, dit Johnny. Une nuit de dominos me ferait du bien, ajouta-t-il tranquillement. Puis il commanda d'un geste une tournée pour Barrett, ses deux amis, et pour Yvonne aussi. Barrett tendit à Ron quelques pièces pour le juke-box et revint nettoyer sa machette ainsi que l'endroit du comptoir où il avait débité son travers de porc.

Nous allons aussi manger un peu de porc, ce soir ! cria-t-il au groupe. Le porc boucané de Barrett était réputé plusieurs kilomètres alentour ; les gens montaient en voiture depuis aussi loin que Montego Bay pour s'asseoir et ronger la viande aussi croustillante que succulente. L'homme au visage de chien terrier en était fier.

Ital ! répliqua Terron de sa voix résonnante. L'homme-je peut pas s'occuper d'un monde de cochons !

Ha ! dit Barrett en riant, il y en aura plus pour nous !

Yvonne posa sa main sur celle de Johnny. Tu as l'air fatigué, lui dit-elle d'une voix douce. Le juke-box avait commencé à rugir les sons rythmés du tube de la semaine, *Sipple Out Dere*, et Big Ron dansait devant la machine, mimant les paroles avec sa bouche et observant attentivement le nom des chansons, car il essayait de les lire. Mais comme la plupart des clients de Barrett, il lui était plus facile de se souvenir des chansons par leur numéro que d'en déchiffrer le titre, et, au bout d'un moment, il cria un nom à Yvonne qui lui répondit le numéro, B-4. Puis un autre, *A Whey Mi Do*. G-8. Il inséra une nouvelle pièce de cinq cents et obtint trois numéros de plus d'Yvonne qui semblait avoir en mémoire tout le répertoire.

Le bêlement du juke-box avait attiré plusieurs jeunes qui s'étaient mis devant la porte ouverte du bar et dansaient dans la lumière orange, dehors, faisant monter et descendre leur tête, claquer leurs doigts, tandis que leurs pieds se déplaçaient en un pas serré, précis et traînant. Quelques adultes, hommes et femmes, qui bavardaient au bord de la route, s'étaient eux aussi rapprochés de l'entrée du bar, et ils se mirent vite à bouger en musique, l'un d'entre eux se libérant de temps à autre du groupe pour élaborer un pas de sa composition pendant une minute ou deux.

Johnny avoua à Yvonne qu'en effet il était fatigué. Il lui arrivait des choses bizarres, expliqua-t-il, et il perdait le fil de sa vie. Il fuma une cigarette et vida une stout Dragon. Elle buvait du rhum blanc et lui prenait régulièrement la cigarette des doigts pour tirer une bouffée avant de la replacer soigneusement. Yvonne était une femme belle, mais pas jolie, âgée d'environ trente-cinq ans. Son ami attitré, le gendarme Bush, vivait à Anchovy avec sa femme, qui passait pour une personne acariâtre et grosse traînant une ribambelle de gosses. Yvonne habitait à l'étage au-dessus de la boutique avec ses enfants, deux garçons et une fille, dans un petit appartement que lui louait Barrett. Le père des trois enfants, disait-elle, était un homme des Bahamas qui avait travaillé pendant des années comme serveur dans un hôtel de Montego Bay jusqu'à ce que le gouvernement l'expulse et donne son emploi à un Jamaïquain. Bien qu'elle ne l'ait jamais épousé, elle affirmait l'aimer encore, même si elle ne l'avait pas vu une seule fois en cinq ans. Elle savait que les chances de vivre à nouveau avec lui étaient minces, parce que l'État jamaïquain ne l'autoriserait pas à revenir ici et que l'État des Bahamas ne lui permettrait pas, à elle, d'aller là-bas. Elle avait un jour essayé d'obtenir un visa, mais ils avaient découvert qu'elle avait fait un an de prison pour avoir poignardé un homme et ils avaient refusé de la laisser venir. Si elle avait assez d'argent, elle savait qu'ils changeraient d'avis et lui permettraient l'accès, alors elle pourrait se marier avec son ami, faire venir les enfants et ils seraient heureux. Quand Johnny lui posa une question sur l'homme poignardé, elle l'écarta en disant : Ça — oh ! ce n'était rien. Il m'a battue deux ou trois fois, et j'ai eu peur. Alors un soir où il a recommencé, je l'ai planté. Trois fois dans la poitrine, et ça l'a même pas tué ! Mais j'ai quand même dû passer toute une année en prison.

Mais qui c'était, celui que tu as planté ?

Mon ami. Le mec des Bahamas.

A mesure que la soirée avançait, les discussions entre Johnny et Yvonne devenaient plus intimes, et elles avaient même quelque chose de la confession. Il se tenait debout, presque toujours seul, à l'extrémité du comptoir tandis qu'Yvonne allait et venait rapidement depuis sa station près de lui en servant les clients, pour la plupart des habitués du quartier qui s'arrêtaient dans la boutique raconter quelque chose et écouter le juke-box. Big Ron sortait et rentrait selon les exigences dictées par la tâche urgente de prendre et de tenir ses rendez-vous avec des femmes et des jeunes filles. Terron aussi se déplaçait constamment pour satisfaire aux obligations de ses affaires, celles du mouvement rasta. Barrett buvait, déblatérait et discutait ferme avec les habitués en attendant l'arrivée de ses amis de Montego Bay.

Ce qui se passait entre Johnny et Yvonne était une forme ancienne et codée de flirt dans laquelle l'homme et la femme, en se plaignant de leur conjoint, arrivent à exprimer leur attirance sexuelle réciproque. Yvonne avoua qu'elle se servait de Bush, le flic. Elle espérait que par sa fonction il trouverait les contacts qui lui permettraient d'aller aux Bahamas et de retrouver les bras de son bien-aimé. D'une certaine façon, les nombreuses variétés de pouvoir et de bureaucratie étaient reliées, de sorte que si elle arrivait à s'introduire dans l'une d'entre elles l'accès aux autres lui serait aussi possible. En guise d'illustration elle mentionna la conversation qu'elle avait eue avec un officier des douanes rencontré en décembre lors de ce bal de la police où elle n'aurait déjà pas pu aller si elle n'avait pas été l'amie de Bush. Elle avait donc demandé à cet officier s'il pouvait l'aider à obtenir un visa pour les Bahamas, et il avait répondu que c'était possible, qu'il passerait chez Barrett un de ces jours pour en parler. Il ne s'était pas encore manifesté, mais elle savait qu'il viendrait. Johnny voulut savoir s'il pouvait faire quelque chose, mais elle répondit non, probablement pas, c'était un Américain. Le seul genre de pouvoir auquel il avait accès lui venait du fait qu'il était riche. Nous devons tous les deux acheter ce dont nous avons besoin, dit-elle en souriant.

Il se mit à creuser cette réflexion pendant qu'elle courait remplir les verres. Lorsqu'elle revint près de lui, elle apporta un tabouret surélevé qu'elle posa de façon à s'asseoir le dos contre le mur en surveillant le bar. Comme elle était fatiguée, elle laissa tomber lourdement son corps robuste sur le siège. C'était une femme de petite taille, avec des épaules larges et un corps musclé, bâtie comme une de ces athlètes qui lancent le poids, mais lisse et noire, et elle se déplaçait avec précision et puissance. Elle avait les cheveux coupés presque à ras, et son visage était large et plat, avec des pommettes saillantes et des yeux presque orientaux. Sa bouche épaisse, sensuelle, était toujours en activité même quand elle ne parlait pas — car alors elle mâchait du chewing-gum, ou elle grignotait, ou sirotait, ou bien ses incisives du haut, largement écartées, mordillaient sa lèvre inférieure charnue, ou encore sa langue rose passait rapidement sur les coins de la bouche, mouillait ses lèvres ou frottait ses gencives. Là se trouvait le centre manifeste, animé, de son visage, et c'était ce qui la faisait paraître plus accessible, plus chaleureusement sociable et plus attrayante sexuellement que la plupart des femmes avec qui Johnny avait eu affaire. A part Dorothée, avec qui il avait passé une nuit au mois d'avril précédent à Port Antonio, la plupart des femmes qu'il avait rencontrées gardaient la bouche fermée et immobile, ou alors lui imprimaient une forme délibérée pour arriver à ce qu'elles considéraient — ou espéraient être — de jolies petites moues, comme si elles voulaient ressembler aux superbes modèles de type anglais, blondes et bronzées, qu'elles voyaient dans les revues américaines qui font la publicité du confort et de la beauté des résidences de vacances jamaïquaines en montrant le confort et la beauté de femmes affalées au bord d'une piscine ou courant gaiement sur la plage, ou encore tenant délicatement une *piña colada* dans la salle de bar en conversant brillamment avec un étranger élégant, riche, aux cheveux argentés, portant ceinture giletière et smoking blanc.

Pendant le plus clair de la soirée, Johnny s'était plaint de sa femme, du fait qu'elle ne le comprenait pas vraiment, se livrant ainsi aux reproches habituels, et Yvonne n'avait pas ménagé Bush, le jugeant égoïste et insensible, disant qu'il se servait d'elle comme de sa « femme extérieure » mais qu'il ne quitterait jamais son épouse pour elle. Puis ils renversèrent les rôles, de sorte que Johnny parla de Bush poliment et indirectement, posant des questions sur le genre de lien qu'il entretenait avec Yvonne et sur sa tendance à être possessif, jaloux et violent. Avec autant de tact et d'une façon également détournée, Yvonne s'enquit des mêmes traits de caractère de la femme de Johnny et de la nature du lien qu'elle avait avec lui. D'après Johnny, sa femme savait qu'il lui arrivait de coucher avec une autre, mais ça ne lui importait guère pourvu que ce ne fût qu'occasionnellement. C'était qu'il tombe amoureux d'une autre, qu'elle craignait, pas qu'il dorme avec. Jusque-là, très bien. Yvonne semblait comprendre ce que cela signifiait, même si elle en écarquillait les sourcils de surprise. Mais lorsqu'elle lui déclara avec mépris que Bush était comme tous les hommes de la Jamaïque et que si elle couchait avec un autre homme et qu'il le savait il essaierait de tuer son rival et probablement il la couperait en morceaux elle aussi, Johnny la regarda bizarrement comme s'il ne saisissait pas ce qu'elle s'efforçait de lui transmettre, comme s'il ne pouvait plus déchiffrer le code. Même alors, il ne put résister à l'envie de faire un pas de plus, et il rendit aussitôt la discussion incompréhensible en disant : Eh bien, il faudra que nous empêchions Bush d'être au courant, pas vrai ?

Elle éclata de rire, comme s'il lui en avait raconté une bien bonne, sauta de son tabouret et courut servir deux clients qui venaient de passer la porte. Johnny regarda autour de lui, localisa Terron pris dans une grande conversation avec la femme de Barrett du côté épicerie de la boutique, et Big Ron qui dansait à côté du juke-box avec une femme à l'air affable, la quarantaine, une bonne danseuse très grosse, exactement le genre « gros bœuf » que Ron trouvait toujours irrésistible : d'énormes hanches, un ventre et des seins qui ballottaient de haut en bas et de gauche à droite en vagues douces quand elle dansait, et Big Ron, pieds et torse nus, aussi beau qu'une vedette de cinéma, qui marquait le rythme devant elle. A pas lents, Johnny sortit du bar, fit le tour du bâtiment, ouvrit sa braguette et pissa par terre. La lune, encore presque pleine, flottait au-dessus de sa tête — elle ressemblait plus à un trou pour la fumée dans une tente qu'à une sphère solide décrivant une orbite autour d'une deuxième sphère.

Il entendit qu'on l'appelait. Johnny ! Où est Johnny ? C'était la voix sableuse de Barrett. Il remonta vite sa braguette, retourna dans le bar et aperçut Barrett sur le point d'entrer dans la salle du fond avec deux hommes âgés d'environ cinquante ans, des inconnus, ceux-là mêmes qu'Yvonne avait servis en courant quelques instants plus tôt. Le voyant, Barrett lui fit signe de le suivre. Il était dix heures du soir. Le local fermerait à onze heures, et Yvonne gravirait l'escalier jusqu'à son appartement où elle dormirait — seule si Bush ne faisait pas son apparition. Sinon, pas seule.

Donne-moi une Dragon, lui demanda Johnny. Elle la lui tendit très vite et sans même le regarder car elle se dépêchait de satisfaire les commandes de plusieurs autres hommes debout au comptoir. Puis il alla dans l'arrière-salle jouer aux dominos jusqu'à deux heures du matin avec Barrett, parfois aussi avec Terron et Big Ron et tous ceux qui, entrant par hasard, voulaient bien faire équipe avec lui contre les deux amis de Barrett venus de Montego Bay et qui semblaient sceptiques.

3

Très vite la police montra son nez. Non pas, cependant, comme Terron l'avait prédit et comme Johnny s'y était sans doute attendu — deux Land Cruiser et une douzaine ou davantage de flics armés de fusils qui défonceraient les portes à coups de pied vers les trois heures du matin, terrorisant sa femme, ses enfants et lui-même, puis deux gradés qui l'interrogeraient pendant que leurs comparses mettraient la maison sens dessus dessous pour trouver la ganja leur permettant de l'expulser du pays avec sa famille. Non, ils vinrent poliment au milieu de l'après-midi, par deux : des sergents minces, parlant bien, des gens au-dessus de leur condition d'origine, à la peau café au lait. Les premiers se présentèrent quelques jours après la mort de Phelps et le retour de Johnny de Gordon Hall. Ils voulurent voir son visa et parurent s'intéresser davantage au propriétaire de la maison qu'à quoi que ce soit d'autre. En fait, si Johnny n'avait pas été au courant, dit-il à sa femme, il aurait cru que ce n'était pas sur lui qu'on faisait une enquête, mais sur les Church. Une semaine plus tard, une deuxième paire de sergents arriva juste après le déjeuner. Ils demandèrent poliment la permission de faire le tour du domaine et de « vérifier les portes ». Il y avait eu récemment quelques cambriolages à Reading, c'était la raison pour laquelle ils surveillaient « les bons quartiers », pour s'assurer que les gens y étaient bien en sécurité. Johnny, légèrement éméché, un peu pris de vertige, fit une démonstration du stupéfiant système d'éclairage de Church. Vous devriez voir ce coin la nuit ! s'exclama-t-il en tournant les interrupteurs. On dirait un putain de centre commercial ! Lorsqu'une troisième paire de sergents se présenta quelques semaines plus tard pour faire essentiellement la même chose que les précédents — pour vérifier l'étendue et l'état du domaine des Church —, Johnny accorda à sa femme qu'elle avait raison, qu'ils ne se souciaient guère de lui, qu'ils se foutaient pas mal de la mort de Phelps, qu'ils n'en avaient sans doute même pas entendu parler et n'avaient aucune raison de croire qu'il possédait un pistolet. Ils ne cherchaient probablement même pas à le chasser du territoire. En fait, il était plus vraisemblable qu'ils essayaient de trouver le moyen de le faire rester. Ce qui les préoccupait, comme lui avait dit sa femme, c'était l'argent. Principalement l'argent des Church et comment le garder à la Jamaïque. C'était ça le problème. *Ton* problème, lui affirma-t-elle, c'est que tu crois que tu as une importance pour quelqu'un d'autre que toi. Tes petits mélodrames ne comptent pour rien dans le monde *réel*, mon cher. Tu n'es pas capable de voir la différence entre l'économie d'un pays et tes expériences personnelles. C'est ça, ton problème.

Tu as raison, reconnut-il en sortant pour aller chez Barrett. Complètement raison. Complètement.

Un après-midi de fin février, la Mercedes grise des Church surgit sans prévenir. M. et Mme Church venaient en visite. Après être entrés dans la maison et avoir promené le même regard d'approbation que les policiers sur la piscine et sa cabine, la cuisine électrique moderne, le séjour avec son plafond cathédrale, la terrasse, les jardins, la vue spectaculaire sur la baie, ils finirent par s'installer sur la terrasse et révélèrent sans plus tarder le but de leur visite.

Nous voulons vous vendre la maison, déclara

M. Church. C'était un homme de grande taille au nez et aux joues toutes couperosées, au ventre gonflé par l'alcoolisme, et ses mains marbrées de taches tremblaient de l'envie d'un verre pendant que sa voix essayait de le faire passer pour l'homme aux commandes qu'il avait été jadis. Il n'arrêtait pas de se renverser nonchalamment dans sa chaise de fer forgé pour aussitôt se pencher en avant avec un désespoir sincère, comme s'il ne pouvait maintenir un point de vue plus de dix ou quinze secondes.

Sa femme, si elle était moins directe, était plus concentrée. Perchée sur le rebord de la chaise, elle croisait ses pieds minuscules, faisait des sourires à Johnny et à sa femme en leur expliquant que s'ils le voulaient ils pouvaient acheter pour trente mille dollars une maison qui en valait cent mille. Elle et M. Church quittaient l'île pour aller au Canada, poursuivit-elle, où ils allaient rejoindre leur fils et leurs petits-enfants. Il y avait aussi des raisons de santé concernant M. Church. Mais à cause des socialistes, ils ne pouvaient sortir du pays qu'une « misère ». Elle se mit en colère. Après toutes ces années, une vie entière passée à construire ce pays, voici qu'on leur dit que s'ils s'en vont ils ne pourront pas emporter plus de quatre-vingt-dix dollars par personne !

Ça ne peut pas être vrai, répondit Johnny. Il avait par ailleurs entendu des centaines de fois l'histoire de tel ou tel « capitaliste » qui avait quitté le pays en laissant des centaines de milliers de dollars de dettes aux banques jamaïquaines ; et cela après avoir fait sortir illégalement du pays des sommes comparables, par messager ou par la poste, mises de côté dans des banques de Miami, de New York ou de Toronto. Car, dès qu'il ne pouvait plus faire d'emprunts ici ou simplement lorsqu'il commençait à avoir peur et se fatiguer des audits, des réglementations et de tous les papiers qu'il lui fallait pour continuer, l'entrepreneur en question finissait par partir avec un visa de tourisme, abandonnant sur place ses propriétés immobilières et ses dettes pour rejoindre son argent — en monnaie américaine ou canadienne s'il avait de la chance, ou en bijoux parce que le dollar jamaïquain était sans cesse dévalué pour satisfaire aux conditions du Fonds monétaire international.

Oh si, reprit Mme Church, *c'est* vrai. Quatre-vingt-dix dollars ! Bien entendu, elle avait l'intention d'emporter sur elle beaucoup plus que ça quand *elle* partirait, même si elle devait le cacher dans sa coiffure, ajouta-t-elle en faisant gonfler sa chevelure épaisse, bouclée et grise où elle pouvait cacher et agrafer au moins une douzaine de billets de cinquante dollars en les roulant bien serrés.

Faites-le donc ! dit Johnny d'une voix trop forte. Sa femme lui lança un regard hostile.

Bien sûr qu'elle allait le faire, déclara Mme Church sur le ton de la vertu indignée. Bien sûr, qu'elle le ferait. Mais ce qui était plus important, avant de quitter l'île, elle voulait donner à Johnny et à sa femme la chance de leur vie. Elle ne pouvait pas leur dire exactement *quand* ils allaient partir, naturellement. Les murs ont des oreilles, expliqua-t-elle en jetant un regard circonspect vers la cuisine où Caroline faisait la vaisselle et puis au-delà de la porte ouverte vers la Mercedes grise où le chauffeur était assis à lire le *Gleaner*. Ce que les Church proposaient, c'était la propriété légale de la maison que Johnny et sa femme louaient actuellement pour trois cents dollars par mois, laquelle somme était envoyée régulièrement et très obligeamment chaque mois par la banque américaine de Johnny à la banque du fils des Church à Toronto. Si Johnny et sa femme étaient d'accord pour transférer directement depuis leur banque trente mille dollars sur le compte de leur fils à Toronto de la même façon qu'ils avaient fait virer le loyer, alors ils pouvaient devenir propriétaires de la maison, y compris des meubles. Nous vous la céderons simplement par écrit, leur dit-elle. C'était légal, absolument légal. Leur fils leur avait apparemment transmis sa villa de la même façon lorsqu'il avait émigré au

Canada. Ils adoraient cette maison, dit-elle, et M. Church approuva. Et cette colline aussi. Ils adoraient la colline.

Ce n'était rien que de la brousse, ici, quand j'ai acheté la colline, déclara M. Church. J'ai eu la colline pour trois cents livres, et c'était beaucoup, à l'époque, c'était rien que de la broussaille. J'ai sculpté cet endroit dans la jungle ! s'exclama-t-il avant de retomber sur sa chaise.

Je ne sais pas... commença Johnny. Il souriait, grimaçant presque comme si en fait il savait.

Bien, mais je dois vous dire, interrompit Mme Church, que si vous ne voulez pas acheter la maison nous ne pourrons pas continuer à vous la louer.

Johnny s'arrêta de sourire. Attendez un peu. Vous avez consenti à nous la louer jusqu'au 1er août. J'ai des lettres de vous.

Non, dit-elle avec fermeté. Non. Si nous ne pouvons pas arriver à l'arrangement qu'il faut pour vendre la maison, à vous ou à un autre — ça nous est égal à qui, du moment que l'arrangement est celui qu'il faut —, nous serons obligés de vendre ce que nous pouvons. Les meubles, l'équipement et tout. Nous devons réunir tout l'argent liquide possible. Nous ne sommes plus jeunes, nous ne pouvons pas tout recommencer. Elle se mit à regarder le mobilier avec un œil de commissaire-priseur, la table et les chaises en fer forgé sur la terrasse, le canapé, les fauteuils, le meuble de télévision dans le séjour, les sets de table en acajou, les lits et les commodes, la cuisinière, le réfrigérateur, le lave-linge et le séchoir : la Jamaïque était un marché où il y avait encore un bon nombre d'acheteurs pour des équipements de ce genre. On n'en construisait pas ici, et les restrictions d'importation ainsi que les droits de douane rendaient leur prix inabordable quand on les faisait venir neufs de l'étranger ; ou alors on n'en trouvait simplement pas du tout.

Mais j'ai des lettres. Vous étiez d'accord.

Notre accord, remarqua-t-elle, était privé et personnel.

Légalement, dit-elle en insistant sur le mot pour que Johnny comprenne bien, vous avez été nos invités ici. Puis elle se tut.

Johnny regarda sa femme et haussa les épaules. Nous ne pouvons pas acheter la maison, dit-il aux Church. Nous n'avons pas autant d'argent. Il jeta à nouveau un coup d'œil à sa femme, comme s'il cherchait un soutien, mais elle gardait les yeux baissés vers ses genoux. De plus, poursuivit-il, même si nous avions l'argent je ne pourrais pas le faire. Je ne *voudrais* pas. Pas comme ça. Je ne voudrais plus. Je me sens très mal d'avoir loué cette maison si longtemps pour si peu, en trichant, en profitant de...

De qui ? demanda impérieusement Mme Church. Dites-moi ! Qui en souffre ? Qui ?

C'est un point délicat, je suppose. En fin de compte, les gens d'ici en souffrent. Ils sont indirectement lésés du fait que d'autres individus, des gens comme vous et moi, échangent des devises dans des banques étrangères et se font payer par des services rendus ici. Mais directement c'est *moi* qui en souffre. Je m'exploite moi-même et je finis par y perdre. Bien entendu, cela n'a d'importance que pour *moi*. Mais *c'est* important pour moi, je le vois bien maintenant.

De quoi parlez-vous ? voulut savoir Mme Church.

Son mari se penchait une fois de plus en avant sur sa chaise. Ça ne les intéresse pas ? Humm, ça ne les intéresse pas. Vraiment.

Ça ne fait rien, lança Johnny à Mme Church. Ce qui importe, pour moi, c'est de vous dire non. Et puis de savoir combien de temps nous pouvons rester ici en qualité d' « invités ». Après tout, vous ne souhaitez pas simplement nous expulser. Pas après avoir profité avec nous d'une relation aussi avantageuse financièrement pendant tant de mois.

Cette remarque fit rire Mme Church. Des *squatters* ! C'est ça que vous serez, des squatters ! Parfait. Restez tant que vous voudrez. Nous vendrons le mobilier sous vos pieds, jeune homme, et puis nous partirons ! A ce moment-là vous aurez pas mal d'autres squatters ici avec vous, je vous préviens. Quand nous serons partis de cette colline, avec nos chiens et les carabines et les fusils de chasse de mon mari, combien de temps croyez-vous pouvoir rester ici sans vous faire tailler en pièces ? Ces gens, là-bas à Anchovy, ont les yeux braqués sur ces maisons et cette propriété depuis des années, ils n'attendent que l'occasion de s'en emparer !

Cet endroit n'était rien que de la jungle, expliqua M. Church.

Vous verrez bien, lança sa femme en dernier avertissement avant de se lever pour s'en aller. L'ennui avec des gens comme vous, c'est que vous ne comprenez pas ce pays. Vous débarquez et six mois plus tard vous commencez à nous dire comment nous devrions nous comporter ici. Vous croyez comprendre les Jamaïquains mais c'est faux. Ce sont nos Jamaïquains et nous les comprenons. Vous verrez. Après notre départ vous apprendrez ce que nous savons déjà. Et ce sera trop tard pour que ça vous rende service. Allez, dit-elle à son mari, et elle se mit à trottiner sur ses pieds minuscules en direction de la Mercedes, M. Church la suivant loyalement.

Il n'y eut aucun fait nouveau pendant les quelques semaines qui suivirent. Johnny et sa femme, ainsi que Terron quand il était là, échafaudèrent des hypothèses sur la date exacte à laquelle les Church commenceraient à exécuter leur plan. Ils avaient probablement une liste d'acheteurs potentiels de la maison, suggéra Johnny, une liste forcément courte s'ils ne voulaient pas que les autorités aient vent de leur départ imminent de l'île. Ils sonderaient les quelques étrangers dont ils pensaient qu'ils étaient assez riches et assez naïfs pour qu'ils aient envie de traiter avec eux — des gens avec qui ils étaient amis, ou qui étaient bien connus d'amis en qui ils avaient confiance. S'ils restaient bredouilles, ils feraient savoir à ces amis en qui ils avaient confiance — cette confiance venant seulement du fait qu'ils étaient dans un bateau semblable au leur, sinon dans le même — qu'ils consentaient à tout vendre dans la maison. Alors des gens commenceraient à venir à n'importe quelle heure dans des pick-up pour enlever les meubles et l'équipement un par un, jusqu'à ce que la villa soit aussi vide que le pavillon abandonné là-bas sur la crête où, comme l'en avait informé Terron, un groupe de jeunes rastas venait récemment de s'installer. Johnny était allé souvent, pendant l'automne et l'hiver, se promener le long de la route aux nids-de-poule, recouverte de végétation, que l'ouragan de 1967 avait démolie, mais l'endroit avait commencé à le déprimer. A cause des *duppies*, avait expliqué Terron. Les esprits sans repos ni résidence des morts, plus furieux qu'espiègles, plus semblables à de vieux lutins qu'à des goules, les *duppies*, lorsqu'on sentait leur présence, devaient être évités à tout prix. Mais en plus, lors de sa dernière promenade vers la maison sur la crête, Johnny avait vu gribouillés sur les murs les graffiti rasta habituels : BABYLONE DOIT TOMBER ET LA PROPHÉTIE S'ACCOMPLIR ! Sur la terrasse il avait remarqué les restes de feux de camp. Après cela il n'y était plus retourné ; il n'avait pas non plus mentionné les graffiti ni les feux à sa famille ou à Terron.

Puis, vers la fin de février, Upton West, le réalisateur de films et ami de Johnny au New Hampshire, téléphona. Il passait quelques jours à la Jamaïque, chez ses parents à Reading. J'aide mère et le capitaine à mettre leurs affaires en ordre, expliqua-t-il de sa voix nasale et surarticulée. Upton se débrouillait toujours pour parler comme si on l'interviewait.

Ah ? fit Johnny. Pourquoi ? Que se passe-t-il ?

Ah, oui, mère a mentionné qu'elle ne vous avait pas vus depuis des mois, alors naturellement vous ne pouvez pas savoir. Le capitaine et elle s'en vont d'ici. Je leur ai trouvé un appartement à Cambridge dont je pense qu'ils seront satisfaits. Mère a de la famille, là-bas, et le capitaine a toujours bien aimé Cambridge. Bien qu'il considère encore les States comme une des colonies, poursuivit Upton en plaisantant.

Ha, ha, répondit Johnny en riant. Puis, lorsque Upton se tut, il lui demanda pourquoi ses parents partaient. Ça sera beaucoup plus dur pour eux, là-haut, dit-il.

Oui, dans un sens, mais ils ont peur, maintenant, à cause de toute la violence, des cambriolages et tout ça. Et puis, bien sûr, c'est de plus en plus difficile pour eux financièrement. C'est une nouvelle Jamaïque, ajouta-t-il avec un soupir. On ne peut pas leur demander de s'adapter. Ils ont connu la vieille Jamaïque.

Alors ils vendent leur maison et tout ?

Non, non, en fait ils ne peuvent pas. Ce n'est pas commode à expliquer, dit-il en hésitant. C'est... c'est la même chose que pour les Church. Ce qui me conduit à la raison de mon appel, déclara-t-il en revenant à sa façon habituelle, bien lisse, de s'exprimer par phrases ou paragraphes complets. Mère m'a appris ce matin que les Church t'avaient fait une certaine proposition le mois dernier et que tu l'as refusée, manifestement par manque de liquidités. Comme tu sais, je connais fort bien le... la chose, et donc j'en sais la véritable valeur. Et franchement je voulais t'inciter à reconsidérer leur offre. Peut-être me laisserais-tu explorer quelques possibilités de réunir cet argent pour toi aux États-Unis. En fait, je suis même disposé à te prêter moi-même l'argent si ça reste un emprunt à court terme quc tu pourrais me rembourser à ton retour aux States en août.

Tu ne comprends pas...

C'est un moment où il y a d'excellentes occasions à saisir ici, interrompit Upton, pour ceux d'entre nous qui vivent aux States. Il suffit d'attendre quelques années et tout ce chaos économique sera balayé. C'est un marché d'acheteurs, mon cher. Nous n'avons rien d'autre à faire qu'à rester peinards quelques années au New Hampshire. Des gens comme les Church ou mes parents, du fait qu'ils ont acquis la nationalité jamaïquaine, ne pourront pas revenir. Sauf s'ils liquident leurs possessions maintenant et donnent le produit de la vente au gouvernement, ce qui les laisse sans rien. C'est la raison pour laquelle ils négocient « d'autres arrangements ». C'est évidemment à cause de ces « autres arrangements » que leur retour sera difficile, voire impossible. Mais que peuvent-ils faire d'autre ? Ils sont pour la plupart très vieux et incapables de gagner décemment leur vie aux États-Unis.

Est-ce que tu vas t'occuper de tes parents à Cambridge ? demanda Johnny.

Oui. De même que toi, si tu acceptais leur proposition, tu « t'occuperais » des Church.

Tu crois donc que cette nouvelle Jamaïque n'est qu'une phase et que la vieille Jamaïque reviendra dans quelques années ? Qu'il est sans danger pour des gens comme nous de spéculer ?

Tout à fait. Oh ! il y a bien sûr un certain risque. Les gens d'ici sont terrifiés à l'idée que ce chaos mènera à un autre Cuba, mais toi et moi savons à quel point une telle *chose* est invraisemblable. Les USA ne la permettraient jamais. Ni même le Fonds monétaire international. Pour revenir aux choses sérieuses, j'aimerais bien te prêter cette somme. Je dois prendre l'avion demain matin parce que j'ai des rendez-vous à New York, et puis je serai à L.A. jusqu'à fin mars. Mais tu peux venir quand tu veux dans les trois ou quatre prochains jours et nous signerons les papiers à mon bureau de New York. Je peux demander à mon conseil juridique de rédiger un accord dès mon retour. Tu pourrais prendre l'avion, le signer, et être de retour à la Jamaïque le jour même. Les banques là-haut s'occuperaient du reste. Qu'en dis-tu ?

Non.

Quoi ?

Non. Toute cette histoire me donne la nausée. J'ai assez fait dans cette merde. J'en veux plus.

Je ne me rendais pas compte que tu avais tant de principes, répliqua froidement Upton.

Je n'en ai pas tant. Ce ne sont pas les *principes* qui me donnent la nausée ! C'est ce que j'ai ici devant les yeux tous les jours. C'est ce que je vois quand je me lève le matin, quand la bonne traverse la terrasse sur la pointe des pieds avec mon café en faisant attention de ne pas faire cogner la tasse de porcelaine contre la soucoupe de porcelaine pour ne pas troubler les importantes pensées matinales de son patron. C'est ce que je vois à longueur de jour et de nuit où que j'aille sur cette île. Alors c'est non. J'en veux plus. Je ne vais pas contribuer à ce qu'on « s'occupe » des Church quel que soit le bénéfice que je pourrais retirer de ta nouvelle version à venir de la vieille Jamaïque. Je crois bien que tu as raison là-dessus, au fait, ou plutôt je devrais dire que c'est *exact*, bien qu'il puisse se passer dix ou vingt ans avant que la souffrance humaine devienne telle que ce chaos, comme tu l'appelles, soit balayé et que la Jamaïque devienne à nouveau un marché de vendeurs. Sauf, évidemment, si tu crois en la prophétie. Dans ce cas, mon vieux, Babylone doit tomber et tu ferais mieux d'investir dans les mines d'étain d'Afrique du Sud.

Oh ! très bien, oui. Ça. Je suis navré que tu sois de cet avis. Mais essayons de nous revoir après ton retour aux States et parlons-en alors, si tu veux bien. Je serais dans le New Hampshire à l'automne pendant quelques semaines. J'adore me trouver là-haut quand les feuilles changent de couleur. Il faudra qu'on se voie alors. D'accord ?

D'accord. Oh ! j'allais oublier. Je suis monté à Nyamkopong. J'y vais régulièrement et j'ai des amis là-haut.

Vraiment ?

Et le colonel auquel tu m'as adressé, le colonel Phelps ?

Oui.

Il est mort.

Ah bon ?

Oui. On l'a abattu. Une balle dans chaque œil. Bang, bang.

Ah... qui l'a tué ?

Les présomptions se sont portées sur un jeune rasta du coin, un gosse. Alors les flics l'ont abattu. Tué.

Tué ?

Cinq fois. Deux fois dans la tête et trois fois dans la poitrine. Deux fois dans la stature et trois fois dans la structure. Bang, bang. Bang, bang, bang.

Eh bien... dit Upton en s'éclaircissant la voix. Eh bien, il faut que j'y aille, j'ai des centaines de choses qui m'attendent.

Le gosse avait un alibi, pourtant.

Vraiment ? Eh bien. Mais qui a tué le colonel Phelps, alors ?

Question intéressante, répondit Johnny. Puis il laissa tomber, dit poliment au revoir à son vieil ami et raccrocha. Lorsqu'il posa le combiné, il vit que ses mains tremblaient.

4

C'est au mois d'avril que les inconnus commencèrent à arriver dans leurs pick-up, leurs fourgons et leurs grosses voitures, généralement en compagnie de Mme Church qui semblait à présent considérer la maison comme un magasin de mobilier d'occasion. Elle traitait Johnny, sa femme et Terron en employés, en aides loués pour transporter la table de la salle à manger, les chaises et le buffet, puis, plus tard, les tables basses, les lampes du séjour ou la commode de la chambre des enfants. La plupart des clients étaient blancs, mais certains ne l'étaient pas. Un médecin originaire d'Inde et sa femme enveloppée d'un sari apparurent en haut de la colline un après-midi et firent charger le sèche-linge à Terron et à Johnny sur leur remorque. Un autre Indien, un dentiste qui avait fait sa formation dans l'Iowa et qui était maintenant attaché à l'hôpital de Mont Salem, acheta le canapé avec les fauteuils et la table basse assortis, mais ce fut le gérant chinois d'un magasin de pièces détachées pour automobiles qui emporta l'équipement de nettoyage de la piscine. Il est devenu impossible d'acheter ces machins neufs, déclara-t-il en poussant le tuyau de l'aspirateur dans le coffre de sa BMW.

Finalement un soir Johnny revint tout seul de chez Barrett — Terron était reparti à Nyamkopong prendre la relève de son nouvel associé, son cousin Juke, qui dormait dans la brousse depuis deux semaines pour surveiller leur plantation de ganja très près de mûrir — et il trouva sa femme en train de l'attendre. Elle était dehors, sur la terrasse, à fumer des cigarettes et à boire de la bière. A en juger par les bouteilles vides devant elle, elle en était à sa quatrième lorsque Johnny, sortant de la maison, l'aperçut.

Elle avait pris une décision, lui dit-elle. Elle rentrait aux États-Unis, dans leur maison du New Hampshire, et elle emmenait les enfants. Il n'y avait rien à expliquer, il pouvait venir avec elle s'il voulait...

Je *ne peux pas* ! l'interrompit-il. Je dois rester ici jusqu'au 1er août, tu le sais ! J'ai donné ma parole.

Rien de cela n'avait d'importance pour elle, ça n'en avait plus. Il pouvait rentrer avec elle et les enfants tout de suite ou rentrer en août et ils en débattraient alors.

Débattre de quoi ?

De quoi faire de ce truc qu'on a encore l'habitude d'appeler un mariage, dit-elle sans hausser le ton. Puis elle lui annonça qu'elle avait pris des réservations sur le vol du lendemain pour Miami et Boston. Elle avait téléphoné à quelqu'un au New Hampshire qui viendrait les chercher. Et elle l'avait dit aux enfants.

Tu leur as dit quoi ?

Que nous partons demain. Elles en ont été très heureuses, d'ailleurs. Elles ont demandé si tu venais toi aussi et j'ai répondu que non. J'ai pensé que c'était plus sûr de leur dire ça que d'être forcée de les décevoir si tu décides de rester. Comme je suppose que tu vas le faire.

Eh bien... je suis *obligé*, dit-il faiblement.

Tu as assez d'argent ici pour tenir jusque-là si tu fais attention, remarqua-t-elle. Et il restait assez sur leur compte chez eux pour qu'elle puisse passer l'été avec les enfants. Surtout depuis qu'il avait écrit à la banque d'arrêter les virements aux Church, ce qu'il avait fait en février, dès qu'ils avaient appris qu'ils n'étaient ici que des invités.

C'est la meilleure chose à faire, dit-il d'un ton calme. Il savait que les filles commençaient à avoir peur et à être déroutées, surtout depuis qu'elles voyaient la maison se vider de ses meubles et de son équipement. Il savait aussi que sa femme n'avait plus de bonne raison personnelle de rester. Ils ne seraient séparés qu'un peu plus de trois mois, et au bout de ce temps, ils sauraient mieux tous les deux comment prendre ce truc qu'on a encore l'habitude d'appeler un mariage, conclut-il en répétant les mots qu'elle avait prononcés.

Elle écrasa sa cigarette et se leva. Je vais me coucher. Je dors dans la chambre des filles, lui annonça-t-elle presque comme si c'était une idée venue comme ça.

Oh ! Eh bien... oui, c'est logique. Il parut soulagé et se dirigea lentement vers la cuisine où il prit une bouteille de bière, la décapsula, et lorsqu'il fut revenu sur la terrasse elle était déjà partie et la porte donnant sur la grande chambre des enfants depuis le séjour était fermée. Il alla jusqu'au bord de la terrasse, s'assit sur le muret et contempla les lumières de Montego Bay qui papillotaient. Avalant sa bière à petites gorgées pensives, il resta là près d'une heure, puis il quitta la terrasse et entra dans la chambre qu'il avait partagée avec sa femme. Dans le noir, il se déshabilla et grimpa dans le grand lit sculpté à la main avec ses quatre piliers pour lequel Mme Church voulait cinq cents dollars. C'était une véritable antiquité, expliquait-elle, fabriquée au XVIIIe siècle pour le premier Church de l'île par un de ses esclaves, et tous les Church depuis lors étaient nés dans ce lit. Il est irremplaçable, affirmait-elle. On ne peut plus faire fabriquer un tel lit aujourd'hui. Je ne veux pas savoir combien vous voulez en donner.

Le jour suivant, après le déjeuner, Johnny conduisit sa femme et ses filles à l'aéroport et resta debout sur l'aire d'adieux tandis que l'avion quittait le terminal en roulant, tournait à l'extrémité ouest de la piste principale, puis repassait devant lui, décollait et partait en rugissant dans le ciel de l'est avant de se pencher légèrement vers le nord et de disparaître très vite. Il s'était démené frénétiquement avec des gestes d'au revoir en direction des hublots noirs pendant que l'avion repassait près du terminal, bien qu'il fût impossible d'apercevoir des passagers à cette distance. Dès que l'avion eut totalement disparu, il redescendit rapidement dans le bâtiment central, sortit chercher sa fourgonnette au parking et, traversant Montego Bay, roula directement jusqu'à Anchovy, chez Barrett.

Il gara le minibus Mazda bleu devant la boutique et entra dans le local qui aurait été vide s'il n'y avait eu Yvonne, comme toujours heureuse de le voir. Et il se mit à boire. A six heures, il était soûl. A sept heures, il avait pris rendez-vous avec Yvonne pour dormir avec elle ce soir-là après son travail. En supposant, bien entendu, que Bush ne fasse pas d'abord son apparition. En aucun cas, l'assura-t-elle. Bush était à Ocho Rios pour la semaine. A huit heures, il annonça à Yvonne qu'il partait pour le camp retranché prendre une douche et essayer de se dessoûler. A neuf heures il quitta donc la boutique de Barrett, mais à neuf heures cinq il écrasait sa fourgonnette Mazda contre le pilier de clôture, en béton et en pierre, qui soutenait le portail d'entrée du domaine des Church.

Sur la crête de la colline, la route bifurquait : à gauche, vers l'extrémité où les Church résidaient encore ; à droite, avec quelques boucles légères en descente sur cinquante mètres, vers la maison que Johnny habitait désormais tout seul. Il était arrivé au sommet un peu trop vite, avait braqué violemment à droite et, du coup, n'avait pas pu empêcher le véhicule de heurter de front le pilier. Il était descendu à pied, plutôt hébété, jusqu'à la maison où il avait découvert que ce même après-midi Mme Church avait vendu le mobilier de fer forgé de la terrasse ainsi que les lits qui avaient servi aux enfants.

Après avoir pris une douche, il mangea debout dans la cuisine un morceau d'une demi-livre de fromage néo-zélandais orange et un quart de livre d'espadon fumé en tranches. Vers onze heures, il repartit de la maison, passa à pied devant son minibus où il constata que le pare-chocs avant, la calandre, les phares, le pare-brise, la direction, la colonne et le volant devraient être remplacés, et où il remarqua également que le pilier du portail n'avait pas souffert. Ensuite, il descendit toujours en marchant dans l'obscurité la longue colline jusque chez Barrett où il rompit son rendez-vous avec Yvonne.

Elle réagit par : Okay, il faut pas s'en faire, et il répondit : Non, c'est pas bien. Elle assura qu'elle comprenait, et il dit : Non, elle ne comprenait pas. Ma vie est en train de partir en lambeaux, lui-dit-il, et je ne sais pas comment l'en empêcher. Je ne suis même pas sûr de *vouloir* l'en empêcher. Il y a bien une chose que je sais, pourtant, et c'est que je ne peux pas faire confiance à mon propre jugement en ce moment, et à moins que je ne devienne désormais très prudent, ajouta-t-il, je risque fort de me faire tuer. Sinon par Bush, par un accident avec ma voiture. Et si ce n'est pas par un accident de la route, alors par un tireur fou venu de Nyamkopong. Ou par quelques rastas cinglés avec des machettes à double tranchant qui croient que là-haut, dans cette maison, je suis assis tout seul sur le coffre au trésor en attendant l'occasion de le passer en douce à l'étranger. Ou peut-être ce seront les flics qui le feront un soir parce que je sais que mon ami Benjie n'a pas tué le colonel Phelps. Ou ce seront les Church qui me feront descendre à cause de ce que je sais sur eux. Ou le gouvernement me prendra pour un agent de la CIA, maintenant que ma famille est partie et que je n'ai pas de raison évidente de rester. Mais par un biais ou un autre, dit-il, à moins que je ne sois prudent et que je ne me mette à me conduire comme si j'avais la trouille, je vais me faire tuer. Je commence à me comporter comme un *touriste*, s'exclama-t-il en frissonnant à ce mot. C'est pour cela que je dois casser notre rendez-vous. Mais si jamais je finis par vivre sur cette île de la Jamaïque, dit-il, en souriant et en flirtant à nouveau, je repasserai par ici et je ferai tout pour t'enlever à

Bush de façon claire et nette. C'est tout ce machin de se glisser furtivement dans la nuit alors que tu es toujours la femme de Bush, que je ne supporte pas. Elle lui demanda s'il parlait sérieusement et il répondit bien sûr. Croyait-il qu'il finirait par vivre à la Jamaïque ? voulut-elle savoir. Il sourit et se tourna pour s'en aller. En tout cas, pas là-haut dans *cette* maison. Ça, je peux te le garantir, déclara-t-il en s'éloignant du bar à grandes enjambées.

Ce fut pourtant dans cette maison qu'il passa la nuit. Ainsi que la nuit suivante, et encore celle d'après. Et, chaque jour, continuait la mise à nu de la maison, des dépendances et de la cour : les chaises longues du bord de la piscine, le réfrigérateur, le meuble à téléphone, la commode et les chaises de la chambre à coucher, les lampes et les tables basses, et même la moquette. Johnny continuait à payer Caroline qui n'avait plus rien à faire sinon à arriver quand même à sept heures du matin et à rester là jusqu'à ce qu'il se réveille vers neuf heures et la renvoie chez elle. Un matin, lorsqu'il voulut appeler le garage de Montego Bay où son minibus avait été remorqué et où on le réparerait si on dénichait les pièces, il découvrit que le téléphone avait été coupé. Il continua à dormir dans le grand lit d'acajou. Puis, un après-midi, une femme arriva en voiture d'aussi loin que de Savanna la Mar. C'était une jolie femme couleur de biche avec une permanente ; elle venait chercher les draps, les couvertures et les serviettes. Avec un soin méticuleux elle rangea tout le linge de la maison dans des boîtes qu'elle empila à l'arrière de son minibus Volkswagen. C'était pour sa sœur, déclara-t-elle, pour son mariage. Lorsqu'elle voulut enlever les draps du lit de Johnny et la serviette dans la salle de bains, il protesta tant et si bien qu'il finit par la persuader de les lui vendre pour dix dollars. Elle n'en parut pas particulièrement heureuse, et elle le lui fit savoir. Je ne marchande pas, lui fit-elle observer. Et on ne peut plus acheter des draps comme ceux-là. Il faut aller en Floride, pour en trouver. Vraiment, que dirait Mme Church ?

Il haussa les épaules et sourit à travers sa barbe. Je ne crois pas qu'elle aimerait que je dorme dans son lit sans draps, n'est-ce pas ? Non, répondit-elle en montant dans sa fourgonnette et en démarrant. Mais je ne crois vraiment pas qu'elle aime que vous dormiez dans son lit tout simplement. Il éclata de rire. Dites à Mme Church que je lui garde sa villa ! cria-t-il tandis que la femme s'éloignait rapidement.

Il ne conservait plus que des fruits frais dans la maison et il mangeait chez Barrett ou chez Big Ron à Anchovy. Aussi, quand, rentrant un soir, il découvrit que les casseroles, les poêles, les assiettes et les couverts étaient tous partis, il ne parut pas en être affecté. Il prit simplement note de leur disparition, entra dans la chambre et s'endormit. Ses vêtements étaient sales et empilés dans un coin de la pièce où il avait regroupé le contenu de son bureau après qu'il eut été vendu : ses papiers, ses notes, ses relevés financiers, sa correspondance, sa machine à écrire portative, plusieurs centaines de pages manuscrites du roman qu'il avait jadis voulu écrire mais auquel il n'avait même pas accordé un coup d'œil depuis presque six mois. Il se servait de sa valise comme d'une commode, et, à côté d'elle par terre, une douzaine de livres empruntés l'automne précédent à la bibliothèque municipale de Montego Bay se recouvraient déjà d'une pellicule de moisissure à force d'être sur le sol humide et sans moquette. Lorsque l'électricité fut coupée, il acheta un paquet de bougies chez Barrett. Et lorsque deux ouvriers dans un camion à plateau découvert débranchèrent et emportèrent la cuisinière à gaz, il cessa de boire du thé le matin et rendit à Caroline la chope et la casserole qu'il lui avait empruntées. En s'excusant presque, elle saisit l'occasion pour lui annoncer qu'elle ne pouvait plus venir ; elle avait un nouveau travail à Reading et la dame là-bas voulait qu'elle arrive de bonne heure. Nettement soulagé, il lui donna une semaine de salaire et la remercia pour tout. Comme l'électricité était coupée, le filtre aspirateur de la piscine ne marchait plus et au bout de deux jours l'eau tourna au vert visqueux. Johnny ouvrit alors les vannes et la vida. Bien qu'il eût encore de l'eau pour prendre un bain — la citerne, située plus haut que la maison, fonctionnant sans pompe — et la possibilité d'utiliser l'évier de la cuisine pour laver ses vêtements quand il n'avait plus de jeans ni de tee-shirts propres, il fut obligé de faire tout cela à l'eau froide, le chauffe-eau étant vendu — et d'ailleurs il était électrique.

Le lit d'acajou partit en dernier, et ce fut M. Church lui-même qui vint le chercher. Apparemment personne ne voulait lui en donner ce qu'il estimait en être le prix, aussi avait-il décidé de l'expédier à son fils au Canada et de prétendre auprès des agents de douane que c'était un cadeau pour son fils, un héritage de famille. Parce que c'était exactement ça, merde ! Un héritage de famille ! Ce qui était honteux, c'était d'être obligé de mentir, lança-t-il à Johnny qui avait commencé à laver son linge de corps dans l'évier de la cuisine au moment où M. Church était arrivé avec un pick-up de son entreprise et deux manœuvres accroupis sur le plateau. Obéissant aux ordres donnés à voix forte par Church ils avaient rapidement démonté le lit et porté les morceaux — la tête, le pied, les côtés, les traverses, le sommier et le matelas — dans la camionnette. J'ai dû faire réaliser spécialement le sommier et le matelas en Caroline du Nord, déclara Church avec fierté en regardant passer les parties du lit devant lui. Johnny continuait à laver silencieusement. Vous savez combien ce lit vaudrait aujourd'hui ? lui demanda Church, les yeux fixés à l'arrière du pick-up, admirant son meuble en morceaux. Johnny fit non de la tête, mais Church ne le vit pas. Ha, s'exclama-t-il, on ne pourrait même pas le faire construire, aujourd'hui ! Avec tout l'argent que vous voulez, vous ne pourriez pas. Les temps ont changé. La plupart des choses qu'il vaut la peine de posséder, on ne peut même plus les acheter. La colère l'avait gagné et il étira ses lèvres contre ses dents. Au bout de quelques secondes, il se tourna vers Johnny. Bien, quelles sont vos intentions ? Je crois savoir que votre famille est retournée aux States. Ma bonne me l'a dit.

Oh ! C'est exact. Eh bien, je ne rentre pas avant août. Je dois m'occuper... j'ai du travail à faire là-haut avec les Marrons.

Bien. Mais je ne peux pas vous laisser encore ici. Je ferme cet endroit. Tout en a été enlevé, il n'y a donc plus de raison de le laisser ouvert. Si quelqu'un a besoin de voir les lieux, vous comprenez, pour les acheter ou peut-être louer, ma femme et moi ouvrirons. Nous allons rester encore quelque temps ici, sur la colline... Vous comprenez, je veux tout verrouiller.

Okay, c'est bon. J'enlèverai mes affaires aujourd'hui même, cet après-midi si vous voulez. Il tordit son linge et vida l'évier. Puis il alla étendre ses slips et ses tee-shirts sur le muret de la terrasse pour les faire sécher au soleil et appela Church qui se tenait debout à la porte d'entrée grande ouverte, avec son pick-up Ford de couleur jaune derrière lui et les deux manœuvres assis sur le plateau près du lit, muets et sans expression, transpirant sous le soleil brûlant.

Les clés sont sur le crochet à côté de la porte ! dit Johnny. Prenez-les donc maintenant. Je m'en irai dès que ces vêtements seront secs. Et je m'assurerai de bien verrouiller toutes les portes et les fenêtres avant de partir.

Sans un mot de réponse, Church décrocha les clés, sortit et démarra. Johnny, resté seul dans la maison, prit une douche, rassembla ses papiers, et lorsque ses sous-vêtements sur le muret eurent séché, il fit sa valise. Puis il quitta à son tour la maison. Arrivé à la boutique de Barrett, il se fit emmener par Barrett lui-même jusqu'à Montego Bay. Dans sa fourgonnette-taxi blanche, une Toyota, Barrett se rendait à l'aéroport, mais Johnny demanda à être déposé près du marché, d'où partaient les autocars pour l'intérieur.

Où vas-tu comme ça, Johnny ? lui demanda Barrett en le regardant descendre du véhicule puis charger sa lourde valise et sa machine à écrire.

A Nyamkopong.

Et ta voiture ?

Je crois qu'elle est morte. Il n'y a pas de pièces sur l'île pour une fourgonnette Mazda et il n'y en a plus qui rentrent. Je la vendrai sans doute à la ferraille où elle finira en pièces pour le minibus Mazda de quelqu'un d'autre, quelqu'un qui aura esquinté l'arrière du sien.

Barrett se mit à rire. Dommage. Cette fourgonnette valait un paquet.

Je me débrouillerai sans, déclara Johnny. Puis, souhaitant au revoir de la main, il ramassa ses affaires et se fraya un chemin dans la foule bruyante et affairée du marché, à la recherche du car pour Maggotty. Il savait par les allées et venues de Terron que ce car quittait Montego Bay vers quatre heures et arrivait à Maggotty pour sept heures. Il ferait encore jour et il pourrait repartir en stop, au moins jusqu'à Whitehall d'où il lui serait possible de faire à pied le reste du chemin jusque chez M. Mann.

5

Ce fut sans grand enthousiasme qu'il fut accueilli chez M. Mann. Le mal qu'éprouvait le vieil homme à suivre les explications de Johnny donnant ses raisons de se trouver à Nyamkopong en ce moment, fin mai et sans voiture, paraissait délibéré. Et il parut presque ne pas le croire lorsque Johnny déclara qu'il était resté à la Jamaïque sans sa femme et ses enfants à cause de la promesse faite au colonel Bowra de transporter le colonel de Nyamkopong et son entourage à Gordon Hall pour la fête du 1er août.

Mais c'est dans deux mois pleins, fit remarquer le vieil homme. Il était assis devant sa maison, sur la plus haute marche du porche, et Johnny avait pris place près de lui, sa valise et sa machine à écrire étant restées sur le sol au bas du perron, là où il les avait laissées choir quelques instants auparavant.

Les choses avaient changé. M. Mann était devenu le colonel Mann. La veuve du colonel Phelps avait emménagé avec le cousin de feu le colonel Phelps, l'homme qui faisait la navette entre Maggotty et Nyamkopong dans son fourgon Ford. Un homme riche, confia Mann à Johnny, et un faiseur de veuves, ajouta-t-il d'un ton rusé.

Johnny regarda aussitôt le vieil homme. Vraiment ? Un faiseur de veuves ?

M. Mann changea de sujet. Pose tes sacs dans ma

maison pour ce soir, dit-il. Tu peux dormir ici, et demain, si tu veux rester au village, je te trouverai une maison vide à louer. D'habitude, lui certifia-t-il, il l'aurait invité à habiter chez lui tant qu'il aurait voulu rester au village ; mais depuis qu'il avait été promu colonel, deux de ses filles étaient montées de Kingston pour vivre avec lui, et maintenant sa maison était bondée. Ils croient que parce que tu es colonel tu es riche, soupira-t-il.

Johnny essaya d'inciter M. Mann à revenir sur le sujet de la veuve de Phelps et de son cousin. Il déclara connaître la version de Terron sur comment et pourquoi Phelps était mort, mais elle ne lui paraissait pas tout à fait cohérente. Car, selon Terron, si le pistolet appartenant au jeune rasta Benjie était bien responsable du meurtre, Benjie lui-même était innocent.

Le pistolet se trouvait dans son lit. Il a essayé de s'en servir contre les policiers, et ils l'ont abattu pour ça.

Ce n'est pas ce que j'ai entendu dire, affirma Johnny d'un ton grave.

Tu sais, on entend bien des choses, répondit M. Mann en se déridant. Des choses sur des pistolets qui se perdent et qui réapparaissent, sur l'*obi* et sur la science, et j'ai même entendu une histoire sur toi, mon fils. Mais je ne l'ai pas crue une seconde. Pas une seconde.

Sur moi ?

Oui, sur toi. Elle vient de la veuve Phelps. Elle a dit que c'était toi et le colonel de Gordon Hall qui aviez tué son mari. Et puis ils ont découvert Benjie avec son pistolet, alors elle n'a plus pensé à toi ni au colonel de Gordon Hall. Pour elle, une version valait l'autre. Une histoire faisait aussi bien son affaire que l'autre.

Et quelle était son affaire ?

D'épouser le chauffeur du car. Lequel, comme je viens de le mentionner, est un homme riche. C'était sa « femme extérieure » depuis plusieurs années, expliqua-t-il à Johnny, et puis, la nuit avant la célébration du 6 janvier elle avait appris que son mari, en tant que colonel des Marrons, était en train de faire révoquer, par l'entremise du sergent Kemp, la licence de chauffeur de car de son cousin pour l'attribuer à un ami de Kemp habitant Whitehall. Elle a compris que si cela se déroulait ainsi, son petit ami ne serait plus riche. Elle s'est violemment disputée avec son mari qui a rapidement perdu patience et l'a tabassée. Elle a donc couru voir le chauffeur de car pour tout lui raconter. C'est lui qui a loué les services de Benjie, affirma M. Mann, et c'est Benjie qui a tiré sur Phelps. Très tôt le matin, Phelps est sorti pour aller aux cabinets où Benjie l'attendait. Il l'a abattu avec son pantalon descendu, gloussa M. Mann. Après quoi, toujours selon M. Mann, le garçon était revenu en courant à la Maison de la Terreur et avait fait semblant de dormir jusqu'à l'arrivée de la police. Il avait alors paniqué et sorti son pistolet, et c'était cela qui avait causé *sa* mort. Simple, conclut-il en souriant. Pas d'*obeah*. Pas de mystère. Simple.

Pourquoi Kemp n'a-t-il pas arrêté le chauffeur de car et la femme de Phelps ? demanda Johnny. Car alors son ami pourrait avoir la licence pour faire la navette entre Nyamkopong et Maggotty. De plus, si ce que vous dites est vrai...

Bien sûr que c'est vrai !

... alors ils sont tout aussi coupables que Benjie.

Vois-tu, mon fils, on peut savoir des choses dans ce monde et ne pas être capable de les prouver devant une cour de justice. Il y a des choses qu'on doit laisser au jugement d'une cour plus haute. De plus, le chauffeur de car a plein d'argent. La police ne va pas l'embêter maintenant, pas alors que Benjie est mort. C'est plus rentable pour eux comme ça. De temps à autre Kemp passe par là et dit quelques petites choses au cousin et à la veuve de Phelps, des choses qui les mettent mal à l'aise, alors ils s'occupent bien de lui et il s'en va. Pourquoi les arrêterait-il, *eux* ? demanda M. Mann en riant comme s'il admirait l'intelligence de Kemp. Ce Kemp n'est pas un singe, c'est un fin renard, dit-il.

Vous me faites penser à un homme que j'ai connu à Port Antonio, répondit Johnny d'un ton égal. Il s'appelait Evan Smith et estimait qu'Errol Flynn était un renard.

Ah oui, oui, oui. Errol Flynn. Le vieil homme réfléchit à ce nom pendant plusieurs secondes. Oui, bien, c'était vraiment un renard. Un renard dans le poulailler, comme on dit, hé, hé hé. Puis il se leva brusquement et ordonna à Johnny de porter sa valise et sa machine à écrire à l'intérieur de la maison, de les poser dans la pièce derrière sa chambre à coucher, dans l'alcôve au lit de camp où M. Mann lui-même avait dormi au mois d'avril dernier quand Johnny avait passé une semaine chez lui. Le vieil homme s'excusa du manque de confort, expliquant à nouveau que depuis qu'il était colonel tant de gens vivaient dans sa maison qu'il ne pouvait plus recevoir les invités comme il se doit. L'État devrait nous construire un hôtel, ajouta-t-il, ou au moins une pension. Quant à lui, il allait bientôt emménager dans la maison du colonel Phelps, mais rien que lui et sa femme Devina. Il laissait cette vieille baraque à ses enfants et à ses petits-enfants. Il s'était déjà mis d'accord avec la veuve de Phelps pour la louer. Pour une misère, assura-t-il avec un clin d'œil. Une misère.

Johnny dormit sur l'étroit lit de camp à l'arrière de la chambre de M. Mann dans laquelle couchaient désormais — ou en tout cas cette nuit-là — les deux filles de M. Mann venues de Kingston et leurs bébés. Le matin suivant, après un petit déjeuner d'oranges et d'œufs durs, M. Mann informa Johnny qu'il pouvait utiliser la maison de Rubber aussi longtemps qu'il souhaitait rester à Nyamkopong. Et même pour toujours, si tu veux. Il lui indiqua où se trouvait cette habitation, une case d'une seule pièce comme celle de Terron, située au bord de la route environ deux cents mètres après l'ancienne maison du colonel.

Je sais où elle se trouve, répondit Johnny. J'étais là

quand Kemp et ses hommes ont traîné Rubber sur la route et l'ont emporté à Maggotty. Où est Rubber, à présent ? demanda-t-il au vieil homme. Il n'est quand même pas encore en *prison*, n'est-ce pas ?

Oh si. Tout à fait.

Pourquoi ?

Eh bien... on ne sait jamais. Avec ces jeunes rastas, je veux dire. Il a probablement commis quelque vol sérieux. Mais ne t'inquiète pas, conclut le vieillard avec assurance. Tu peux te servir de sa maison tant que tu voudras. C'est moi le colonel, et telle est *ma* décision, clama-t-il. Il se vanta aussi de pouvoir maintenir Rubber en prison *pour toujours*.

Johnny en restait bouche bée, comme s'il allait se mettre à crier. Mais il garda le silence, sauf pour remercier M. Mann de son hospitalité. Puis il prit sa valise et sa machine à écrire et partit tout droit vers la maison de Rubber. En passant devant la case de Terron, il entra, salua son épouse dont il apprit en termes vagues que Terron était parti et qu'il ne rentrerait pas avant quelques jours. Johnny la remercia, déclara qu'il resterait en ville jusqu'à ce que Terron revienne de là où il pouvait être, et il continua jusque chez Rubber.

6

Pendant les quelques jours qui suivirent, Johnny resta plutôt isolé. La case de Rubber était meublée d'un lit double et d'une couverture, d'une table recouverte d'une toile cirée et de deux chaises à dossiers droits. Il y avait une marmite, mais comme Rubber était rasta, Johnny sortit dès le premier matin s'en acheter une dans une des boutiques. On peut prendre possession de la marmite d'un rasta, mais on n'a pas le droit de l'emprunter. En même temps, il acheta du riz, des pois chiches, du bœuf en boîte, du fromage, des œufs, du lait condensé, enfin des bougies et une bouteille de rhum Appleton extra-fort. Derrière la case, Johnny reconnut un arbre à pain, deux orangers, une demi-douzaine d'ignames et du maïs en train de mûrir. Il y avait aussi la cuisine habituelle, noircie de suie, et un W.-C. de guingois, sans porte. Près de la maison, il trouva deux pleines barriques d'eau de pluie. Si Rubber avait jamais possédé des vêtements, des chaussures, un transistor ou quoi que ce soit de valeur, tout cela, en son absence, avait disparu de son logement qui n'était pas fermé à clé. Il ne restait que ce que tous les autres adultes dans le village possédaient déjà ou simplement n'avaient pas envie de voler parce qu'ils ne pouvaient pas le vendre.

La case était claire et aérée, avec deux fenêtres et deux portes dont l'une donnait directement sur la route, tandis que l'autre, à l'opposé, ouvrait vers l'interminable pays Cockpit. Le lit était placé sous une fenêtre, la table et les chaises au-dessous de l'autre. Lorsqu'il eut apporté ses provisions, Johnny parut content d'être là et ne sortit pas le soir pour aller dans les échoppes des carrefours. Il ne se rendit pas non plus chez les nombreuses personnes qu'il connaissait. Une fois par jour il préparait son repas dehors dans la cuisine. Bien qu'il eût trouvé suffisamment de bois mort entassé sous la case et sous les arbres du fond pour son feu, il n'arrivait pas, sans machette, à casser les longues branches d'hibiscus en petits morceaux. Aussi le second matin revint-il à la boutique acheter une machette avec une lime pour l'aiguiser, ce qui parut amuser le commerçant. Dès lors il passa plusieurs heures par jour à rassembler et à couper du bois pour le feu.

Personne ne vint lui rendre visite. Ni le cousin et associé de Terron, Juke, qui devait se trouver en ville si Terron surveillait leur champ, ni le rasta Bongo Smith de la Maison de la Terreur, ni la femme lourde de Terron ou un de ses gosses, ni l'instituteur qui l'année précédente avait mis tant de zèle à lui montrer le nouveau bâtiment scolaire canadien, ni Devina pour lui extorquer cinq dollars de plus pour son église, et ni le colonel Mann. C'était comme si la maison de Rubber était encore vide.

Puis un soir, alors qu'il était déjà là depuis six jours, apparut Bongo Smith avec sa barbe colossale et ses gigantesques mèches rasta. Ils s'assirent tous deux devant la porte qui donnait sur le pays Cockpit, allumèrent un *spliff* et maudirent l'injustice de la mort de Benjie aux mains de Babylone. Smith trouva ridicule l'explication donnée par le colonel Mann de la mort de Phelps comme de celle de Benjie. Il cracha par terre avec rage. Puis, dans un souffle, il demanda à Johnny à qui dans le village profitait le plus la disparition de Phelps. Dis ce nom, ordonna Smith, et tu sauras qui a tué le colonel Phelps.

Johnny ne prit pas cette peine. Il préféra demander à Smith si Terron était de son avis.

Peut-être. Il ne savait pas. Terron reste ami avec Mann, mais il y est bien obligé à cause des flics. Surtout avec sa récolte qui s'annonce, ajouta-t-il en lançant un clin d'œil entendu.

Johnny se contenta de dire : Oh ! je n'étais pas au courant.

C'est ça. C'est ça. Smith eut un sourire paresseux avant de tirer une longue bouffée du *spliff*. Puis il se leva pour partir. Il fit un pas, se retourna et demanda s'il savait ce qui s'était passé avec les filles de Mann.

Non. Qu'est-ce qu'elles ont ?

Smith se mit à rire. Ces filles se battent pour toi, mec. Une nuit, récemment, selon Smith, l'une des deux avait poignardé l'autre.

Pour *moi* ? Allons donc, Smith. C'est tout juste si j'ai fait leur connaissance. Je ne sais même pas leur nom.

Ça ne fait rien, expliqua Smith en grimaçant un sourire. Une Jamaïquaine tuera une autre femme pour l'empêcher de mettre la main sur un mec riche. Ce que le riche veut ou ne veut pas n'a pas d'importance. Il ajouta en patois : *Dem wan fe mash de nex oman down. Dem ras im, dem chop im, no matta fe de mon im long gone.*

Johnny secoua lentement la tête. Est-elle morte, celle qui a été poignardée ?

Non, mais elle s'est fait salement taillader la figure et les épaules. Apparemment le colonel Mann s'était précipité entre les deux et avait arrêté la bagarre à temps. Il aurait probablement bien voulu qu'elles continuent jusqu'à ce que l'une soit morte et que l'autre doive se cacher à Kingston, ajouta Smith. Mais il avait davantage intérêt à calmer le jeu pour l'instant, au moins jusqu'au départ de Johnny.

Mais de quoi parles-tu, qu'est-ce que *ça* veut dire ?

Smith se contenta de sourire et s'éloigna. Tu n'es pas invisible, mec ! lança-t-il en riant. Tu le crois peut-être mais tu ne l'es pas ! Puis, riant toujours, il disparut dans l'obscurité.

Les choses allèrent vite, ensuite. Le lendemain matin, le colonel Mann apparut en personne à la porte de Johnny. Il entra, s'assit sur une chaise et annonça qu'il était venu encaisser la première semaine de loyer, dix dollars. Il voulait aussi dire à Johnny qu'il ne pourrait pas se rendre avec lui à Gordon Hall le 1er août. Je veux pourtant que tu sois mon émissaire personnel, continua-t-il. Je veux que tu présentes mes plus humbles excuses à mon frère le colonel des Marrons de Gordon Hall et que tu lui transmettes un message important. Dis-lui que j'ai pris la responsabilité de charger le membre du Parlement représentant ma circonscription, à savoir l'honorable M. Bulkley, esquire, de réaliser ou de faire réaliser trois copies du traité sacré des Marrons, puis de poster une copie à chacun des trois villages marrons restant à la Jamaïque, Moore Town, Charles Town et Gordon Hall. L'original, évidemment, restera en ma possession personnelle, ajouta-t-il en se tapant légèrement la poitrine de la même façon qu'autrefois le registre qu'il portait quand il était secrétaire d'État.

Est-ce que vous avez donné à l'honorable M. Bulkley, esquire, l'exemplaire qui était dans le registre ? demanda Johnny en sortant une coupure de dix dollars de son portefeuille et en la lui tendant. Ou bien lui avez-vous donné l'autre copie ?

Le colonel Mann prit le billet, le plia sans le regarder et le mit dans sa poche de chemise. Puis il eut son petit sourire sec et bref. Il a l'ancien original et j'ai le nouveau, répondit-il. Puis redevenant sérieux, il exprima sa déception de ne pouvoir se rendre à Gordon Hall avec ses musiciens et ses ministres, mais il venait de découvrir un engagement antérieur qu'il ne pouvait pas rompre.

Renonçant à le presser pour savoir la nature de cet engagement antérieur, Johnny accepta simplement de lui servir d'émissaire et lui déclara que dès le retour de Terron il partirait pour Gordon Hall.

Le colonel Mann le remercia et, sans poursuivre la conversation, il s'en alla.

Le soir même, peu après le coucher du soleil, ce fut Terron qui apparut enfin, épuisé et furieux. Juke, prétendait-il, lui avait volé sa récolte et se trouvait à Kingston. Il clamait que la récolte s'était envolée avec Juke qui était censé la surveiller et, conduit par des intuitions et des ragots, Terron était allé jusqu'à Kingston où il avait appris que la ganja — il y en avait trois cents kilos — était restée quelque part ici dans le Cockpit, cachée dans le village ou tout près, pendant que Juke essayait de la négocier à Kingston. Mais, déclara Terron, comme tout le monde dans le village croyait que lui, Johnny, était venu à Nyamkopong pour acheter la ganja à Terron et qu'il restait là uniquement dans ce but, il espérait que celui qui avait volé la récolte avec Juke ferait revenir Juke pour essayer de la lui vendre, à lui, Johnny. Il aperçut la machette neuve de Johnny par terre près du lit et, pour la première fois depuis qu'il était entré dans la maison, il se mit à sourire.

Écoute, Terron, je devrais me tirer vite fait.

Et ma récolte, mec ? Comment vais-je la récupérer ?

Quelqu'un va se faire tuer pour cette herbe !

Juke ! Juke va se faire tailler en pièces !

Peut-être. Mais peut-être toi aussi... peut-être moi. Peut-être nous tous.

Non, fit Terron d'un ton qui se voulait rassurant. Tu es protégé.

Parce que je suis blanc. Non, Terron, pas maintenant, plus maintenant. Pas quand tout le monde ici croit, y compris les flics et le colonel Mann et Bongo Smith et même les filles de Mann, bon sang, que je suis un gros dealer venu faire une affaire. Ils croient sans doute que j'ai un avion qui va arriver de Miami et qui atterrira une nuit sur la route qui traverse les champs de canne à sucre d'Appleton. Ils pensent probablement que j'ai un poste de radio émetteur-récepteur caché sous mon lit pour dire à mon pilote le moment de venir chercher la came. Et tout le monde au village veut avoir son rôle dans le jeu. Mann maintient Rubber en prison pour pouvoir me louer cette maison dix dollars par semaine. Ses filles se lardent de coups de couteau pour s'empêcher mutuellement de coucher avec moi. Juke et son partenaire secret, quel qu'il soit, sont en train de se laisser aspirer dans une trappe où ils seront probablement taillés en pièces par toi et Smith, parce que tu sais que Smith t'aidera à descendre Juke et son associé s'il peut avoir sa part pour ça. Demain matin les flics vont sans doute se montrer à ma porte et il faudra que je glisse cinquante ou cent dollars à Kemp rien que pour les retenir de me fendre le crâne avec leurs matraques et de me jeter en prison. Je suis le mouton noir, ici, et ma présence fait tout foirer. Si je me contente de partir, si je me tire vite fait, le jeu se calmera et peut-être personne ne se fera tuer ou poignarder ou acheter ou jeter en prison.

Pas question, mec. Terron avait ramassé la machette et la lime de Johnny, puis, posant la lame à plat sur ses cuisses, il s'était mis à aiguiser les deux bords avec art, transformant un simple outil de coupe en une épée à double tranchant aussi affilée qu'un rasoir. Pas question. Babylone continuera sans toi, mon frère. Babylone continuera exactement comme avant ton arrivée. Mais tu n'as pas à te casser la tête, mec. Tu es protégé.

Comment ? Explique-moi ça, exigea Johnny.

Tu es un sorcier. Personne ne peut te faire de mal. Personne sauf je-soi et Jah. Et je-homme ne peut pas échapper à je-soi ou à Jah.

Qu'est-ce que ça veut dire ?

Ça voulait dire, selon les dires de Terron, que Johnny ne devait pas s'en aller par peur. Plus de crainte. Jah est vivant. Terron posa doucement la machette sur la table branlante, se leva et plaça une main sur l'épaule de son ami. Te casse pas la tête. Seule la prophétie peut faire tomber Babylone. Ce n'est pas parce que tu t'en iras qu'elle tombera. Tu ne devrais donc pas partir parce que tu crois que ton départ amènera la réalisation de la prophétie. La prophétie n'a pas besoin de l'homme pour s'accomplir. L'homme a besoin de la prophétie. Et ce n'est pas la peur qui devrait te chasser. Nul de ceux que tu peux fuir n'est en mesure de te faire du mal. Alors libère ton cœur, mon frère. Plus de crainte. Jah est vivant.

7

Au lever du soleil, alors que la brume flottait vers la crête, Johnny remit ses vêtements et ses papiers dans sa valise. Il attacha au dos la machette aiguisée et sa marmite en s'aidant du bout de corde à linge qu'il avait trouvé derrière la maison, puis, soulevant son bagage et sa machine à écrire, il sortit. Il ferma soigneusement la porte et se mit à suivre la route qui descendait à Whitehall, entrant dans le brouillard froid pour en émerger par en dessous après une heure de marche. Il fut alors pris par un camion découvert allant à Maggotty, et quand il y arriva le ciel s'était éclairci, devenant infiniment bleu, et les collines brunies de chaleur étaient parfaitement découpées contre le ciel. Un marchand ambulant lui vendit une orange pour dix cents, mais avant qu'il ait eu le temps de la peler, le car pour Kingston, penché et crachotant, était là. Il monta, il paya, il avait quitté Nyamkopong.

8

Johnny descendit du car à Victoria Park, au centre de Kingston, où il se mêla à la foule des marchands ambulants et des musiciens, des rastas à la barbe grise qui haranguaient les passants, des bonnes sœurs qui filaient silencieusement par deux, des équipes d'énormes manœuvres et d'ouvriers casqués qui mâchaient des quiches à la viande et qui regardaient les filles des bureaux parader devant eux, des flics, des mendiants, des mutilés, des *Natty Dreads* aux yeux comme des fentes, complètement partis, balançant la tête dans la chaleur de midi au rythme d'un reggae sur transistor, des chèvres, des chiens, des cochons errants, des banquiers chinois, des Indiennes en sari, des hommes d'affaires blancs dans leur costume lavable sans repassage, des adolescents américains avec leur sac à dos qui avaient l'air d'extraterrestres, des gens qui se hurlaient dessus dans la chaleur étouffante, d'autres qui pleuraient, ou qui braillaient le nom des anges, des enfants perdus, des hommes hurlant le prix de ce qu'ils avaient à vendre — quiches chaudes, mangues, calalou, maïs grillé, ganja, chaussures, postes de radio, cocaïne, chapeaux, transports, idées, rédemption, *absolument tout* — parce que s'ils n'arrivaient pas à le vendre ils seraient obligés de l'acheter. Ce fut dans cette cohue que Johnny se fraya son chemin, et il ne s'arrêta que pour acheter un béret rasta rouge, vert et or pour se protéger du soleil.

C'était un homme aussi humain et aussi particulier que n'importe lequel, barbu, les cheveux longs, maigre et devenant efflanqué, âgé de trente-six ans mais en paraissant dix de plus maintenant que ses cheveux marron et sa barbe s'étaient mis à grisonner, vêtu d'un jean et d'un tee-shirt vert où étaient imprimés les mots *Seit Ya* qui signifiaient : « Légalisez-la tout de suite. » Il traîna sa lourde valise bosselée, avec la machette et la marmite qui y étaient ficelées, ainsi que sa machine à écrire à travers la circulation tourbillonnante de North Parade jusqu'à ce qu'il parvienne à côté du square longeant Orange Street. Là, il monta dans un autobus en partance vers le nord, pour Constant Spring où commencent les banlieues et où les bus font demi-tour vers le centre-ville.

Faisant du stop, il fut pris par plusieurs personnes : un rasta sur une Honda qui essaya de lui vendre de la cocaïne et l'emmena jusqu'à Stony Hill ; un chauffeur de taxi en route pour le club Playboy d'Oracabessa, sur la côte nord, où il comptait bien trouver dans la soirée un riche Américain ivre qui voudrait une femme noire à Kingston et accepterait pour cela de payer une course de soixante-quinze kilomètres ; un gosse dans un pick-up Ford tout neuf, un *soul boy* avec une coiffure afro style américain, des lunettes de soleil enveloppantes et une chemise bouffante en rayonne. Il l'emmena de Castleton, où le chauffeur de taxi l'avait laissé, jusqu'à Gordon Hall. Le gosse expliqua qu'il travaillait pour le membre du Parlement Doc Semmell, un homme dont Johnny avait brièvement fait la connaissance dans l'arrière-salle d'une boutique en janvier, et le Doc, comme l'appelait le gosse, se trouvait aujourd'hui à Gordon Hall en train de faire campagne pour sa réélection. Tandis que l'adolescent manœuvrait habilement la camionnette à travers des passages étroits et dans des virages en épingle à cheveux, débrayant, freinant et faisant déraper le pick-up comme s'il s'agissait d'une voiture de formule 1, ils parlèrent de politique et il s'avéra que le gosse était du PNP, le parti de

Michael Manley, et justement pas du JLP, le parti de son patron, dirigé par un homme (un certain Edward Seaga, économiste formé à Harvard et de souche syrienne) qui avait promis de mettre un terme à la dérive à gauche vers le communisme et de restaurer la confiance de la Jamaïque en la Jamaïque. Ce ne sont pas ces communistes qui ont rendu la Jamaïque pauvre, déclara l'adolescent à Johnny en lançant la camionnette à l'assaut du flanc de montagne. Les seuls qui veulent revenir au bon vieux temps sont ceux qui étaient riches dans le bon vieux temps ! hurla-t-il alors que le pick-up se penchait au-dessus de la Flint River trois cents mètres plus bas.

En moins d'une heure ils furent rendus à Gordon Hall, cahotant sur le sentier qui les menait chez Bowra. Des deux côtés de la piste, à moitié dans le fossé et à moitié dehors, étaient garés des petits camions, des voitures et des Honda, et le gosse dut se faufiler entre eux prudemment parce que des gens, pour la plupart brandissant des bouteilles de rhum et de bière, titubaient en petits groupes effilochés en direction de la maison du colonel.

Doc fait ça pour chaque élection, expliqua le gosse. Il apporte quelques caisses de Red Stripe, de Dragon, de rhum fort, et le chef fait sortir ses tambours et ses danseurs pour organiser une grande fête en son honneur. Doc est un grand bonhomme ici pour les Marrons. Et le chef adore ! Ça le rehausse auprès de ses gens. Tout ce que Doc demande, c'est que le vieux les fasse bien voter, et il le fait, je peux vous le dire. Ils voteront travailliste, ici, pendant les cent ans qui viennent ! conclut l'adolescent en riant. Et tout ce que ça lui coûte, à Doc, c'est quelques caisses de rhum et de bière. Foutrement moins que ce que paient les mecs du parti travailliste à Berverly Hills ou à Montego Bay. A la Jamaïque, poursuivit-il, quand tu es dehors il faut payer pour entrer, et quand tu es dedans il faut payer pour rester. En riant toujours, il engagea la camionnette tout droit dans la cour de Bowra, fendant la foule en deux et s'arrêtant brusquement devant un nœud d'environ vingt-cinq personnes, la plupart des gens âgés, qui dansaient en cercle compact.

Depuis la cabine, Johnny distingua Pie et Steve devant la véranda : ils battaient frénétiquement les tambours *gombay* tandis qu'un autre homme frappait sur la canne de bambou à côté d'eux. Dans la foule des danseurs il pouvait voir le capitaine souffler de l'*abeng* et taper du pied en rythme ; puis il y avait Charles, tante Célia, et Régine, la femme de Bowra, avec, près du centre, Gondo qui sautait et tournait comme un derviche tandis qu'à la périphérie Harris, tenant une bouteille de rhum dans une main et un bouquet d'herbes vertes dans l'autre, faisait des piqués et vacillait en se déplaçant en sens inverse du mouvement circulaire des danseurs. Au centre, comme un moyeu, se tenait Bowra qui ne dansait pas mais pivotait lentement, braquant son regard menaçant en plein sur la figure des gens qui se déplaçaient devant lui. Il brandissait un bâton au-dessus de sa tête et le tendait toutes les quelques secondes pour toucher la poitrine ou le sommet du crâne de tel ou tel danseur qui, du coup, se rigidifiait, s'écroulait et battait aveuglément le sol de ses bras. Harris, aussitôt en alerte, se frayait un chemin jusqu'à la personne à terre, appliquait sa poignée d'herbes sur son visage noir, lui aspergeait les lèvres d'une gorgée de rhum, et le danseur tombé revenait à la vie, se relevait, étourdi et chancelant, puis reprenait lentement sa place dans le cercle au rythme des tambours. Alors Harris recommençait à déambuler au bord du cercle jusqu'à ce qu'un autre danseur, touché par le bâton de Bowra, s'écroule à son tour.

Le gosse resta dans la camionnette à fumer une cigarette, observant la scène avec un sourire de supériorité aux lèvres, mais Johnny descendit, prit sa valise et sa machine à écrire à l'arrière et s'avança vers le porche. Lorsqu'il dépassa les tambours, Pie leva les yeux, et après quelques instants sans le reconnaître, sans doute à cause du béret de laine et de la barbe, il vit soudain qui c'était et lui fit un gentil geste de la tête avant de reprendre son jeu. Le porche était plein de gens qui regardaient la danse, et l'un d'entre eux, plus grand que les autres, était Doc le politicien qui tenait une bouteille de bière tiède dans une main et une portion de porc émincé dans l'autre. Il était entouré de femmes, pour la plupart des adolescentes qui se serraient aussi près du politicien qu'il leur était possible sans le toucher et sans perdre leur place au profit d'autres filles à côté ou derrière elles. Lorsque Johnny voulut monter sur le porche avec sa valise et sa machine à écrire, il dérangea la très précise ordonnance de la foule là-haut, forçant les gens à jouer des coudes, à se bousculer et à se serrer tellement qu'ils en furent décontenancés et qu'aussitôt ils le dévisagèrent tous, y compris Doc, se demandant qui était cet étranger bizarre qui se poussait sur le perron du colonel en disant : Excuses, pardon, pardon, délogeant les gens des places qu'ils avaient soigneusement prises et qu'ils défendaient fermement, portant le désordre dans une structure qu'il n'avait pas perçue avant de l'avoir bouleversée, et maintenant c'était trop tard. Une main pesante s'abattit sur son épaule par-derrière, et Johnny se retourna pour se trouver face à un grand et athlétique jeune homme — un inconnu pour lui — de la taille et de la force de Big Ron, torse nu et en colère, très en colère, qui tira Johnny du porche vers l'arrière et le jeta, comme s'il s'agissait de vieux habits, contre le mur de la maison. Sa valise et sa machine à écrire dégringolèrent par terre avec un bruit de ferraille. La marmite et la machette se détachèrent, la première roulant dans la pente vers les danseurs et la machette tombant à plat entre Johnny et son vis-à-vis qui essaya de s'en saisir en plongeant sa main droite comme s'il attrapait un oiseau. Johnny lança un coup de pied sur la main de l'homme, la rejetant en arrière, et s'empara lui-même de la machette, agrippant la poignée de bois et la soulevant d'un geste si violent que l'arme, en décrivant son arc de cercle, heurta la main de l'autre homme au poignet et la trancha d'un seul trait avant de s'arrêter bien au-dessus de la tête de Johnny.

Ce fut Harris qui enleva la machette à Johnny. Il surgit de nulle part pendant que les gens hurlaient et que l'homme mutilé gémissait et tombait ensanglanté à la renverse dans les buissons où trois ou quatre autres personnes se saisirent de lui. L'une d'elles déchira sa chemise, et, avec la manche, fit un garrot qu'elle passa autour du coude du blessé, serrant très fort pour arrêter le sang qui giclait en saccades du moignon et qui aussitôt ne fit plus que frémir avec des bulles qu'un autre homme étancha en enroulant sa chemise autour. Le blessé était devenu mou et comme hébété, en état de choc ; quelqu'un cria pour appeler une voiture, et le groupe de gens qui s'occupait de lui l'emmena.

Pendant ce temps, Harris avait simplement traversé la cohorte vociférante de ceux qui entouraient Johnny, le montraient du doigt et lui criaient dessus. Lorsqu'il le vit et le reconnut, Harris hurla son nom et beugla une série de mots en achanti, à la suite de quoi la foule recula de quelques pas. Ensuite Harris s'approcha de Johnny, toujours debout le dos au mur et la machette au-dessus de la tête comme s'il y était suspendu par une main, et il lui prit l'arme. Puis Bowra fut devant lui, tenant la main coupée comme si c'était un lézard mort. Il la souleva à quelques centimètres de la figure de Johnny.

Crache dessus ! ordonna-t-il.

Johnny regarda la « chose » et secoua la tête, non.

Crache dessus, Johnny ! Sinon l'autre main te tuera !

Johnny cracha dessus, et précipitamment, comme s'il se dépêchait pour sauver la main, Bowra l'enroula dans une touffe d'herbes, monta vite sur le porche, poussa Doc et les autres et disparut dans la maison.

Saisissant Johnny par le bras, Harris l'emmena à l'intérieur à la suite de Bowra. Dans la salle sombre, penché dans un coin, Bowra murmurait et après avoir trempé la main dans du rhum et l'avoir soigneusement enveloppée, il la déposa dans une boîte en bois ayant contenu des cigares Royal Jamaican. Johnny s'assit sur le lit double. Sur une table en face de lui était perchée la statuette en bronze de l'oiseau.

J'ai un message à te donner, et puis il faut que je parte, déclara Johnny d'une voix haute et grêle. Dehors les tambours avaient repris, les vociférations avaient cessé et les gens revenaient aux chants africains. Une fois de plus, ce fut la voix désolée de tante Célia qui entonna le chant et les autres suivirent avec de plus en plus de force et d'enthousiasme.

Bowra vint s'asseoir près de Johnny. Harris restait debout devant la porte ouverte, comme s'il montait la garde. C'est exact, Johnny. Il faut que tu partes d'ici.

Le colonel Phelps est mort.

Je sais, dit le vieil homme.

Oui, et M. Mann est à présent colonel.

Je sais.

Et il ne pourra pas venir le 1er août pour être des vôtres à la célébration.

Je sais ça aussi.

Et il va vous faire parvenir une copie du traité sacré des Marrons.

Oui, elle est déjà arrivée et Harris l'a lue aux gens.

Bien. J'ai délivré mes messages, fit Johnny.

Et maintenant tu dois t'en aller.

Oui. J'ai vu tout ce que je voulais voir.

Personne ne peut en voir davantage, dit Bowra gentiment. Puis il cria à Harris de trouver Doc et de lui dire de venir un instant.

Harris sortit et revint aussitôt, suivi du politicien de haute taille.

Qu'y a-t-il, colonel ? demanda-t-il en scrutant Johnny avec un regard dur comme s'il essayait de se rappeler où il l'avait déjà vu.

Le colonel demanda à Doc s'il rentrait en ville bientôt, et Doc dit que oui. Tout de suite, en fait.

Peux-tu sortir ce Blanc d'ici avec vous, dans votre camionnette ?

Où allez-vous ? demanda Doc à Johnny.

À l'aéroport.

Je l'emmène, colonel. Pour vous. Mais il devra monter à l'arrière. Et je veux que vos gens sachent que cet homme ne travaille pas pour moi et qu'il n'est pas de mes amis.

Certainement, Doc, ne vous en faites pas. Je leur dirai, lui promit le colonel.

Allons-y, fit le politicien. Puis d'un ton cruel il lança à Johnny : Je veux que vous quittiez le pays. C'est pour ça que je vous amène à l'aéroport.

Johnny fit oui de la tête et le suivit à l'extérieur, Harris et Bowra fermant la marche. La foule s'ouvrait devant le politicien et l'appelait : Doc ! Hé, Doc ! Ne nous oublie pas, Doc ! On vote pour toi, Doc !

Arrivé au pick-up, Johnny se retourna, comme pour dire au revoir à Harris et au colonel, mais ils n'étaient plus là. Le colonel était revenu à la danse et Harris déambulait à nouveau autour du cercle des danseurs, lampant du rhum et suçant sa poignée d'herbes.

Montez derrière, ordonna Doc en se hissant dans le siège du passager et en claquant la portière. Johnny lança sa valise et sa machine à écrire d'abord et grimpa par-dessus le rabat arrière. Le gosse avec les lunettes enveloppantes lui jeta un coup d'œil par la vitre et grimaça un sourire. Puis il fit reculer lentement la camionnette hors de la cour de Bowra jusqu'à l'allée, passa la première et prit le large.

Ils le laissèrent au terminal d'Air Jamaica où il acheta un aller simple sur le vol de dix-huit heures quinze pour Miami. Il était alors dix-sept heures quarante-cinq et il dut courir. Il passa les portes rapidement, comme d'habitude, malgré son aspect, et monta à bord quelques minutes avant le décollage.

TABLE

IMPRIMÉ EN FRANCE PAR BRODARD ET TAUPIN
1475W - La Flèche (Sarthe), le 21-05-1999

N° d'édition : 2296
Dépôt légal : août 1993
Nouveau tirage : mai 1999